让 我 们 一 起 追 寻

READING PHILOSOPHY
WRITING POETRY

六朝诗赋中的
思想传承
与意义生成

Intertextual Modes of
Making Meaning
in Early Medieval China

何以成诗

〔美〕田菱
（Wendy Swartz）
著

郭鼎玮
译

社会科学文献出版社

封面及环扉图片来源：
明代钱谷绘《兰亭修禊图》，纽约大都会艺术博物馆藏。
日本中林竹溪绘《兰亭诗会》（Wiki Commons）。

作者的话

　　本书英文版最初由哈佛大学亚洲中心于 2018 年出版，这一中译本在原版的基础上有所修订。鉴于从中文到英文再到中文的复杂翻译过程，作者和译者之间就关键术语、文化思想和文学表达方式等方面展开了广泛的沟通和对话，从而决定了这些修改，以确保我在原文中表达的思想能够体现在译文中。此外，译者郭鼎玮的细心工作，让一些内容得以订正，这同样提升了中译本的质量。

2023 年 6 月

献给我的家人

目　录

致　谢

我执迷于阅读、解释与意义的建构，本书正是这一坚持的产物。写作是一项孤独的事业，然而，这本书的写作过程却不那么孤独，甚至较之寻常更富乐趣，这是因为我拥有一群读者和对话者，在我遇到问题时可以与他们讨论分享。我要向我的两位导师致以最为深挚的感谢，他们是我的第一批读者，而且一直在鼓励我提高阅读水平——他们是余宝琳（Pauline Yu）和艾朗诺（Ronald Egan）。我还要特别感谢以下同事和朋友，他们阅读了我的部分手稿，并慷慨地提供了他们博学的评论：韦闻笛（Wendi Adamek）、郑毓瑜（Cheng Yu-yu）、康达维（David Knechtges）、柯睿（Paul W. Kroll）、刘苑如（Liu Yuan-ju）、丁香（Ding Xiang Warner）和奚如谷（Stephen West）。长期以来，来自"中古中国研究工作坊"（Chinese Medieval Studies Workshop）的朋友们为我开展研究创造了一个得天独厚、令人振奋的学术环境，并且一直给予我宝贵的反馈，他们是：艾兰（Sarah Allen）、罗秉恕（Robert Ashmore）、柏士隐（Alan Berkowitz）、康儒博（Robert Campany）、陈威（Jack Chen）、朱隽琪（Jessey Choo）、迪磊（Alexei Ditter）、蒋韬（Tao Jiang）、吴妙慧（Meow Hui Goh）、倪健（Christopher Nugent）、普鸣（Michael Puett）、李安琪（Antje Richter）、李孟涛（Matthias Richter）、田晓菲（Xiaofei Tian）和王平（Ping Wang）。2014~2015 年，在普林斯顿高等研究院

［Institute for Advanced Study（Princeton）］的两年间，我从那里的学术团体得到了很多思想上的启发，与他们的交流令我受益匪浅——我非常感谢与贝杜维（David Bello）、狄宇宙（Nicola di Cosmo）、傅葆石（Poshek Fu）、帕特里克·格里（Patrick Geary）、郭志松（Asaf Goldschmidt）、胡大年（Danian Hu）、贾晋华（Jinhua Jia）、乔治·谢兰德（George Kallander）、来国龙（Guolong Lai）、罗新（Luo Xin）、络德睦（Teemu Ruskola），以及史皓元（Richard V. Simmons）等学者的讨论。

　　这本书的一些章节，曾以特邀演讲的形式在下列院校首次公开发表过：耶鲁大学、范德堡大学、华盛顿大学、亚利桑那州立大学、埃默里大学、卡尔加里大学、密歇根大学、普林斯顿大学、新加坡国立大学、哈佛大学和里德学院。我感谢在这些演讲中向我提出观点的学者，他们的意见对本书的进一步完善非常有帮助。

　　我尤其感激我的手稿的审稿人康达维与另一位匿名读者，他们非常认真地阅读了我的作品，并提出了深刻的见解，他们的评论对我很有帮助，从很多方面提升了这本书的质量。我还要衷心感谢哈佛大学亚洲中心优秀的编辑团队：罗伯特·格雷厄姆（Robert Graham），感谢他在出版流程中的早期支持；克里斯汀·万纳（Kristen Wanner），感谢她出色的判断力，以及在编辑过程中对细节全面周到的关注。

　　我的研究成为可能，得益于罗格斯大学慷慨的竞争性研究金休假项目（Competitive Fellowship Leave Program），以及美国学术团体协会（American Council of Learned Societies）、蒋经国基金会和普林斯顿高等研究院的资助。在此我非常感谢这些机构的支持。

第四章的部分内容，曾以《雅集重游：兰亭集研究》（"Revisiting the Scene of the Party：A Study of the Lanting Collection"）为题首发在《美国东方学会杂志》（*Journal of the American Oriental Society*，2012 年 4 月）上。第六章是以《谢灵运诗作中的自然》（"Naturalness in Xie Lingyun's Poetic Works"，*Harvard Journal of Asiatic Studies*，December 2010）一文的部分内容作为基础，进一步展开而成。

最后，我要特别感谢我亲爱的家人，他们总是知道如何把我从中古中国带回现实，并为我提供一个阅读和写作之外的空间，让我重新看到我身边的世界。

田　菱

2017

凡　例

　　本书（英文版）全文使用汉语拼音方案并以罗马字母拼写法标注汉字，必要时也会根据其他方案进行修正。关于职官名称的翻译，本书采用贺凯（Charles O. Hucker）的《中国古代官名辞典》（*A Dictionary of Official Titles in Imperial China*）一著的译法。

　　在讨论过程中，当提到长诗标题时，为了简洁并确保句子完整流畅，本书直接采用标题英译，并附以不加拼音标注的汉字。在提到一些具有知名英文名称的中国古代文学作品时，如《论语》和《孟子》，本书直接采用其英文名称，如 *Analects* 和 *Mencius*，而不使用拼音。

　　当引用经典作品时，本书直接标注篇章，而省略其版本。例如，《论语》3/8 即为《论语》第三篇第八章；《孟子》5A/4 指该著第五篇（上）的第四章。当引用经典作品的具体现代版本时，本书会给出相应卷数与页码。本书在引用《庄子》中的内容时，采用的是郭庆藩所撰《庄子集释》（全三册，北京：中华书局，2004）。例如，"ZZJS, 2：490"，即指该版本第二册第 490 页，《庄子》中的篇名和标题也会在正文或相应的脚注中标明。文中所引用的早期中古文献，主要参考严可均编纂的《全上古三代秦汉三国六朝文》一书，并采用"某一时期或朝代文（如《全三国文》《全晋文》）、卷数和页码"的方式，标注所引文本的出处。

由于本书所考察的主题是互文性，书中存在大量以原文形式出现的内容（如一句诗、一个短语、一个字等），这些内容不再用引号标注。①

除非另有说明，所有英文译文均为本书作者所译。

---

① 出于阅读习惯考虑，中译后部分特指内容仍用引号标注。如无特别说明，本书脚注皆为译者注。

缩略词

SBBY　　《四部备要》，全 2500 册。上海：中华书局，1920～1936。

SBCK　　《四部丛刊初编》，全 2100 册。上海：商务印书馆，1919～1922。

SSXY　　《世说新语笺疏》，刘义庆著，刘孝标注，余嘉锡笺疏。上海：上海古籍出版社，1993。

TYMJJZ　《陶渊明集笺注》，袁行霈笺注。北京：中华书局，2003。

WBJJS　《王弼集校释》，楼宇烈校释。北京：中华书局，1999。

WX　　《文选》，萧统等编，李善注。上海：上海古籍出版社，1986。

XKJJZ　《嵇康集校注》，戴明扬校注。北京：人民文学出版社，1962。

XLYJJZ　《谢灵运集校注》，顾绍柏校注。郑州：中州古籍出版社，1987。

XS　　《先秦汉魏晋南北朝诗》，逯钦立编。北京：中华书局，1983。

ZZJS　　《庄子集释》，郭庆藩撰。北京：中华书局，2004。

导　言

三世纪时，中国诗人陆机（261～303）在其元文学①作品 　1
《文赋》中反思了创作这一活动，用一句话勾勒了从阅读②到
写作的过程："慨投篇而援笔"——（作者）慨然有感，放下
书文，拿起了笔。¹ 这两种行为有如孪生，一并凝结在文人身
上。本书的目的即在于，通过解释早期中古中国③阅读与写作
之间的"空间"，来解析这种凝结，进而阐明这两种实践，以
及二者之间的相互作用。诚如陆机这句赋文所言，从阅读到写
作是一气呵成的，这种空间没有任何标识可寻。话虽如此，在
阅读与写作的每一处痕迹中，仍然存有并体现着文本、思想和
符号，我们可以利用它们所组成的星丛（constellation）④，来
勾勒出这种空间的面貌。阅读和写作是相互牵涉的：阅读为其
他写作过程提供了解释、挪用（appropriation）⑤ 和重复运用的

---

① 原文为"metaliterature"，即以一种超越（meta）文学之方式反思文学本
身的文学，其包括小说、文论等多种体裁。

② 本书所言"阅读"，同时也意味着读者对书中内容进行"解读"的过程，
故在一些段落中根据语境翻译为"解读"。

③ 一般指六朝时期，即三国两晋南北朝时期。

④ 此处的"星丛"与瓦尔特·本雅明（Walter Benjamin）对"星丛"一词
的使用遥相呼应。对某种情形、过程、（文本）结构具有重要意义的因
素，组成了"星丛"；在作者看来，联结各种文本、思想、符号与概念等
"群星"，使之成为"星丛"的，正是互文性。

⑤ 在其他文论译著中"appropriation"或译为"利用""占有""转让""征
用"等，原文作中性词使用，强调占有并运用文本材料的过程，并不含
贬义。

可能性；而写作（writing），或者说改写（rewriting），从根本上而言，是解读其他文本并重新建构所读内容的行为。对此，法国历史学家罗歇·夏蒂耶（Roger Chartier）写得简洁明了："在改写和互文性（intertextuality）① 的过程中，写作和阅读之间的经典断裂被取消了……写作本身就是对另一种写作的阅读。"[2] 这种凝结于阅读与写作之间的空间，正是互文性登场的舞台。

在接下来的章节中，我们将把互文性作为早期中古中国的一种阅读模式和写作前提来考察。法国哲学家、文学批评家茱莉娅·克里斯蒂娃（Julia Kristeva）在改写俄罗斯哲学家、文学批评家米哈伊尔·巴赫金（Mikhail Bakhtin）的论述时，主张将"文学词语"（literary word）理解为"一种语篇表层的交集（intersection of textual surfaces），而不是一个（意义固定的）点（point），就像若干写作之间的对话，这些作品的背后是原作者、指定接收者（addressee）……以及当下或过去的文化背景"。[3] 从这个角度来看，意义是动态的、层累的，从来就不是固定和平面的。每一次的阅读与写作（改写），都会产生意义。"新"文本或显文本（manifest text），与"旧"文本或源文本（source text），二者之间存在着某种关系——也许是一种夸大或削减性质的改写，也许是一种重复，也许是一种反驳；正是这种关系，构成了意义产生的空间。文本并不是自存自足的实体；因此，解释文本需要以互文性作为方法。"一切使我们能够从文本中识别出模式和意义的事物"都是由互文性来指定

---

① 或译为"文本间性""体裁（文本）交织性"，与中国古代文学的修辞手法"互文"不是同一概念。

的；不仅如此，它还使得读者能够看到意指作用（signification）①
的广度与深度。[4]互文性并不是一个只与读者相关的问题。那些
作为本书研究对象的作者，他们会直引原文、运用典故、改编
前人文本，这些也是互文性在起作用的情形。本书的各个章
节，基于以下几个前提展开：每一个文本，都是联结其他文本
的纽带；每一处征引，都是一种新的创作——因为它改写了前
人的文本；一切写作行为，都是"原创"的，都是对现有文
本与文化资源的特殊挪用。这些前提并不是理所当然的：某一
种，或者某一些思想是否与某一文本有所关联，以及如何对文
本产生影响，都需要由解释工作来决定；否则，它们的意义只
能停留在抽象而宽泛的层面上。

笔者所采取的方法以这样一个概念为指导：可以将文学看
作一种储藏库，它储藏了一种文化的知识、符号与意义，并可
以被任何一个参与其中的成员借取和运用。俄罗斯的形式主义
作家们在这一点上表现得尤其明确：在他们看来，"文本的形
成，就是文本经过挑选与结合而产生的过程"。[5]现有的材料就
像线，而文本就是这些线交织而成的新的样式与组合。在古代
中国，文学语言相对稳定且连续，为创作行为积累了庞大的文
学与文化资源宝库。无论是阅读文本还是创作文本，都需要深
谙这种文本传统。对文本的掌握，表现为对文本的识别、引
用、用典、续写或修改；这种掌握使得人们能够参与到文化传

3

---

① 意指作用，是罗兰·巴特在索绪尔语言学基础上提出的概念，又译为
"指称""表意"等。主要用于描述能指与所指联结成一体的过程和行
为，或者说，是将意义赋予符号或象征的过程。一个简单的例子是"玫
瑰花"在当今社会中对应"浪漫爱情"，"玫瑰花"与"浪漫爱情"之间
产生联系的过程，即是"意指"在起作用。

承的结构之中，从而实现记忆的保存、传递与复苏。

阿莱达·阿斯曼（Aleida Assmann）提出了"文化记忆"的概念，并阐述了她对文化本身的见解："文化在生者、死者和未出生者之间缔结了一种契约。当人类回顾、重述、阅读、评论、批判、讨论那些积淀在遥远或新近过去中的事物时，意义生产的疆域（horizon）就得以扩张，参与者的视域（horizon）也随之开阔。"[6]如果说，文化是连接其成员过去、现在和未来的事物，那么，前人的过去，尤其在书写文化较为强大的情况下，就变成了一种供给来源，它继承着，也源源不断地提供着文本和文化的种种模式与符号，文人群体与这种供给之间保持着一种有机的、不断协商的"互惠互利"关系。文化是持续不断地形成的，而文学正是这一持续过程的记忆。雷纳特·拉赫曼（Renate Lachmann）以非凡的洞察力指出："文学是文化的记忆，它不是一种简单的记录手段，而是一个由种种纪念性行为所构成的整体，这些行为包括一种文化所储存的知识，也包括这种文化所产生的、同时构成这种文化的几乎所有文本。"[7]每一种文学传统都由一个个文本构成，而互文性正是每一个文本的记忆。

互文性，表现为文本网络中符号的迁移、调适或修改，在它的作用下古代中国阅读和写作实践的基本秩序得以形成。对互文性的分析尤其适合早期中古时期，因为在这一时期，文人阶层形成了一套独特的、镶嵌式的方式，并以这套方式参与着他们的文化传承，文化财富因而呈现出指数级的增长。这些方式包括：进行哲学层面的对话、创造新的文学体裁、展开文学批评，以及汇编诗文选集等。当时的学者还运用新的方法来解释典籍文献与诸子哲学（如玄学），并对佛教这一外来宗教的教义进行翻译。各种各样的资源，组成了一个不断扩大的网络，并逐渐延伸到标准的文学传承之外；能够接触到这一网络的诗人们，以这种新的可能性为资本，广泛而不同程度地从一套核心哲学典籍中汲取了灵感，这套典籍后来被合称为"三玄"：《老子》、《庄子》和《易经》（指《周易》）。在这一时期，哲学与诗歌彼此交汇，它们之间的交集留下了种种印记，这些印记形成了一种可识别的模式，为我们研究互文性运作提供了一个具体的切入点；我们可以据此考察，对这三个文本的指涉，是以何种方式融入了彼时文本联系和文化符号的星丛。

4

　本书的研究对象是处于文学史上不同时期的诗人们：有的人是当时的文坛巨擘，并影响了后来的几代作者［孙绰（314~371）、谢灵运（385~433）］；有的人诗名几乎不为同时代人所知［陶渊明（365？~427）］；有的人以散文家的身份著称［嵇康（约223~约262）］；还有些人主要是当时精英文化中的名人雅士［如兰亭诗人群体，尤其是大书法家王羲之（303~361）与大政治家谢安（320~385）］。之所以选取这些人物，是因为他们都以自己的方式创造了早期中古时期互文性的典范之作。每一个人物都从"三玄"的一部或多部典籍里汲取了不少内容，从而展现了六朝诗歌与思想的流动性与复合性。每一个诗人手头都拥有异质多样、千变万化的文本和文化资源，他们为了自己的特定目的，充分利用了这些集合。这些诗人共同拓展了诗歌的边界，发掘了诗歌的可能性——他们让我们看到，在中国古代诗歌传统的形成时期，诗歌可以是怎样的，并且可以起到怎样的作用。

　第一章阐述了指导本研究的问题和方法。这种阅读和写作的互文性模式，首先与中国古典诠释学的核心问题有关：

解释、注释、文本权威性，以及对前人模式的遵从。正是文本的可解读性（readability）和可（再）重述性［（re）iterability］，构成了一个文本传统的根基。这一章还仔细研究了关于阅读与写作的各种观念和表述，并且概述了早期中古时期展开这些实践所需要的、具体的文化与文本才能。若要从一个社会的文化资本中调动可用的资源，就要去挖掘这种文化的记忆；这种行为，终究而言，会使文化获得新生。这是因为，为了使文化服务于新的目的，每一次这样的读取，都会重新塑造文化自身。

5　　其余的章节则专注于个案研究。第二章考察了嵇康如何以一种"拼装匠"（bricoleur）的方式，利用了手头的各种材料和话语，其来源丰富多样，既有公认的正典诗歌素材库，也有玄学思想。第三章提出了一种与众不同的叙述，以帮助我们理解为何曾经很有影响力的诗人孙绰所获得的评价并不高：近年来一般认为，孙绰大部分诗作被贬低、忽视并最终散佚的原因，是其内在抒情性的缺乏，或者说，他的诗作偏离了正统的诗学传统；但是，笔者在这一章中将关注点放在孙绰对不同文本材料和词汇工具的选择上，以说明这是为了实现对其诗学旨趣"玄"的追求。第四章则重新审视了若干鲜有研究的、由当时主要文化名流所撰写的诗歌，其作者群体来自中国历史上最著名的文人集会之一——公元353年的兰亭雅集。个体以诗歌形式所表达的观点，以及集会所带来的群体性互动，都围绕着一套特定的文本和典故展开，这些文本和典故不仅证明了他们的集体性身份，也证实了每个成员的文化素养。第五章指出并规避了陶渊明研究中两块主要的绊脚石：其一，认为他的文学具有"自然"的特质——这种观念会妨碍或阻止一切关于其作品之出处的探究；其二，见到其作品含有《论语》或《庄子》《老子》的内容，就必然得出其思想从属于某一家的结论。这一章提出了一个新的方向：陶渊明的诗学有着若干核心主题，如生死、隐逸、道德准则等，如果不去考察它们与《庄子》之间的互文性关系，我们就无法从最全面的角度去体悟这些主题的重要性。最后，第六章以著名山水诗人谢灵运为例，探讨了《易经》在其作品中所起到的特殊作用，并阐明他对景观的解读与刻画，是怎样通过对《易经》的引用得以体现。在谢灵运的作品中，对《易经》《诗经》《楚辞》等文本的指涉比比皆是；他与自然山水的接触一定程度上是以文本为中介的，这就需要我们去探讨其著作中文学传统的分量（或者说，文学传统里的"直接性"），与作者的山水体验之间，存在着怎样的关系。

　　这本书所追求的旨趣颇具分量，甚至有些棘手，因此不能说没有遇到任何挑战和困难。本研究的核心内容涉及意指与解释这两个孪生的议题，这一领域本就漫漶缥缈，对其进行探求可能会产生与答案一样多的问题。但是，每一章都会尽最大的努力，去填补六朝时期阅读和写作实践的部分图景，并揭示当时作者们理解和运用符号的种种模式。阅读与写作，作为具有表演性（performative）和纪念性（commemorative）的行为，留下了种种痕迹，所有的章节都会以互文性模式为背景，对这些痕迹展开探究。这些行为的实现，取决于共同的才能与兴趣；而共同的才能与兴趣，反过来又确定了六朝文人的群体身份。他们作为行为者参与了意义的生产过程，而这一过程，正处于阅读与写作之间。

6

注释

1. 陆机《文赋》的引文均来自《全晋文》，97. 2013a-2014a。

2. Chartier, "Intellectual History or Sociocultural History?" 38.

3. Kristeva, *Desire in Language*, 65.

4. 参见 Jonathan Culler 针对 Laurent Jenny 之互文性描述所作的扩充性阐释，见 Culler, *Pursuit of Signs*, 104。

5. Lachmann, *Memory and Literature*, 36.

6. Assmann, "Canon and Archive," 97.

7. Lachmann, "Mnemonic and Intertextual Aspects of Literature," 301.

第一章　早期中古中国的阅读与写作

　　"以怎样的模式阅读，就意味着以怎样的模式写作，反过来说也是成立的。"历史学家多米尼克·拉卡普拉（Dominick LaCapra）① 认为，一般而言，阅读与写作这两种实践之间呈现着这样的关系。¹在古代中国，阅读与写作相互牵涉，其程度之深令人感叹。在历史上的一些时期，包括早期中古时期在内，以书面形式写下一些文本，本身就是阅读过程的一部分；通常而言，这些文本只是一些精要之处，但有些文本也会被逐字逐句地摘录。更为重要的意义在于，从根本上来说，拥有优良的阅读与写作能力，就意味着对文本传统与文化符码（cultural codes）的掌握。所以，互文性既是一种写作的前提，也是一种阅读的模式：作者们通过用典（以特定字词指涉其他文本）与引用（直接置入其他文本之语句）的手法，以一种复杂而简约的方式，在展现了阅历学识的同时，也表达了他们对前人的欣赏；也就是说，虽然诗歌自身的字符是有限的，但作者们可以通过引入文本之外的联系，获得更为广阔的意指系统，从而达到扩充诗歌内容的目的。这些文学手法还使得作者们可以自主选择与之交谈的文本，将自身置于某种特定的传统之中，从而就某个既有观点展开对话——虽然某些作者可能无法被齐整明确地划归在这种传统名下。²用典与引用在中国古代诗歌中

———————

　　① 一译多米尼克·拉卡普勒。

8　　普遍存在，它们不仅是文学表现手法，同时也是文学权威性与诠释学的基本组成部分。因此，尽管早期中古时期的互文性有其独有特征，但从最宽泛的视角来看，展现了文本联系之星丛的互文性，正是古代中国阅读与写作实践的核心。

早期中古中国的诗人们，见证并亲历了中国历史上文化资本爆发式增长最为显著的时期之一。在这一时期，新的文学体裁和话语形式得以发展；这些体裁和形式产生了大量作品，又得以保存下来；同时，一种新的哲学与宗教（佛教）进入中国，本土的玄学也方兴未艾。在这个兼具创新与成型的时期，种种思潮对诗歌产生了全面而多样的影响。诗人们拥有了广阔的文本源泉，并可以自由地运用各种文化意义。在物质方面，纸张的成本日益低廉，这有利于书籍的保存、复制和流通：书籍拥有者可以雇用抄写人员复制图书，读者可以从私人藏书机构或个人那里借阅副本，并为了自己的阅读而再次抄写复制。[3]所以，在此期间，读者和作者获取图书的途径与方式都呈现出指数级的增长。

为了写出好的作品，作者们需要具备从现有素材库（repertoires）① 中进行挪用的能力。从本质上而言，这意味着作者拥有要阅读哪些书籍的知识。对某些文本、主题与概念的指涉，不仅表明了作者的文化素养，还体现了他们的文化精英身份。这种身份，很大程度上是由他们共同的兴趣、价值观与受教育程度所塑造的。在早期中古时期，参与当时的文化话语

① "repertoire"借自法语 répertoire，源自拉丁语 repertorium（清单、列表），原指表演者能够用以表演的全部曲目或保留剧目，现代英语一般使用其延伸意义，意指能够供某人使用的全部技能、工具与知识的汇集。在本著中，译者结合语境将之翻译为"素材库"。

对声望与仕途都有所影响，这就要求作者知悉老庄类素材库；东晋之后，佛教概念也成了必需的知识。在欧洲的阅读史上有一个相似的例子——安东尼·格拉夫敦（Anthony Grafton）以非常生动的语言描述人文主义的读者们："显然，阅读合适的书籍，就和雇用合适的建筑师或者穿着合适的服装一样，这种行为也是文艺复兴时期宫廷新风潮的一部分。"[4]

9

想要理解某个时期的阅读史，可能需要去追索阅读的内容与阅读的方式（是大声朗读还是无声默读？是闲暇之余的阅读还是严肃的研读？是随意浏览还是专注于某个字词？），但同时也需要去探究文本是如何被解释和被挪用的。对于后者的探究，即本书的主要工作。历史学家罗伯特·达恩顿（Robert Darnton），将历史上读者之思想或心灵受到特定文本影响的刹那，称为"精神（层面的）挪用"（inner appropriation）[①]。[5]这种认知过程，或许超出了我们能够研究的范畴；但是，读者可能会采取注释、批评或引用的形式，对所读的内容有所反应和思考。也许，文本的可重述性（iterability，指其能够被重复的能力）最能够体现它的可解读性（readability）：对传统写作者而言，复述（repeating）和再现（re-presenting）一个文本，就意味着做出一个明确的声明——作者理解了文本所要表达的含义。这种对前人文本的再现，从本质上来说，正是对该文本的改写（rewriting）：文本被引用，被置于一个新的语境之中，因而获得了新的意义。

本章将考察早期中古中国阅读与写作实践中的基本假设与

---

① 或者说，类似于中文语境中的"内化"；有些著作中译为"精神转让"。见罗伯特·达恩顿《法国大革命前的畅销禁书》，郑国强译，华东师范大学出版社，2012。

问题。首先，是古代的阅读观念以及文本挪用的观念；对这些观念的理解将赋予这一考察过程更为广阔的视野。其次，是通过引用或注释，来解释或改写文本的行为；这是古代中国阅读与写作史的一个主要部分。在本章中，我们将首先讨论这些由阅读与写作之互文性模式所带来的相对宏大的问题。至于早期中古时期的诗人们是怎样通过文化资本和文化记忆的形式挪用了共有的资源，我们将放在之后的章节里以具体的案例来研究。

早期中国的阅读观念

10

孟子谓万章曰："一乡之善士，斯友一乡之善士；一国之善士，斯友一国之善士；天下之善士，斯友天下之善士。以友天下之善士为未足，又尚论古之人。颂其诗，读其书，不知其人，可乎？是以论其世也。是尚友也。"

——《孟子·万章下》

桓公读书于堂上，轮扁斫轮于堂下，释椎凿而上，问桓公曰："敢问公之所读者何言邪？"公曰："圣人之言也。"曰："圣人在乎？"公曰："已死矣。"曰："然则君之所读者，古人之糟魄已夫！"

——《庄子·天道》

出自《孟子》的这段名言表达了古代中国的一些重要的公认观念，即阅读的目的、文字的力量与文本的权威性。[6]按照孟子的说法，我们读书是为了形成一个能够结交志趣相合之友的、具有超越性的共同体。只有通过阅读，人们才能够与古人进行交流对话；而古人，通过他们留下的语言文字，几乎可以永远地呈现在读者面前，所以从文字中我们可以"知人论世"。因此，阅读体现了修身的最高境界：与其说阅读传授了具体的知识或智慧，不如说这一实践为"善士"们构建了超越时空的情谊。在孟子看来，生死之隔似乎不再是择友而交的阻碍，这暗示了一种对文本权威性的坚定信念，也就是说，相信文本可以承载那些早已逝去的演讲者或原作者的观点。这就像安东尼·格拉夫敦在其关于人文主义读者之研究中所写的那样，据说西方的人文主义者也是以类似的方式，"直接"或"如实"地阅读着经典，他们把书"看作一扇窗口，通过书籍，他们可以与受尊敬的逝者们进行交流"。[7]而且，如果说，我们可以通过回顾过去以与古人为友，那么反过来的情形也是同样成立的：我们可以为了未来的朋友而写作，未来的人也会回顾过去以了解作者。无论是回顾过去还是面向未来，这种通过文本与另一个思想或心灵交流的方式，为中国传统的文本权威性观念，以及"尚友"的诗学理念奠定了基础。

　　另一段出自《庄子》的对话同样著名，这段话展现了对文本权威性的绝妙反驳。[8]工匠轮扁对那些传世的文本不屑一顾，因为它们并不是古人言传身教的全部，甚至也不是精华，而仅仅是原有功用耗尽之后剩下的一些糟粕。轮扁根据他自己尝试将手艺传授给儿子的经验，认为有些原理和思想是无法用语言文字表达的，因此也就是"不可传"的。他手艺中那些无法传达的东西，如同圣人之言一样，其终点必定在其源头那里，无法传出源头之外。庄子以其特有的"反偶像崇拜"（iconoclastic）手法，在一种"只有通过传播才有效"的话语中，摒弃了所流传的文本自身。具有反讽意味的是，读者恰恰是从以"庄子"之名命名的文本中，了解到庄子对书面文字的否定。但庄子的主张及其对阅读价值的质疑，并不是那么容易就被压制的；整个中国文学传统都可以说是在持续不断地反驳着他的观点。如果说，对于一首诗的理解，意味着某种程度上要——借用罗秉恕的精辟表述来说——"能够感受到它想要对你表达的内容，哪怕只是以一种暂时的、想象的方式"；那么，阅读的价值，就在于去理解自身以外的某个人或某种事物，而阅读的过程，就是在一场虚拟的对话中去想象最为原初的那个在场。[9]沿着这一思路，我们或许可以这么认为：那些注释、引文或者用典，它们代表了读者所提呈的证据，以表达某种已经为读者所获得的理解（无论其是忠实的、有缺陷的，甚至是被强加的）。

《庄子》的这一段话认为古人之教的全部或精华不可能被传授，虽然这一主张提到教学有口头与文本两种形式，但并没有针对二者的不同之处提出问题；这一区分，是西方知识传统的核心。在柏拉图的《斐德罗篇》（Phaedrus）中有一段著名的文字，即苏格拉底认为，书面的话语只能被重复，而不能阻止或纠正错误的解释："一旦一件事物被书写成文，无论内容是什么，它都会四处流散传播，不仅落入理解者手中，也同样落入无关者之手。"[10]由于这种显而易见的缺陷，柏拉图非常重视言说式的讨论。在口头讨论中，演讲者可以对听众做出回应，而且这种讨论可以通过探究性的对话，引导与谈者获得知识和真理。在柏拉图看来，这两种话语形式的关键区别就在于解释能否得到控制。在《西方阅读史》（A History of Reading in the West）一书中，古里耶默·加瓦罗（Guglielmo Cavallo）和罗歇·夏蒂耶则认为，阅读活动具有被解释的可能性："每一次阅读行为都可以看作是一种由读者直接决定的、对文本的不同解释。其积极的一面是，这本书可以自由地'流散'到四处（尽管柏拉图对此持保留态度），使得其自身能够被自由地阅读、解释和使用。"[11] 从这个角度来看，我们可以说，正是因为一本书具有从不同角度去解读、解释、运用和重复运用的开放性，这本书的生命才得以维持。前述所引《孟子》与《庄子》的内容，都没有涉及解释；而解释的问题，同样也是中国阅读史的一个核心问题。

早期中国的解释、意义与引用

> 一句老话或一首古诗，在被引用的过程中获得了哪些　13
> 新的有趣之处，这很令人好奇。
> ——拉尔夫·沃尔多·爱默生，《爱默生日记与随笔》
> （Ralph Waldo Emerson, *The Journals and Miscellaneous*
> *Notebooks of Ralph Waldo Emerson*）

自浪漫主义时期发轫的意图论（intentionalist）观点，曾经在西方诠释学与文学研究中牢牢占据着主导地位。这种观点认为，作品的意义就在于作者的意图，而对作品的解释就是对作者意图的恢复。中国的古典诠释学与此很相像，它最初的兴起就是为了发掘文本想要表达的意义，进而发现演讲者或者原作者之"志"。目前已知最早的对诗歌的表态，来自《尚书·尧典》："诗言志。"这句话奠定了古代中国诗歌创作与解释最为常见的假设。孟子解释《诗》（后来正典化为《诗经》）的指导思想，正是以这一假设作为前提；以其解诗思想为基础，形成了以"志"为解读方向的诠释学。有一次，孟子的弟子咸丘蒙错误地解读了《小雅·北山》中运用夸张手法的"率土之滨，莫非王臣"句，以为这一句损害了孝与礼，于是借"瞽瞍之非臣"①提出了自己的疑问。12

针对弟子的误读，孟子解释道，这首诗应当被理解为服役之士的哀叹，他的公事过于劳碌，以致不能在家奉养父母。孟子的答复将文本分成几类分析范畴，并建立了一套规范性的分析层次，由此引申出实现解释目标的正确步骤：不能只停留在文学模式或者说修辞文饰的层面，必须理解字词的含义；但更不能只拘泥于"辞"所表达的内容，这样才能进而把握到诗人之"志"：

14

> 故说《诗》者，不以文害辞，不以辞害志。以意逆志，是为得之。13

现今普遍依据朱熹（1130～1200）之注来理解这句话："文，字也；辞，语也"，并认为这是从形式与重要程度出发，遵循了一种从小到大的升序次第，最终抵达诗人之志。14但笔者在这里结合东汉赵岐（卒于201年）的注释来解读，因为赵注更好地反映了《孟子》所要表达的整体内容，并且凸显

---

① 原文为，咸丘蒙曰："舜之不臣尧，则吾既得闻命矣。《诗》云：'普天之下，莫非王土；率土之滨，莫非王臣。'而舜既为天子矣，敢问瞽瞍之非臣，如何？"此处咸丘蒙的疑问在于，瞽瞍为天子虞舜之父，如果按照《诗经》该句字面的意思，就成了父亲反向应向儿子行君臣之礼，这与"孝"的思想是冲突的；因此孟子强调，这句诗并不是说天子可以把自己的父亲当作臣子。

了对诗人之志的把握，这也更契合孟子的诠释过程。赵岐在
《孟子注疏》中写道："文，诗之文章所引以兴事也。辞，诗
人所歌咏之辞。"[15]在孟子看来，理解还需要读者一方的行动
力：成功的解释需要以思想心灵的共鸣交融架起桥梁，从而跨
越诗人和读者之间的鸿沟。这种思想的碰撞得以实现，前提是
诗人和解释者之间拥有共同的文化与道德意识。孟子向他的弟
子保证，只要采取正确的方法，诗人之志是绝对可以得知的。
赵岐或许还对这种方法的可行性及其结果怀有更为乐观的态
度："人情不远，以己之意逆诗人之志，是为得其实矣。"[16]在
这位汉代经学家看来，严谨细致的字词注疏是弥合这种距离并
"得其实"至关重要的第一步。

　　也有一些汉代学者认为，理解作者意图的途径并没有那么 15
直接，诠释过程更多是一种干预性的活动。董仲舒（约前
179~约前104）在《春秋繁露》中就提到，文本具有不确定
性的问题："诗无达诂，易无达占，春秋无达辞。"[17]董仲舒之
所以这样说，是因为他接下来要回答一个问题：为什么《春
秋》对两位登上王位的诸侯的称呼不同于"正辞"。他认为，
这种不同之处表明了《春秋》对合法性的判断。① 对我们的目
的而言，更为重要的是，董仲舒的说法不仅表明人们认为经典
具有诠释层面的开放性，还表明对经典的解读需要一定的灵活
性，从而能够在不同的案例中明确其含义。这样一来，解释就
成了一种调和的"中介"，正如《春秋繁露》接下来所说的：

---

　　① 　这里是指《春秋》"夺晋子继位之辞与齐子成君之号"的笔法：《春秋》
　　　正辞本应将"未逾年之君称子"，但在实际表述中却因晋乱称晋献公之子
　　　奚齐为"君之子"，因齐乱称齐昭公之子舍为"君"（二人皆未逾年），
　　　这表明了《春秋》对二国之祸的态度。

"从变从义，而一以奉人／［天］。"[18]人们假定文本有其稳定的、想要表达的含义，而精于此道的诠释者，必须调和文本含义与具体历史语境之间的差异，以一种平衡的方案将它们统一起来，从而获得正确的理解。意义的不稳定性与解释的变通性等问题，在刘向（前77~前6）的《说苑》中再次被提出，只是说法略有不同："诗无通故，易无通吉，春秋无通义。"[19]《说苑》解释了《春秋》中出现的若干"相反"之辞，将这些矛盾的笔法解读为一种依据不同情境变化的机制，告诉读者应如何理解这些视情况而定的差异之处，从而得出了这样的结论。

16　　"诗无达诂"的观点及其种种变体，在汉朝似乎就已经广为流传；这一观点，是在早期引《诗》的大背景中形成的。战国时期已有的各种文献，如《论语》《孟子》《荀子》等，它们将《诗》看作一种共有的智慧宝库，从中汲取历史得失、基本常识与诗文辞藻，为道德或伦理上的论证赋予古人的权威性。[20]此外，《诗》还形成了一种跨越国界的共同语言，通过引用《诗》的内容，人们可以宣称自己延续了周文化的传承，从而展示自己的教养与品德。相较其他早期文献，《左传》尤其引人注目，它以种种案例展示了如何将《诗》重构于新的语境（recontextualizing）之中；这很好地说明，《诗》在最初的接受过程中，就被视为一种具有诠释开放性的文本。我们可以从《左传》中看到，在许多"赋诗"①的案例之中，引用手法的早期实践者们展现了《诗》所具有的实用功能：在外交

①　这里的"赋诗"本书作者英译为"reciting poems"，或者"recitation of poetry"，意为对诗歌（该语境中特指《诗》）的复读与背诵。在后文中会根据语境将"recitation"译为"复诵"，但两种中文表述实指同一种行为。

或社交场合，那些希望表达某种意图、为了打动或说服听众，或者为了润色自己的论点的人，常常会（全篇或部分地）引用一些《诗》句；而且听者在领会了诗中之意后，还可能会复诵另一些诗句，以作为对前者的回应。已有学者对"赋诗"的传统进行了充分的研究，相关例子在此不再赘述。[21]然而，这种早期的引用传统也引出了一些问题，这些问题对本文的讨论很有意义。

首先，"赋诗"这一传统提出了一个关于意指作用的基本问题：文本能传达多少含义？侯思孟（Donald Holzman）认为："在古代的外交场合，《诗》被用作一种重要的交流工具。外交使者们脱离原有语境并采取带有倾向性的解释（就像孔子及其弟子们所做的那样），对诗句进行恰当的引述，可以谨慎而礼貌地提出他们各自的立场。"[22]虽然说这种"断章取义"做法困扰了不少现代学者，但恰恰就是这种对诗文的引用，以及重构其语境的过程，使得这些文本得以指代或展现历史信息与诗歌辞藻本身之外的内容。《论语》中就有一段孔子与子夏之间的对话，可作为这种情形的例证。子夏以《诗经·硕人》(57) 中的诗句问孔子："'巧笑倩兮，美目盼兮，素以为绚兮。'何谓也？"孔子的回答很简单："绘事后素。"子夏于是又问："礼后乎？"孔子对子夏给予的启发感到非常高兴，告诉子夏，现在可以与他讨论《诗》了。[23]诚如对话所言，孔子显然知道这句诗的其他含义，但在他看来，"礼"在"仁"之后，才是这句诗更为重要的意义。在早期对《诗》的接受中，人们援引并互赋诗句，根据情形赋予所引诗句某种特定的意义，使得它们可以根据不同的语境表达多重的意义。我们要记住，这是《诗经》经典化之前的状况；后来，各家在编纂

《诗经》时，为每首诗指定了某个历史事件、（或者）某位作者（及其意图），才相当程度地将该文本的意义固定下来。

其次，"赋诗"传统还引出了意义与运用之间的关系问题。苏源熙（Haun Saussy）认为，就早期对《诗》的接受过程来看，讨论两者之间的区别可能没有什么意义："让我们设想古代诗歌文学中的一种极端情形，一首每个人都知道的诗，被重复地用来回应某一类公开场合；这就像一句谚语或一个长词一样，通过重复成了一个语言单位。在这种情况下，探求其意义相对其运用的区别是徒劳无功的，或者只能说是体现了语言学中存在的一种冥顽的本质主义（Essentialism）。"[24] 在《左传》世界随处可见的"诗以言志"实践中，唯一重要的只有演说者本人的"志"（而不是诗句作者的）；因此，讨论意义与运用之间的区别似乎是一个没有意义的问题。然而，虽然文本的意义可能衍生于对文本的运用，但诠释行为本身并没有完全被实用性的表演行为（pragmatic performance）所取代。演说者仍然必须从《诗》的素材库中去选择，而对某一特定文本的选择，意味着对它的某种理解。意义是在选择文本、（重新）构建文本语境，并对文本进行解释的过程中得以实现的。正如史嘉伯（David C. Schaberg）所言，在许多情况下，复诵行为需要"重述、解释，以及与其他信息相结合"。[25] 意义的运作，会超出文本本身的特定用途，因此需要通过额外的手段对其进行定义或限制。

早期中国关于解释和意义的观念，都是围绕着作者或演讲者的"志"（意图）而展开的。后世的传统解读者所做出的解释，都在试图发现原作者之文字（或编纂者之工作）背后真正的意图，他们并非想要扩大意义领域（尽管最终的结果是，通过支持、依据或反对前人的解读，他们反而丰富了意义）。戴维·林格（David Linge）扼要地阐明了许多现代学者在研究解读意图论时所发现的问题：“当意义完全落脚在‘作者之心思（mens auctoris）’上时，理解就变成了作者的创造性意识与解释者纯粹的复现性（reproductive）意识之间的一种交易。这一理论虽能正面地回答历史问题，但亦有其不足之处，即这一理论无法解答，为何在历史上会有大量彼此竞争的文本解释存在——实际上，这些解释构成了传统的实质。”[26] 在中国传统阅读者看来，对同一文本有着不同的解释，意味着已经有很多人为了获得该文本的真正含义付出了各种努力（每个读者都认为，自己做的事情是其他人未能实现的）。尽管为“志”而阅读（不管是作者、编纂者还是演说者的“志”）这一理念可能已经统领了中国的诠释传统，但古代的读者们还是面临着一系列错综复杂的棘手难题——这些问题也是现代读者们在关注的：文本的不确定性与意义的不稳定性（如董仲舒和刘向所指出的），文本的弹性与意指的多重性（如孔子与子夏的对话所证明的），以及意义与运用的交汇融合（如“赋诗”传统所体现的）。

汉斯-格奥尔格·伽达默尔（Hans-Georg Gadamer）提出了“意义过剩”（excess of meaning）的观点，意指意义超过了作者在作品中的意图。在接下来的章节中，这一观点为我们提供了一种富有成效的研究手段，它将解释看作这样一个概念：解释是作者（或编纂者）的意图、文本与不断变化的语境（例如解读者或使用者的历史处境或审美需求）之间的一种协商（negotiation）。“因为［文本的真正意义］总是由解释者的历史处境，以及客观历史进程的总体所共同决定的……文本的意义会超越作者，这并不是偶尔发生的，而是一直都这样。所以说，理解不只是一种复现性的活动，而且还总是一种生产性（productive）的活动。"[27] 阅读不再被仅仅视为文化或思想的"消费"，也变成了一种生产形式；这种形式，正如罗歇·夏蒂耶所言："它是种种与生产者、原作者或艺术家在其作品中所植入之内容绝不相同的再现与表征（representations）。"[28] 然而，这种生产过程永远是在协商之中诞生的，正如多米尼克·拉卡普拉所提出的那样："解释像是历史解读者与过去进行'对话'的'声音'——即使我们接受了这样的比喻，我们也必须积极地认识到，过去是有自己的'声音'的，我们必须尊重它们的声音，尤其是当它们与我们对其做出的解释相抵触，或是限制了我们的解释之时。一个文本就是一张抵触之网，而对话则是一种双向的沟通；一个好的读者，同时也是一位细致而耐心的倾听者。"[29] 文本开辟了一个互动、动态的空间，在这个空间中，阅读和写作之间的经典划分被打破：作者从自己的角度提出一种意图或解释；而历史解读者，则身处于过去世界与现在世界之间，在两种视野的融合之中生产意义。[30]

20   本书所关注的是传统读者阅读、挪用和运用文本的方式，因此，对解释存在着两方面的兴趣。如同本书中所提到的读者们，我们自身的理解过程也是富有生产性的。首先，这些读者关于解释和意义的假设就值得我们高度关注；其次，他们（通过陈述、引用或用典等方式做出）的解释，以及"意义何在"这样随之衍生的问题，同样引起了我们极大的兴趣。"意义是通过解读行为产生的"，梅约翰（John Makeham）的这句话简要地阐明了当前的共识。[31] 在一个新的语境下，意义也会在（重复）引述的过程中得以（重新）构建。因此，我们应该这样看待可重述性（或能够被重复的能力）：它证实了从文本中解读出来的意义的延展性，而不是由文本所创造的理解的连续性。同样的文本，可以由另一位作者重新改写，但解读起来就会产生不同。例如，把皮埃尔·梅纳尔版的《吉诃德》与塞万提斯版的《堂吉诃德》相比较，人们对二者的解读就会大相径庭——尽管前者似乎就是把后者精确复制了一遍。在豪尔赫·路易斯·博尔赫斯（Jorge Luis Borges）所作的这篇引人入胜的短篇小说《〈吉诃德〉的作者皮埃尔·梅纳尔》中，阅读变成了发明，而写作变成了一种重复。[32]

注释在阅读中的作用

> 所有的解释者都是平等的，但其中一些人要比另一些人更平等。
>
> ——翁贝托·埃科等，《诠释与过度诠释》
> （Umberto Eco et al. , *Interpretation and Overinterpretation*）

在古代中国，对权威注释的服从为阅读和解释增加了另一层重要意义。训、诂、传、说、记、注、解、笺、章句、集解、义疏、正义①等，它们形成了层层保护，防止各类经典文本与重要典籍被误读。对于经典文本的解读通常都以已有的各种注释为中介，而注释本身亦是一种阅读，或者说是一种解读

---

① 原文为"The strata of commentaries, subcommentaries, explanations, and annotations..."，中文可与之对应的语汇较多，故悉数列出。

的综合体，它们有些是和谐通畅的，有些则不然。而且，由于早期中古中国所特有的诠释取向，关于解读的图景变得更加复杂。在这一阶段蓬勃发展的玄学思潮，不会认为那些习惯上被归为儒家或道家正典的文本是彼此冲突的，而是会把它们一起视为一种互补性的证据，用以追溯古之圣贤对"道"的真知灼见。通常来说，玄学注者们对各家文本都会有所研究：王弼（226~249）注《论语》《周易》《老子》；何晏（189？~249）解《论语》《周易》并为《老子》作《道德论》；郭象（约卒于312年）亦注《论语》《庄子》。玄学的倡导者们会借用《老子》《庄子》的思想、语汇与形象，重新诠释儒家经典（如《易经》《论语》），并且还会更进一步解读《老子》《庄子》，认为它们与儒家经典表达了同样的"道"。[33]后来的一些玄学作品甚至将佛教的观念融入其中，试图调和儒、释、老、庄诸家的教义，这一点将在第三章讨论。可以说，玄学及其思想是多元的、综摄的，甚至可以说是博采众长、折中兼容的。[34]

玄学诠释学及其思想的产生，某种程度上是对汉代章句之学的矫正。关于章句之学，有一个众所周知的反面案例：秦近君①（前一世纪时人）说《尧典》篇目，两字之说，能至十余万言。[35]玄学家们试图去发掘圣贤之教的真正含义，他们认为，这些真知灼见被汉朝经学家层层累积的语义学工作掩盖了。而理解这些文本的关键，就是要能够区分其中的"迹"和"意"。罗秉恕在描述六朝时期的这种"迹-意"诠释模式时，

---

① 有学者认为"近"为"延"字之形讹，故亦作秦延君；此处从作者原文。

准确地指出了玄学的特点："过于偏狭地关注文本细节，很容易让人无法把握文本的总体意义；所以就要从文本中跳出来，根据其整体的描述去思考所要表达的意义，从而使文本意义得以浮现。"[36]对玄学家而言，他们同大多数古代中国的学者一样，都认为文本的意义与作者或演讲者的意图并无不同。他们的方法是依据文本之"迹"来追溯作者/演讲者阐述其"意"的情形。王弼针对《易经》中"言"是否能"尽意"的问题提出了一个著名的解释，该解释体现了一种转向：摒弃学究式的章句之学，重新回到对"意"的关注——这就是玄学思想的特点。[37]王弼以《庄子》中的捕兔之"蹄"和捕鱼之"筌"作为譬喻，他认为，一旦猎物被捕获，"蹄"和"筌"就可以被丢弃；与此类似，一旦获得了意义/意图，那么语言或物象之"迹"，即"言"或"象"，也可以随之被忘却。[38]正如梅约翰所言，王弼的诠释学旨在"重新发现并恢复那些为经学文本所披露的，却早已难以把握的意义和意图"。[39]注释者们常常断言，先贤诸子在撰写或编辑文本的过程中，都存在着某种意图与构思。即便有人认为，经典著作在大多数情况下已经足够清晰，甚至并不需要注释，但他们还是会试图对这些文本条分缕析。[40]注释者们将自己定位为读者与文本，或者与作者意图之间的重要中介，而且创作者们会频繁地引用注释而不是经典文本本身（这些例子将会在第三、第五和第六章中讨论），考虑到这些情形，我们不禁要问：到底是谁在为文本发言？文本自身的权威性究竟位于何处？

韩德森（John Henderson）对儒家与西方的注释传统进行了比较研究，并在一部具有里程碑意义的著作中提到了他的观察：经典注释者的任务是"还原或揭示文本原有的连贯性和真正蕴意……它们可能并不明显"。[41]注释者享有着居于读者和作者之间的特权地位，一切从文本中解释出的意义都是以注释为中介的，它承诺着对经典文本的解码。这句话点明了注释最为核心的意义，然而，即便是这样的描述，还是低估了它的权威作用。梅约翰在讨论何晏等人所撰的《论语集解》时，就注意到"注释变得比经典文本更为重要"的情况："这类文本缺乏一个鲜明的'作者在场'（authorial presence），所以，对诸家训注的汇集，可以看作是一种编辑性的挪用，以使注释的权威性取代文本的权威性。同时，编辑者通过挪用行为，有效地将权威地位'赋予'注释，使它们成为解释的关键。"[42]还有一些据称有更为确切之"作者在场"、并非先贤语录或对话集合的文本，比如《老子》，以及一定范围内的《庄子》（有较早的《内篇》与综合而成的《外篇》之分），但即便是这类文本，注释者的声音（如关注的问题或个人的兴趣）仍然可以左右阅读体验。这种"注释者能为文本发言"的权限，通过读者对注释的引用而得到验证；在引用的过程中，注释还往往替代了文本本身。[43]在这种情况下，文本的权威性，与其说在于作者，不如说在于那些为作者发言的人。

此外，任何注释或解释都是从一种语言到另一种语言的翻译。伽达默尔在这一点上极具洞见："诠释学（Hermeneutics）是一门将外语所说的内容传达给他人理解的艺术，所以它以'赫尔墨斯'（Hermes）命名并不是没有道理的——赫尔墨斯是向人们传递神谕的解译者。如果我们回溯诠释学这个名字的起源，就会清楚地看到，我们在这里讨论的是一个语言事件，是一种语言到另一种语言的翻译，因此，我们讨论的也就是两种语言之间的关系。"[44]虽然这番话的语境是诠释学的语言学转向，它针对的是哲学与语言的关系问题，探讨的是语言在意义表达中的构成性作用，但其"解释的本质是翻译"这一观点还有着更深远的蕴意。任何解释，都必然要在两个层面之间进行翻译：一个是历史或文化的背景，以及不同的情境；另一个是个人的关注或兴趣。其目标，或许是让读者与作品达到"一种绝对的同时性"（an absolute contemporaneousness，黑格尔、伽达默尔）；或许是"传送"（transport）① 读者，在这个过程中，阅读体验之纯粹的"直接性"（immediacy）使作者得以在场（早期中古中国便是如此），从而使读者与作者/演讲者产生了心灵的联结。无论是哪一种目标，作为翻译的解释，都旨在消除二者之间的一切距离（哪怕只是暂时地或理想化地），并产生一种认同，这就是理解。如果说注释是一种持续经久的解释，那么引用以及重构其语境的过程，就是一种简略隐晦的解释，读者必须去填补原文与其重复之间存在的空白。以引用形式呈现的重复，从来就不是一种完美的翻译。然而，那些在翻译中所丢失的事物，也可以被看作是一种收益，因为通过对文本的重复运用与再赋生机，文本的生命反而得以维持。

为写作而阅读

随着中国诗歌传统在早期中古时期的发展，写作行为逐渐成为人们对外部世界的既定反应形式，此时诗人们的任务，不仅是要学习一套用以反应的素材库，而且还要在此基础上有所

---

① 作者所用"transport"一词在英文中具有两种含义：一种是运送、运输，一种是使观众读者身临其境、沉醉其中。译者此处略作改写。

扩展。直截了当地说，人们是为了写作而阅读。作为早期最为重要的"元文学"作品，陆机的《文赋》，正是将阅读与写作之关系阐述得最为清晰的作品之一。[45]陆机开篇就概述了作者的准备工作：

伫中区以玄览，	He stands at the center, observing in darkness,
颐情志于典坟。	And nourishes feeling and intent in ancient writings.

"玄览"语出《老子》第十章，河上公注（约作于二世纪?）对此解释道："心居玄冥之处，览知万物，故谓之玄览。"[46]陆机可能读过这一内容。"玄览"一词，点明了心灵之居处，以及心灵与世界接触的方式。这种"览"是一种能够让视野更为清晰、使人豁然开朗的反思。这层理解使得一些英译译者将"玄览"以比喻的方式译为心灵的"mysterious mirror"（玄妙之镜）。[47]可以说，作者是用心灵之眼来观览世间万物的；为了滋养"情"与"志"这两种写作必备的能力，作者阅读了众多前人之作。陆机在几行文字之后阐述了这一点：

咏世德之骏烈，	He sings of the great enterprise of the virtuous forebears,
诵先人之清芬。	And intones the pure fragrance of his predecessors,
游文章之林府，	He roams the grove and trove of literary works,

嘉丽藻之彬彬。	And admires the perfect balance in these beautiful pieces.
慨投篇而援笔，	Feeling moved, he puts aside books and picks up a writing brush,
聊宣之乎斯文。	And gives it manifestation through literature.

　　我们注意到，中古及近代早期的欧洲也存在着一种与陆机相似的阅读态度。一个例子是，十一世纪的修道院院长兼诗人鲍德利（Baudri）给他的诗友，兰斯的戈德菲洛特（Godefroid of Reims）写道："创作诗歌实际上是磨砺心灵的钝刃，因为当我创作时，我得无休无止地查阅各种书籍。"[48]在讨论西方世界以写作为目的的阅读时，历史学者罗歇·夏蒂耶如此评论道："阅读，首先是为了发明与创作而获取资源的一种手段。"[49]

　　关于作者之天才，在现代学界有一个普遍的观点：即便研究这一主题可以产生很多成果，但作者的灵感仍然躲避着我们，让我们捉摸不透。认知心理学家杰罗姆·布鲁纳（Jerome Bruner）在其关于文学心理学的一项重要研究《真实的思想，可能的世界》（*Actual Minds, Possible Worlds*）中指出："一切与文学相关的科学（就像一切自然科学一样），都无法参透创作灵感产生的那个特定瞬间。"[50]正如我们无法知晓阅读过程中发生"精神挪用"的那些瞬间，写作过程中的"创作灵感瞬间"亦是如此。尽管知道有些事物是无法得知的，豪尔赫·路易斯·博尔赫斯还是写道："如惠斯勒①所

27

———————

①　指画家詹姆斯·惠斯勒（James Whistler）。

言，'艺术是自然发生的'，我们会有'我们永远无法抵达美的全部奥秘'这样的想法，但这并不妨碍我们去探究使它得以实现的那些事实。"[51]实际上，陆机正是在靠近写作开始的那个时刻。阅读，不仅是写作者所受教育的必要组成部分，同时也是写作行为即将发生的直接预兆：在文学创作的最初阶段，读者将书本换成一支笔。作者积累了前贤们关于美德伦理与文学手法的种种知识，并要表达出自己的反应，这就开启了从玄冥（"玄"）到彰显（"宣"）的通道，或者说，将篇章从心灵深处带到了纸（或丝）上明处。

对早期中古时期的作者而言，言辞的可能性是一种储藏，而阅读，从更根本的角度来说，是获取这种储藏的一种手段。在《文赋》接下来的一段文字中，陆机再一次追溯了从阅读到写作的过程，并且补充了一个中间阶段，以说明文思是如何沉浸并滋养于典籍的涌泉之中的：

倾群言之沥液，	I imbibe the drip drop from the pool of words,
漱六艺之芳润。	And rinse in my mouth the aromal moisture of the Classics.
浮天渊以安流，	Drifting between heaven and watery depths, I am at rest in the flow,
濯下泉而潜浸。	Bathing in the cascading stream, immersed in its recesses.
于是沉辞怫悦，	Then, submerged phrases struggle to surface,
若游鱼衔钩，而出重渊之深；	

Like swimming fish, with hook
in their mouths, emerging from the
depths of a layered pool.

浮藻联翩，　　　Peacocky displays of artistry
drift down,

若翰鸟缨缴，而坠曾云之峻。

Like winging birds, taken by tasseled
arrows, falling from the heights of
storied clouds.

"群言"指一切现有的语言，或者说，是言辞表达方式的整个　28
储藏库。陆机将阅读表现为一种消费性的行为（享用包括经
典在的一切文献），而写作则是一种从素材库中有选择性地挪
用材料的行为（将文学创作过程比作钓鱼和捕鸟）。虽然这一
段同《文赋》首段一样，也认为是阅读引起了写作，但此处
更加凸显了读者／作者的刻意为之：在这一中间阶段，他们要
在前人作品与旧有辞藻之"泉"中汲取和沉思。

　　然而，阅读者成为写作者的过程充满了挑战：有时很难找
到最适当的字词①（若游鱼衔钩，而出重渊之深），有时思想
和表述之间会产生脱节（在《文赋》中陆机认为，义理和言辞
是写作过程中会彼此分离的两方面），有时又会恐惧自己无意间
模仿与重复了前人之作。[52]最后这个问题或许是最有趣的：因为
这是在以广泛阅读为写作前提的作品中要求原创性——若非如

---

　　① 语出福楼拜，他推崇纯客观的写作理念，追求"最精准恰当的措辞与字
　　　词"（le mot juste）。

此，那么也是在一种以"认同过去模式、模仿先前案例、参考前人作品"为常态的文化里，期待原创性。[53]

必所拟之不殊，	If what your work aspires to be lacks distinctiveness—
乃暗合乎曩篇。	It unintentionally matches a piece from long ago.
虽杼轴于予怀，	Though what comes out of the shuttle and loom are my own feelings,
怵他人之我先。	I fear that others may have come before me.

29　熟悉西方影响力和互文性理论的读者可能会发现，哈罗德·布鲁姆（Harold Bloom）所说的"影响的焦虑"，其实在中古中国也有着类似的表述；在这种焦虑中，作者要英勇地与先贤们一较高下。作为晚辈的诗人陆机就担心，自己可能在无意间重复了自己已经读过或将来会读到的某篇作品，这样一来，自己的作品就成了无甚价值的复制品。

　　按照陆机的说法，如果说阅读为作者提供了创作个人作品所需的资源（例如前人的范式、可用的词汇），那么它也可能会毁了这种努力：这是因为，在作者汲取他人作品之养分的过程中，某种程度上，其自身作品的形态与构思也会潜移默化地受到影响。"不存在纯粹的原创性。所有的思想都是引用。新的事物与旧的事物，每时每刻都在经纬交织。没有一根纱线不是由这两种股线加捻而成的。"拉尔夫·沃尔多·爱默生如是写道。[54] 陆机认为，广泛的阅读是作者展开创作的先决条件，按这个逻辑，他应该也会同意这一点：虽然机杼上的织物是由作者的感情编织而成，但构成其纹理①的纱线，却还是来自文化与文学宝库的诸种资源——或者用陆机的话来说，来自"群言"。这也是一种原创性，只不过，它同时包含了"新生的"与"旧有的"、容纳了"他人的"与"自我的"，但陆机有时似乎还是不太能够接受这样一种原创性概念。陆机坚持认为，虽然"线"可以从一个共有的"仓库"中挑选出来，但最终的成品仍然应当是个人独创、别出心裁的。

《文赋》中有多处充满矛盾的思想倾向②，其中一处即陆机关于阅读最为根本的观点：在他看来，阅读不仅为作者开启了一个获取创作资源的宝库，而且也使得作者得知什么作品已经为人所写，从而杜绝那些前人陈言。

收百世之阙文，	I gather in writings lost to a hundred generations,
采千载之遗韵。	And pluck rhymes left behind for a thousand years.
谢朝华于已披，	Already unfolded, that morning blossom withers away.
启夕秀于未振。	Not yet blown, the evening bloom opens up.

---

① 此处作者用词为"*text*ure"，以斜体的"text"表达出"文本"与"肌理"（或译"质地"）的双关；texture 一词本身也指文学作品的特色、韵味、格调。

② 这里所谓"矛盾"是说，他既担心后人重复前人，同时又自信地肯定后人最终可以获得成功。其他类似的矛盾心态还包括陆机对灵感的态度：他一方面用权威性的笔触抒写了灵感是如何运作的，另一方面又承认难以阐明灵感是如何发生的。

30　广泛的阅读可以传授作者所有已经被（别人）说过的事物，以及（被别人忽略的）仍然可以表达的事物。虽然身为后来之人，但在先人朝华凋谢之后，仍然可以于晚上绽放，从而获得最终的成功。就这一点看来，《文赋》呈现了阅读的双重功能：人们为了写作而阅读，也为了知晓不应写作的内容而阅读。

关于阅读的书写

　　虽然说，早期中古时期关于阅读行为或体验的记载并不多见，但现存的几个例子，却可以从实质上揭示一些与阅读及其实践相关的信念和假设。关于阅读这一主题，除了《文赋》之外，另一篇早期的诗赋作品即束皙（263～302）的《读书赋》。束皙以"俗赋"著称于世，其主题或质朴浅显，或通俗日常。在这篇看似虚构的自传体作品中，束皙勾勒了整个阅读体验的轮廓：阅读者耽道先生的准备工作以道家冥想式的"呼吸清虚"开始，平息收聚形体，隐于陋庐之内，帷帐垂下，内心沉静。紧接着，他凭靠几案，如同《庄子·齐物论》中南郭子綦著名的"隐机而坐"那样，开始悟道。[55]其实际的阅读活动，是通过诵读过程中的"抑扬"（语调）、"疾徐"（语速）、"卷舒"（旋律）等词语表现出来的。他所复诵的文本不是别的，正是集道德伦理、治国之道和诗学实践于一身的根基之作《诗经》；每一次诵读，都会为读者带来其期望中的精神变化。本章前面提到，庄子以反讽的方式贬低了阅读，认为这只是在消费"古人之糟魄"，但在这里，正如陈威所言，

31　这种对阅读及其影响的表述，实则挑战了庄子的阅读观。这里的阅读，表达了对所读诗句的还原，或者宽泛而言，是对圣人

之言的一种还原；这些文本最初的目的正是从道德层面感化其
受众。[56]它们并没有被归结为圣贤之教的糟粕残余，也没有被
缩略为古人之言的隐约痕迹，而是通过耽道先生的阅读，得到
了实质性的复苏；耽道先生本人，诚如罗秉恕所论，实则代表
了一种理想中的读者。[57]这篇赋文的剩余部分，歌颂了同样以
专注阅读而著称的道德楷模们，如孔子及其得意弟子颜回等
人，并鼓舞读者也要努力投身于这一实践。

　　陶渊明所作的《读山海经》十三首，以隐士的居家活动
为背景，探索了阅读的力量和乐趣。同耽道先生一样，陶渊明
也是在一个封闭的空间，即他的"草庐"中进行阅读。然而，
陶渊明诗歌的主要旨趣并不在于文本中的道德感化力量；在我
们看来，驱使他阅读的更像是一种现象学层面的阅读体验——
具体而言，是一种随阅读产生的意识运动，是一种读者与书本
之隔阂的消散，是一种身临其境的感觉。[58]这组诗的首篇序诗，
仔细地描绘了陶渊明阅读的环境，这些描述非常重要：吹着温
和的夏风，伴着清新的小雨，有一座葱郁草木环绕的小屋，伫
立在安静偏远的深巷之中；鸟儿在树上欢快啁啾，读书的人斟
酌着春酒，享用着刚从菜园摘下的蔬果。实际上，这首序诗的
大部分内容在描述他进行阅读的地点，也就是他在开头提到
的、他所喜爱的"吾庐"。

　　阅读地点的确立，为序诗的结论，以及整组诗的结论起到
了至关重要的锚定作用。这一系列作品，使人联想到"远游"
与"游仙"的宇宙之旅——那是从《楚辞》发轫而来的传统。
序诗的最后几行这样写道：

泛览周王传，　　I browse through the *Biography of*　　32

King Mu,

流观山海图。 And look over the pictures in the
Classic of Mountains and Seas.

俯仰终宇宙， In a flash, I reach the ends of the
universe,

不乐复何如。⁵⁹ If this is not joy, then what is?

陶渊明无须离开自己的居所，就可以遨游宇宙。乍看之下，最后一联似是在简单地说，阅读既"传送"了读者，同时又使读者感到愉悦。然而，这组诗的其他内容并非如此，尤其是后半部分，都是在描述神话和历史中的恐怖事件，为这段欢快的旅程蒙上了一层阴影。例如，钦鴀与鼓由于杀害祖江，被化为猛禽恶鸟；[60]又如，齐桓公（前685~前643年在位）没有听从管仲临终前的劝告，重用了后来叛乱的易牙等人，自己最后被活活饿死。[61]我们可以从诗中看到，与诗中那些悲惨的命运不同，陶渊明在现实处境中享受着鸟鸣与酒食，二者形成了鲜明的对比。所以，陶渊明在序诗结尾处所表达的喜悦另有一层更具体的含义：能够在家中舒适和安全地游览另一个世界，实则也是一种快乐。

阅读可以成为想象之旅的一种具有隐喻意义的"运载工具"（vehicle）①。在书写这些关于阅读的诗歌时，陶渊明所选的书籍就已经凸显了这次旅行的主题：《周王传》（《穆天子传》）讲述了周天子巡游的传奇故事，而《山海经》则

---

① 作者所用"vehicle"一词在英文中不仅具有"交通工具"的含义，也具有"手段、方法、媒介"的含义，用以"实现、表达、产生某一目的"。

是一本关于远近各地的奇幻地理指南。此外，"泛"和"流"这两个描述阅读方式（"览"和"观"）的副词，意味着他的阅读是流畅且富于动感的。前几行诗句所散发的舒适闲散之感，也衬托出阅读行为轻快惬意的节奏。序诗全文如下：

孟夏草木长，	In early summer, plants are growing,
绕屋树扶疏。	The trees surrounding my house are flourishing.
众鸟欣有托，	Flocks of birds rejoice in having a place to lodge;
吾亦爱吾庐。	I, too, love my cottage.
既耕亦已种，	Once the fields are plowed and seeds sown,
时还读我书。	I from time to time read my books.
穷巷隔深辙，	This remote lane keeps out deep ruts,
颇回故人车。	Which rather turns away my friends' carts.
欢然酌春酒，	Happily I pour myself some spring wine.
摘我园中蔬。	And pick some greens from my garden.
微雨从东来，	Soft rain comes from the east,
好风与之俱。	Accompanied by a nice breeze.
泛览周王传，	I browse through the *Biography of King Mu*,
流观山海图。	And look over the pictures in the *Classic of Mountains and Seas*.
俯仰终宇宙，	In a flash, I reach the ends of the universe,

不乐复何如。　　If this is not joy, then what is?

通过阅读，陶渊明迈入了书籍中的另一个世界：在余下的一系列诗中，他在《周王传》和《山海经》的世界里穿梭移动、惊叹不已，仿佛文字和图像中的这些异想天开的生物，已经活了过来。

米歇尔·德·塞尔托（Michel de Certeau）是针对阅读这一主题最有见地的现代作家之一，他以旅行的方式来阐明阅读的体验。"读者就是旅人，"他写道，"阅读是为了到别处去——到他们并不在的、另一个世界里的别处去；阅读是为了构建一处秘密的场景，那是一个只要你想，你就可以随意进出的地方。"[62] 这种能够随意进出不同世界的体验，恰如其分地展现了阅读的传送力量，特别是，这些世界有时还会充斥着令人毛骨悚然的怪诞形象。例如，《山海经》的世界里就有两位代表：一位是西王母，她看起来像人类，但有着豹子的尾巴和老虎的牙齿；另一位是窫窳，它长着龙的头，却是一种食人的生物。[63] 因此，陶渊明仔细地描写了草庐所有的物质细节，说明这间草庐不仅是他对外隐逸的安全空间，同时也是一个能够平衡这场阅读的奇幻之旅的重要"砝码"。

在陶渊明那里，阅读不仅仅是用以旅行的运载工具，而且也可能是旅行的替代品。我们都知道，陶渊明非常穷困，不可能随意旅行。他肯定无法拥有同时代人谢灵运那样的财力与人力：谢灵运在游山玩水之际，还会带着上百名随从和仆人，一起跋山涉川，伐木开道。谢灵运不仅在自己的游记《游名山志》中写下了他在浙江和江西一带的名山之旅，而且还在其规模宏大的《山居赋》中细致地记录了他在自家庄园里的游览经历。[64]谢灵运这些"游山水"的例子，正如郑毓瑜所言，在魏晋时期不仅是一种娱乐休闲的行为，也不仅是一种"高雅情操"的表达；[65]对自然景观的游赏，还与世家大族在政治与经济层面的种种利益有关，包括土地勘查、开山垦荒、庄园经营等，多位现代学者已经明确指出了这一点。[66]通过对庄园内外各种山水的巡游与书写，谢灵运展现了一位贵族地主在管理庄园财产、搜寻开垦新土地过程中所具有的"品味"（propriety）。而陶渊明，则是从一个截然不同的地位进行写作的；当他自豪地盘点了自己稀少的财产时，我们可以从"吾庐""我园""我书"这些词组对第一人称所有格的重复中，体会到一种谦逊而温和的魅力。陶渊明通过阅读书籍，可以跨越一切物质层面的界限，随时随地抵达别处。正如法国精神分析学家侯硕极（Guy Rosolato）所提出的那个精彩的反问："阅读是一种可以'无处不在'的活动吗？"[①][67]

35

谢灵运的《斋中读书》一诗，则展现了阅读之乐趣相对轻松的一面。在这首诗中，古今故事带给读者的不再是道德层面的反省，而是无拘无束的笑声。如果说，阅读如孟子所言，是与古人为友的一种方式，那么谢灵运在这首诗中所读到的人物，似乎并不是他想要结交的人。

斋中读书

昔余游京华，	Sometime ago, I had journeyed to the capital,

---

① 原文为"Is reading an exercise in ubiquity?"此处有双关之意：一方面指阅读可以不受物质约束随时随地进行（表状态），另一方面指阅读可以不受时空限制到达他处（表能力）。

未尝废丘壑。	But I never abandoned my hills and gullies.
刟乃归山川，	Now I have returned to the mountains and rivers,
心迹双寂漠。	My mind and body are both tranquil and still.
虚馆绝诤讼，	In the deserted chambers, there are no trials or disputes;
空庭来鸟雀。	Into the empty courtyard come birds and sparrows.
卧疾丰暇豫，	Lying in illness, I have plenty of relaxed leisure—
翰墨时间作。	With brush and ink, I compose works from time to time.
怀抱观古今，	Cradling my books, I gaze on past and present;
寝食展戏谑。	Even when sleeping or eating, I break into laughs.
既笑沮溺苦，	After I chuckle at the toils of Ju and Ni,
又哂子云阁。	Then I snicker at Ziyun in the Imperial Library.
执戟亦以疲，	Clutching a halberd is indeed wearisome,
耕稼岂云乐。	Yet plowing and planting—how could they be enjoyable?
万事难并欢，	Not all things in the world are as we would like,

36

达生幸可托。[68]　　So I shall look to rely on
　　　　　　　　　　　　"understanding life."

　　这首诗很可能是谢灵运受到排挤、流放永嘉期间（422~
423）所作。在当时，谢灵运在皇族中的支持者刘义真（407~
424）未能继承帝位，他本人的仕途自然受到重大挫折，这使
得他对进退两种立场之间的优劣产生了深入思考。诗中的谢灵
运极具个性，以一种不恭但又坦诚的方式哂笑了两种情境中的
典型人物。一方面，他看到了扬雄（前53~18）为服侍当权
者所付出的一切代价：扬雄一生的大部分时间都任于低职，在
王莽（前45~23）篡汉建立新朝（9~23）后仍然留任，但由
于与当时坐罪的刘棻有所牵连，当查案的使者来收捕他时，他
居然从自己校书的皇家图书馆天禄阁纵身跃下。[69]另一方面，
谢灵运也读到，孔子及其弟子子路曾向长沮、桀溺问津，但这
两位隐士觉得孔子的入世责任非常荒谬，所以不去出仕，主动
选择了归隐耕种。[70]在诗中，谢灵运既嘲笑扬雄为卑职而做出
跳窗之举，也讥诮长沮、桀溺为避世而选择耕种之苦。谢灵运
似是想要拒绝这种常见的仕隐二分矛盾（以及二者令人沮丧
的一面），所以在诗中宣称，自己可以在担任公职的同时保持
生活的闲暇，从而胜于这两个先例。在诗的结尾，似乎是为了
消除对自身处境的无可奈何，谢灵运想到了《庄子》的"达
生"思想，并得到了重要的启发：有些事情是生命无法实现、
知识也无法改变的，所以要去接受它们。[71]在流放期间，阅读
为谢灵运提供了案例和启示，使他可以权衡利弊并做出自己的
人生抉择。更何况，阅读还为这个无所事事的地方太守提供了
若干时辰的消遣，让他在对古人的嘲笑中找到了些许乐趣。在

37

谢灵运的例子中，阅读似乎就不是孟子所认为的与古人为友的一种方式，反而成了一种可将自己与那些先例区分开来的手段。

这三种对阅读行为的不同描述，为我们提供了一个缩微但重要的窗口，让我们一览早期中古时期与这一实践相关的种种观念，即阅读的目的、影响和价值。阅读既具有感化能力，又具有传送能力：它可以带给受众道德层面的改变，也可以将读者带到另一个世界。当读者对道德观念或身体处境产生新的意识时，或者出现诸如恐惧、嘲笑这样的本能反应时，我们就能看到阅读所具有的情感力量。

文化资本与文学才能

在早期中古时期的中国，文化领导权（cultural hegemony）发生了重大变革，这对阅读与写作实践产生了深远影响。当时的文人们，发明或发展了多种参与文化传承的方式，如哲学上的对话、诗歌间的交流、新的文学体裁、文学批评，以及对文集的编纂，等等。不仅如此，他们生产、评价和整理这些文化成果的方式，在这一时期同样取得了长足进步。受过教育的精英阶层，通过遵从一套共享的文本、方法以及确定的学习目标，积累并传递了某些形式的文化财富；这个过程，不仅确定了阶层成员的身份，更确保了他们的特权。解译文化符码与文化产品的才能，即"文化资本"，它会在家族中，或者更广泛的社会阶层中得以积累与传递。文化资本这一概念，为我们讨论早期中古时期的文学活动提供了一个非常有用的框架。[72]这种文化知识或智力储备，还可以转化为经济或者政治层面的收益。在六朝时期，诗歌作品就逐渐成为评价文化素养与社会地位合法性的一个可靠指标。长期以来，文学才能（例如为统治者起草诏书法令、在朝廷上创作诗歌的能力）只是有助于一个文人的政治生涯；而到了早期中古时期，在文学上取得成就，却变成人们平步青云的一个非常重要的手段。在这之前，家族血统作为通往高位的主要途径已占据主流数百年；但此时，正如田晓菲所言，家族关系"不再是评判一个人的唯一标准"。"有文"定义了一个新兴的文化精英阶层（cultural elite）①；对于当时那些较为弱势的社会群体以及具有政治野心的地方宗族而言，文化才能成了一种所谓的"家族产业"。[73]

一个人在生产和解释文化产品方面的成功，在很大程度上取决于这个人对文本和典故的掌握。读者和作者都需要具备相应的文学才能——后者自不待言，前者则需要能够解译信息所蕴含的符码。诗歌间的交流，是通过诗歌的相互赠答来实现的，这也使得每一位参与者都可以凭此展现自己拥有的"文化货币"（cultural currency）②。这种诗歌的交换，源于一套共享而限定的文化资源，尽管有时人们对这类资源的含义有不同的看法，但从根本上而言，作者们对这些资源的运用确定了他们的集体身份。马塞尔·莫斯（Marcel Mauss）指出，在古式社会，商品和服务的交换有助于建立起一条"同盟和共同体的纽带"。[74]在古代中国，文人之间赠答（交换）诗歌，就是社会契约的一种形式，它确定并联结了某一特定群体。他们对一套经过挑

---

① 又译文化贵族。

② 这里的"文化货币"是指精英们用来交易的文化知识或资本。如后文所示，他们在文化（社会和/或政治）市场上的成功与否，取决于他们对玄学话语的精通程度。

39 选的文本及其解释有着共同的鉴赏能力，这不仅证明了他们之间的友谊纽带，而且还验证了参与者的文化储备。在这个时代，由于诗歌的产出可以转化为政治收益或社会声望，它越来越成为一种文化资本。因此，人们会通过创作酬赠诗歌来展现自己生产和解译文化产品的才能，各个家族或社会群体更是会培养和传递这种能力。[75]

在早期中古中国，精英阶层所拥有的文化货币，很大程度上由他们对玄学话语及其素材库（论据、概念与价值观等）的精通程度来决定。三四世纪时的中国文人们大量地运用一系列哲学典籍，特别是《老子》《庄子》《易经》及其注释，以在对话或书文中，针对政治、自然乃至人类言行等重要论题，表达自己的立场。在一些极端的情况下，有些读者可能就只研读一本书。刘柳是西晋（265~317）末年豫州刺史刘乔的曾孙、桓玄（369~404）的妻舅，据称他就只读《老子》，因此被当时的右丞傅迪轻侮。但刘柳如此回复傅迪："卿读书虽多，而无所解，可谓书簏矣。"[76]在刘柳看来，深入地学习一本精心挑选的书，总比不求甚解地博览群书好，因此他主张"精读"，而不是傅迪所实践的"泛读"。[77]同时代的殷仲堪

40 （卒于399/400年）甚至承认，他谈话的技巧完全依赖于《老子》："三日不读《道德经》，便觉舌本间强。"[78]

从各类趣闻轶事、名人传记和文学史料中可以看到，那些希望参与玄学话语体系的人，都在一遍又一遍地阅读或复述着"三玄"（及其注释）的内容。在当时，玄学话语已经渗透了文人文化，盛行于从谋求仕途到学术消遣这些看似相异的方方面面。其中对"清谈"的崇尚尤其重要。"清谈"是一种精英们就玄学、人伦及言行等问题展开对话的智力活

动；它虽以思想讨论为主，但也兼具表演与竞争。东晋时期（317~420）的酬赠诗也可以看作是这种对话体裁的延伸（即将在第三章里讨论的孙绰就是一个重要的案例），因为二者都非常重视"三玄"，并且都要求参与者掌握其中的论点、概念与典故。

文化的记忆与文学的互文性

一个社会的文化资本，不仅是可以被传递的，而且是可以被复制再生产并循环利用的。[79]在一个社会的文化资本中，有着各种文本传统与可用话语，对它们进行有意识的（重新）运用，就涉及对一种文化记忆的获取、（重新）解释与复苏。笔者针对这方面的讨论，理论上主要受到当代文化记忆研究的启发，尤其是两位学者在这一领域的丰富著述。其中一位是扬·阿斯曼（Jan Assmann），他认为，在一个拥有强大正典（canonical）文本传统的社会中，文化记忆的"培育"取决于：文本自身的流传；对文本的训诂与注释；通过正规的保存、教育以及重现（reembodiment）制度对文本的复苏。另一位则是雷纳特·拉赫曼，她将互文性概念称作"文学的记忆"，并将文学视为文化的记忆。[80]罗兰·巴特（Roland Barthes）提出了一个著名的观点：互文性是一切文本的基础（"tous texte est un *intertexte*"，即"任何文本都是一种互文"）；而拉赫曼将这一观点（改）写为："作为互文的集合，文本本身就是一个记忆空间。"[81]一个新文本，会对集体记忆档案做出回应、解释、修改，并最终成为集体记忆档案的一部分，而所有的成员，都可以调动其中的模式和符号，所以说，

41

互文性关系到一个民族的文学与文化记忆。文学成了一个文化符号与意义的记忆库，每一次写作行为，都会以挪用或增添的形式，构成库中一员。拉赫曼写道："写作既是一种记忆的行为，也是一种新的解释，通过写作，每一个新文本都被镌刻在记忆空间之中。"[82]早期中古中国的作者们，如嵇康、孙绰、陶渊明和谢灵运等人，出于自身的创作目的，大量地运用了更为早期的文本，从而将一种文化记忆对象化——这种文化记忆正是通过文人阶层的解释和传递得以制度化的。[83]引用和用典，既是从前人文本或传统中借用的行为，也是回忆和维持该文本或传统的实例。每一篇以此产生、由后来诗人创作的文本，都变成了一个个解释与发明、回忆与修改的交汇点。这就像俄罗斯诗人安娜·阿赫玛托娃（Anna Akhmatova）用简单而深刻的文字所写下的那样："当我写作，我就记得，当我记得，我就写作。"[84]

　　一个作者会出于某种目的，去运用经典或其他正典文本中的符号、意象以及相关的训诂和新的解释，这种运用确定了这个作者在文人阶层中的成员身份；这是一种超越了时代、通过遵从同一套文本传统和话语体系而决定的身份。作者们有意识地利用和改造这些共享的文化资源，这种行为使得他们将自己铭刻进一种文化的记忆之中；而这种记忆，通过媒介的外化（medial externalization），成为一种意象与符号的供应源，进而被他人出于自身目的再次挪用。通过指涉或引用，将前人的文本吸收到自己的作品中，归根结底，是一种为未来读者保存这些文本的手段。[85]在一个文本知识与传统具有特权地位的社会中，互文性通过指涉、回忆、重译和改写文化本身，维持了这个文化的记忆。

小　结

在早期中古中国，进行阅读和写作需要一种文化才能；要具备这种能力，不仅要掌握特定的文本和传统，还要熟知同时代思想知识的发展状况。人们通过引用、用典或其他形式的改写，使用和重复利用文化资源，这不仅体现了文化素养，重申了一个群体的文化记忆，而且为未来的挪用提供了更多的文化资本。在阅读与写作的历史进程中，这种交换行为开启了充满影响力的互文性网络；对前人的阅读也愈加受到先前解读者的影响——他们的注疏训诂、编撰意志、解释或改写，都日益成为阅读的中介；随着这些趋势的出现，"阅读是为了与古圣先贤进行对话"这一经典观念变得越来越复杂，并受到了更多挑战。对此，不同时期和不同倾向的读者们，提出了各种各样的解决方案，但这个主题就需要另一种不同性质的研究了。本书的核心兴趣在于：其一，在早期中古时期的中国，互文性怎样造就了阅读与写作的模式；其二，在演讲者/原作者/文本的意图，注评者、编辑者和其他解读者的干预，以及后来写作者的解释和运用之间，意义如何通过各方的协商而生成。

注释

1. LaCapra, *History and Reading*, 27.
2. 康儒博探讨了"传统"这一概念存在的问题，很有帮助，见：

"Two Religious Thinkers of the Early Eastern Jin," 175-7。

3. 通常而言，国家藏书机构保存了整个国家最好的图书典籍，但书籍的流通受到严格控制，而且由于频繁的战争，这一机构面临着图书散佚或损毁的威胁，常处命运岌岌可危的境地。有学者对早期中古时期图书流通状况进行了很好的讨论，见李瑞良，《中国古代图书流通史》，118-170。

4. Grafton, "Humanist as Reader," 185.

5. 见 Darnton, *Forbidden Best-Sellers*, 85。在另一篇更早的论文中，达恩顿讨论了这一概念，他认为，试图建构一个关于读者之反应的历史和理论，这一过程存在着其固有的困难："由于文献是从文本中形成意义，它们几乎无法显示读者的作用；而且文献本身就是文本，自身也需要解释。大多文献所提供的内容，并不足以让我们了解阅读过程中的认知和情感因素，哪怕是间接了解也很困难；只有少数几个例外，但要重建这种体验的精神维度，这些案例可能还不够。" Darnton, "First Steps toward a History of Reading," 7.

6. 《孟子》5B/8；《孟子正义》，21.725-726。

7. Grafton, "Humanist as Reader," 183.

8. 《庄子集释》（合作 *ZZJS*），2：490。

9. Ashmore, *Transport of Reading*, 11.

10. Plato, *Phaedrus*, 521.

11. Cavallo and Chartier, *History of Reading*, 6.

12. 见《诗经》（205）。

13. 《孟子》5A/4；《孟子正义》，18.638。

14. 朱熹对这段话的注释如下："文，字也。辞，语也……言说《诗》之法，不可以一字而害一句之义，不可以一句而害设辞之志。" 诸多现代注家，如杨伯峻、刘殿爵等人大都采纳朱熹的注释。不过陆威仪（Mark Lewis）另有一种诠释，与笔者的解读相近："文"意指"文饰"，而"辞"则指辞句。见 Lewis, *Writing and Authority*, 165。

15. 《孟子注疏》9.1/71/p.2735c。

16. 《孟子注疏》9.1/71/p.2735c。

17. 董仲舒，《春秋繁露义正》，5.95（此处遵从原著引用格式仅列出原始文献之作者和书目，具体版本见参考文献。后同。——译者注）。

18. 根据清人卢文弨的说法，"人"字可能为"天"字错讹。现代编者大多采用卢文弨的观点。

19. 刘向，《说苑校证》，12. 292-293。

20. 关于各类早期文本对《诗》的引用，有一简要比较，可见 Lewis, *Writing and Authority*, 155-72。

21. 例见：Van Zoeren, *Poetry and Personality*, 38-44；Saussy, *Problem of a Chinese Aesthetic*, 59-67；Lewis, *Writing and Authority*, 155-63；Schaberg, *Patterned Past*, 234-43；等等。

22. Holzman, "Confucius and Ancient Chinese Literary Criticism," 34.

23. 《论语》3/8。英译基于刘殿爵译本，*Analects*, 68。

24. Saussy, *Problem of a Chinese Aesthetic*, 65. 这种立场更接近理查德·罗蒂（Richard Rorty）的实用主义立场。不同于翁贝托·埃科，罗蒂认为对文本的解释与使用之间没有任何有用的区别，他认为："所有人对所有事物所做的一切就是在运用它。解释某物、了解某物、洞悉某物的本质等，都只是种种描述的方式，以描述某种将其投入使用的过程……所以在我看来，取消运用和解释之间的区别似乎要更简单。"Eco et al., *Interpretation and Overinterpretation*, 93, 105-6。

25. Schaberg, *Patterned Past*, 241.

26. Linge, introduction to Gadamer, *Philosophical Hermeneutics*, xxiv.

27. Gadamer, *Truth and Method*, 296.

28. Chartier, "Intellectual History or Sociocultural History?" 36.

29. LaCapra, "Rethinking Intellectual History," 64.

30. 夏蒂耶的观点很恰当："作者的解释只是几种解释中的一种，它并不垄断作品中所谓独特的、永久的'真理'。这样做可能可以将作者恢复到一个公正的地位：对于作者的创作，作者本人的意图（明确的或无意识的）不再包括一切可能的理解；但作者与作品的关系，并没有因为这些可能的理解而被忽视。"见 Chartier, "Intellectual History or Sociocultural History?" 37.

31. Makeham, *Transmitters and Creators*, 15 n. 36. 罗歇·夏蒂耶的观点更进一步："与文学或哲学史家所推崇的概念相反——根据他们的说法，文本的意义可以像石头中的矿脉一样隐藏在文本之中（批评因此成为一种将这种隐藏意义带到表面的操作），我们必须记住，任何文本都是阅读的产物，是其读者的一种建构。"Chartier, "Intellectual History or Sociocultural History?" 38.

32. Borges, "Pierre Menard," 45–55.

33. 汤用彤将早期玄学定义为儒道会通的结果（以王弼为例），这一经典定义影响深远。他认为，玄学的兴起是汉代宇宙学说向魏晋玄学本体论的演进，见其文集《魏晋玄学论稿》。梅约翰对玄学的现代定义展开了有益的考察与评价，参见其著作中的相关内容：*Transmitters and Creators*, 30–33。梅约翰认为，玄学可能"更多与其'阐释者'所写的哲学文献有关，而不是一种风格、一种话语主题，或者一种范式转变"。(32) 与此类似，罗秉恕对玄学特征的归纳也并不着眼于其主题或哲学范式，而是将重点放在它的方法上，即"将文本视为作者传达其意图的中介"。Ashmore, *Transport of Reading*, 16.

34. 参见梅约翰对何晏的讨论：*Transmitters and Creators*, 23–75；罗秉恕对王弼对《论语》的诠释，以及六朝时期对《论语》的解释进行了讨论，参见 *Transport of Reading*, 111–51。

35. 这个例子在桓谭（约前 43～28）的《新论》中有所论述。相关段落见鲍格洛（Timoteus Pokora）对这一文本的重构和翻译：*Hsin-Lun* (*New Treatise*), 89。另见韩德森在其著作中对这种注释风格的讨论：*Scripture, Canon, and Commentary*, 77。

36. Ashmore, *Transport of Reading*, 147.

37. 《易经·系辞传》："子曰：书不尽言，言不尽意。然则圣人之意，其不可见乎?"提出这句反问之后，孔子又从"言""象""意"的层次结构论证了三者的充分性。"子曰：圣人立象以尽意，设卦以尽情伪，系辞焉以尽其言。"《周易译注》，249。英译出自 Lynn, *Classic of Changes*, 67。

38. 王弼在《周易略例》中写道："得意在忘象，得象在忘言。"《王弼集校释》（后作 *WBJJS*），2：609。在王弼的图式中，语言不仅被简化为单纯的意义载体，而且如果要把握思想，最终还必须摒弃这一载体。

39. Makeham, *Transmitters and Creators*, 188.

40. 例如，欧阳修（1007～1072）就认为，读者在没有注释的情况下，十有七八可以理解经典典籍，有时传注反而会使文本变得混乱（"经不待传而通者十七八，因传而惑者十五六"）。对这一问题的相关讨论，也可参见：Liu, James T. C（刘子健），*Ou-Yang Hsiu*, 90；Henderson, *Scripture, Canon, and Commentary*, 71。不过，欧阳修仍撰有《诗本义》，对《诗经》的 114 首诗进行了阐释。

41. Henderson, *Scripture, Canon, and Commentary*, 66.

42. Makeham, *Transmitters and Creators*, 74.

43. 有证据表明，唐代之后，郭象注与成玄英疏（作于631~643年间）的部分内容羼入了《庄子》原本中，从而也说明文本与注释之间的界限可能是模糊的。见 Rand, "Chuang Tzu: Text and Substance," 14-15。

44. Gadamer, *Philosophical Hermeneutics*, 98-99.

45. 本章中陆机《文赋》引文皆引自《全晋文》, 97. 2013a-2014a。

46. 转引自《文选》李善注。参见萧统，《文选》（后作 *WX*），17. 762。

47. 例见 Lau（刘殿爵），*Lao Tzu*, 14。

48. 转引自 Chartier, *Inscription and Erasure*, 7。

49. Chartier, *Inscription and Erasure*, 9.

50. Bruner, *Actual Minds, Possible Worlds*, 3-4.

51. Borges, "William Shakespeare: Macbeth," 218；译文见 Chartier, *Inscription and Erasure*, xii, 强调为原文所有。

52. 陆机在《文赋》中写道："或辞害而理比，或言顺而义妨。"

53. 在一篇具有开创意义的文章中，王瑶讨论了早期中古时期通常的模仿实践及其目的（如学习属文、追慕致敬、与前人一较短长等）。他认为，即使是模仿重复或托名作文，在当时也不会被认为是作伪欺世；这是文人们通过复苏某种题材的形式，以自己的"言"去发扬前人之"意"，或是确保前人的典范之"言"得以流传。见王瑶，《拟古与作伪》, 211-228。

54. Emerson, "Quotation and Originality," 178.

55. 语出《庄子》第二篇《齐物论》开篇："南郭子綦隐机而坐，仰天而嘘，荅焉似丧其耦。"接着，他描述了何为"天籁"："夫吹万不同，而使其自已也。"并将之与地籁、人籁相较。见 *ZZJS*, 1：43-50。

56. 陈威，"On the Act and Representation of Reading," 59-63。该文也讨论了本节所涉及的另外两个中古早期关于阅读的主要文本案例。

57. Ashmore, *Transport of Reading*, 7.

58. 见乔治·普莱（Georges Poulet）具有奠基意义的论文，"Phenomenology of Reading," 53-68。

59. 《陶渊明集笺注》（后作 *TYMJJZ*），393。

60. 据《山海经·西山经》载，状如人面而龙身的鼓，与钦䲹杀葆江（即祖江）于昆仑之阳，二者为帝所戮，钦䲹化为大鹗，鼓亦化为鵕鸟，其状如鸱。见《山海经校注》，2.42。

61. 齐桓公所用的三位近臣专权作乱，将桓公关于其住处。有一妇人爬过墙去见他，桓公向妇人索要饮食，妇人回答说由于内乱，无法得到饮食。齐桓公感叹说："若死者有知，我将何面目以见仲父乎？"管仲曾劝谏桓公不要近用此三人。见：司马迁，《史记》，32.1492；《吕氏春秋集释》，16.407。

62. De Certeau, *Practice of Everyday Life*, 173–74.

63. 见《山海经·海内经》，《山海经校注》，18.452。《山海经》有多处提及窫窳，但描述不一，《北山经》称其"赤身、人面、马足""其音如婴儿，是食人"；《海内西经》则称其"蛇身人面"。

64. 关于谢灵运的自家庄园之旅，见第六章及 Swartz, "There's No Place Like Home"。

65. 见郑毓瑜，"Bodily Movement and Geographic Categories"（中文版为《身体行动与地理种类——谢灵运〈山居赋〉与晋宋时期的"山川"、"山水"论述》，载《淡江中文学报》2008 年第 18 期，37–70。——译者注）。

66. 关于这一观点，最早两个讨论可见唐长孺的《三至六世纪江南大土地所有制的发展》和《南朝的屯、邸、别墅及山泽占领》，1–26。关于这类观点的近期成果，见郑毓瑜，"Bodily Movement and Geographic Categories"。

67. Rosolato, *Essais sur le symbolique*, 引自 De Certeau, *Practice of Everyday Life*, 173。

68. 《谢灵运集校注》（后作 *XLYJJZ*），61。

69. 刘棻，刘歆（约约 46～23）之子。王莽曾依靠符命使登基自立的行为合法化，即位之后便想禁绝这种做法"以神前事"，而刘棻擅自造作符命，惹恼王莽。见班固，《汉书·扬雄传》，87B.3584。相关段落英译见 Knechtges, Han Shu *Biography of Yang Xiong*, 59–60。

70. 见《论语》，18/6。

71. "达生"是《庄子》第十九篇的标题。开头部分内容如下："达生之情者，不务生之所无以为；达命之情者，不务知之所无奈何。" *ZZJS*，2：630.

72. 本文使用的"文化资本"一词来自皮埃尔·布尔迪厄（Pierre Bourdie）的著作，特别是《区分：判断力的社会批判》（*Distinction：A Social Critique of the Judgement of Taste and Field of Cultural Production*）一著。此外，笔者对一个社会的文化资本还有着这样的理解：它不仅是可传递的，而且是可复现、可再生产的。

73. 田晓菲，*Beacon Fire and Shooting Star*，9，47（中文版见《烽火与流星：萧梁王朝的文学与文化》，中华书局，2010。——译者注）。

74. Mauss，*The Gift*，13. 译文参考汲喆中译。

75. 关于早期中古中国文化资本的更全面的讨论，见 Swartz et al.，*Early Medieval China*，195-99。

76. 房玄龄等，《晋书》，61. 1676。

77. 西方阅读史上的"精读"（intensive reading）一词，指的是对有限的某本书籍（如《圣经》）进行解读与重新解读，与之相对的是"泛读"（extensive reading），即读者广泛地、贪心地、迅速地阅读各种书籍。传统的说法认为，在十八世纪下半叶印刷工业化之后发生了一场阅读革命，这场革命推动精读向泛读的转变。罗歇·夏蒂耶等现代学者对这一观点进行了修正，他们认为现代早期的读者采取了多种阅读方式，所以这场"革命"要更加复杂："因此每个读者时不时地可能'集中'，也可能'广泛'；可能专注其中，也可能随意休闲；可能勤勉努力，也可能为了消遣。"Chartier，*Inscription and Erasure*，114.

78. 刘义庆，《世说新语笺疏》（后作 *SSXY*），4/63。

79. 正如阿莱达·阿斯曼简要地指出："运作着的记忆，储存和复制再生产了一个社会的文化资本，这种资本会不断地被循环利用、被一再重申。"见 Aleida Assmann，"Canon and Archive，" 100。

80. 例见：Jan Assmann，"Collective and Cultural Identity"（引文中文版参考扬·阿斯曼，《集体记忆与文化身份》，陶东风译，载《文化研究》2011 年第 11 辑，3-10，在原译文基础上略做改动，后同。——译者注）；Lachmann，*Memory and Literature*。

81. Barthes，"Texte（théorie du），" 1683；Lachmann，"Mnemonic and Intertextual Aspects of Literature，" 305.

82. Lachmann，"Mnemonic and Intertextual Aspects of Literature，" 301.

83. 从制度与形式层面对文化记忆的简要讨论，见 Jan Assmann，

"Communicative and Cultural Memory," 109 - 18（中文版参见扬·阿斯曼，《交往记忆与文化记忆》，管小其译，载《学术交流》2017 年 1 月第 1 期，10-15。——译者注）。

84. 拉赫曼译，见 Lachmann, "Mnemonic and Intertextual Aspects of Literature," 307。

85. 爱默生就思考了"但丁是如何吸收"并"为我们保存"大阿尔伯特（Albert）、圣文德（St. Buonaventura）和托马斯·阿奎那（Thomas Aquinas）的书籍的。Emerson, "Quotation and Originality," 181.

第二章　嵇康与拼装式诗学

有意义的互文性研究，必须考察一个文本是如何作为文本关系网络的一部分而发挥作用的。因此，不能将之简化为对文本影响力的研究，也不能仅仅追溯文本的来源。互文性，从广义上而言，可以将之设想为一种文化符码和描述系统的结合；也可以从更具体的层面，将其看作与一个先前的文本或者与一组文本簇群之间的相互关系；但无论是从哪个角度，它都渗透并影响了一切文本。文本并不是凭空产生的：所有的文本，都沉浸在其使用之语言的历史中。理查德·舒尔茨（Richard Schultz）曾针对《旧约》先知书中的引用现象和言语的相似性展开过研究，他在研究中言简意赅地指出："从某方面来说，所有的写作都涉及模仿和重复，这是因为，每个作者都是一个继承者，不仅继承了一种语言，而且还继承了一种历史悠久且复杂的文学。作者会不可避免受到这种继承的影响，无论是有意还是无意，无论是自愿还是被迫。"[1]一个具有建设性的观点是：写作者可以自由支配一个文化的各种资源。从这个角度来看，我们可以说是互文性维持了文学的记忆，并且见证了一种文化改写它自身的过程：一条新的文本纱线与其他纱线交织，最终编织为社会集体记忆结构的一部分。

在古代中国，参与文化传承之形成过程的，主要是受过教育的精英群体，他们生产并传递着被认为是中国文明之基石的文本传统。这种文人阶层具有自我反身性（self-reflexive）与自我永续性（self-perpetuating），作为其中一员，不仅要知晓文化的文本历史，还要继续对这种文本历史做出贡献。人们针对成为正典（canon）的各个典籍创作了注释（commentaries），这些注释常常会进而引发再注释（subcommentaries）或者其他竞争性注释的出现。① 在创作时，作者会参考前人的文献，这样的行为完全是常态。厄尔·迈纳（Earl Miner）和珍妮弗·布雷迪（Jennifer Brady）就认为："在东亚地区，文学语言，从定义上来说，是一种有先例可援的语言（precedented language），如果其中有焦虑存在，那么称之为'不受影响的焦虑'可能会更为恰当。"[2]他们的表述发扬了哈罗德·布鲁姆影响深远且被反复使用的术语"影响的焦虑"。在布鲁姆的这一理论中，诗歌的历史变成了关于诗歌之影响的历史，以及后来者们的挣扎史——他们一边如俄狄浦斯般与前辈先贤们一较高下，一边又要在自己的作品中直面自己的焦虑。[3]借保罗·德曼（Paul de Man）的话来说，"人文主义将文学影响视为'个人才华在传统中得到富有成效的融合'"，而布鲁姆恰恰挑战了这一观点。[4]如果我们接受布鲁姆对西方诗歌史之特征的归纳，那么我们可以说，在中国，从整体而言，人们看待前人的作品时具有更少的对抗性与更多的实用性，并将之作为在创作中可以加以运用的工具与资源。

就早期中古时期互文性的个案研究而言，嵇康的诗歌是一个极具启发性的课题。在文学史上，嵇康诗歌受到的关注远不

---

① 在中国古代文学中，对传统经典的注释工作，称为"传注"或"经注"，对应文中的"commentaries"；解读、补充旧注的注释即为"义疏"，对应文中的"subcommentaries"；汇集诸家具有竞争性解释的体例即"集解"。

如其散文，甚至不成比例地少。有一本针对这一时期文学史展
开考察的权威之作，虽然承认嵇康的四言诗在当时是独步诗坛
的，但还是遗憾于其五言诗成就不够突出。[5]然而，如果不考察
嵇康在其诗歌中对引文与典故的运用，就无法全方位地理解这
个时代的文学史。在《诗经》与《楚辞》之后的诗歌传统中，
几乎没有其他三世纪的诗人，像嵇康这样领先地以一种"拼
装"（bricolage）的方式，在写作中全面运用一系列来源广泛
且异质多样的资源；这些资源包括了《诗经》、《楚辞》、建安
诗歌，乃至玄学话语——一种借"三玄"（《老子》《庄子》
《易经》）之概念与诡辞探究"道"之玄远的话语体系。[6]嵇康 　45
几乎汲取了此前所有的主要诗歌传统，这说明，他全方位地认
可这套文学传承。通过将这些既有的诗歌传统与新兴的哲学传
统交织在一起，嵇康发展出一种新颖独特的诗歌语言，他所使
用的素材既源自传统，更不落窠臼。这种"诗歌"与"哲学"
的融合，不仅引出了"什么是合适的诗歌语言"这一问题，
甚至还引出了"三世纪中期被认为是诗歌的事物是怎样的"
这一问题。在本章里，笔者将针对嵇康这种"诗歌的拼装"
进行解读，试图解答这些问题。

最初的玄言诗

　　嵇康在许多诗歌中都穿插着对《老子》和《庄子》的引
用，他可以代表运用玄言模式写作的第一批重要诗人。[7]这种
类型的诗歌，主要从玄学中汲取概念、词汇与意象，以展开
对"道"的讨论 ["玄"是"道"的特征，可译为"神秘玄
远"（mysterious）、"玄奥微妙"（abstruse）或"幽深玄黑"

（dark）等]。对早期中古时期的玄学家们来说，他们关心的问题在于，要如何调和儒道二家思想，以及如何使道家学说适应儒家经典的权威。这种调和与改造的工作催生了玄学，并延伸到这一时期的诗学之中。然而，玄言诗并不是一个具有清晰边界的亚体裁（subgenre）①，也不是某个特定学派（school）的产物；它实际上体现了一种通过各种材料感知和表达玄学观念的模式，其取材范围可以从抽象概念到具体文本，乃至山水风景。在这几百年中，诗人们可以运用各种各样的亚体裁创作玄言作品，如赠答诗、赠别诗、山水诗等；也可以在千差万别的情境之下展开创作，如社交场合（酬应赠答或群体创作）与私人体验（孤身羁旅或寄情山水）等。此外，在早期中古时期，随着新材料的引入，用以创作玄言诗的素材也在不断地发展。我们即将在第三章里看到，到了四世纪上半叶，佛教概念就为这种以"道"为主题的诗歌话语提供了新的资源。从这个角度来看就会明白，为什么会有一些现代学者，将玄言诗描述为一种兼采老庄思想与佛教义理的话语体系。[8]

在诗歌创作中运用老庄材料的手法，在嵇康之前并非没有先例。例如，在建安名家曹丕（187～226）与曹植（192～232）的作品中，就可以看到对老庄概念的提及；但这些指涉之处并不是他们作品的主要内容，而且大都笼统地表达了一些与老庄思想相关的超越性理念。[9]实际上，曹氏兄弟对《老子》《庄子》文本的直接引用极为稀少。[10]同样，在早先的赋文作品中，也可以找到指涉老庄的内容，例如，贾谊在《鹏鸟赋》

---

① 一译"次（亚）文类"，指一个大的文学体裁内部更为复杂的划分。

中针对宇宙万物的流转变化，以及得道之人的处世方式展开了讨论，其依据就主要源自《庄子》。[11]嵇康也挪用了这两个文本中的思想、道理与词语，但与前人或同时代人相比，他的挪用要比其他人更加始终如一、更为广泛深入。所以很奇怪的是，虽然有些六朝时期的文学批评家已经将玄言诗的根源追溯到正始时期（240～249）的玄学思潮，却没有人将嵇康视为玄言写作模式的先驱。[12]这些批评家大多认为，玄言诗发端于东晋初期。[13]如檀道鸾（活跃于 459 年前后）就指出："至江左（即长江以南地区，这一事件标志着东晋肇始），李充（活跃于330～340 年前后）尤盛，故郭璞（276～324）五言始会合道家之言而韵之。"[14]沈约（441～513）也严格地将受到《老》《庄》影响的文学作品归于东晋时期。[15]刘勰（约 465～约 522）遵循同样的编年方式，亦将"玄风"归于江左之后；不过他也承认，在魏末正始年间就已经出现"诗杂仙心"的情形，并且认为，嵇康清峻、阮籍（210～263）深远，他们都要胜于"率多浮浅"的何晏之徒。[16]萧子显（489～537）的阐释最为简练：48
"江左风味，盛道家之言。"[17]檀道鸾、刘勰与萧子显在描述东晋初期受玄学影响的写作风潮时，都明确地使用了"盛"这个字；这表明，这些批评家很可能是想要勾勒出一种流行趋势的开始，而不是追究"玄风"来源于哪些个案。在后面的讨论里，我们将考察，对老庄文献的指涉在嵇康诗歌中起到了怎样的重要作用，这是现代玄言诗史学研究中不可忽视的一个重点。此外，我们还会特别关注，嵇康那些与"自然"及"道"相关的作品，是怎样地预见乃至影响了被公认为玄言诗巅峰的兰亭诸诗。

拼装式诗学

朱莉亚·克里斯蒂娃将互文性定义为"引文的镶嵌拼合"（a mosaic of citations），并将文本定义为"众多文本的排列组合，并具有一种互文性质"（a permutation of texts, an intertextuality）。这一经典定义为我们提供了一个非常有用的总体框架，借助这个框架，我们可以从嵇康的主要诗作之一——写给嵇喜的《四言赠兄秀才入军诗》入手，分析其中的纹理、密度与丰富内涵。[18]一些学者对这组诗的受赠对象提出了质疑，这是因为，在六世纪的诗文总集《文选》中，此诗的原标题只说明受赠者是一位"秀才"；而到了李善（卒于689年）的注释中，这一秀才却被认为是嵇喜。[19]还有一些其他的理由：有人认为，如果受赠对象是嵇喜，就与诗中称谓明显不相符（前提是没人会将自己的兄弟称为"好仇""良朋""佳人"）；也有人认为，据《世说新语》所载的几则轶事来看，嵇喜在才学与精神上都不如嵇康，这些诗句中所体现的情感志趣都不大可能是针对这样一个人而创作的。[20]然而在现实中，兄弟姐妹之间的关系通常会比这些推测更为复杂微妙，甚至更为矛盾。基于目前所有证据，笔者和当今大多数学者一样，认为这组诗是写给嵇喜的。笔者对这组诗的解读，意在点明嵇康与其兄在交流时所隐含的紧张关系：诗中所表达的思慕、怀旧、失意、戏谑、劝诫等一系列情感与态度，揭示了二人之间这种微妙的关系。

诗人将来自各种文本资源的片段编织在一起，写下了这十八首感人至深的私人赠诗，以送别其兄。这也是中国文学史上兄弟失和现象的一个重要而罕见的例证。在分析这种失和之前，先了解一些人物生平及历史背景会很有帮助。在当时，嵇喜受到司马氏家族的任命，历任太仆、太守等职，并于282年升任徐州刺史。[21]嵇喜与司马氏的联盟，使得他与嵇康不得不分道扬镳；因为嵇康娶了曹魏宗室的公主为妻，而曹氏政权在其统治的最后二十年里，正是为司马氏所颠覆。[22]249年，司马懿（卒于251年）发动政变，处决了共同摄政的曹爽及其党羽，最后顺利掌权。自此之后，嵇康在人生最后的十三年里，除了255年在毌丘俭发动叛乱时有过"欲起兵应之"的想法之外，似是不再过问政事。[23]在对其兄的倾诉中，嵇康虽然没有公开批评当时事实上已经篡权的司马氏家族，但还是表达了对兄弟仕途的担忧之情。所以毫不奇怪，他以一种间接的方式写下了这种担忧：利用潜台词传递了警告，并利用典故传达了信息。尽管这些诗篇体现了手足之情，以及分离后对兄长的思念之情，但它们也在强调，正是二人在哲学理念上的大相径庭，以及对生活方式完全对立的选择，使得二人难以和解、手足分离。

50

赠兄秀才入军诗　十八首

51

其一

鸳鸯于飞，[24]	A couple of mandarin ducks take flight,
肃肃其羽。[25]	Flap, flap sound their wings.
朝游高原，	At dawn, they roam over the high plain;
夕宿兰渚。	At dusk, they lodge at the thoroughwort isle.
邕邕和鸣，[26]	*Yong, yong*—they call in harmony,
顾眄俦侣。	Each looking back on its mate.

俛仰慷慨，	Gazing down and up, at ease and joyful,
优游容与。	They relax in carefree roaming.

其二

鸳鸯于飞，	A couple of mandarin ducks take flight,
啸侣命俦。[27]	Each whistles at its mate, calls to its partner.
朝游高原，	At dawn, they roam over the high plain;
夕宿中洲。	At dusk, they lodge in the middle of the isle.
交颈振翼，	With their necks entwined, their wings outstretched,
容与清流。	They relax by the clear river's flow.
咀嚼兰蕙，	Chewing thoroughwort and melilotus,
俛仰优游。	They gaze down and up in their carefree roaming.

其三

泳彼长川，	I swim in that long river
言息其浒。	And rest on its bank.
陟彼高冈，[28]	I climb that high hillcrest
言刈其楚。[29]	And cut the wild thorn.
嗟我征迈，	Alas! I journey afar,
独行踽踽。[30]	Alone I travel, in utter solitude.
仰彼凯风，	I look up at that temperate wind
涕泣如雨。[31]	And shed tears like the rain.

52

其四

泳彼长川，	I swim in the long river
言息其沚。	And rest on its islet.
陟彼高冈，	I climb that high hillcrest
言刈其杞。[32]	And cut the corkscrew willow.
嗟我独征，	Alas! I journey alone,
靡瞻靡恃。	Without another to look to or lean on.
仰彼凯风，	I look up at that temperate wind,
载坐载起。	Now sitting, now standing.

其五

穆穆惠风，	Mild is the gentle breeze
扇彼轻尘。	That fans the light dust.
奕奕素波，	Towering white waves
转此游鳞。	Roll along the swimming fish.
伊我之劳，	Oh, my pains,
有怀佳人。	From thinking of the fair one：
寤言永思，	Awake I am forever longing,
寔钟所亲。	Truly he is the one I hold dear.

53

其六

所亲安在，	The one I hold dear—where is he?
舍我远迈。	He left me to sojourn far away.
弃此荪芷，	Casting off sweet flag and angelica,
袭彼萧艾。	He now dons wormwood and mugwort.

虽曰幽深，	Though that place may be secluded and remote,
岂无颠沛。[33]	Is there not falling into trouble?
言念君子，	I think of the gentleman
不遐有害。	Being not far from harm's way.

其七

人生寿促，	The years of man's life are fleeting;
天地长久。	Heaven and earth are long lasting.
百年之期，	A span of a hundred years—
孰云其寿。	Who says this is longevity?
思欲登仙，[34]	I long to ascend to immortality
以济不朽。	And cross over to the realm that never decays.
缱绻踟蹰，	I pull back the reins and waver,
仰顾我友。[35]	Looking back to my friend.

其八

我友焉之，	My friend—where is he going?
隔兹山冈。	Divided by this mountain ridge we are.
谁谓河广，[36]	Who says the river is wide?
一苇可航。	With a reed, I can sail it.
徒恨永离，	In vain I resent this everlasting separation,
逝彼路长。	Now that he has gone far off on the long road.
瞻仰弗及，[37]	I tilt my head, my gaze does not reach;
徒倚彷徨。	I linger and waver in hesitation.

54

其九

良马既闲，	His fine steed well trained,
丽服有晖。	His beautiful garb sparkling.
左揽繁弱，	With the left hand he holds the Fanruo Bow;
右接忘归。[38]	With the right, he plants the Wanggui Arrow.
风驰电逝，	He gallops like the wind, gone like lightning,
蹑景追飞。	Tracking shadows and chasing the flying.
凌厉中原，	Swiftly he traverses the central plain,
顾盼生姿。	Glancing from left to right, he shows a fine bearing.

其十

携我好仇，	I clasp the hand of my good companion
载我轻车。	To ride in my light cart.
南凌长阜，	To the south we traverse the long mound;
北厉清渠。	To the north we cross a clear canal.
仰落惊鸿，	Looking up we fell a startled goose,
俯引渊鱼。	And downward we draw fish from the depths.
盘于游田，[39]	Roaming the fields in merriment—
其乐只且。	What a joy this is!

其十一

55

凌高远眺，	Riding high I gaze into the distance;
俯仰咨嗟。	Looking up and down I heave a sigh.
怨彼幽縶，	I resent that he is detained and tethered,
邈尔路遐。	How distant—the road is far!
虽有好音，	Though fine tunes I have,
谁与清歌。	To whom do I sing my unaccompanied song?
虽有姝颜，	Though a handsome countenance I have,
谁与发华。	For whom can I display my splendor?
仰讯高云，	Looking up I tell to the high clouds,
俯托轻波。	And below I confide in the light waves.
乘流远遁，	I ride the current, retreating far away,
抱恨山阿。	Clinging to resentment in a mountain bend.

其十二

轻车迅迈，	My light cart swiftly travels;
息彼长林。	I take rest in the tall woods.
春木载荣，	Spring trees carry blooms,
布叶垂阴。	While spread leaves hang shadows.
习习谷风，[40]	Gentle, gentle is the valley wind,
吹我素琴。	Blowing over my plain zither.
交交黄鸟，[41]	Chirp, chirp cry the yellow birds:
顾俦弄音。	Looking at their mates, they make tunes.
感悟驰情，[42]	Stirred to awareness, feelings rush on,
思我所钦。	And I think of the one I esteem.

心之忧矣，　　The sorrow of my heart

永啸长吟。　　Leads me to prolong my whistling, sustain　56

　　　　　　　　my singing.

其十三

浩浩洪流，　　Vast and mighty is the river's flow,

带我邦畿。　　Which girds our royal domain.

蔓蔓绿林，　　Lush, lush is the green forest,

奋荣扬晖。　　Where plants display their blooms and

　　　　　　　　show their radiance.

鱼龙瀺灂，　　Scaled fish swish softly in the water;

山鸟群飞。　　Mountain birds fly in flocks.

驾言出游，　　I drive my carriage for an outing,

日夕忘归。　　And at sunset I forget to return.

思我良朋，　　I think of my fine friend,

如渴如饥。　　A yearning like thirst and hunger.

愿言不获，　　My wish cannot be had—

怆矣其悲。　　How desolating is this sadness!

其十四

息徒兰圃，　　I have my attendant rest in the

　　　　　　　　thoroughwort garden,

秣马华山。　　And let my horse graze on the blooming

　　　　　　　　mountain.

流磻平皋，　　I shoot an arrow across the flat marsh,

垂纶长川。　　And cast my fishing line into the long river.

目送归鸿，	My eyes send off the returning geese;
手挥五弦。[43]	My hands wave across the five strings.
俯仰自得，	I look up and down in self-contentment,
游心太玄。	And let my mind roam in the Grand Mystery.
嘉彼钓叟，	How fine was the fisherman,
得鱼忘筌。[44]	Who caught a fish and forgot about the trap.
郢人逝矣，	The man from Ying has departed—
谁与尽言？[45]	Now with whom can I speak freely?

57

其十五

闲夜肃清，	In the still night, a somber calm,
朗月照轩。	A bright moon shines on the balcony.
微风动袿，	A light breeze stirs my gown;
组帐高褰。	A silk curtain is drawn high.
旨酒盈樽，	Fine wine fills my chalice,
莫与交欢。	But there is none with whom to share such pleasure.
鸣琴在御，[46]	The zither by my side,
谁与鼓弹。	For whom do I strike and strum it?
仰慕同趣，	I yearn and long for my kindred spirit,
其馨若兰。	Whose fragrance is like thoroughwort.
佳人不存，	Since the fair one is no longer here,
能不永叹。	Can I help but heave long sighs?

其十六

乘风高逝，　　I ride the wind to my lofty retreat,

远登灵丘。[47]　Where far away, I climb the numinous hills.

托好松乔，[48]　I have befriended Red Pine and Wangzi　　58
　　　　　　　　　　Qiao;

携手俱游。　　Clasping their hands, I roam together
　　　　　　　　　　with them.

朝发太华，[49]　In the morning, we set out from Mount
　　　　　　　　　　Tai Hua,

夕宿神州。[50]　And in the evening, we lodge at the
　　　　　　　　　　Divine Island.

弹琴咏诗，　　I play the zither and intone poems,

聊以忘忧。　　So as to forget my sorrows for a while.

其十七

琴诗自乐，　　I delight myself with my zither and verse;

远游可珍。　　Distant roaming is worth treasuring.

含道独往，　　I embrace the Way and go forth alone,

弃智遗身。　　Discarding wisdom and leaving behind
　　　　　　　　　　self.

寂乎无累，　　In stillness, I have no entanglements,

何求于人。　　So what have I to ask from others?

长寄灵岳，　　For long I shall consign myself to the
　　　　　　　　　　numinous hills,

怡志养神。　　Pleasing my will and nurturing my spirit.

其十八

流俗难悟，	Those drifting in the vulgar world are hard to awaken:
逐物不还。[51]	They chase after things without turning back.
至人远鉴，[52]	The Perfected Man reflects on the distant,
归之自然。[53]	Always returning to what is natural.
万物为一，[54]	The myriad things are one with him;
四海同宅。	All within the four seas are under one roof.
与彼共之，	To share in that with him,
予何所惜。	What is there for me to regret?
生若浮寄，[55]	Life is like a floating lodge,
暂见忽终。	Temporarily manifest, suddenly ended.
世故纷纭，	The causes of the world are chaotic and confusing;
弃之八戎。	I abandon it and travel beyond the Eight Borders.
泽雉虽饥，	Though the marsh pheasant is starving,
不愿园林。[56]	It does not yearn for gardens and parks.
安能服御，	How can one submit to servitude?
劳形苦心。[57]	It would only wear out the body and weary the mind.
身贵名贱，[58]	The self is valuable, the name worthless;
荣辱何在。[59]	Wherein do honor and disgrace reside?

59

60

贵得肆志，　　What is valuable is giving rein to one's
　　　　　　　　aspirations,

纵心无悔。[60]　　Freeing one's mind, with no regrets.

从表面上看，第一首诗以一幅静谧深情的图景兴起，主角是一对无忧无虑的鸳鸯，它们彼此和鸣，从容自在。然而，这番景象之下却蕴含着危机，分离的忧愁使得这对鸳鸯此时的幸福融洽尤为鲜明。[61]这首诗的第一句里就隐含着不祥的预感：它一字不差地引用了《诗经·小雅·鸳鸯》（216）的首句，但在原诗的下一句中，鸳鸯却被"毕之罗之"，为罗网所获。在嵇康的诗里，这对鸳鸯则是飞向了不同的方向。诗中还有两处也借用了《诗经》，即"肃肃其羽"与"邕邕和鸣"。"肃肃其羽"句出自《小雅·鸿雁》的开头，然而"鸿雁"这种鸟，在原诗中象征那些在远方野外服劳役的人（"劬劳于野"），这些人要么是未娶的鳏夫，要么妻子终成寡妇。"邕邕和鸣"句也隐含着孤苦无依的意象，此句改编自《邶风·匏有苦叶》（34），描述的是一个年轻女子焦急地等待情人将其带回家娶作妻子的情形。[62]这种"表面上和谐"与"暗地里分离"相结合的手法，在下一首诗中亦有体现。第二首诗的"啸侣命俦"句，改写了曹植《洛神赋》的"命俦啸侣"句，在亲密无间中透露着一种孤单感：曹植此句虽然描述了众神之间的情谊，但此前的洛神却在思慕中哀然长吟，后文的洛神更是"叹匏瓜之无匹，咏牵牛之独处"。虽然嵇康一直在这两首诗里刻画鸳鸯是如何地双栖双宿，但他所借用的诗句却总是在喻示着将来的分离，不断地为这些幸福图景埋下分崩离析的种子。

如果说第一句中为《诗经》原文所召唤的鸳鸯被捕意象

61

还比较含蓄，那么在现存的另一首写给嵇喜的诗中，这层意思就阐述得非常详尽直白了。这首较短的《赠秀才诗》，无论是主题还是思想，展开的顺序都与四言组诗相一致，读起来像是一篇对四言组诗的简要总结。因此，在继续分析四言组诗之前，我们先考察一下这首五言诗：

赠秀才诗

双鸾匿景曜，	A pair of simurghs hide their dazzling brilliance,
戢翼太山崖。	Folding their wings on the cliffs of Mount Tai.
抗首漱朝露，	They raise their heads, rinsing their mouths with morning dew;
晞阳振羽仪。[63]	They bask in the sun, augustly straightening their feathers.
长鸣戏云中，	Letting out long cries as they sport in the clouds,
时下息兰池。	At times they descend to rest by the thoroughwort pool.
自谓绝尘埃，	They say they have cut off from the dust and dirt,
终始永不亏。	From beginning to end they would never fail this.
何意世多艰，	How could they know the world's many dangers?
虞人来我维。	Then the foresters came to mesh them.

62

云网塞四区，	Cloud-like nets filled all four directions;
高罗正参差。	Snares in the heights spread hither and thither.
奋迅势不便，[64]	Quickly away one tries to fly, but the situation is unfavorable,
六翮无所施。	His six quill feathers have no way to unfold.
隐姿就长缨，	Concealing his looks, he acquiesces to the long tassels—
卒为时所羁。	In the end, restrained and bound by the times.
单雄翩独逝，	The lone male bird flutters far away on his own;
哀吟伤生离。	With woeful cries, he mourns this parting in life.
徘徊恋俦侣，	Pacing back and forth, he yearns for his mate;
慷慨高山陂。	Fervent and frustrated, he stands on a high mountain slope.
鸟尽良弓藏，	When the birds are no more, good bows are stored away;
谋极身必危。[65]	When strategies are no longer needed, one meets with harm.
吉凶虽在己，	Though good or bad fortune depends on oneself,
世路多崄巇。	The paths of this world have many hazards.

安得反初服，	How shall you be able to return to your first garb,
抱玉宝六奇。[66]	Harbor the jade and treasure the six ingenious plans?
逍遥游太清，	To roam free and easy in the Great Purity,
携手长相随。[67]	With us holding hands, forever in each other's company?

63

64

与四言组诗一样，此诗也是以一个场景开篇：两只鸟儿看似无忧无虑，畅然自得，远离俗世的尘埃。然而，一只鸟却遭遇了猎人的罗网——这里显然是在隐喻世事的纷扰与官场的牵绊。另一只鸟时而哀鸣，时而预警，最终只得只身寻向逍遥，超越成仙（在诗的结尾，它的同伴已经离开，暗示了这是一种个人的举动）。针对其兄"隐姿就长缨"选择穿上官袍，嵇康只得将警告与建议嵌入用典之中。嵇康借用西汉功臣韩信（卒于前 196 年）的话，忠告其兄要加以提防，因为在将来等待他的必定是一个悲剧的结局。韩信深知为错误之人效劳的后果，他帮助刘邦（汉高祖）击败项羽（前 232 ~ 前 202）并建立汉朝，但遭到这位新皇帝的猜忌，最后不得善终。他在与高祖早先的对话中悲叹道："果若人言，'狡兔死，良狗烹；高鸟尽，良弓藏；敌国破，谋臣亡。'"[68] 然而，在种种预言与事实之间，历史有时却是朝着扭曲的方向演绎的：嵇康最后被处死，而他的哥哥则在新建立的晋朝逐渐官居高位。虽然兄弟二人各自结局不同，但值得注意的是，嵇康给其兄的建议都是老庄学说中与自我保全有关的经典做法，这也是嵇康自己试图去实践的：怀藏德才（"抱玉"），逍遥于道（"游太清"）。然而，这个建议并没有听上去那么美好，因为在嵇康的时代，这种隐居避世会招来某些特殊的危险。司马氏家族，以及依附司马氏的人〔（如嵇康的死敌钟会（225～264）〕，皆以"名教"维护自己的政治统治与利益，而"名教"不仅要求人们服从一套支撑政治秩序的既定道德与礼教规范，还强调以出仕为主导的传统伦理价值观。[69] 钟会诋毁嵇康，正是因为其"轻时傲世""有败于俗"，嵇康随后被捕入狱，并被处死。[70]

在四言诗中，针对可预见的危险，作者借"颠沛"一词提出了类似的警告。"颠沛"可见于《论语·里仁》，意指"遭遇危险或麻烦"：孔子告诉他的弟子，君子决不能违背道德仁义，即便在最紧迫和危急（颠沛）的时候也要如此，即"造次必于是，颠沛必于是"。虽然这一道理与"颠沛"在此处的运用暗合，但原语境（孔子原意是强调实行仁德的重要性）并不符合嵇康在第六首诗中所要传达的信息。这个词还可以在《诗经·大雅·荡》（225）中找到，而《荡》可以说是一首讽刺王室无道以致灾难性后果的代表之作。《荡》读起来像是一篇周初的宣传檄文，它清点了殷商的罪行，既为推翻商朝提供了正当的理由，也警告周朝的继任者不要重蹈覆辙。在《诗经》的语境中，"颠沛"指失去根基即将倒塌的树木，象征着殷商的覆灭，而这正是嵇康针对其兄之命运的预言。[71]

65

　　　虽曰幽深，岂无颠沛。言念君子，不遐有害。（其六）

嵇康似是以一种反问的口吻问道：如果一个腐朽的政权覆灭

了，一个在其中为官的人，虽然只是在军中承担幕僚的职位，难道不会陷入危险之中吗？他希望他的兄弟去比较殷商之鉴与其所服务的政权，并思考当下政权与未来祸患之间的关系。通过精心选取一个充满层层文本含义的特定词语，嵇康巧妙地建立了这一逻辑推理链条。

在这组赠别诗中，嵇康表达了对以前亲密无间的状态的怀念，并以我们可以预想的轨迹展开叙述。然而，出乎我们意料的是，即便思念的呼唤点缀了整首诗，兄弟二人之间的距离，无论是现实中的还是精神上的，却在逐渐扩大，直至成为一道难以逾越的鸿沟。虽然在诗中，诗人的哀叹触动了怀念的感伤之情，但嵇康又引入了兄弟之间不可调和的分歧，进而削弱了这种基调。嵇康借用《楚辞》中与道德有关的寓意和比喻，来说明兄弟二人截然相反的立场。虽然他们曾经一起"咀嚼兰蕙"（其二），但现在，他的兄弟却放弃了以前的道路：

66

弃此荪芷，袭彼萧艾。（其六）

《楚辞》运用如兰蕙、荪芷等芳草，塑造了一套精巧雅致、象征高洁美德的寓意系统。例如，在《离骚》中，诗人身着芳草，"扈江离与辟芷兮，纫秋兰以为佩"，以比喻对高洁品德的培养。《离骚》中的"幽兰"更是一种美德的象征，形容少数具有真知灼见的人；然而，实际为当权者所"盈腰"的却是艾草，他们愚蠢地选择佩戴这种植物，称幽兰是"不可佩"的（ll. 273-74）。《离骚》里的诗人更是在另一段中感叹道："何昔日之芳草兮，今直为此萧艾也？"（ll. 311-12）嵇康在自己的诗中，以"袭彼萧艾"句，将《离骚》中朝廷上的奸党小人投射到其兄身上，而自己则含蓄地承担了主人公的角色，意在点明其志如屈原，选择保持自身的高洁品质，培育自己的纯正美德，等待为明君所用。他忠实地模仿了这一形象，甚至连犹豫的细节也包括在内——他有所"踟蹰"与"彷徨"（其七、其八），这都是《离骚》和《远游》中非常经典的举动：诗人挣扎着，意识到他正站在两个世界之间的十字路口，他要抛下亲密之人，独自升于逍遥之境，对此他内心翻涌，犹豫不决。

　　嵇康通过刻画兄弟二人的不同生活方式，凸显了他们之间的分歧。即将入军的嵇喜被塑造成一个游侠，其形象呼应了曹植的名作《白马篇》。在曹植的诗中，英雄骑着金羁白马驰骋在西北荒漠，手持良弓射向飞奔的目标，并"长驱蹈匈奴，左顾凌鲜卑"。嵇康将这一形象化用为：

　　　　良马既闲，丽服有晖。左揽繁弱，右接忘归。风驰电　　67
逝，蹑景追飞。凌厉中原，顾盼生姿。（其九）

与其兄长的英勇伟岸（不管说是出自为之骄傲的心理，还是说可能带有一丝戏谑的讽刺色彩）形成对比的是，嵇康认为，自己所追求的出世守静的生活方式，要更富有简单的乐趣：[72]

　　　　息徒兰圃，秣马华山。流磻平皋，垂纶长川。（其十四）

嵇康的马不再是战争工具，不再在边疆原野上驰骋，而是在山坡上吃草。此处的"流磻平皋"（以石块击鸟）更是表达了闲适的狩猎情趣，体现了眼前山野的壮阔美感。

接下来的一联最为著名，也是嵇康诗作中最常被引用的诗句，其笔触与前文相似，突出了眼前画面的浩瀚深远之感。

68　　　　目送归鸿，手挥五弦。（其十四）

诗人的手不住地拨动琴弦，目光追随着天边的鸿雁，看着其踪迹逐渐消失在广阔的天际。这种物理层面的渺远无垠为紧接着的两句做了铺垫，诗人就此迈入茫茫无穷的道之"太玄"：

　　　　俯仰自得，游心太玄。（其十四）

在这首诗的后半部分，诗人借用并发展了肇始于《远游》《离骚》的"游仙"之喻，以宣告自己和兄弟之间彻底的分道扬镳。嵇康选择独自游于逍遥之境，二人之间的鸿沟就此难以逾越；所以他以夸张的手法写道："谁谓河广，一苇可航"（其八）——即便嵇喜有意，但那据说能够渡过宽广大河的芦苇，也无法帮他横越这道无限的鸿沟。

　　　　乘风高逝，远登灵丘。托好松乔，携手俱游。（其十六）

诗人结识了新的朋友，逍遥的仙人赤松子与王子乔，已经取代了他失去的伙伴（嵇喜）。他在琴诗自娱的时光里找到了乐趣（"琴诗自乐"，其十七），并在孤独求索的过程中发现了价值（"远游可珍""含道独往"，其十七）。

最后的两首诗，布满了出自《老子》《庄子》的引文与典故，将游仙形象与玄言模式天衣无缝地融合在一起。在第十七首诗中，诗人再次表达了他从这些作品中收获的心得，并概括了他所理解的悟道法门：首先要"弃智"，因为"智"只是一种巧饰（"文"），而"道"的本质在于"素朴"；[73]其次要 69 "遗身"，因为"有身"会招致大患；[74]再次要"寂乎无累"，以更合于"道"；[75]最后则是"养神"，"养神"出自《庄子·刻意》，意指一种纯粹不杂、静一不变、恬淡无为、顺天而动的状态。[76]第十八首诗的开头顺应着前一首的结尾，从一个得道之人的视角出发：当他看向那些冥顽之人时（此处诗人巧妙地运用了一句概括性的"流俗难悟"，暗指其兄），他似乎是在怜悯和蔑视这些不懂"道"而"逐物"的凡夫俗子（其兄肯定也在其中）。这与庄子对惠施的哀叹很像：庄子认为，他的朋友兼对手惠施"逐万物而不反"，证实惠施实际上"弱于德"而"强于物"。[77]诗人现在所寻求的伙伴，是为《庄子》所推崇的道家"至人"，这样的人达到了"归之自然"的境界，能够与天地万物融为一体。[78]嵇康泠然问道："与这样的至 70 人共处其中，我有什么可遗憾的呢？"（"与彼共之，予何所惜？"）这组诗的开头所描述的、亲密如同交颈鸳鸯的兄弟之情，在结尾处被一种更为高级的结合所取代——这是一种与至人、与"道"的合一。

嵇康写给其兄最后的几句话，读起来既像是在阐述自己的生活方式，也像是在含蓄地批评兄长的选择：

> 泽雉虽饥，不愿园林。安能服御，劳形苦心。身贵名贱，荣辱何在。贵得肆志，纵心无悔。（其十八）

嵇康用生动的语言将两种迥异的人生选择区分开来，他以

《庄子》中的一个故事为例，点出了"养护生命"与"仅仅为了生存"两种选择之间的区别："一只草泽中的野鸡走十步才能找到一点吃的，一百步才能喝到一点水，然而它仍然不愿被豢养在笼子里（泽雉十步一啄，百步一饮，不蕲畜乎樊中）。"[79]在诗中，诗人将对当时政权的服从委婉地比喻为在"园林"中的生活，诚如庄子所言，这种生活只会"劳形苦心"；老子也指出，相比"名"，"形（身）"才是更有价值的①，即"身贵名贱"。嵇康更对传统意义上的荣辱观提出了挑战：进退之间，"荣辱何在"？在嵇康看来，最难能可贵的在于"肆志"和"纵心"。至此，整组诗几乎形成一个完整的循环，又回到了开头如"鸳鸯于飞"那样逍遥自在的理念之中。

嵇喜对嵇康的赠诗做了回应，从他的答诗可见，兄弟俩各自对时代的解读及反应存在着微妙的差异。嵇喜的作品体现出了一种自信（或者说公正）的辩论精神，他试图用弟弟所用的词来答复。在现存的《答嵇康诗》四首中，嵇喜指出，嵇康所举的那些榜样多少都出任过官职：老子曾在周朝为官，而庄子也曾任职蒙地的漆园小吏。[80]他告诉自己的弟弟，真正的达者列仙都是要为社会"殉生命"的，而不是像松乔二仙那样置身事外（"列仙徇生命，松乔安足齿"）。他还认为"至人不私己"，但这是对庄子名言"至人无己"的一种具有创造性的误读——原句的意思是，至人可以摒绝外物束缚、达到忘我的境界，嵇喜却将之解读成"至人不图自己的私利"。[81]不过，从嵇康的另一篇作品《释私论》来看，嵇康虽然对"私"做了一番缜密的释义，但同样认为这个词蕴含着负面意义，可

---

① 《老子》第四十四章："名与身孰亲？"

见他原本就不提倡"私"这一概念。在《释私论》中，嵇康先是评价了"私"与"公"这种二元对立：他认为，无论"匿情"还是"行私"，皆是小人之行；应当提倡的乃君子之"公"，因为只有君子能够心中不怀藏世间之是非，如庄子一般"通物情"。[82]君子行事"忽然任心""傥然无措"，这就是他们往往正确的原因（"事与是俱也"）。所以，嵇康对周公、管仲等辅佐君主的古之圣贤大加赞扬："其用心岂为身而系乎私哉！"甚至引《管子》道："'君子行道，忘其为身。'斯言是矣！"[83]这些都清楚地表明，嵇康并不排斥以"公"为前提的出仕行为。他所提倡的是一种特殊的"公"和"无私"：人应当摒弃传统意义上的"是非"，以自己的自然本性与真情实感作为衡量行为的标准。正是以这种新型道德伦理观为前提，嵇康提出了那句与司马氏政权反对派相关的著名口号"越名教而任自然"，以及它的另一版本"越名任心"。[84]

72

针对嵇康从《老子》《庄子》里借用的内容，嵇喜以《易经》中的典故做出了回答，而《易经》正是一部关乎行动之时机的典籍。嵇喜在诗中强调，行动本身要有适变性与应时性，这才是《易经》的关键之理："君子体变通，否泰非常理。"[85]虽然嵇康对适时变通的道理并不陌生，但关于什么才是好的时机，在嵇康那里仍然有很大的解释空间（或者说，全然不同的理念）。在嵇康的组诗中，有"仰慕同趣，其馨若兰"（其十五）一句，让人想到《易经·系辞上》中的"子曰：'君子之道，或出或处，或默或语，二人同心，其利断金。同心之言，其臭如兰。'"[86]这类对君子出处、二人情谊的描述，与眼前嵇氏兄弟的故事尤为呼应，这种措辞上的相似之处，很难说纯粹出于巧合。这番表达隐含着这样一层意思：尽管兄弟彼此对"时"的理解不尽相同，但他们却是"同心"的，这种手足之间的纽带仍然牢不可破，可以"断金"。如果嵇康确实是这么想的，那么无论有意无意，这种由典故所唤起的文外之义，就是嵇康对其兄之感情最令人信服的一种表述。虽然嵇康看到（或者说，甚至制造）了二人之间（现实中、道德上、精神上）越来越深的隔阂，但这层相反的含义却带来了一种复杂的融合力量。

我们还可以从精神成长（spiritual progress）的角度去解读嵇康的诗歌，但若仅仅只看到侯思孟所言的"宗教式皈依"（religious conversion）①，就会有失公允。[87] 不过可以确定，这组诗是沿着游仙之喻所描绘的轨迹而展开。顺着这个轨迹，失意的诗人希冀超越成仙，以达到更为纯粹、更为原初的状态，也就是"道"的状态。诗的结尾部分，正是以玄言模式写就的，这种模式发掘了《老子》《庄子》等典籍中的思想、词汇与故事，从而对玄远之"道"展开讨论。这种成长的过程，还伴随着另一种成熟的过程：诗人逐渐克服了对兄长的依赖，并在对"道"的寻求中得以自足自立。[88] 在这个过程中，层次更为高远的新伴取代了已经失去的旧侣，与"道"合一的欣悦之情取代了孤苦无依的哀叹之音。

在创作这组叙事诗的过程中，嵇康从各种不同的素材库里挪用材料，每种材料都有其不同的目的。在过去几十年里，人

---

① 侯思孟认为该组诗"从开篇的风雅之体，至第十六章《楚辞》之风，再至最后两章玄言《老》《庄》，嵇康似乎想借诗风之转宕突变表明情感深处的波澜起伏，真正意义上的精神皈依"。但他同时感到"最后三章基调突变大有损整组诗的意境"且"与组诗中其它各篇之间对比太过鲜明，故可认为此三首不在组诗之内"。此处译文见叶莎译《嵇康的诗作》（"La poésie de Ji Kang"）。

类学家和社会学家在文化研究领域发展的"素材库"理论，为我们分析作者对意义与手法的挪用提供了一个非常有用的出发点——就好像作者为了处理手上多样而特定的任务，从一套"工具箱"中调用工具一样。这一点将在第三章中得到更详细的讨论，因为孙绰的个案，经过这种文化模型的分析，能够得到最为充分的阐明——孙绰就经常在同一首诗中挪用多种多样，有时甚至大相径庭的材料。这里需要重点强调的是，嵇康是聪明而审慎地从一系列异质多样的文本来源（诗歌和哲学）中选取材料（意象、转喻、隐喻）。《诗经》中遍布着丰富的自然形象，并以异彩纷呈的手法处理了"分离"这一主题，字里行间充满了令人回味的意象与具有象征意义的联想，所以，诗人会选择在《诗经》中寻求现成的诗句。有趣之处在于，这些诗句之所以被诗人引用，似乎是因为它们的意象与表达体现了如分离、盼望这类普遍的人文主题，而不是"四家诗"（"毛诗""鲁诗""齐诗""韩诗"）所比附的各种美刺与历史蕴意。[89]嵇康还从《楚辞》中借用了现成的、关于美德与污浊的各种寓意（《离骚》），以及"游仙"的转喻形象（《远游》）；从建安诗歌中借用了对征战主题的描写（曹植对游侠形象的刻画）；从《老子》《庄子》中汲取了出世守静、自我保全、超越逍遥的思想理念。由于这些素材之间并没有内在的关联，甚至明显不在同一个参照框架中，嵇康这组诗就需要在这些不同的意义系统与风格语域（stylistic registers）① 之间不断转移变换。然

74

----

① 鉴于 Stylistics 存在"文体学"与"风格学"两种译法，为避免混乱，本著采用后一种译法，将"stylistic"译为"风格（的）"，而将相近的"（literature）genre"译为"（文学）体裁"或"文类"。语域（registers）指根据特定场合或领域所使用的语言变体风格，不同人物、传统或情境所使用的语言风格可能就会不同。

而，诗人将这些相异的"纱线"天衣无缝地编织在给其兄的赠诗中，以此表达了他对前程的抉择，并连贯地阐述了自己精神成长的过程。这组诗不能被简单地解读成一种"大杂烩式的模仿拼凑"（pastiche），因为诗人将借用而来的内容融入自己的故事之中——故事中有团结，有离别，也有背弃与超越；他的这种创作方式有效地利用了典故与引文的令人产生联想的能力，从而表达了诗中字词之外的意义。

对老子政治哲学的赞颂

从嵇康的其他诗作中，我们可以看到，他所追求的这种出世守静，实则是老子政治哲学的一种逻辑延伸。这组《六言诗十首》，就阐述了《老子》所描绘的理想政治秩序。前三首诗告诉读者，什么是圣人之治的基础：

六言诗　十首①

其一

惟上古尧舜	Yao and Shun of high antiquity：
二人功德齐均，	The two were equal in deed and virtue,

---

① 为方便读者理解，译者此处从韩格平注译《竹林七贤诗文》格式标点。《先秦汉魏晋南北朝诗》逯钦立注："《诗纪》作六言十首。周树人云：各本取每首之第一句别立一行为子目。《诗纪》亦然。逯案：此诗乃一首十章，不得列为十首；又各篇起句率与本篇为韵，自是诗之本文，不应列为子目；再各起句皆五言，题为六言诗，似亦不合；窃谓此诗起句沿用楚歌句式，上三下二为实字，中间联以兮字，而足于六言，后人逞臆删去兮字，遂致此谬。"本书作者是将每首诗的第一句作为题目。

不以天下私亲。 Neither favored his own kin by ceding them the realm.

高尚简朴慈顺, Lofty, modest, and beneficent they were,

宁济四海蒸民。 Bringing peace and succor to the people within the four seas.

其二

唐虞世道治 Tang Yao and Yu Shun governed the world with the Way:

万国穆亲无事, The myriad states, in harmony and alliance, had no strife;

贤愚各自得志。 The worthy and foolish each attained its own ambition.

晏然逸豫内忘, To live in ease and contentment, forgetting all matters— 75

佳哉尔时可喜。 How fine! That was a time one could rejoice in.

其三

智慧用有为[90] When intelligence and wisdom are used, falsehoods occur:

法令滋章寇生,[91] When laws and ordinances proliferate and become manifest, thievery arises;

纷然相召不停。 In this profusion and confusion, mutual responses are without end.

大人玄寂无声, The Great Man is obscure and still, making no sounds;

镇之以静自正。　　He pacifies the world with calm, and
　　　　　　　　　　it governs itself.

在第三首诗中，嵇康通过对《老子》的一系列引用，对古代圣王尧舜简单有效的治国之道做了一个总结，或者也可以说是做了一段文本论证。这段总结认为，圣人之治的成功之处，在于他们不干预的统治方式。第三首诗的题目，改写了《老子》第十八章的内容："慧智出，有大伪。"王弼对这段文字的解释如下："如果有人运用技巧与智慧来寻察奸邪虚伪，他的意图就会变得明显，并显现出其形貌，万物就会知道如何避而远之（行术用明，以察奸伪。趣睹形见，物知避之）。"[92]也就是说，人们虽然拥有了可以遏制"奸伪"的智慧，但这种智慧反而会催生更为狡猾奸邪的"大伪"。下一句也遵从同样的逻辑，认为干预越少，反而越有效。"法令滋章寇生"这一句，合并了《老子》"绝巧去利，盗贼无有"（第十九章）和"法令滋章，盗贼多有"（第五十七章）两段文字。综合起来，诗中表达了这么一段论证：治理措施越多，秩序也就越混乱；为了遏制犯罪而制定的法律章程越丰富、越严明，反而越会出现善于逃避法律的、更加聪明的罪犯。为了应对破坏法律的人，人们又会制定更多法律。这样下去，整个社会陷入了一个无休止的循环，法律和犯罪只会越来越多。因此，得出的结论是，统治者最好采取"无为而治"的做法，之后诸事就会自然得以纠正。

诗中最后两句对道家理想中的圣人统治者"大人"的描述，更加强化了这一结论。这种"无为"的"大人"同道家之"道"一样，只能以一种否定的方式来定义。[93]在整个《老子》

中，"道"是通过"无"来界定的；而在《庄子》中，道家圣人也由其所"无"之物来体现："至人无己，神人无功，圣人无名。"[94]这里的"大人"是"玄寂无声"的，意味着治民机制的一种简化或者隐藏。这里所主张的也是一种"少则得"（less-is-more）式的治理方式：统治者做得（或者被认为做得）越少，实际的成效就越多。实际上，嵇康在别的著作中也赞许了这种简易自然、效"天"而行的治理方式。在其著名的《声无哀乐论》中，阐述该论主要立场的"主人"就认为，古之圣王"承天理物，必崇简易之教"；"君静于上，臣顺于下"；而百姓众生"默然从道，怀忠抱义，而不觉其所以然也"。[95]第三首诗的末句再一次引用了《老子》："故圣人云：'我无为，而民自化；我好静，而民自正；我无事，而民自富；我无欲，而民自朴。'"（第五十七章）[96]通过这段引用，嵇康为自己"无为而治""自然和谐"的论证画上了句号。"无为"之治若要达到上述预期成效，隐含着一个假设，即民众会默契地依照统治者简易清净的治理方式而行动，这是一种理想化的王权理念。 77

嵇康从以理想王权为中心的宏观视角出发，进而缩微到对个人行为问题的关注。他在接下来的三首诗里，批判了"入世进取"（activism）的思想，这种对比更强化了他对"出世守静"（quietism）思想的赞同。

其四

名与身孰亲　　Reputation or one's person, which is
　　　　　　　　dear?

哀哉世俗殉荣，Alas! The vulgar men of the world die for glory;

驰骛竭力丧精。Hurrying about saps one's energy, drains one's spiritual essence.

得失相纷忧惊，When gain and loss intertwine, grief and fright result;

自贪勤苦不宁。Cupidity and toil lead to no peace.

其五

生生厚招咎[97] Too much emphasis on life beckons trouble:

金玉满堂莫守，A hall filled with gold and jade cannot be safeguarded,

古人安此麤丑。Hence the ancients were content with the simple and coarse.

独以道德为友，They had only the way and virtue as friends,

故能延期不朽。Thus they could extend their lives and not decay.

其六

名行显患滋 When one's reputation and conduct are prominent, calamities proliferate:

位高势重祸基，High place, great power are the bases for trouble,

美色伐性不疑。Just as female beauty cuts one's

> vitality, without a doubt.

厚味腊毒难治，　　Strong flavors are extremely toxic,

　　　　　　　　　hard to cure—

如何贪人不思。　　Why do the covetous not think of this?

第四首诗以一句反问开篇："名与身孰亲？"这句话一字不差地出自《老子》第四十四章。接下来的几句诗通过令人不安的描述刻画了世俗之人争名夺利的丑态，以及这种进取之心所带来的危害，明确地给了前述问题一个答案：人应当亲近重视的是人的自身，否则他得到的将会是哀伤、恐惧、贪婪、辛劳。庸人们先是担忧得不到，一旦得到了，又会担心失去，这是一种得与失的扭曲关系。这首诗的"驰骛竭力丧精"句更化用了《庄子》的内容，嵇康借殚精竭虑对身心所产生的负面影响，驳斥了入世思想中贪婪的一面。[98]

对重视自我保全的人而言，"出世守静"是一种明智的抉择。第五首诗的"金玉满堂莫守"句出自《老子》第九章"金玉满堂，莫之能守"，意指价值外显的事物只会带来祸患，这显然是在劝告那些徘徊于进退之间的人。嵇康意在引领读者思考：就像满堂的金玉会引来盗贼一样，高官厚禄等"彰显"之物也会引起嫉妒（从而招致祸患）。只有那些安于"麤丑"[①]生活，以"道德为友"的人，才能真正享有长寿不朽。在第六首诗中，出现了一组具有警示意味的比喻，将传统意义上成功的标志（"位高势重"）比作"美色"与"厚味"：成功如同美色，可能非常诱人，却有害健康；肉类或许美味，但会腐败

79

---

① 麤，"粗"的异体。《玉篇》："不精也。"

变质，从而致人死亡，这与"彰显"致祸的道理一样。嵇康的论证方式，暗合了《庄子》第四篇《人间世》里的一段话："山木自寇也，膏火自煎也。（山林由于繁茂，遭到了砍伐；油膏由于能照明，遭到了焚烧。）"这处比喻，体现的也是《庄子》的主要观点：所彰显的"有用"是有害的，唯有"无用"才能保全自我。[99]在劝说的最后，嵇康向那些贪求显达的人提出了反问，他带着一种"众人皆醉我独醒"的口吻问道："为什么那些贪婪的人没有想到（这些危害）呢？"

尽管嵇康"出世守静"的劝说是如此有力，但他却在用以总结全诗的最后四首诗中，向过去的名臣与隐士表达了同样的赞许之情。前两首是关于为官之人的：

其七

东方朔至清	Dongfang Shuo was of utmost purity:
外似贪污内贞，	By appearance, he seemed greedy and foul, but was upright inside;
秽身滑稽隐名。	He dirtied himself and played the jester, but had fame as a recluse.
不为世累所撄。	He was not entangled by the trammels of the world,
所以知足无营。[100]	Hence he understood sufficiency and sought nothing.

其八

楚子文善仕	Ziwen of Chu excelled at being an official:

三为令尹不喜。	When Ziwen was thrice made prime minister, he showed no pleasure;
柳下降身蒙耻。	When Liuxia Hui was demoted, he suffered no shame.
不以爵禄为己。	Neither sought rank and salary for themselves;
靖恭古惟二子。	In fulfilling their duties, there were but these two masters in antiquity.

80

　　嵇康将东方朔（活跃于前 140~前 130 年）视为入世进取的典范加以赞扬，但选择的原因并不明确，因为对这位宫廷弄臣的历史评价一直以来都很矛盾。东方朔是一个有着很多面目的人物，他似乎成了嵇康非常感兴趣的一个主题，在嵇康的很多著作中都可以看到对他的讨论。一方面，东方朔曾向汉武帝（前 141~前 87 年在位）进谏，反对修建上林苑，因为这个园林"上乏国家之用，下夺农桑之业"。另一方面，东方朔也扮演着滑稽小丑的角色，他有着种种大不敬的行为，例如，擅自在分配前割下皇帝赐群臣之肉并怀揣而去，在大殿中小便，等等；但他每次都能以讽刺和幽默取悦皇帝并获得赦免。东方朔看似乐于身居朝廷，起初也是通过浮夸的自荐获得了皇帝的注意；但与此同时，他也提出了一种巧妙的"朝隐"概念："宫殿中可以避世全身，何必深山之中，蒿庐之下？"[101] 从这些故事来看，诗中何以用"至清"这个词来描述东方朔，就非常引人深思。

　　或许在给山涛的那封著名的信中，从嵇康对自己的描述里，可以看出他推崇东方朔的原因。在信中，嵇康将自己塑造成世俗礼法的违抗者：他经常几个星期不洗脸，自称只有在瘙痒难忍时才会洗头；身上又多虱子，这让他的瘙痒变本加厉。除了恶劣的卫生习惯之外，嵇康还大谈特谈自己不喜欢小便的习惯：直到实在憋不住的时候，才会起身去方便。他将这些举止归于与生俱来的自然天性，更重要的是，这也解释了他拒绝出仕的原因：他告诉山涛，他所渴望的是"放"，即放任本性、自由自在，因此蔑视一切世俗礼法与朝廷规矩。尽管外在"潦倒粗疏"，但嵇康所坚持的是一种内在的纯正，是一种不同于流俗的"任实"。[102]嵇康可能从东方朔的事迹中感受到了粗鄙之下同样的"内不失正"，这或许有助于理解他为什么尤其欣赏这一独特人物。

81

嵇康选择楚国令尹子文和柳下惠作为典范的意图也不是很明确。在《论语》中，孔子视子文（又称鬬縠於菟）为一个未能把握中道、有失偏颇的例子：他三次出仕令尹，"无喜色"，但当他三次被免职时，仍然"无愠色"。孔子称其"忠矣"，或者说已经尽其所能了，但并不认为他是一个具备"仁"的人，因为他没有自己的标准，一次又一次地侍奉同一个不够明智的君主。与子文做比较的是另一个极端，齐国的陈文子，后者的标准高得令人难以置信，他几乎不为任何君主服务。孔子认为，陈文子"清矣"，但他和子文一样，都是"未知，焉得仁"。[103]柳下惠当典狱官时，三次被罢黜，有人问他为什么被罢免这么多次仍不离开自己的国家，柳下惠回答说，对那些坚持"直道"的人而言，他去哪里任职都会被多次罢免；而若是"枉道事人"以求不黜，又何必离开故国呢？[104]在《论语·微子》（18/8）中，我们还可以发现一处对柳下惠等人贬褒不一的复杂评价：他们被认为"降志辱身"，但他们言语行为却是合乎中道、思虑周密的（"言中伦，行中虑"）。[105]嵇康对柳下惠的判断可能受到孟子的影响，孟子就更为正面地认可了柳下惠，称其是"圣人，百世之师"，以他为榜样，刻薄的人会变得厚道，褊狭的人会变得慷慨（"故闻柳下惠之风者，鄙夫宽，薄夫敦"）。[106]

82

　　这三个为官典范虽然不同寻常，但他们的共同特征或许更能说明问题。在嵇康看来，东方朔不为世俗所累，"知足无营"；子文和柳下惠平心静气地接受了升迁和罢黜，不为自己求爵禄。嵇康从早期中古时期的价值观出发，重新塑造了这三个在《论语》和《史记》中品行较有争议的人物：他们是出仕而不为之所累，同时最不为外物所动的榜样。虽然乍看之下，这两首诗与接下来对隐逸出世的纯粹赞美相抵触；但实际上，这两首诗并没有无条件地认同出仕为宦，而是针对如何积极入世提出了一种新型的道德伦理观。

　　这组诗的最后两首描写了两位著名的古代隐士：一位是老莱子，以其坚持原则的妻子闻名于世；另一位是原宪，他是孔子的弟子，以安贫乐道为人所知。

其九

老莱妻贤明[107]	The wife of Lao Lai was worthy and clear-minded：
不愿夫子相荆，	She did not wish for her husband to serve as minister of Jing [Chu]，
相将避禄隐耕。	So they followed one another, avoided salary and plowed in reclusion.
乐道闲居采萍，	They delighted in the Way, living in

	leisure, plucking duckweed,
终厉高节不倾。	Honing their lofty integrity until the end, never swerving from it.

其十

83

嗟古贤原宪[108]	Ah! The ancient worthy, Yuan Xian:
弃背膏粱朱颜，	He cast aside rich food and rosy cheeks,
乐此屡空饥寒。	Finding delight in empty basket, hunger, and cold.
形陋体逸心宽，	His appearance was unrefined, his body free and mind unfettered,
得志一世无患。[109]	So he fulfilled his intent, without a worry in the world.

　　通过这两个案例，嵇康阐明了归隐守静的好处：能够享有"乐道闲居"的充裕时光，心宽自在，无忧无虑。他在诗中描述的这些图景，像极了他对山涛提到的自己的理想抱负——在给山涛的信中，他解释道，相较出仕做官、自寻烦恼，他更喜欢"游山泽""游心于寂寞"。[110]那么，我们该如何看待他之前对三位古代官吏的推崇呢？在那封著名的信中，嵇康还提到了一个非常有趣但也容易被忽略的论点，可以很好地解释他同时赞赏官吏和隐士的原因：积极入世的典型人物，如尧、舜、张良（卒于前 187 年）等，与归隐出世的典型人物，如许由、接舆等，这些人"殊途而同致"，虽然道路不同，但他们共同的目标都是"遂其志"。[111]衡量是非的尺度并不是绝对的，而是以个体为依据的；所以他在给山涛的信中写道，重要的是，

84

个体能够"循性而动，各附所安"。在嵇康的作品中，他一直都在主张，无忧无虑、清静无为的生活才是最适合其天性的。因此，当他的朋友山涛想要推举他为官时，他恳请山涛不要"枉其天才"，而是让自己的天性能够"令得其所"。

"似曾读过"与对成仙的文化想象

在嵇康的很多诗歌里，所采用的直接引用和典故都有着明确的出处。但是，他还有不少作品，利用了文化和文学中常常见到的习语（commonplaces）；这是一类毫无特征但为大众所熟知的短语、概念或文化符码，我们很难判断它们的具体来源。用罗兰·巴特的话说，它们是"déjà-lu"，即"似曾读过之物"。"它们是没有引号的引文"，巴特如是写道。[112]我们现在要探讨的问题，并不是要确定某种观念的精确出处，而是要勾勒出对这种观念的文化想象。在玄学的大环境以及游仙的诗歌传统中，遍布着许多观念和意象，它们构成了当时人们对超越成仙的想象。让我们来思考，嵇康是如何在《答二郭诗三首》中运用这些对成仙的想象的：

答二郭诗　三首

其一

天下悠悠者，	The common herd spread across this empire,
下京趋上京。	When they live outside the capital all want to scurry to it.

二郭怀不群，	What the Two Guos harbor inside is unlike the crowd;
超然来北征。	Transcending the rest, they traveled north.
乐道托莱庐，	Delighting in the Way, they entrust themselves to the grass hut;
雅志无所营。	Having an upright intent, they seek after nothing.
良时遘其愿，	At a fine time, our wishes were met,
遂结欢爱情。	And we formed feelings of affection.
君子义是亲，	The gentleman deems this affinity right and proper,
恩好笃平生。	Hence our mutual fondness shall remain steady in our lives.
寡智自生灾，[113]	My meager intelligence gives rise to calamity,
屡使众衅成。	And often creates much rift.
豫子匿梁侧，[114]	Master Yu hid beside the bridge;
聂政变其形。[115]	Nie Zheng altered his appearance.
顾此怀怛惕，	Considering this, I harbor worry and fear:
虑在苟自宁。	My concern is how I may procure serenity.
今当寄他域，	Now I shall consign myself to a foreign region,
严驾不得停。	So I prepare my carriage and will not stop.
本图终宴婉，	My original plan was to enjoy our amity until the end,

85

今更不克并。 But now that's changed, and we can no longer be together.

二子赠嘉诗, You two, sirs, presented me with fine poems,

馥如幽兰馨。[116] Whose savor is like the fragrance of hidden thoroughwort.

恋土思所亲, I shall yearn for my land, think of those 86 dear to me—

能不气愤盈。[117] Can I help but feel fervor to the brim?

其二

昔蒙父兄祚, Formerly I received the blessing of my father and brother;

少得离负荷。 In my youth I was kept from shouldering burdens.

因疏遂成懒, Due to my lax upbringing, I became lazy,

寝迹北山阿。 And concealed my tracks in the bends on the northern mountain.

但愿养性命,[118] I only wish to nurture my life:

终己靡有他。 To the end of my life, there is no other desire.

良辰不我期, A good era is not what I encountered,

当年值纷华。 For in my prime, I met an efflorescence of chaos.

坎壈趣世教, Afflicted and frustrated, I followed orthodox teachings;

常恐婴网罗。 Constantly I feared getting entangled in nets.

羲农邈已远，[119] Since Fu Xi and Shennong are so remote and long gone,

抚膺独咨嗟。 I beat my breast and alone heave a sigh.

朔戒贵尚容，[120] Dongfang Shuo admonished his son to esteem self-preservation；

渔父好扬波。 The old fisherman was fond of beating up the waves.

虽逸亦已难， Such may be detached ease, but it would indeed be hard for me,

非余心所嘉。 Since it is not what my heart likes.

岂若翔区外， How can it compare with soaring beyond the realm,

餐琼漱朝霞。 Supping on carnelian, rinsing your mouth with morning clouds?

遗物弃鄙累， Or leaving behind mundane things and abandoning vulgar toils,

逍遥游太和。 To wander free and easy in the Primal Harmony?

结友集灵岳， Friends I've made I shall gather on the numinous peak；

弹琴登清歌。 I pluck my zither and raise a lone song.

有能从我者， As long as there are those who can follow me,

87

古人何足多。　　How would the ancients be worth
　　　　　　　　　praising?

其三

详观凌世务，　　Looking closely at the disarray of the
　　　　　　　　　world's affairs,

屯险多忧虞。　　Piles of danger, there is much grief and
　　　　　　　　　fright.

施报更相市，　　Bestowal and recompense exchange as
　　　　　　　　　in a marketplace;

大道匿不舒。　　The Great Way is concealed and will not
　　　　　　　　　unfold.

夷路值枳棘，　　When even along a leveled road, one
　　　　　　　　　meets thorns and brambles,

安步将焉如。　　For a comfortable stroll, where is one
　　　　　　　　　to go?

权智相倾夺，　　The tactical and strategic vie with each
　　　　　　　　　other;

名位不可居。　　Fame and position cannot be maintained.

鸾凤避罻罗，　　The simurgh avoids the ensnaring net,

远托昆仑墟。　　Consigning itself afar to a mound on
　　　　　　　　　Kunlun.

庄周悼灵龟，　　Zhuang Zhou mourned the numinous
　　　　　　　　　tortoise;

88

越搜畏王舆。[121]　Prince Sou of Yue feared the royal palanquin.

至人存诸己，[122]　The Perfected Man first has it in himself,

隐璞乐玄虚。[123]　Leaning on the uncarved block, delighting in the mysterious void.

功名何足殉，　How are deeds and fame worth dying for?

乃欲列简书？　Just so that one's name is listed in bamboo volumes?

所好亮若兹，　What I fancy is really like this,

杨氏叹交衢。　Mister Yang sighed over the forks in the thoroughfare.

去去从所志，　I am leaving, leaving! I shall pursue my own will—

敢谢道不俱。[124]　I dare say that my way is not the same as yours.

　　嵇康在准备离开山阳县（今河南洛阳东北）时，将这三首诗回赠给郭遐周与郭遐叔，此二人可能是兄弟。从第一首诗可以清楚地看出，嵇康是被迫逃离他的寓所的，但对于其离开的原因我们只能猜测。《三国志》裴松之（370～449）注中提到，嵇康是为了躲避大将军司马昭的征召，才不得不逃往河东的。但裴注还提到了另一个原因，即嵇康是为了离开与其不和的侄子。[125]然而，他被迫离开的最可能的原因，或许还是受到毋丘俭叛乱失败的影响——嵇康曾经考虑支持这一行动。但无论情况如何，嵇康都表达了自己对生命安全的担忧：他认为，如果不离开山阳寓所（以及他的两个朋友），那可能就会有刺客像豫让、聂政那样伏击他（"豫子匿梁侧，89 聂政变其形"）。

　　嵇康这组赠答诗的开头很传统，先是称赞了他的这两个朋友的卓然不群，接着表达了自己不愿与他们分离的人之常情。二郭的赠诗同样保存在《嵇康集》里，对于这种朋友间迫不得已的离别，他们在诗中努力表达了安抚之情。但是，针对这场友人赠答，离别之愁只是一种片面的，甚至是肤浅的解读。虽然在第一首诗中，嵇康声称与二郭之间有着永恒的交好之情，但接下来的两首诗，却暗示了他与他们之间的隔阂。嵇康在阐述个人价值观及志趣的过程中，提到了很多历史资料、文本材料或常见习语，他所指涉的材料为我们讲述了故事的其余部分。在第二首诗中，嵇康似乎觉得有必要告知朋友们自己追求超越成仙的缘由。他先是解释道，承蒙宽松的家境与自由的成长环境，他懒散成性，不愿积极出仕。尽管如此，他也承认，在年华正茂之际，他曾经试图迎合"世教"，表明他对世俗伦理有过一定的认同；只是后来身逢乱世，他更担心无处不在的种种牵涉与祸患。随后，嵇康提出了两个避世自保的典例，但又称自己难以模仿他们。一个是东方朔告诫儿子要珍重自保的故事；另一个则出自《楚辞》：渔父遇见了潦倒枯槁、愤世嫉俗的屈原，告诉他当"世人皆浊"时，可以"淈其泥而扬其波"。渔父主张，人们可以适应变化的环境，以平和的心态与世沉浮。尽管嵇康本人很喜欢东方朔和渔父，他在其他作品里都推崇过这两个人物；但在这里，嵇康认为，这两个例子都意味着某种程度上的妥协。这是因为，东方朔和渔父都只是在适应环境，而嵇康想要实现的，则是对周遭环境的全然超越。

嵇康所追寻的是一种更高层次的超越成仙之道，这种超越不依赖于世间万物：

> 岂若翔区外，餐琼漱朝霞。遗物弃鄙累，逍遥游太和。（其二）

90　在嵇康看来，超越应该是这样的：它不是单纯地在世间自我保全或者隐逸隔绝，更是要脱离这个俗世，飞升成仙。在各种文本与话语之中，来自《离骚》《远游》《逍遥游》的场景和故事，为超越成仙的文化想象提供了根据；作者们可以挪用其中的思想观念，并以任意形式进行组合。在早期中古中国，来自修仙实践者的各种口述故事，也贡献了关于彼岸之旅的各种意象、传说和姿态，丰富了写作者的素材库。康儒博就认为，在这一时期，关于成仙思想的"同时代想象"有着广泛的影响与牢固的根基，这在曹操（155~220）的七首游仙诗中就得到了充分的印证：作为军事家的曹操无疑非常忙碌，不会专门去追求这些玄奥之事，尽管如此，他还是可以从"游仙"的素材库中汲取这些材料，用以创作自己的诗歌。[126]我们都知道，嵇康本人有着充分的时间和浓厚的兴趣去追求成仙之道，他曾在数篇文章中广泛地讨论了关于不朽永生的种种理论和实践。[127]道教学者李丰楙，就形容嵇康是一个"方士化文士"。[128]嵇康在《答难养生论》中认为，养生的最高境界，是能够"琼糇既储，六气并御……凝神复朴，栖心于玄冥之崖"。[129]这91　首诗对超越成仙的描述，与其说是在引用某种特定的文本，不如说是反映了（并反过来补充了）一个整体上松散游离，同时又具有互文性质的文本范畴：我们可以看到，这些词不仅带有一种彻底的彼岸色彩（otherworldliness），如"翔区外""餐琼""朝霞"等；还与庄子的修行哲学融为一体，如"遗物""鄙累""逍遥"等。[130]

　　从上向下俯瞰，世间的危险和弊端就昭然若揭。最后一首诗的前半部分，列举了种种乱世之象：

　　　　详观凌世务，屯险多忧虞。施报更相市，大道匿不舒。

　　　　夷路值积棘，安步将焉如。权智相倾夺，名位不可居。（其三）

诗中看起来像是一个和平的时代，但即便是平坦"夷路"，人们仍然无法安然信步。即使没有战争，朝廷内外的派系斗争（如权力交易、结党营私、尔虞我诈等）也为这个时代蒙上了阴影。面对这些威胁，避开政治似乎是更为明智的抉择，许多前贤大哲正是如此。庄子就拒绝了楚王的征召，他讲了一只神龟死了三千年却被人们供奉起来的故事，并解释道，他宁愿"生而曳尾于涂中"，自由自在地在烂泥中拖着尾巴爬行，也不愿被包装于巾笥之中、深藏在庙堂之上。[131]另一个出自《庄子》的故事也传递了同样的信息：由于越国内乱，越人三度弑其国君，王子搜担心自己有性命之虞，不愿为君，后躲到丹地洞穴，越人只好用烟熏的方法迫使他出来；被乘舆带走的时候，他仰天而呼道："君乎君乎！独不可以舍我乎！（国君之位啊，国君之位啊，就是不能放过我啊！）"[132]知道了这些人的故事，就可以明白，为什么对嵇康而言，像高贵的鸾凤那样**安全地**寄身于遥远的昆仑山，要更具有吸引力。

然而，嵇康崇高的价值观和远大的抱负似乎并没有得到朋友们的欣赏。他在最后一首诗中尖锐地反问道："功名何足殉，乃欲列简书（我们值得为了功名而殉身吗？难道只是为了在竹简史册中留下姓名吗？）"——这句话无疑是为了回应郭遐周的诗句，他试图安慰嵇康这位即将流亡之人，所以在赠诗中写道：

> 所贵身名存，　　What is valued is that both body and
> 　　　　　　　　　name remain,
> 功烈在简书。[133] Then deeds and achievements may be
> 　　　　　　　　　listed in bamboo volumes.

这种安慰读起来与"相时而动"的传统建议没有两样：好好珍存自己的身与名，以待将来他日功成名就，载入史册。这种看似合理的建议可能会吸引东方朔或渔父这样的人物，这些人可以与世俯仰，无拘无束，至于"逍遥游太和"、自得其乐于"玄虚"之境的诗人，自然是对此不屑一顾的。

嵇康似乎又感到有必要向他亲爱的朋友们澄清自己的想法，而且还要毫不含糊地与他们分道扬镳，于是在诗的结尾处告诉他们：

> 所好亮若兹，杨氏叹交衢。去去从所志，敢谢道不俱。

"杨氏叹交衢"句,典出《列子·说符》,是说杨朱感叹同样的学习过程可能会达到不同的目的,甚至同样的教导都会带来许多不同的理解。故事是这样的:杨朱的邻人向杨朱求助,借他的一些仆人去寻找一只被弄丢的羊,尽管多了帮手,但邻人一家和杨朱的仆人最终还是没有找到羊。杨朱询问找不到羊的原因,邻人告诉他,是因为遇到了岔路,而岔路之中又有很多岔路,搜寻者也不知道该走哪条路,所以空手而归。后来,杨朱的弟子心都子问道,有兄弟三人,他们学于同一个老师,却对仁义有着不同的理解,谁对谁错呢?杨朱用了一个比喻来回答:有个精于水性的船夫吸引了很多学徒来学习,但有的徒弟学会了泅水,有的徒弟却学不会而淹死了。心都子将这三个故事联系起来,得出结论:"大道以多歧亡羊,学者以多方丧生。学非本不同,非本不一,而末异若是。唯归同反一,为亡得丧。(羊群之所以丢了是因为岔路口太多,学徒之所以淹死是因为方法太多,二者道理是一样的;虽然人们所学的根本是一样的,但如我们所见,结果却如此不同。只有回到根本,才能找回自己所缺失的事物,并不迷失方向。)"[134]所以,对嵇康而言,他的目标就是要"复朴",回到最为原初根本的状态,也就是"道"。这个"至人"在告诉他的朋友们,他选择了"隐璞乐玄虚"的生活,也似乎是在暗示,他的生存之道要胜于朋友们的选择。在嵇康看来,朋友们的生存之道依然仰赖着传统的伦理礼教(在诗中被婉转地表述为"世教"),仍然为政治领域中的功名所驱动着。为了阐述自己的生存之道,嵇康从同时代与超越成仙相关的素材库中,挪用了多种多样的元素,包括文本道理、历史传说人物的故事、常见习语——从整体上来看,这是一个大部分由玄学与游仙话语所支撑的文化想象。

94

以大自然为启示："道"之运行

在嵇康与自然景观这一特定主题有关的作品中，《老子》《庄子》除了提供了用于直接引用的词句和意象之外，似乎还起到了一种概念上的指导作用。在《四言诗》中，嵇康就探索了大自然以及它的种种模式与运作方式，以理解其中的玄远之"道"。"道"是无形的、不可见的，只有通过有形万物的运作流行，才能显现出来。这一思想理念贯穿于"三玄"与玄学话语体系中，并围绕着"有/无"与"体/用"这两对概念展开。[135]在《老子》中，"道"可以用水来譬喻，正如王弼所注，二者区别在于，前者是"无"，后者是"有"，即"道无水有"。[136]因此，人们可以通过观察水的运作方式，来把握"道"的运作原理。在《庄子》中，圣人就能够"原天地之美而达万物之理"。[137]在《易经》中，自然界里可被观察到的各种形态模式，也往往传达着"道"之流行。

95　　虽然"三玄"流传已久，"道"与天地万物相联系的观点在哲学传统中也早已确立；但直到早期中古时期，随着玄学兴起并渗透到诗歌创作实践中，诗人群体才开始重视大自然，并将自然万物作为探究"道"的首要源泉。在早先的作品中，人们在描述自然景观时，并没有将它们视为观察和欣赏的对象，更没有把它们当作隐含真理的储存库。在这里，我们先对自然景观在早期诗赋中的作用做一简要考察，这将有助于展开接下来的阐述。在《诗经》中，自然万物一般起到情感层面的比兴作用，被用来表达人类的各种情境，为人类的故事提供与情境相应的隐喻、联想、设定和道具。在《楚辞》中，自然界中的事物往往象征着人类的美德或恶行，自然界的变化过程也与人类世界中的生老病死相一致；例如，在《离骚》中，诗人就用"草木凋零"譬喻"美人迟暮"。在汉大赋中，作者会描写皇家园林中精心栽培的自然景观，从微观的角度展现帝国的风采，暗示帝王的威严。在早期的抒情诗赋中，自然景物就可以唤起人们的情感；后来，在建安时期的一些行旅诗中，景与情逐渐融为一体。学者们通常认为，晋宋时期①将自然山水作为独立审美对象的诗歌创作手法，其先声正是曹操的《观沧海》（出自《步出夏门行》组诗）：由山、海、日、月、星组成的壮美景致成了诗中主要描写的对象。然而，诗人是为了表达自己同样宏大的壮志，才去歌颂这种宏大的景象。所以曹操在结尾处赞颂道："幸甚至哉，歌以咏志！"这句话虽然可能只是乐府诗的一种公式化的结尾，但也表明了这一景象对诗人的重要性，因而值得诗人用文字将之捕捉下来。[138]

　　嵇康有不少四言诗作品，让我们看到了一种全然不同的创作路径：他开始用一种审美的眼光去考察自然界的模式、过程和规律，以探究自然万物及其运作之中所体现的"道"。在中国山水诗的历史中，他的这些诗歌通常不受重视。但如果我们了解自然景观成为早期中古诗歌创作之主要场所与源泉的发展过程，以及玄学在这一进程中所起到的开拓之功，我们就会充分认识到这些诗与兰亭诗之间的密切联系——后者创作于一个世纪之后，通常被认为是玄言诗的巅峰、山水诗的曙光。[139]接下来，本文将会介绍十一首《四言诗》中的前十首。[140]在其中的一部分诗里，自然景观发生了一种熟悉的、玄学化的转向，

96

———————

① 特指南渡之后，东晋至刘宋之间这一段时间。

它们成为游仙之喻的一部分，化为游仙者所游的背景（其八、其十）。在另一部分诗中，我们可以从语言模式和寓意故事里，看到这些诗句与《诗经》《离骚》的呼应之处（其一、其六）。此外，还有一部分诗，诗中的自然景观被文学化，变成了诗意与哲理所集中的焦点。读者可以借助以下原文针对前两类情况进行比较；而最后一类，即文学化的、针对大自然创作的诗歌，我们将在随后的讨论中仔细考察。

四言诗

其一

淡淡流水，	Smooth and full is the rolling water,
沦胥而逝。	Link after link it flows on.
泛泛柏舟，	Tossed, tossed is the cypress boat,
载浮载滞。	Now drifting, now still.
微啸清风，	I whistle softly in the pure breeze
鼓楫容裔。	And drum my oar, wavering and havering.
放櫂投竿，	I set aside the paddle and cast my fishing pole
优游卒岁。	To spend all my days in carefree leisure!

其二

婉彼鸳鸯，	Graceful are those mandarin ducks
戢翼而游。	That fold their wings and sport around.
俯唼绿藻，	Bowing their heads, they chew on green pondweed,

97

托身洪流。	Entrusting themselves to the vast current.
朝翔素濑,	At dawn, they glide over the white rapids;
夕栖灵洲。	At dusk, they perch on the numinous isle.
摇荡清波,	Rocking and swaying with the clear billows,
与之沉浮。	They rise and sink with them.

其三

藻汜兰沚,	By the pondweed shore, on the thoroughwort islet,
和声激朗。	A harmony of sounds, ardent and crisp.
操缦清商,[141]	I stroke my zither and pluck the Pure Shang mode,
游心大象。[142]	My mind roams the Great Image.
倾昧修身,[143]	Inclined to dimness, I nurture my body,
惠音遗响。	Fine tunes leave lingering sounds.
钟期不存,	Since Zhong Ziqi is no more,
我志谁赏。	Who will appreciate my intent?

其四

敛弦散思,	I lay aside my zither and let loose my thoughts;
游钓九渊。	As I roam, I cast my hook in the nine-layered depths.
重流千仞,	In an abysmal pool of a thousand fathoms,
或饵者悬。	Misled by a lure, a fish dangles on a hook.
狥与庄老,	Ah! Zhuangzi and Laozi,

98

栖迟永年。	Who perched and rested throughout their long lives.
寔惟龙化,[144]	Truly with the transformations of a dragon,
荡志浩然。	May I let my intent roam into the Unimpeded.

其五

肃肃泠风,[145]	Sough, sough, sounds the gentle breeze,
分生江湄。	Plants grow scattered on the riverbank.
却背华林,	Set against a forest in bloom,
俯沂丹坻。	They look down upon a crimson isle.
含阳吐英,	They hold sunlight and spew forth flowers,
履霜不衰。	Enduring frost, and wither not.
嗟我殊观,	Ah! How I behold a different prospect,
百卉具腓。[146]	Now that the myriad plants and grasses have wilted.
心之忧矣,	The sorrow in my heart—
孰识玄机。	Who understands the workings of the mysterious?

其六

猗猗兰蔼,	Lush, lush the efflorescence of thoroughwort,
殖彼中原。	Which grows in the central plains.
绿叶幽茂,	Green leaves dense and profuse,
丽藻丰繁。	Resplendent in their bounty.

馥馥蕙芳, Sweet, sweet the scent of melilotus:

顺风而宣。 It drifts with the wind and disseminates.

将御椒房,[147] They are presented to fagara-scented royal

         chambers,

吐薰龙轩。 And spew fragrance from the dragon carriage.

瞻彼秋草, Look at those autumn grasses,   99

怅矣惟骞。[148] I lament for their loss.

其七

泆泆白云, Floating, floating the white clouds,

顺风而回。 Moving with the wind and returning.

渊渊绿水, Deep, deep the green water,

盈坎而颓。 Filling the sinkhole, flowing downward.

乘流远逝, Riding the current, my boat travels far;

自躬兰隈。[149] I rest my body at the thoroughwort bend.

杖策答诸, With a staff in hand, I reply to it,

纳之素怀。 Taking in these things as part of my

         constant thoughts.

长啸清原, I whistle long across the silent plain,

惟以告哀。 Just to declare my sorrow.

其八

抄抄翔鸾, High and far soars the simurgh,

舒翼太清。 Spreading its wings across the Great Purity.

俯眺紫辰, Looking down, it espies the purple

         constellations;

仰看素庭。[150] Looking up, it sees the white hall.

凌蹑玄虚，[151] It traverses into the dark emptiness

浮沉无形。 And drifts along with formlessness.

将游区外， About to roam beyond the realm,

啸侣长鸣。 It calls to its mate in a long cry.

神□不存， Spirit [missing character] is no more,

谁与独征。 Who will accompany me on my solitary
journey?

其九

有舟浮覆， A boat bobbing and drifting,

绋缦是维。[152] To a towline it is tied.

栝檝松櫂， With cypress oar and pine scull,

有若龙微。 The boat moves subtly like the dragon.

□津经险， It [missing character] a ford, traverses
a pass,

越济不归。 Ferrying across, never returning.

思友长林， I long to befriend the tall woods

抱朴山湄。[153] And embrace simplicity in the hills and
on the riverbanks.

守器殉业，[154] By keeping to the implements and
pursuing meritorious deeds,

不能奋飞。[155] One cannot rush up and fly away.

其十

羽化华岳， I transform into a winged immortal and
ascend the western marchmount,

超游清霄。	Roaming in the pure empyrean.
云盖习习，	The canopy of clouds drifts and drifts,
六龙飘飘。	While the Six Dragons soar and soar.
左配椒桂，	On the left, I am adorned by fagara and cinnamon;
右缀兰苕。	On the right, embellished with thoroughwort and rush.
凌阳赞路，	Lingyang guides the way ahead,
王子奉辂。[156]	While Wangzi attends my light carriage.
婉娈名山，	This fine, famed mountain
真人是要。	Invites the True Man.
齐物养生，	Leveling all things and nurturing life,
与道逍遥。[157]	I roam free and easy in the Way.

　　在赠嵇喜的诗中，"鸳鸯"有着充分的象征意义，然而这组诗第二首所出现的鸳鸯形象则全然不同，象征意义消失无踪。诗中对鸳鸯的描写，也没有像赠嵇喜诗那样，借用了各种前人诗歌的资源，并且有着文本之外的指涉。有现代学者认为，嵇康与从《诗经》中挪用现成诗句创作四言诗的曹操不同，他的作品多"自铸新词"。[158]虽然这一观点明显不适用于他与嵇喜的赠答诗，但就这组四言诗而言，反而更有道理。在这组诗中，有些内容旨在观察自然以理解其中"玄机"（其五），新创的词句，由于没有承载饱满的文本意义，可以说能够更好地表达出诗人的这种兴趣。第二首诗只是表现了鸳鸯的习性：四处凫水，咀嚼绿藻，划动清波，在小洲上筑巢栖息（尽管只是一个缥缈虚无的"灵洲"）。在这首诗中，它们存

101

在的理由（raison d'être）与赠嵇喜诗中的不同，并不是为了象征"成双成对"的意象。

第五首诗最能够简练明了地表达出嵇康的兴趣：他想要探究自然万物的种种运作，以及它们与"道"之间的关系。诗的前四句表现了一种图画般的质感，从细节可以看出，场景中的各种元素被有序安排，就像在创作一幅画，暗示了一种专注的、从视觉角度出发的研究过程。接下来的两句展现了植物生命的形成过程：植物吸收阳光，开花结果。大自然中的美和生命力，让诗人书写了这番难得的景致。但自然的流变是永不停息的，诗人又悲哀地意识到，植物的枯萎和凋谢是不可避免的。大自然体现了支配万物生灵的模式和法则，其中就蕴含着玄远之"道"的流行。

诗人试图感知"道"在自然界中的运作机制，但视觉并不是唯一的感知能力。大自然中的各种声音，也可以让诗人如第三首诗所描述的那样，游心于"大象"，或者说是游心于"道"。在自然界的"和声"中，嵇康加入了自己的音符，创作出一首自然与尘世的交响乐。这首乐曲将不同的听觉形式合而为一，它是诗人与"道"相交通的前奏。这里还开启了另一种感知"道"的途径：在诗中，"道"被形容为"大象"，似乎是在说，以心灵之眼观之，就能察觉到这种"象"。

对自然规律与变化的观察，使诗人产生了对外抒发之情。在第七首诗中，诗人观察到了云和水的流动，便以长啸来应答。现代注家常常将此句解释成嵇康在回应某位友人。[159]此句虽然可以解释为与人的交流，但在这首诗中，也必须考虑到与自然万物进行沟通的可能性。在中古时期，"啸"也是道家及玄学修行者的一种呼吸吐纳法门。嵇康的师傅，即著名隐士孙登，以及嵇康的朋友阮籍，据称皆"善啸"。[160]嵇康本人在其他作品里也数次提到，他常常"永啸长吟"。[161]诗人在领略了自然界千姿百态的表达之后，通过长啸与大自然进行对话，进而向自然万物倾诉自己内心激荡的情感。

　　在第九首诗中，诗人表达了与大自然的亲密无间："思友长林，抱朴山湄。"这进一步印证他的回应可以理解为与自然万物的沟通。诗人认为，世间的正统名教阻碍了他所渴望的自由，所以在他看来，大自然不仅是朋友，更是自己的庇护之所。他在这首诗的结尾解释道："守器殉业，不能奋飞。"《庄子》第九篇《马蹄》称："夫残朴以为器，工匠之罪也；毁道德以行仁义，圣人之过也。"未经雕刻的原木（朴）被破坏，形成了"器"，与此同理，"道德"被毁灭，产生了"仁义"。庄子认为这是"工匠之罪"与"圣人之过"，并以"器"喻指治国制度的推行。我们的诗人没有固守礼制、以身"殉业"，而是选择了"抱朴"——这也是老庄思想中的一个重要概念，意指回归万物最为原初的状态，也就是"道"之本身。这句诗里，"道"在物质层面就蕴含在"山湄"，即山川河湖之中。诗人更将大自然看作道家圣人"真人"最完美的居所。第十首诗的最后两句，用了三个概括《庄子》之核心的内篇篇目来形容"真人"，而这样的"真人"，正居于名山之间：

　　　　婉娈名山，真人是要。齐物养生，与道逍遥。

　　兰亭诗创作于一个世纪之后，创作的地理环境也全然不

103

同；但是，兰亭诗体现甚至放大了嵇康四言诗描写大自然时所展现的若干重要方面。本书将会另辟一章全面讨论兰亭诗，在这里，我们可以先找出并考察这两种诗歌的共通之处。首先，自然界中的一切风物，如山峦、沙洲、河湖、波流、树木、花草、水禽等，在两种诗中都是作为审美欣赏或哲学玄思的对象而登场的。其次，在嵇康和兰亭诗人群体看来，大自然赋予了他们一种可见的、物质化的途径，使得他们能够感知"道"及其运作流行。山川河湖成了诗人们"散思"的环境，激发他们畅叙自己的思想、感情和意旨，这一特征在《四言诗》（其四）中一览无余，在后来的兰亭诗中同样也能看到。最后，他们都将自然景物视为可以亲近的对象：嵇康"思友长林"，与树木为友；而孙绰也将树木作为自己的"良俦"，他们的举动如出一辙。一般认为，东晋之初诗人们与南方绚丽繁茂的山水的接触，是促进中国山水诗兴起的一个重要因素。这种解释认为，对江东风物细致逼真的刻画，说明景物不再只具有原先的寓意和类比功能，自然山水从此成了审美的主要对象。[162] 然而，嵇康诗与兰亭诗之间的紧密联系，对这种标准阐释构成了挑战。正如笔者所指出，嵇康有很多四言诗已经体现了一种从美学和哲学层面对自然景观的研究，因此，在任何关于山水诗兴起的论述中，嵇康的诗歌作品都应该占有更为突出的地位。标准的阐释，只是紧紧抓住新地理环境与新诗歌题材之间的因果关系，几乎没有认真关注先前诗人的影响。北方的景观，无论是葱郁的感触，还是多样的色彩（及声音），乃至给嵇康带来的丰富联想，都丝毫不亚于南方山水之于晋宋诗人。从嵇康本人的角度来看，北方风景给他带来的关于玄远之道的哲学沉思，显然同样不输分毫。然而，这里的问题，与其说是早期山水诗的发展历程需要修正，不如说更多在于引发了这样一个疑问：通过观点、习惯和表达方式得以实现的文本传统，与身体体验及物质环境之间，哪一方居于主导地位？[163] 在本书的第六章中，我们将分析谢灵运游览山水时留下的阅读印记与细致刻画，以回答这一问题。

小　结

与其他任何一个三世纪的写作者相比，嵇康更为显著地利用了他所掌握的各种诗歌、哲学和文化资源。他就像一个拼装匠一样，为每一项任务选择了合适的工具或材料：来自《诗经》的现成四言诗句，提供了与人类普遍境遇（如思念、离别）相关的象征性语境；出自《楚辞》的譬喻体系，有助于讨论美德与恶行；建安诗歌用以描述行军画面；玄学和"游仙"的话语体系，则用来表达自己的抱负理想，以及对世俗礼教的摒弃。在大部分案例中，嵇康从前人的作品里寻章摘句；而在另一些案例中，嵇康则从文化想象中汲取灵感，这些文化想象不仅包括具体的文本，还包括能以任意形式进行组合运用的、更为一般的意象和观念。再者，在给其兄的赠诗中，嵇康从《诗经》中借用现成的写景词句以传达具有象征意义的信息；但在《四言诗》的几首诗里，嵇康写景时则以玄学思想为首要依据，集中勾勒自然万物与玄远之道二者之间的关系。这些情形都说明，嵇康在为不同的目的精心挑选着合适的资料来源。

从中国诗歌史的角度来看，嵇康站在一个重要的十字路

105

口：在这个时期，玄学正在兴起，从《诗经》《楚辞》到建安文学的文学传承，也受到了玄学的影响。嵇康与他那个时代的其他诗人相比更加引人注目。他将各种元素混杂、结合在一起，这些元素来自不同的语言（诗歌语言与哲学语言）、语域（此岸世俗的与彼岸超脱的）与意象（文本层面的与文化层面的），并以之表达了自己的态度。这种态度是崭新的（新的道德伦理观，针对大自然的新的诗歌创作方法），或者也可以说是独特的（个人的性情与志向）。此外，这种以文本形式将文化作为对象的运用，也意味着发掘了一个社会的文化记忆。正如扬·阿斯曼所言："文化记忆的概念包括某个社会在某个时期内所特有的、可重复使用的文本、意象和仪式。'培育'文化记忆，是为了稳定和传递该社会的自我形象。在过去的大部分（但不是全部）时期内，每个群体都会以这种集体性知识为基础，建立起自己的整体性与特殊性意识。"[164]在书籍文化中，记忆的"培育"有赖于文本的流传，具有训诂与注释传统的教育，以及通过重新解译对文本的复苏。[165]嵇康有意识地运用了正典典籍或当下潮流中的文本与意象，这种有意运用确定了嵇康的文人阶层身份。换句话说，他能够进入文化记忆的参与结构（participation structure），正是由他对文本传统与文化话语的了解与运用决定的。[166]诗人以独特的方式挪用并改造了共有的文化资源，从而将自己**编织**进集体诗歌传统的结构之中。拉丁语动词"texere"（意指对一件作品的编织与创作），以及中文的"经纬"，都极为传神地表达了这种集写作与编织于一体的行为。[167]

注释

1. Schultz, *Search for Quotation*, 186.

2. Miner and Brady, *Literary Transmission and Authority*, x.

3. 见 Bloom, *Anxiety of Influence*。

4. 见 de Man, "Review of Harold Bloom's Anxiety of Influence," 267。

5. 徐公持，《魏晋文学史》，204。

6. 笔者此处借鉴了克洛德·列维－斯特劳斯（Claude Lévi-Strauss）《野性的思维》中的"bricolage"（拼装）概念。他将神话思想比作"一种理智的拼装"，并且描述了拼装匠（手艺人的一种）的工作：拼装匠利用异质多样而数量有限的工具和材料来完成手头的任务。见 Lévi-Strauss, *The Savage Mind*, 16-22（此处的"bricolage"在其他译著中也译为"修补术""拼贴"等，译者根据语境需要统一译为"拼装"；原文中的"heterogeneous"一词在其他译著中或译为"包罗广泛"等，本书侧重所包含成分之间的差异性，译者统一译为"异质的"。——译者注）。

7. 近年来有许多关于玄言诗的中文成果已经出版。例见杨合林《玄言诗研究》、张廷银《魏晋玄言诗研究》、胡大雷《玄言诗研究》、王澍《魏晋玄学与玄言诗研究》、陈顺智《东晋玄言诗派研究》等。关于该主题的英文研究综述，见 Williams, "The Metaphysical Lyric of the Six Dynasties," 65-112。

8. 研究玄言诗的现代学者王澍，对罗宗强（或许还有刘大杰）给这类诗的定义持有异议。罗宗强等学者认为，这类诗歌创作是现实生活中谈玄、谈佛理的一种方式。而王澍则主张将言玄理、言佛理、言儒理的诗歌进行分类和区别，以免"造成混淆"。见王澍，《魏晋玄学与玄言诗研究》，2-3。这种区分试图理清一个复杂的现象，却不够准确。玄言诗的基本特征是对玄远之道的探究和论述，并因此在几个世纪的时间里积累了越来越多的、不断变动的素材库（如抽象概念、自然景观、游仙题材）和资料来源（老庄与佛教思想）。

9. 例见曹丕《芙蓉池作》的最后一联"遨游快心意，保己终百年"，这句诗表达了遨游之乐与自我保全的思想。

10. 曹丕《善哉行》的"冲静得自然"句就是一个罕见的例子，这

句话由出自《老子》的几个术语组成。其中"冲"见第四章
"道冲"，"冲"是对"道"的形容（意为空虚）；"静"见第十
六章"守静"，《老子》认为这是复归于道的一种方法；"自然"
则见于第二十五章"道法自然"。

11. 见贾谊《鵩鸟赋》，*WX*，13.604‑608；康达维对该赋的英译见
    Wen xuan or Selections of Refined Literature，3：41‑49。

12. 如檀道鸾在《续晋阳秋》中的观察是这样的："正始中，王弼、
    何晏好庄、老玄胜之谈，而世遂贵焉。"转引自 *SSXY* 4/85。

13. 钟嵘（约 469~518）则认为玄言诗兴起的时间要更早一些，将
    之定在永嘉时期（307~313）。见钟嵘序，《诗品集注》，24。

14. 余嘉锡版《世说新语》沿用《文选集注》文本，将多数版本中
    的"佛理"改为"李充"。笔者认为余嘉锡的做法较为合理，
    因为李充是王、谢等名门团体的其中一员，他汲取《庄子》
    《老子》，作有《庄子论》。因此，他代表了东晋初期较为流行
    的趋势。见刘义庆，《世说新语笺疏》，262‑264。摘自檀道鸾
    《续晋阳秋》，转引自 *SSXY* 4/85。

15. 见沈约，《宋书》，67.1778。

16. 刘勰，《文心雕龙义证》，3：1710，1：199。在《时序》篇中，
    刘勰称："于时正始馀风，篇体轻澹。"而且他将嵇康列为体现
    这一文风的主要人物之一。同上，3：1697‑1698。

17. 见萧子显《南齐书·文学传论》。萧子显，《南齐书》，52.908。

18. 参见 Kristeva，"Le mot, le dialogue et le roman，"146，及 "Le texte
    clos，"113。现行的大多数版本将嵇康这部作品介绍为包括十八
    首诗作在内的一组组诗。逯钦立却将之看作一个整体，认为它
    是一首长篇叙事诗，他的观点有一定的合理性，看到了这部作
    品在整体组合和排列顺序上所体现的紧凑性和连贯性。嵇康在
    这组诗里运用了主流的《诗经》体裁（四言），说明他可能从
    这部经典中借用了句式结构等形式上的特点。此外，这组诗里
    有若干处，一节的结尾和下一节的开头重复使用了同样的短语；
    这种风格本是早期乐府诗的一种手法，后被称为"联珠"，可以
    将阅读的内容从一节联结到另一节。但是，作者也可以采用联
    珠的策略来使内容不同的几首诗更加紧凑连贯，曹植的《赠白
    马王彪》即为一例。加之这组诗的句法结构变化多样，这些足
    以说明这组诗无法体现嵇康想要将之作为一首长诗来创作的企
    图。在此感谢林德威（David Prager Branner）对这组诗的见解。

19. 这里采用了鲁迅版《嵇康集》校本的题目，其以明吴宽丛书堂钞本为底本（以下简称"吴钞本"）。戴明扬的《嵇康集校注》（后作 *XKJJZ*）以 1525 年的黄省曾刻本为底本，将该诗题为《兄秀才公穆入军赠诗十九首》。李善版的《文选》则只是简单地将这组作品题为《赠秀才入军》，并将"秀才"注为"兄公穆"（嵇喜字公穆）。受赠秀才的身份一直以来众说纷纭，但以嵇喜说最为普遍。

20. 这些观点的出处见徐公持，《魏晋文学史》，217–218。

21. 由于嵇喜没有正式传记，他的生平事迹较为粗略，关于他的信息需要从不同的来源（如其亲属的传记、这些传记中所引用的《嵇氏谱》，以及《世说新语》等）中拼凑出来。据《晋书·嵇康传》所载，嵇喜曾任太仆（掌管御用车马及马政）、宗正（负责记录皇族谱牒、调查皇室宗亲言行）等职。见房玄龄等，《晋书》，49.1369。嵇喜任徐州刺史，出处同上，3.74。

22. 嵇康之妻为沛穆王曹林之女或孙女长乐亭主——可能是"长乐亭公主"的缩写，是一些王公之女的封号。关于嵇康之妻的身份，《文选》李善注引王隐《晋书》："嵇康妻，魏武帝孙穆王林女也"（《文选》，16.746）。但若据《三国志》裴松之注（"嵇康妻，林子之女也"），嵇康妻即为曹林的孙女（曹操的曾孙女）。见陈寿《三国志》，20.583。

23. 根据《三国志》裴松之注引《世说新语》，嵇康曾考虑支持毌丘俭起义，但被山涛（205~283）劝阻。见陈寿，《三国志》，21.607。

24. 此句原文引用了《诗经·鸳鸯》（216）的第一句。

25. 此句原文引用了《诗经·鸿雁》（181）的第二句。

26. 此句与《诗经·匏有苦叶》（34）"雝雝鸣雁"句呼应。

27. 此句改写自曹植《洛神赋》"命俦啸侣"句。见《曹植集校注》，284。

28. 此句原文引用《诗经·卷耳》（3）句，原诗内容是某人因思念所爱而爬上最高的山峰，为了追寻那个人而累坏了马匹和仆人。

29. 此句原文引用《诗经·汉广》（9）句，原诗描写准新娘对礼制的模范遵守，在青年男女之间流淌的河流象征着两性间适当的分离。

30. 此句原文引用《诗经·唐风·杕杜》（119）句，原诗描写一个孤独的流浪者希望有兄弟亲人陪伴，但道上同行的人却无人与之亲近。原诗中的"人无兄弟"句与本诗所述尤其呼应。

31. 此句原文引用《诗经·燕燕》（28）句，在原诗中，燕子蹁跹起舞，反衬出女子离家出嫁的离别之伤，留下"泣涕如雨"的亲人。《毛诗序》载："《燕燕》，卫庄姜送归妾也。"认为这是指卫庄公妾戴妫以子被杀归陈，庄公夫人庄姜相送的情形。这个历史蕴意与嵇康的用法关系不大。"之子于归"句，在《诗经》中多有出现，如《桃夭》（6）、《汉广》（9）等，可能是指新嫁娘回娘家。嵇康应该只是单独运用了该句以雨喻泪的画面。

32. 此句改写《诗经·小雅·杕杜》（169）"言采其杞"句，原句暗指男性戍役者被征召，被迫抛下操劳的妻子和年迈的父母。

33. "颠沛"见于《诗经·荡》（255），本章稍后将对此进行讨论。

34. 这是《楚辞·远游》中诗人的追求。在原诗中，诗人希望摆脱世间的危险与污浊，踏上登仙之旅，最终"超无为以至清兮，与泰初而为邻"。"至清"与"泰初"皆指"道"。

35. 传统的理解认为，"踟蹰"是《离骚》中的一种体现了贤臣忠心的经典举动，意在表达无论君主多么愚昧蒙蔽，诗人都难以抛弃君主。曹植《赠白马王彪》（其三）中也有"揽辔止踟蹰"句。

36. 此句及下一句几乎是原文引用《诗经·河广》的第一句"谁谓河广？一苇杭之"。原诗描写了两个人之间的广阔距离，而盼望着的一方不顾一切地想要抵达另一方，于是发出了这样勇敢的祈愿。

37. 此句改写了《诗经·燕燕》（28）"瞻望弗及"句，体现了离别之情。

38. "繁弱""忘归"分别是古代神话传说中的弓与箭。

39. 这里据吴钞本和《文选》，将"畋"改为"田"。

40. 此句原文引用《诗经·谷风》（35）的第一句。原诗是一首弃妇之诗，倾诉丈夫喜新厌旧之苦，强调了婚姻或者其他联姻的不稳定性。用在这里可能意在对嵇喜提出警告。

41. 此句原文引用《诗经·黄鸟》（131）的第一句。原诗是一首挽诗，哀悼秦穆公所殉的三位贤臣。虽然在建安时期，人们多赞颂"三良"之忠贤并谴责穆公之无道，但在这里该句应是用作一种警告，提醒对方不要效忠错误之主，以免落得悲惨结局。

42. 这里从《文选》将"寤"改为"悟"，二字可互换。

43. 据《说文》载，琴本五弦，周加二弦。虽然嵇康时代的琴似为七弦，但早期文献中以"五弦"指涉的用法很普遍，如张衡

《归田赋》："弹五弦之妙指。"见 *WX*, 15.693。

44. 语出《庄子》第二十六篇《外物》对言意之辨的讨论："荃（筌）者所以在鱼，得鱼而忘荃；蹄者所以在兔，得兔而忘蹄；言者所以在意，得意而忘言。"《庄子》这段话所表达的思想，成了王弼用以解读《易经》的一把重要的钥匙，这一点在第一章已经讨论过。

45. 在《庄子》第二十四篇《徐无鬼》中，庄子为名家代表人物惠施送葬，对从者讲了一个朋友之间惺惺相惜的寓言，以说明他与惠施之间的友谊："郢人垩慢其鼻端若蝇翼，使匠石斫之。匠石运斤成风，听而斫之，尽垩而鼻不伤，郢人立不失容。宋元君闻之，召匠石曰：'尝试为寡人为之。'匠石曰：'臣则尝能斫之。虽然，臣之质死久矣。'自夫子之死也，吾无以为质矣，吾无与言之矣。"*ZZJS*, 3：843.

46. 这里据《文选》将"琴瑟"改为"鸣琴"，因为"琴瑟"一词过于笼统，不适合指涉诗人放在身边的具体物件。

47. "灵丘"为仙人居住之所，《楚辞·九怀》中有提及。见《楚辞补注》，275。

48. "松乔"是古代传说中的两位仙人，刘向《列仙传》作有传记。《楚辞》中也有二人身影，在《远游》中，赤松子激发了作者的灵感："闻赤松之清尘兮，愿承风乎遗则。"王子乔则为他指点迷津，告诉诗人得道法门。

49. "太华"为《山海经》所提到的一座山，袁珂认为其指西岳华山。见《山海经校注》，22。

50. 《河图括地象》："地中央曰昆仑，昆仑东南，地方五千里，名曰神州。"见《佩文韵府》，26a.33。

51. 在《庄子》第三十三篇《天下》中，惠施之才遭到了讽刺："逐万物而不反，是穷响以声，形与影竞走也。"与惠施有过多次交锋的庄子认为，惠施虽然有令人目眩的逻辑阐释与惊世骇俗的辩论主张，但这些最终都是徒劳。他试图获得"最贤"之名，但根本不理解道术，所谓"弱于德，强于物"。*ZZJS*，3：1112.

52. 在《庄子》第一篇《逍遥游》中，我们可以看到庄子从多个层次对理想人格的描述："至人无己，神人无功，圣人无名。"*ZZJS*, 1：17.

53. 在《史记》为庄子所作的传记中，太史公的评价如下："庄子散道德，放论，要亦归之自然。"司马迁，《史记》，63. 2156。

54. 此处用典出自《庄子·齐物论》中的一个著名的吊诡之辞："天地与我并生，而万物与我为一。"这句话认为，时间上的区分都是主观随意的，并否定了这种区别；它表明，时间可以有不同的刻度单位、衡量方式与概念认知。ZZJS，1：79.

55. 《庄子》第十五篇《刻意》将圣人的一生表述为"其生若浮，其死若休"。又言"圣人之生也天行，其死也物化"，由于"无物累"，因而能够"虚无恬惔，乃合天德"。ZZJS，2：539.

56. 此处用典出自《庄子》中一个故事，见本节的讨论。

57. 在《庄子》第三十一篇《渔父》中，一个老渔父向孔子的弟子们批评孔子，认为他为了推行仁义秩序而劳心费力："苦心劳形以危其真。呜乎，远哉其分于道也！"ZZJS，3：1025.

58. 《老子》第四十四章提出了这样一个问题："名与身孰亲？"然而《老子》第十三章又告诉我们过于重视"身"的后果："吾所以有大患者，为吾有身，及吾无身，吾有何患？"王弼对此解释道："及吾无身，归之自然也。"WBJJS，1：29.

59. 王弼对《老子》第十三章的注释揭示了宠、辱、荣、患之间的关系："宠必有辱，荣必有患，宠辱等，荣患同也。"WBJJS，1：29.

60. 关于这组诗的文本，笔者采用了《嵇康集校注》的版本，6-20；并参考了逯钦立版《先秦汉魏晋南北朝诗》（后作XS）的看法，1：482-84。戴明扬将五言诗作为这组诗的第一首，共计十九首；但笔者看不出这么做的理由，这一点本节后文将会提到。

61. 韩禄伯（Robert Henricks）也提出了类似的观点，见 Robert Henricks，"Hsi K'ang," 101。

62. 《毛诗序》称这首诗"刺卫宣公也。公与夫人并为淫乱"。不过嵇康似乎并没有采用这一说法，只是借用了表面的意象或字面上的故事情节。在近年的一篇文章中，柯马丁（Martin Kern）讨论了六朝时期引《诗经》的一些案例，这些案例都与四家诗以"美刺"为宗旨的各种解读无关。他认为，虽然六朝的读者和诗人们一般会采用《毛诗》作为底本，但他们可以脱离毛诗注疏，并采用其他解读（如汉初《五行篇》帛书与战国晚期《孔子诗论》竹书）。见 Kern，"Beyond the Mao Odes," 131-42（中文版《毛诗之外》见郭西安编《表演与阐释：早期中国诗学研究》，265-279。——译者注）。

63. "羽仪"字面意义指"羽（可用）为仪表"，语出《易经》第
五十三卦"渐"："鸿渐于陆；其羽可用为仪，吉。"*WBJJS*，2：
485-486；英译见 Lynn, *Classic of Changes*，477。

64. "势不便"语出《庄子》第二十篇《山木》，在"枏梓豫章"
等高树中"揽蔓其枝而王长其间，虽羿、蓬蒙不能眄睨也"的
猿猴，到了"柘棘枳枸"这些灌木丛中却必须"危行侧视，振
动悼栗"，这并不是他们筋骨紧缩不够灵活，而是因为"处势不
便，未足以逞其能也"。*ZZJS*，2：688.

65. 这两句诗化用了司马迁对韩信的评价。见司马迁，《史记》，
92. 2627。

66. "抱玉"语出《老子》第七十章："知我者希，则我者贵。是以
圣人被褐而怀玉。"*WBJJS*，1：176. 嵇康肯定知道王弼的相应注
释："知我益希，我亦无匹。"王弼认为"玉"就是"真"（"怀
玉者，宝其真也"）。但在嵇康的语境中，"玉"似乎指人的才
能，这与后面的"六奇"是一样的。"六奇"用西汉陈平典故：
陈平"六出奇计"，帮助汉高祖刘邦（前 202 ~ 前 195 年在位）
平定天下。司马迁，《史记》，56.2058。

67. 见 *XS*，1：485-486。戴明扬与现代大多数编者（如鲁迅、逯钦
立）的看法不同，将这首诗作为嵇康赠嵇喜入军所作组诗的第
一首，使该组诗成为一个系列，共十九首。《艺文类聚》引用这
首五言诗的首六句时只列了一个很简单的标题《嵇叔夜赠秀才
诗》，并没有提到场合是"入伍"。嵇康很可能是给其兄分开写
了两首诗歌，一首四言，一首五言。两首诗显然是密切相关的，
它们的主题、比喻和情感都相同，但不必把它们合为一题一诗。
见欧阳询等，《艺文类聚》，90.1560。

68. 司马迁，《史记》，92.2627。

69. 据《（嵇）康别传》载，嵇康在回答山涛的信中说自己"不堪
流俗"，从而"非薄汤武"，大将军司马昭"闻而恶之"。转引
自 *SSXY* 18/3。

70. 钟会在朝廷上公开议论嵇康："康上不臣天子，下不事王侯，轻
时傲世，不为物用，无益于今，有败于俗。"这一指责收录于
《文士传》，引自 *SSXY* 6/2；英译见 Mather, *Shih-shuo Hsin-
yü*，190。

71. 《毛传》："颠，仆。沛，拔也。"《毛诗正义》，I，18.1/286a/554a。

72. 嵇康似乎很倾心于带有叛逆色彩的娱乐活动，尤其喜欢与兄长形成鲜明对比。《世说新语》的一段注释记载了嵇康与阮籍结交的经过："《晋百官名》曰：'嵇喜字公穆，历扬州刺史，康兄也。阮籍遭丧，往吊之。籍能为青白眼，见凡俗之士，以白眼对之。及喜往，籍不哭，见其白眼，喜不怿而退。康闻之，乃赍酒挟琴而造之，遂相与善。'"转引自刘孝标注，*SSXY* 24/4。许多当代学者似乎没有注意到嵇康对兄弟二人之区别的这种设定。这或许可以解释为什么会有学者把这首诗解读为想象中的场景：嵇康想象了兄长出征时的景象，让士兵们（"徒"）在草场休息，让他们的马在山坡上吃草。例见：陈顺智，《东晋玄言诗派研究》，173；王澍，《魏晋玄言诗注析》，44。

73. 《老子》第十九章教诲人们要"绝圣弃智"。王弼认为，虽然"圣智"是"才之善也"，但同仁义、巧利一样都是文饰，故"甚不足"；所以如果想要"有所属"，就要"素朴寡欲"。见 *WBJJS*，1：45。

74. 《老子》第十三章描述了"有身"所带来的"大患"："吾所以有大患者，为吾有身。及吾无身，吾有何患？"*WBJJS*，1：29. 嵇康在《释私论》中引用了《老子》第七十五章，并提出了类似的观点："无以生为贵者，是贤于贵生也。"*XKJJZ*，234.

75. 《庄子》第十九篇《达生》："弃世则无累。"这样做才能更合于正平之道。*ZZJS*，2：632.

76. 《庄子》第十五篇《刻意》："纯粹而不杂，静一而不变，恢而无为，动而以天行，此养神之道也。"*ZZJS*，2：544.

77. 见《庄子》第三十三篇《天下》，*ZZJS*，3：1112.

78. 见"太史公曰"对庄子的评价，司马迁，《史记》，63. 2156。

79. 《庄子》第三篇《养生主》，*ZZJS*，1：126。

80. 嵇喜为回复嵇康所作的四首诗一并收入《嵇康集》，见 *XKJJZ*，21–25。

81. 见《庄子》第一篇《逍遥游》，*ZZJS*，1：17。

82. *XKJJZ*，233–243.

83. *XKJJZ*，235.

84. *XKJJZ*，234.

85. "否"为《易经》第十二卦，"泰"为第十一卦。

86. *WBJJS*，2：546.

87. Holzman，*La vie et la pensée de Hi K'ang*，19，及 "La poésie de Ji

Kang,"141-42。

88. 在给山涛的那封著名书信中，嵇康提到，父亲过世后，母亲和兄长非常骄纵他（"少加孤露，母兄见骄"）。见嵇康《与山巨源绝交书》，*WX*，43.1923-1931。在《答二郭诗三首》的第二首中，嵇康再次暗示了他幼年受到的宽松教育（"昔蒙父兄祚，少得离负荷"）。

89. 关于六朝时期引《诗经》但不用"四家诗"之解读的案例，见 Kern，"Beyond the Mao Ode,"131-42。

90. 这首诗的"智慧用有为"句文义不通，鲁迅判断"有"当作"何"，使这句话成为反问句；而戴明扬认为"为"字当作"伪"，这里笔者同意戴明扬的看法。

91. 这里笔者认同吴钞本的看法，将原来的"为法"改为"法令"，此处显然是对《老子》原文的引用。

92. *WBJJS*，1：43.

93. 中国对"道"的论述与欧洲对"上帝"的论述都出现了"否定"这一概念，二者存在一些有趣的类似之处。否定神学（Via negativa，或 negative theology）认为，上帝作为完美的神，是无法被直接表达出来的，只能以否定的方式判断（如，上帝不是什么）。虽然定义是精确的，但也因此限制了它所定义的事物；而否定规避了定义的局限性，具有无限的可能性。英国圣公会牧师约翰·多恩（John Donne），同时也是最伟大的爱情诗人之一，在他的作品《否定的爱》（"Negative Love"）中，就运用这一概念动人地描述道，他的"爱"是不能界定的："But *Negatives*, my love is so. / To All, which all love, I say no."（"我的爱，除了**否定词**无可形容。/对人人都喜爱的一切事物，我却说不。"）John Donne, *John Donne's Poetry*, 43（斜体的强调为原文所有）。

94. *ZZJS*，1：17.

95. 英译见 Ashmore，"Art of Discourse,"223。

96. *WBJJS*，1：150.

97. 开头的这一句借用了《老子》第五十章中如何对待生死的道理，这一章的中心论点认为，过度重视生命（"生生之厚"），会使人走向死亡。王弼的注释如下："而民生生之厚，更之无生之地焉。善摄者，无以生为生，故无死地也。"*WBJJS*，1：135；英译见 Lynn, *Classic of the Way and Virtue*, 148。如果把"生"定义为"不死"，那么"生"就会通向"死地"，人们耗费生命唯一的目的就是想要保住生命，即"厚生"。最好的办法是超脱这种生与死的范畴，"无以生为生"，从而获得独立于死亡之外的生命，也就不再有"死地"。

98. 《庄子》第十五篇《刻意》："形劳而不休则弊，精用而不已则劳。"*ZZJS*，2：542.

99. *ZZJS*，1：186.

100. 此处据吴钞本，将"所欲不足"改为"知足无营"。

101. 司马迁，《史记》，126.3205。关于东方朔生平事迹的概述和讨论，见龚克昌，《东方朔》，163-170。

102. 见嵇康，《与山巨源绝交书》，*WX*，43.1923-1931。

103. 见《论语》5/19。

104. 见《论语》18/2。

105. 英译基于刘殿爵的翻译，见 Lau，*Analects*，151。

106. 见 *Mencius* 7B/15。

107. 老莱子之妻曾劝阻丈夫拒绝楚王的征召，转而隐居。见刘向，《列女传》，2.9b-10a。

108. 《庄子》第二十八篇《让王》讲了一个关于原宪的故事：原宪住在一间小小的茅屋里，这间茅屋"茨以生草，蓬户不完，桑以为枢而瓮牖，二室，褐以为塞，上漏下湿"，但他却神态端庄地坐着弹琴。有一次，子贡身着华服、乘坐大马车来拜访原宪，看到他狼狈的样子，就问他："嘻！先生何病也？"原宪回答道："宪闻之：'无财谓之贫，学而不能行谓之病。'今宪，贫也，非病也。"*ZZJS*，3：975-976.

109. *XKJJZ*，40-45.

110. 原文出自《与山巨源绝交书》，见 *WX*，43.1923-1931。

111. 人们往往更关注信中一些绝对化的、带有挑衅色彩的言论，如"每非汤、武而薄周、孔""老子、庄周，吾之师也"等。

112. Barthes，"From Work to Text，"160.

113. 据吴钞本将"志"改为"智"。

114. 豫让是司马迁《刺客列传》中所载的五位主要刺客之一。赵襄子杀智伯，豫让认为"士为知己者死"，发誓要为智伯报仇。为杀赵襄子，豫让尝试了多种手段，包括躲进厕所里，在身上涂漆生疮掩盖身份，吞木炭改变声音等。最后，他埋伏在赵襄子必经的桥下，却被赵襄子的马发现。赵襄子为豫让对前主人的忠义之心所感动，将自己的衣服给他，豫让刺衣复仇后自杀。见司马迁，《史记》，86.2519-2521。

115. 聂政由于体现了侠客之道，同样被载于《刺客列传》中。严仲子托聂政刺杀死敌韩相侠累，聂政感其知己之恩，接下这一任务。聂政成功刺死侠累之后，当场以剑毁面，切腹自杀。见司马迁，《史记》，86.2522-2524。

116. 原句中"二"误作"三"，已改正。

117. 据吴钞本将"不知"改为"能不"。

118. 这里暗合了《庄子》第三篇的题目《养生主》。如何养生，是嵇康长期关注的一个主要问题，他为此专门写了《养生论》，并针对向秀的驳难作有《答难养生论》。

119. 伏羲和神农都是古代传说中的帝王，一般以他们所统治的时代指代原始良善之世与至简无为之治。

120. 此句改写了《汉书·东方朔传》赞语中的"戒其子以上容"句。班固，《汉书》，65.2873-2874。班固与嵇康二人针对东方朔的评价有着相通之处，他们似乎都觉得东方朔很有魅力，需要加以解释。班固认为，东方朔的魅力与成功在于他"诙达多端，不名一行"。据称，东方朔为了得到汉武帝垂青，采用了不少在别人看来并不体面的伎俩（如幽默、反讽、游戏、装模作样等）。其传记英译见 Watson, *Courtier and Commoner in Ancient China*, 79-106。

121. 此处从王士祯《古诗笺》，改"稷"为"搜"；并从吴钞本，改"嗟"为"畏"，见 *XKJJZ*, 64。

122. 《庄子》第四篇《人间世》中，孔子告诫颜回："古之至人，先存诸己，而后存诸人。"*ZZJS*, 1：134.

123. 鲁迅把"璞"（未经雕琢之玉）改作"朴"（未经加工之木），根据上下文，他的理解更为合理。《老子》和《庄子》有许多内容都以"朴"来形容玄远虚空之"道"。

124. *XKJJZ*, 61-65.

125. 见裴松之注，陈寿，《三国志》，21.606。

126. 见 Campany, *Making Transcendents*, 142-43。曹氏家族的其他成员也很喜欢这种游仙之喻。例如，曹丕和曹植就创作过"远游"类的诗歌，后者作品更多。诗中内容一般是对长生成仙的追寻，以及与仙人们的相遇过程。对"三曹"游仙诗的考察，参见李丰楙，《忧与游》，26-35。

127. 关于嵇康养生理论的精辟讨论，见李丰楙具有开创意义的论文：《嵇康养生思想之研究》，37-66。对嵇康养生实践的论述，见陈启仁，《采药与服食》，81-146。

128. 见李丰楙，《忧与游》，37。

129. XKJJZ, 193。本处英译基于韩禄伯的翻译，见 Henricks, *Philosophy and Argumentation in Third-Century China*, 67-68。在《庄子》第一篇中，"御六气之辩，以游无穷"这种能力要更胜于列子"有所待"的"御风而行"。

130. 虽然屈原在《离骚》里仙游时是以"琼"为食，但嵇康在《答（向子期）难养生论》中，只是将"琼"列为众多仙人食物的一种（"流泉甘醴，琼蕊玉英。金丹石菌，紫芝黄精"）。见 XKJJZ, 184。另："逍遥游"诚然是《庄子》首篇题目，不过在嵇康的时代，它也是一个表示超越成仙的常见词语。这种神仙学说与老庄哲学的结合，还有一个类似的例子：在《养生论》中，嵇康指出养生要同时重视"形"与"神"，方能如神仙一般长寿。关于这方面有一精到论述，见张宏，《秦汉魏晋游仙诗的渊源流变论略》，290-291。

131. 见《庄子》第十七篇《秋水》，ZZJS, 2：604。

132. 见《庄子》第二十八篇《让王》，ZZJS, 3：968。

133. XKJJZ, 57-58. 为了安慰即将离去的嵇康，郭遐周的做法让人觉得相当地隐忍克制，尤其与郭遐叔的四言诗相比更是如此。郭遐叔所作的四首四言，倒数第二句都在重复这一句："心之忧矣！"而郭遐周只是在他的第三首诗里告诉嵇康，自古以来就有离别，人与人之间并不像比目鱼那样，必须成双成对地交游（"离别自古有，人非比目鱼"）。

134. 《列子集释》，8. 265-266，英译见 Graham, *Book of Lieh-tzu*, 175-76。

135. 王弼在《老子》第三十八章的注释中写道："虽贵以无为用，不能舍无以为体也。"见 WBJJS, 1：94。李善后来将王弼关于"有/无"关系的思想简要地概括为："然王列凡有皆以无为本，无以有为功。将欲寤无，必资于有。故曰，即有而得玄也。"WX, 11. 500.

136. 见《老子》第八章，WBJJS, 1：20。

137. 见《庄子》第二十二篇《知北游》，ZZJS, 2：735。

138. 曹操，《魏武帝诗注》，见《魏晋五家诗注》，27。

139. 例见：葛晓音，《山水田园诗派研究》；王国璎，《中国山水诗研究》；林文月，《山水与古典》；等等。在一部更为新近的研究中，陶文鹏、韦凤娟只是简要地讨论了嵇康写给嵇喜的诗，以说明大自然在诗人的眼中，既是逍遥自得之所在，也是领悟大道的源泉；但是，对后者的讨论只是一笔带过，没有进行详细阐述。嵇康的这首《四言诗》更有说服力，但这一案例并未被提及。见陶文鹏、韦凤娟，《灵境诗心》，49–50。

140. 鲁迅将这十一首诗合为一组，题为《四言诗》。除戴明扬外，其他的主要现代编者都采用鲁迅的题目和分组方式。鲁迅的分组方式是有说服力的，因为这十一首诗，尤其是前十首，有着共同的主题与语言。

141. 清人吴淇认为，"清商"这一古曲"音节极短促，长讴曼咏，不能逐焉"。见其对曹丕《燕歌行》的注释，转引自曹丕《魏文帝诗注》，见《魏晋五家诗注》，49。

142. "大象"指"道"。《老子》第四十一章："大象无形"。

143. "昧"既表示晦暗不明，又表示道家哲学所重视的一种昏昧无知的状态。

144. 在《庄子》第十四篇《天运》中，孔子将老聃形容为"龙"："龙合而成体，散而成章，乘乎云气而养乎阴阳。"*ZZJS*, 2: 525. 司马迁为老子（老聃）所立的传记也将其描述为龙。

145. 鲁迅将吴钞本中的"泠"替换为"苓"，此处据吴钞本作"泠"，因为"泠风"这一复合词在《庄子》第二篇《齐物论》中亦有使用，更为合理。

146. 此句原文引自《诗经·四月》（204）。

147. 皇后殿室因以椒和泥涂壁称"椒房"，"取其温而芳也"。

148. 幽兰与蕙芷在《楚辞》的象征体系中是代表美德的植物，中古中国的读者们熟知这一点。这首诗的意思似乎是说，兰与蕙在开阔的平原上生长得很茂盛，但把它们移植到宫廷里，以它们的香味装点宫殿与马车时，它们就会遭受不幸。虽然这种象征是没什么问题的，但有趣之处在于，嵇康在这首诗中运用了大量篇幅去描述这两种植物，如"兰"看起来是多么繁茂，"蕙"闻起来是何其芬芳等，这些外在细节是《楚辞》所没有的。这些细节描写的出现，说明它们在美学与感官层面蕴含着某种意义。

149. 根据鲁迅的说法，"自"字或"息"字之误，这一理解在这里更合理。

150. "素庭"指白色的天空。

151. "玄虚"指"道"。

152. 这一句几乎是原句引用了《诗经·采菽》（222）"绋纚维之"句。

153. 据 *XKJJZ*，将"嵋"改为"湄"。

154. 在《庄子》第九篇《马蹄》中，"器"指代了为了治国而推行的种种措施。见 *ZZJS*，2：336。

155. 此句原文引用《诗经·柏舟》的最后一句。

156. 这里指陵阳子明与王子乔两位仙人，在《列仙传》中有其传记。见《列仙传校笺》，158，65。

157. 嵇康，《嵇康集》，29-31。

158. 徐公持，《魏晋文学史》，214。

159. 见嵇康，《嵇康集注》，83；《竹林七贤诗文全集译注》，347；王澍，《魏晋玄言诗注析》，54。

160. 关于孙登善啸，见李昉等，《太平御览》，579.2616a；关于阮籍善啸，《世说新语·栖逸》："阮步兵啸，闻数百步。"见 *SSXY* 18/1。对"啸"的生动描述，可见西晋成公绥所作《啸赋》，见《文选》卷十八。针对这一实践的重要研究，可见李丰楙，《六朝隋唐仙道类小说研究》，225-279。

161. "永啸长吟"句还出现在另外两首诗里，一首是《四言赠兄秀才入军诗》（其十二），另一首是《幽愤诗》。

162. 早在半个多世纪之前，傅乐山（一作傅德山，J. D. Frodsham）就写道："朝廷现在所坐拥的江山，比北方光秃秃的平原要精美得多，也壮观得多。（这种环境）肯定大大激发了人们对大自然的新感触。"Frodsham, "Origins of Chinese Nature Poetry," 86。这种观点在新近的学术界中一直存在。例见：陶文鹏、韦凤娟，《灵境诗心》；杨儒宾，《"山水"是怎么发现的——"玄化山水"析论》，209-254。杨儒宾在其论文中对这一共识进行了总结。

163. 六朝晚期的文学批评家钟嵘就强调了这个问题。他似乎就希望崇尚老庄、"淡乎寡味"的玄言诗风不要在新的地理环境中继续，"爰及江表，微波尚传"句就表达了他的这种心态。见钟嵘，《诗品集注》，24。

164. Jan Assmann, "Collective Memory and Cultural Identity," 132.

165. Jan Assmann, "Collective Memory and Cultural Identity," 131.

166. 扬·阿斯曼曾以古代中国的考试制度（包括早期家教、启蒙教育等因素）为例，说明文化记忆参与结构中存在的精英主义趋向。参见 Jan Assmann, "Communicative and Cultural Memory," 116。

167. 罗歇·夏蒂耶在他的著作中提醒读者注意这种具有双重性质的意义，它自公元一世纪以来就已经存在了。Roger Chartier, *Inscription and Erasure*, 86.

第三章　孙绰的诗歌素材库

　　文本传统之间的边界并不稳定，各种文化与文学意义的素材库不仅会不断扩大，它们之间更存在着动态的互动；因此，互文性对早期中古中国文学史的特殊意义不言而喻。在这一时期，文学领域发生了迅猛而剧烈的变化，从体裁到形式，以及作者们的单篇作品，都呈现了空前的繁荣。[1]纸张的使用变得越来越方便，这使得手抄本在越来越更广阔的范围里流通和被复制，文本被保存、传播的可能性也随之增加。在这个朝代更迭相对频繁的时代，朝廷藏书往往会遭到毁坏或散佚；私人藏书机构的发展反而有益于图书的保存。[2]文学体裁与新作品的激增、文本的传播，进一步促进了文学与文本研究之新形式的出现，如图书目录、文学批评、体裁研究和选集辑录等，它们试图对这些文化财富进行分类、整理和保存。[3]这些文学研究形式，或许只是文学发展过程中的补充，但几乎可以肯定的是，它们的产生不仅是一种反应——回应着文学作品的激增与传播，也是一种被意识到的需求——人们需要去安置这些崭新而复杂的财富。[4]

　　随着文学资源的体量的激增，不同知识素材库（如儒家的、老庄的、佛教的），以及不同学问分支（如哲学、诗歌）之间的相互联系，都变得越来越紧密。我们应该思考，在这样一个大背景下，为了自己的需求，作者们会采取怎样的方式去充分地运用这些形形色色、异质多样的资源。安·斯威德勒

（Ann Swidler）对文化的深入分析，与本书对中国早期中古时期写作实践的考察有着共通之处。在她针对美国浪漫文化的社会学研究《谈情说爱：文化因何重要》（*Talk of Love : How Culture Matters*）一书中，斯威德勒挑战了克利福德·格尔茨（Clifford Geertz）的范式观点，她认为文化并不是融贯、"统一的整体"，而且提出了一个不那么工整的图景：文化是一种"意义的'工具箱'（tool kits）或者素材库"，人们会有选择地从中挪用对行为或理解最有用的事物。[5]斯威德勒针对文化在两性爱情体验中的作用进行了数十次访谈，基于访谈的结果，她认为："文化并没有被组织为统一的系统；相反，人们会不断发掘多重且往往彼此冲突的文化能力和世界观。"[6]人们依靠文化来理解和塑造自己的行为举止；文化为人们提供了"行动能力的素材库"，并帮助他们构筑与重构自身的经历。[7]不仅是斯威德勒，很多学者都在努力重新定义格尔茨的文化概念，他们的研究都显示，文化系统既不是囿于地方的，也不是齐整闭合的，它的内部反而是异质多样的，而且往往杂乱无章。[8]康儒博的《修仙：古代中国的修行与社会记忆》（*Making Transcendents : Ascetics and Social Memory in Early Medieval China*）一书，就运用文化素材库模型针对早期中古中国展开具体研究。在这项研究中，作者勾勒了求仙者所拥有的资源素材库（比如图像、姿态、模式与期待等），使我们更为深入地理解了这一时期的这种追求，以及人们为了实现得道成仙做出的种种声明。[9]

109

　　斯威德勒和康儒博的著作为研究早期中古中国文学史与写作实践提供了非常有用的参照框架。然而，尽管这一时期的作者们经历了文学和文化资源的急速扩张，但其中的文化作用机制变化多端、难以归纳。对作者一方而言，关键之处不仅在于要扩大现有的容器（即公认传统），还在于要创生种种崭新的有机体（即新的来源与语言），并与这些有机体形成不断发展的关系。四世纪的顶尖文学家孙绰，就是一个极具启发性的案例。他为人称道（或被人指责，这取决于评判角度）之处在于，他大量吸收了老庄思想术语，并将佛教语言引入诗歌之中。孙绰以引文与用典的形式，对一个异质多样的、充满文化与文学意义的素材库进行了挪用，在这一章中，我们将研究他的这种挪用过程；同时，我们还会探讨，在这一文学史、文化史和思想史的形成时期，孙绰对不断扩张的文本关系网络做出了怎样的贡献。

"一时文宗" 孙绰

孙绰在今天的知名度，与他在那个时代的地位并不相配。六朝史学家檀道鸾将孙绰与许询（约 326~347 后）并称为"一时文宗"。[10]362 年，大将军桓温（312~373）北伐收复洛阳。为了实现其野心，权倾朝野的桓温要求还旧都于洛阳，孙绰于是向晋哀帝（361~365 在位）上疏力争，为朝廷提供了充分的反驳理由；《晋书·孙绰传》赞其有"匪躬之节"。[11]孙绰出身寒微士族，但他常与王氏、庾氏、谢氏等世家大族的成员们交游。[12]孙绰曾在庾亮（289~340）、殷浩（卒于 362 年）、王羲之（303~361）等人手下为官。由于同时代的文人们都认为他是"文士之冠"，孙绰甚至成了温峤（288~329）、王导（276~339）、郗鉴（269~339）、庾亮、庾冰（296~344）等名将重臣指定的碑诔撰写者："温、王、郗、庾诸公之薨，必须绰为碑文，然后刊石焉。"[13]

　　《世说新语》记载了许多令人印象深刻的角色，而孙绰是
其中最为绚丽浮夸的人物之一。也许，对孙绰而言，只有他自
我鼓吹的能力，能与撰写铭诔之文的才华相匹配。他似乎是在
碑文悼词这类作品中，找到了一个虽不合常规，但又非常完美
的媒介：他喜欢在文中宣称自己与重要人物的亲密交情，从而
拔高自己的地位（当然，这类体裁本就不提倡将作者本人写
进悼亡之作中）。这看起来似乎是一个非常高明的策略，因为
逝者是无法否定自己的诔文的——除非诔主的后人去纠正这些
说法。据载，庾亮的儿子就对孙绰慨然道："先君与君自不至
于此（先父与您的交情，还不到这个地步吧）！"王濛之孙也
评价道："才士不逊，亡祖何至与此人周旋（身为文人才士却
不谦逊，亡祖何至于与这种人交往呢）？"[14]孙绰这种喜欢自我
鼓吹的性情，似乎在被同时代人鄙薄的同时，又为他们所接
纳。有一次，孙绰与褚裒（303~349）交谈，言及谢安妻舅刘
惔之死（卒于347年前后），"孙流涕，因讽咏曰：'人之云
亡，邦国殄瘁。'① 褚大怒曰：'真长平生，何尝相比数，而卿
今日作此面向人！'孙回泣向褚曰：'卿当念我！'时咸笑其才
而性鄙"。[15]显然，即使为盛怒的褚裒所不喜，孙绰仍然厚着脸
皮，自信地试图将自己抬高到和刘惔同一个层次。

孙绰与东晋玄言诗

　　也许，没有人能比孙绰本人更欣赏自己的文学才华了。著

111

---

① 意思是，贤德之人如果离开，国事就要危殆了。语出《诗经·大雅·瞻
卬》，这里显然是孙绰以刘惔和《诗经》句影射自己，故意将自己抬高
为贤德之人。

名僧人支遁（314~366）曾问孙绰，你自己与许询相比，又怎么样呢？孙绰回答说："高情远致，弟子早已伏膺；然一咏一吟，询将北面矣（意为许询就会像弟子坐在老师面前一样）。"[16]孙绰的诗歌大多以玄言风格写就，这是他那个时代的主流。这类诗歌从《易经》《老子》《庄子》（及它们的某些注释）中提取材料，以诗句的方式对"道"展开形而上学层面的讨论。"玄"这个词出现在《老子》第一章对"道"的论述中："此两者（指有/无）同出而异名，同谓之玄，玄之又玄，众妙之门。"玄言诗的核心就是探索何为"玄"。"玄言"更应当被视为一种写作模式，而不是一种诗歌体裁，因为这种模式在不同的诗歌体裁中都有出现，如赠答诗、山水诗乃至田园诗等；各个不同风格的诗人，如孙绰、嵇康（如我们在第二章所见）、陶渊明，以及谢灵运（我们在第五、六章中将会看到）等，都运用过这一模式。更为根本的是，"玄"不单是一种思维的对象，它更代表了一种思维的模式。在《庾亮碑》中，孙绰就写道，庾亮虽然是四世纪三十年代朝廷之上最有权势的人，但他"常在尘垢之外"，内心"方寸湛然"，"以玄对山水"。[17]从最后这句话可见，"玄"意味着某种思维模式，在这种状态下，人们可以体悟表现在大自然之中的"道"。[18]

以孙绰作品为代表的玄言诗，后来多受到指责和漠视，其中的大部分诗作如今已经亡佚。这些诗歌之所以后来受到忽视，很大程度上与六朝后期文学批评家对其展开的严厉批评有关，这一点将在本章详细讨论。如果不是十九世纪至二十世纪初，在日本发现了七世纪诗文总集《文馆词林》的残卷，孙绰留下来的作品多半只会出现在传闻逸事中；这是因为，包括

第四章将要讨论的两首兰亭诗在内，他最终得以传世的诗歌屈指可数。在本章中，笔者将会对残卷现存四首赠答诗中的三首展开论述。[19]近数十年来，一些学者（主要是中国学者）试图重新评估玄言诗的价值，但其中的很多研究围绕着"情"的问题展开，玄言诗要么被认为缺乏真情实感，要么被认为只是体现了一种与众不同、平淡寡味的抒情方式。[20]在笔者看来，以"抒情"为尺度去评价这些诗歌，产生的学术价值非常有限，而且有着"时代错置"（anachronism）的嫌疑：这是在假定"情"的意义是不变的，而且把"情"当作了诗歌创作的固有中心。实际上，抒情的理念并不是一成不变的，也不是独立绝对的；诗歌该由哪些内容组成，哪些类型的感情应该用以创作成诗，关于这些问题一直都存在着针锋相对的种种观念。笔者在其他论述中曾经提到过，分析范畴必须与历史本身相结合，不能假定其具有横跨时代的绝对性。[21]笔者对孙绰诗歌的解读，不会把重点放在难以捉摸的"抒情"上，因为"抒情"这一点在玄言诗人看来，与"玄"本身及其意义与应用相比，可以说并没有那么重要。本章着重关注以下几点：早期中古中国文化和文学素材库的扩张状况，哲学文本与文学文本之间日益扩大的互文性关系，以及文化资本得以积累、多样化、挪用与复制再生产的过程。

赠答诗歌，文学才能

　　早期中古时期的赠答诗，通常都以玄言诗风写就。这种诗歌创作模式发源于早期中古时期的"清谈"实践，这是一种在魏晋精英阶层中流行的、兼具学术与社交性质的活动，人们通过清谈，对形而上学、认识论乃至言行举止等话题展开辩论。这种活动，一半是智力游戏，一半是带有竞争色彩的表演行为，它有自己的规则、标准乃至道具（如辩论者所持有的独特雅器"麈尾"）。[22] 现存的玄言诗有很大一部分属于赠答诗，它们从逻辑上可以被看作是这种对话式体裁的延伸。在这类以诗歌形式展开的对话中，写作者往往会巧妙地运用诗歌典故向"贵人"或朋友传达自己的信息。而阅读者，也需要相应的文学才能来破译这些符码。（作为写作活动与作为产品的）诗歌，此时就成了一种可以用以换取政治利益或社会声望的文化资本。尤其是，诗歌的赠答活动，以及社交应酬诗本身，使得作者们能够在某位读者面前展现他们对这些文化产品的塑造与解释能力。这种文化交换的成功，有赖于诗人们对文本典故与文化指涉的精通。

孙绰给当时退隐后再度出仕的名臣谢安（320~385）写了一首文采斐然的赠诗，在这首诗中，孙绰凭借其文学才能成功实现了文化交换的目的。这首作品可能作于 360 年或此后不久，那时正值谢安准备"东山再起"，在主宰朝廷政治的桓温手下为官。孙绰很巧妙地将自然意象和文本典故（主要出自《庄子》《老子》《易经》《诗经》等）交织在一起，借助娴熟的对偶与精选的隐喻，形成了玄言诗风。这首赠诗还隐含着一种期待：作者希望受赠对象能够恰当地解读各种典故，从而获得诗中所要传达的根本信息。

赠谢安诗

缅哉冥古，	How remote is the faint antiquity!
邈矣上皇。	So distant are the August Ones on high!

夷明太素，　During the Greatest Simplicity when all
　　　　　　　　was plain and clear,

结纽灵纲。[23]　They knotted together the numinous rope
　　　　　　　　of governance.

不有其一，　If there were no original unity,

二理曷彰。[24]　How could the twofold truth become
　　　　　　　　manifest?

幽源散流，　The dark source loosens into a flow;

玄风吐芳。　The aura of mystery spews forth its
　　　　　　　fragrance.

芳扇则歇，　When the fragrance is fanned out,
　　　　　　　　it dissipates;

流引则远。　When the flow is drawn forth, it goes
　　　　　　　　far off.

朴以彫残，　The Uncarved Block is damaged by　　　115
　　　　　　　engraving;

实由英翦。　The fruit is severed because of its flower.

捷径交轸，　The shortcut is lined bumper to bumper,

荒涂莫践。　Whereas the overgrown path is trod by
　　　　　　　none.

超哉冲悟，　Transcendently you rise to awakening,

乘云独反。　Riding the clouds, you alone return.

青松负雪，　Green pines shoulder snow,

白玉经飙。　While white jade endures gales.

鲜藻弥映，　Fresh embellishment is ever bright;

素质逾昭。　Plain substance is ever brilliant.

凝神内湛， Concentrating your spirit, sinking deep
within,

未醨一浇。[25] Without diluting the already weak wine.

遂从雅好， So you follow what you have always liked,

高跱九霄。 And tread high into the Ninefold
Empyrean.

洋洋浚泌，[26] Amply flowing is your deep spring;

蔼蔼丘园。[27] Flourishing is your hillside garden.

庭无乱辙， In your courtyard, there are no cluttering
tracks of carriages;

室有清弦。 Within your chamber, there are pure
sounds of the zither.

足不越疆， You never stepped outside of your borders,

谈不离玄。 Your conversations never departing from
the mysterious.

心凭浮云， Your mind clings to floating clouds,

气齐皓然。 While your *qi* is on a level with the
boundless.

仰咏道诲， Looking up, you chant the teachings of
the Way,

俯膺俗教。 While downward, you take on instruction
of mores.

天生而静， Abide by your heaven-endowed state, you
will find tranquility;

物诱则躁。 Seduced by things, then you become
restless.

全由抱朴，	Wholeness originates from embracing the uncarved block;
灾生发窍。[28]	Calamity results from boring openings.
成归前识，[29]	If attainment belonged to the realm of foreknowledge,
孰能默觉。	Who could achieve silent awakening?
暧暧幽人，	In the haze stands the secluded one,
藏器掩曜。	Hiding his capacities, he conceals his brilliance.
涉易知损，[30]	Wading through the *Changes*, he understands "diminution";
栖老测妙。[31]	Settling on the *Laozi*, he fathoms the subtle.
交存风流，	Our friendship consists in this free-flowing way;
好因维絷。[32]	Our fondness comes from a bond between us.
自我不遑，	Since we last met one another,
寒暑三袭。	Winter and summer have passed three times.
汉文延贾，	Emperor Wen of Han invited Jia Yi,
知其弗及。[33]	And knew he could not be matched.
戴生之黄，	When Dai Liang met Huang Xian,
不觉长揖。[34]	He could not help bowing in respect.
与尔造玄，	With you, I reach the profound mystery,
迹未偕入。	But our tracks did not enter together.

117

鸣翼既舒，	Now that your resounding wings have spread,
能不鹤立。	Can I but stand with my neck outstretched like a crane?
整翰望风，	Preening my plume, I anticipate the wind,
庶同遥集。	Hoping to share your faraway perch.

　　用玄言模式写就的赠答诗，一般而言，都会赞美受赠对象对玄学思想的理解，同时也会表达诗人自己对玄学思想的精妙把握。孙绰的这首《赠谢安诗》也是如此，但它对读者提出了更高的要求。从修辞安排上来看，这首诗非常出色：开篇先是祝贺谢安在体悟方面有所成就；继而含蓄地将这种境界飞升与谢安即将出任要职的现实结合起来；最后，孙绰毫不掩饰地向朋友发出了提携自己的请求。

　　玄学话语里遍布着多种二元对立①，而孙绰以一系列二元要素将全诗组织在一起，打造出了一种对比呼应式的动态模式。在这首诗中，可以看到出世守静与入世进取、内在本质与外在修饰、先天素朴与后天人为等一系列二元对立，诗人显然在价值层面有所侧重。诗中表达了对谢安即将出山的忠告，并追忆了谢安先前的隐居生活，在这两部分内容之间，可以看到作者对守静思想的描述。孙绰用"朴以彫残"句提醒谢安，人为的努力只会损害"朴"；在《老子》与《庄子》中，"朴"是一个非常重要的比喻，用以譬喻"道"原初而浑然一体的本质。

---

① 原文为"binary oppositions"，是结构主义的一个重要概念，也是索绪尔的一个重要命题。根据这一理论，二元对立中的每个术语都是相对于它的对立面而定义的，并在对立的张力中呈现自己的意义。

为了阐明这种原初的、浑然一体的性质，孙绰又从《庄子》中化用了另外两个比喻，即白玉（"白玉经飙"）与浑沌（"灾生发窍"）。第九篇《马蹄》以白玉之毁勾勒了道德之衰败："白玉不毁，孰为珪璋？道德不废，安取仁义？"[35]只有在大道被摒弃之后，治理的工具（以珪璋为代表的权力象征，和以仁义为代表的儒家伦理教化）才会为人们所需要。浑沌的故事也从反面说明了"抱朴"的好处：两个好朋友"儵"和"忽"想让"浑沌"拥有自己的"七窍"，像人一样感知"视听食息"，就在"浑沌"身上每天凿一个洞，七日之后"浑沌"就死了。"儵"和"忽"的本意是好的，可惜他们的行为是错的。"浑沌"悲惨的遭遇告诫人们，要顺应自然，避免人为的干预。[36]

　　孙绰还对谢安清净避世的生活图景做了一番描绘，也体现了这些隐喻的意义。诗中引用了《诗经》和《易经》的名句，表达了生活环境的朴素无华：潺潺的泉流和蔼蔼的丘园，正合乎隐逸生活简单节俭、疏于修饰的特点。诗中还以"有/无"来形容这种简朴的生活方式：庭院里没有来寻访的"乱辙"，房间里只有高雅的"清弦"。"乱"和"清"这两个修饰词，更揭示了两种生活方式之间的鲜明对比："乱"是来往纷繁的积极入世，"清"是与琴为伴的守静隐逸。紧接着，简朴的生活化为背景，主角变成了探寻玄远之道的谢安，他实现了精神上的超越——"心凭浮云，气齐皓然"。

　　如果说上述对比式的切换是横向的，那么高迈超逸的语言，更为全诗增添了另一种维度。诗中称谢安"心凭浮云""乘云独反""高跱九霄"，甚至像鸟一样"鸣翼既舒"，这些意象塑造了一种强烈的垂直感（verticality），读起来像是在赞扬谢安已经"得道飞升"。孙绰称，虽然自己和谢安都在"造

119

玄"，但是没能达到相同的境界；自己可能拥有和朋友一样的才能，但"迹未借人"——在这个节点，所指的重点就巧妙地从"道"转向了"高位"，或者也可以说，两种成就在此时合而为一。孙绰似乎是在暗示，谢安已经达到了悟道的最高境界，所以不再有为官与隐逸之分。《世说新语》中的一段话可以明确地印证这个观点：谢安之弟谢万（约 320~361）在其《八贤论》中认为隐逸要胜于显达，即"处者为优，出者为劣"，而孙绰不同意，他认为"体玄识远者，出处同归"。[37] 因此，这首诗中所颂扬的"成就"具备了双重的含义。即将结束劝说时，孙绰又引出两个历史譬喻，既彰显了谢安的"高超"，也明示了两位朋友间的地位关系。他先将谢安比作才华横溢的青年才俊贾谊（前 200~前 168），贾谊曾在汉文帝（前 180~前 157 年在位）时期得到破格提拔，一时朝廷之上无人能及；又将谢安比作东汉时有名的隐士黄宪，黄宪则被年长的戴良感叹自愧不如。在诗中，孙绰自称就像戴良一样，在比自己优秀的后生面前甘拜下风。结尾处，孙绰以鸟的意象做了最后的恳求（就好像这种间接的暗示可以使得恳求的性质更加委婉，尽管其中的喜剧性使得请求不那么直白）：孙绰说，自己就如同"鹤立"一般翘首以待，期待着能够与这位得以擢升的朋友一起在新的要职上有所成就。

在赠予谢安的诗中，孙绰较为一致地指涉了玄学经典，表达了强烈的称赞之情，以及对"贵人"的恳求之情；而他写给庾冰的诗就有所不同，这首诗展现了对多种文学和文化意义更为实际的挪用，这些意义的出处有时甚至是彼此不协调的。《与庾冰诗》主要从《易经》和《诗经》中汲取材料，以诠释宇宙论和政治方面的各种事件；但在重塑旧有宇宙论范式、刻画受赠人形象时，却又很大程度上依赖着老庄思想。孙绰将这位政治元老在诗中的形象放在了两晋之交的大背景下。[38]考虑到庾冰的生平，这一安排并不奇怪：他本人是晋明帝（322~325 年在位）的妻舅；长兄庾亮曾与王导共同辅佐外甥晋成帝（325~342 年在位），是四世纪二十年代末及整个三十年代朝廷上最为炙手可热的权臣。327年至 329 年，苏峻之乱爆发，极大地影响了新政权的稳定，兄弟二人在平定叛乱的过程中起到了重要作用，随后成为国家英雄。339 年，王导去世，庾亮退出政治中心，庾冰入朝任中书监等职，直至 344 年辞世之前，他一直是成帝一朝的主要人物。因此，孙绰诗中充满了对庾冰的赞美之情，当然，这也是赠答诗常见的礼节性惯例。不过更值得注意的是，孙绰以这首诗声称了与庾冰之间不同寻常的亲密关系，诗人甚至向这位即将出任朝廷重臣的元老献计献策。这组诗很可能作于 339 年，或者不久之后。

与庾冰诗　十三章

其一

浩浩元化，	Great and boundless is the Primal Change;
五运迭送。	The Five Phases alternate in cycle.
昏明相错，	Darkness and light intermingle together;
否泰时用。[39]	Adversity and Peace are active at different times.
数钟大过，[40]	Heavenly fate concentrates in Great Surpassing;
乾象摧栋。[41]	The image of Pure Yang destroys the ridgepole.

121

惠怀淩构，[42]　When Emperors Hui and Huai met with invasion,

神銮不控。　The divine carriage was no longer under control.

其二

德之不逮，　That their virtue was not sufficient,

痛矣悲夫。　Such pain it is, how sad!

蛮夷交迹，　Savage barbarians left crisscross tracks,

封豕充衢。　While big swine filled the highways.

芒芒华夏，[43]　Vast and wide the lands of Hua and Xia,

鞠为戎墟。　Now completely reduced to a war-ravaged wasteland.

哀兼黍离，[44]　The sadness equaled that of "Drooping Millet,"

痛过茹荼。　The pain surpassing that of eating bitter sow thistle.

其三

天未忘晋，　Heaven did not forget about the Jin—

乃眷东顾。[45]　It looked and turned its gaze to the east.

中宗奉时，[46]　Zhongzong received the timely charge:

龙飞廓祚。　A dragon in flight, endowed with immense blessings.

河洛虽堙，　Though the Yellow and Luo Rivers were dammed up,

淮海获念。[47]　The Huai and the Eastern Sea region procured tranquility.

业业亿兆，[48]　Strong, so strong, the innumerable masses,

相望道著。[49]　Gazing at each other: the Way is manifest.

122

其四

天步艰难，[50]　Heaven's course was beset with difficulties,

蹇运方资。[51]　Obstacles just so accumulated.

凶羯稽诛，[52]　The fierce Jie people had not been exterminated;

外忧未夷。　External troubles were not yet suppressed.

矧乃萧墙，[53]　More so, within the imperial walls,

仍生枭鸱。[54]　There arose kite owls.

逆兵累遘，　Rebel troops repeatedly attacked,

三缠紫微。[55]　Three times surrounding the Purple Palace Wall.

其五

远惟自天，　From afar it was something that came from Heaven,

抑亦由人。　But it was also something caused by men.

道苟无亏，　If the Way was not deficient,

衅故曷因？　Then what caused the disaster?

遑遑遗黎，　Frantic were the displaced folk—

死痛生勤。	The dying were in agony, the living in misery.
抚运怀□，	Abiding by destiny's course [missing character],
天地不仁。⁵⁶	Heaven and Earth are not humane.

其六

123

烝哉我皇，⁵⁷	Splendid is our emperor!
哲嶷自然。	Who possesses a natural precociousness.
远□隆替，	From a distance [missing character], the rise and fall of states,
思怀普天。	His thoughts extend to all under Heaven.
明发询求，	As the dawn breaks, he investigates matters;
德音遐宣。⁵⁸	His virtuous reputation spreads far and wide.
临政存化，	Presiding over the government, he abides in moral transformation,
昵亲尊贤。	Drawing near his kin and revering the worthy.

其七

亲贤孰在？	Kin and the worthy—where are they?
实赖伯舅。⁵⁹	Truly he relies on the royal uncle.
卓矣都乡，⁶⁰	Outstanding were you in your township,
光此举首。	Which took pride in this head of the class.
苟云至公，	If it concerned purely public affairs,

身非已有。　Your body does not belong to yourself.

将敷徽猷，[61]　You are about to display your fine plan,

仰赞圣后。　And assist the enlightened lord.

其八

义存急病，　Your sense of rightness inheres in earnestly resolving problems;

星驾路次。[62]　By starlight you drive your carriage along the road.

穆尔平心，　Serene you remain, keeping a level mind,

不休不悴。[63]　Neither happy nor anxious.

险无矜容，　A lofty precipice, but without a look of arrogance;　124

商无凌气。[64]　The Shang Star, but without an overbearing air.

形与务动，　Your body moves as your duty demands,

志恬道味。　Yet your inner state is tranquil as you taste the flavor of the Dao.

其九

余与夫子，　I and you, good sir,

分以情照。　Are endowed in such a way that we understand one another.

如彼清风，[65]　Like that pure breeze,

应此朗啸。　Responding to this clear whistle.

契定一面，　We found agreement at first sight

遂隆雅好。	And exalted our long-held likes.
弛张虽殊，[66]	Though loose and taut strings are strung differently,
宫商同调。	The *gong* and *shang* notes are of the same tune.

其十

无湖之寓，	The residence at Wuhu,
家子之馆。	The lodge at Jiazi,
武昌之游，[67]	Our sojourn in Wuchang:
缱绻夕旦。	So close-knit we were there, day and night.
邂逅不已，[68]	Our chance meetings did not cease,
同集海畔。	And we gathered together by the seaside.
宅仁怀旧，[69]	Those dwelling in benevolence harbor feelings for old friends,
用忘侨叹。[70]	Which can be used to forget an émigré's sigh.

125

其十一

晏安难常，	Peace and ease are hard to keep constant;
理有会乖。	Meetings and separations are part of the pattern.
之子之性，[71]	The journey this man is to embark on
惆怅低徊。	Is filled with rue and hesitance.
子冲赤霄，	You soar up to the crimson empyrean,

我戢蓬藜。　While I hide away in brush and weed.

启兴歧路，　My heart begins to stir at this crossroads,

慨矣增怀。　With a sigh, my feelings only intensify.

其十二

我闻为政，　I have heard that in practicing governance,

宽猛相革。[72]　Leniency and severity modify each other.

体非太上，　Since our bodily constitution is not of
　　　　　　　august antiquity,

畴能全德。[73]　Who can possess complete virtue?

鉴彼韦弦，[74]　Reflect on this leather and string;

慎尔准墨。　Ponder that rule and standard.

人望在兹——　The people cast their hope with you—

可不允塞？[75]　Can you not but be true and faithful?

其十三

古人重离，　Men of old valued partings：

必有赠迁。　They were sure to present gifts.

千金之遗，　How could a bequest of a thousand pieces
　　　　　　　of gold

孰与片言。　Compare with a few words?　126

勖矣庾生，　I encourage Scholar Yu

勉踪前贤。　To strive to follow the tracks of past
　　　　　　　worthies,

何以将行，　With what will you embark on your journey?

取诸斯篇。　Take from me this poem.

　　孙绰这首诗的开场极为宏大。在宇宙初生、五行循环的大背景下，他先对西晋的灭亡做了一番叙述。他巧妙地化用了《易经》的内容——《易经》这一古典诠释学认为，天地万物的宏观运作与人类活动之间存在着本质上的联系。诗人从《易经》里找到了一系列宇宙论与文化层面的符号与意象，用于构建事件框架，呈现叙事逻辑。随着西晋王朝内部的崩溃，外部游牧民族趁机举兵进犯北方，中原文明的核心腹地不得不被放弃，大量百姓与世族被迫南渡。这段带有灾难色彩的旧事，用《易经》的语言来阐述似乎最为合适：此为第十二卦"否"与第十一卦"泰"的轮流交替，所谓"否泰时用"。运数集于"大过"，王弼注称"大过者，栋桡之世也；本末皆弱，栋已桡矣"，为世道危殆之象，精于玄学的孙绰肯定熟知这一点。[76]按照《易经》"盛极而衰、物极必反"的普遍模式，西晋王朝（"栋"）的覆灭乃天（"乾"）意所致。这样一来，王朝的更迭就是理所当然的，并成为自然循环的一部分。

　　在第一章中，"天"还是自然模式与秩序图景的"天"；但在下一章里，开篇就强调了"天"在西晋覆灭中的作用。诗中认为，西晋的最后两位皇帝，晋惠帝（290～306 年在位）与晋怀帝（306～313 年在位），在位期间未能弘扬德性；这样就引入了人类施为的因素，因而也就有了罪责。惠帝统治期间，先是贾后（256～300）专擅朝政，随后晋室皇族之间因争权引发血腥混战，给国家造成了无法挽回的破坏；怀帝统治期间，瘟疫、饥荒、疾病肆虐，匈奴趁机于 311 年攻陷洛阳，使得定都北方的西晋最终覆灭。第二章通过《诗经》中的一个重要典故，即《国风·王风·黍离》（65）里的"黍离之悲"，描述了王朝灭亡衰败时的景象。一般认为，《黍离》为西周旧臣经过故都时所作，作者看到昔日宗庙宫室尽为禾黍，对前朝的灭亡不胜感叹。[77]诗人在"芒芒华夏"句中所使用的叠字"芒芒"，也是《诗经》的一种规范性语言，更加强了此处用典的深意。通过对《诗经》的恰当用典，孙绰将西晋的衰落与西周的倾颓联系起来，汲取了那份根植于历史记忆中、源于前朝旧事的沉重感。

在国家兴衰这一主题上，《诗经》这部经典文献尤为有用。第三章的第一句改编自《大雅·皇矣》（241），这是一首关于皇天上帝赋予西周天命的史诗：上帝监察到殷商统治下的民生疾苦，憎恶这种状况，于是"乃眷西顾"（西指岐周之地），为自己寻找一个更值得托付的人间代理者。孙绰挪用这句诗以描述东晋的建立（"乃眷东顾"），由此引出了一个类比式的解读：东晋的统治从根本上就是与西晋决裂的，这已经超出了地理范畴的不同——西晋就好比殷商，东晋正如同西周。由此可见，"天命"的丧失，不仅是王道之德缺失的后果，而且也意味着上天对国家兴衰的干预。诗中所描述的"天"是体贴的（"天未忘晋"），而且终究会对人类的行为有所感应。在晋中宗（即司马睿，317~322年在位）的统治下，"道"得以再次彰显；"业业亿兆"，即众多强健的民众，也印证了中宗之有道（"业业"，强健貌，此处正是恰当地运用了《诗经》的语言）。

孙绰再次从《诗经》中发掘合适的诗句和意象，以探讨王朝建立过程中出现的困难。第四章开头的第一句"天步艰难"，引自《小雅·白华》（229），写出了东晋政权建立时面临的内忧外患：在石勒的领导下，叛乱的羯族部落无情地侵占东晋的领土；而心怀不满的晋将苏峻也于 327 年公然反叛朝廷。描述苏峻之乱时，孙绰同样运用了《诗经》里的词语，以凶恶的"枭鸱"① 象征这一人物。东晋建立时所面临的种种困难，在诗里被描述为顺应天道所必须经历的遭遇，由此振兴国运之重任也被转移到了东晋身上。在前四章的文字中，暗含着一种试图探寻动荡之根因的矛盾心态；到了第五章，这种矛盾到达顶点，诗人终于明确地提出了这个问题：

> 远惟自天，抑亦由人。
> 道苟无亏，衅故曷因？

这一切究竟是上天的运作，还是人类的过错？西晋的灭亡和东晋的崛起，或者一个新国家的形成与阻碍，是否如"否泰时用"或"五运迭送"那样，是一个自然而然、注定发生的轮回？还是说，上天是具备仁德的，会为了人类福祉，根据天之"道"（或"意志"），对人间的统治者有所奖惩？这种古老的思想可以追溯到周代的各种文本（如《诗经》等），并在西汉经学家董仲舒那里重新得以阐发。[78] 针对这些隐含的疑问，诗人在章末引用《老子》第五章的一句话来回答："天地不仁。"[79] 孙绰对这句话的解读，无疑是依据了王弼的注释，玄学学者对此熟稔于心。王弼认为："天地任自然，无为无造，万物自相治理，故不仁也。"[80] 一切是上天的干预，还是人类的能动，这个问题的答案，最终落脚在玄学对天人关系的看法。玄学思想认为，人类活动与宇宙秩序之间呈现着这样

129

---

① 即"鸱鸮"，见《豳风·鸱鸮》。

的关系：天地既不是偏私的，也不是主动的，它允许万物（包括王朝统治）以自然的轨迹运作，而不会将某种不自然的、人为的框架强加于这些过程。孙绰挪用王弼对《老子》的解释，巧妙地调和了历史上关于天人关系的各种观点，并赋予这个问题新的答案，认为万事万物都仅仅是在遵循着自己的自然过程。

这首诗对《老子》或《庄子》的指涉并不多，但就孙绰眼下的问题而言，这两部经典起到了决定性的作用。从第八章对庾冰性格的描写中，我们可以看到另一处对老庄价值观的重要运用：

> 义存急病，星驾路次。
> 穆尔平心，不休不悴。
> 险无矜容，商无凌气。
> 形与务动，志恬道味。

为了赞美庾冰勤于政务，孙绰从《诗经》中汲取了一系列文本；按照早期注家所赋予的含义，这些文本基本上都是关于善政与恶治的，故极为适合庾冰。这种做法对孙绰而言顺理成章，在第六章里，他为了称赞晋成帝（同时也是庾冰年幼的外甥）的美德与荣耀，就将《诗经》中形容周室先祖文王、周公等人的词拼接成诗。《大雅·文王有声》（244）以"文王烝哉"句赞美文王之伟大，孙绰化用为"烝哉我皇"；《豳风·狼跋》（160）以"德音不瑕"称颂周公之贤能，孙绰将之作为一种易于理解的、具有象征意义的符码，用于打造成帝之治的新气象：

130

> 明发询求，德音遐宣。
>
> 临政存化，昵亲尊贤。

在第八章里，诗人运用同样的资源以刻画庾冰的奉献精神。"星驾"这个短语就化用自《国风·鄘风·定之方中》（50）的"星言夙驾，说于桑田"句。东汉权威的经学注释者郑玄（127~200）认为，这句话是说"文公于雨下，命主驾者：雨止，为我晨早驾，欲往为辞说于桑田，教民稼穑。务农急也"。[81]据称，庾冰在朝中执政同样"经纶时务，不舍夙夜"，孜孜不倦地为国家排忧解难。

接下来的部分却发生了戏剧性的变化：第一联的"急病"在第二联处忽然转为"平心"。而"不休不悴"等对庾冰的描述，又让人想起郭象对《逍遥游》的一段著名注释。《逍遥游》中提到，有一个居住于姑射山的神人，既超脱于世俗之外（"不食五谷，吸风饮露；乘云气，御飞龙"），也滋养着世间万物（"使物不疵疠而年谷熟"）。郭注云：

> 夫圣人虽在庙堂之上，然其心无异于山林之中，世岂识之哉！徒见其戴黄屋、佩玉玺，便谓足以缨绂其心矣；见其历山川，同民事，便谓足以憔悴其神矣；岂知至至者之不亏哉？①[82]

----

① 意思是，圣人虽身在庙堂，但心在自然；世人不能识，见到他坐着帝王之车，佩着帝王之玺，就以为这些事物摆拂其心；见到他游历山川、治理政事，就以为这些行为憔悴其神。但他们哪里知道，圣人已经达到了至高完美、无以复加的境界呢？

所以，从第八章（乃至全诗其他部分）对庾冰的刻画来看， 131
诗人所指涉的文化意义出自两个不协调的文化意义素材库，即
《诗经》和《庄子》，由此塑造了一个魏晋所特有的英雄形象：
庾冰在行动上是积极勤勉的，但在精神上是自由不羁的——他
于外忠于职责，公而忘私；于内恬淡高远，托情道味。

尽管诗中已经完整地呈现了一个无与伦比的英雄形象，但
一向急功近利的孙绰在倒数第二章（其十二）中，还是大胆
地向这位政治元老提出了若干关于治国的实用建议。为了达到
这个目的，诗人主要是从儒家正典里引经据典，但也从《庄
子》与《韩非子》中寻章摘句。首先，诗人回忆了他们相识
相交、继而别后重逢的过程，他大篇幅描述了他们性情相投的
亲密情谊（"契定一面""缱绻夕旦"）——这大概是为了取
得阅读者信任而做的铺垫。在这一基础上，孙绰建议道："我
闻为政，宽猛相革。"这个道理出自《左传》中孔子关于为政
的教谕："政宽则民慢，慢则纠之以猛。猛则民残，残则施之
以宽。宽以济猛；猛以济宽，政是以和。"[83]紧接着，孙绰从关
于如何为政的大道理，聚焦到庾冰在新职位上的具体做法：

> 体非太上，畴能全德。
>
> 鉴彼韦弦，慎尔准墨。

"全德"出自《庄子》，这是一种超越了称誉与非议的能力，
然而这种境界是今人所无法抵达的。所以要"鉴彼韦弦"，此
处出自《韩非子·观行》："西门豹之性急，故佩韦以自缓；
董安于之心缓，故佩弦以自急。"既然无法做到"全德"，那
么最好的办法，就是像西门豹身披软皮，董安于佩戴强弓以调

理性情那样，反省自身的缺点，改正自己的不足。最后，孙绰
以《诗经》典故结束他的劝诫："人望在兹，可不允塞?"这
句诗中的"允塞"取自《大雅·常武》（263）的"王犹允
塞"，意为真实、不落空。孙绰推测，庾冰对幼帝的辅佐即将
取得实质上的成功，所以人们对庾冰的信任与期望肯定也不会
落空。这一点在前面的"将敷徽猷"① 句也有所暗指。

和同时代的大多数人一样，为了创作诗歌，孙绰掌握着种
类繁多，又往往相互冲突的文本资源。从这首给庾冰的诗中，
我们可以看到，《诗经》为讨论治国理政问题提供了丰富的文
化与文学意蕴；《易经》将人类世界的变化统一到天地万物的
宏观运作之中；《老子》与《庄子》则安排、塑造了一种符合
早期中古时期思想文化价值观的宇宙观与理想人格。由此看
来，作者选择从哪种传统中的哪部作品中取材，实则是一种关
于挪用的问题——如何从各种不同的经典资源中挪用对当前主
题有用的事物。于此，斯威德勒的研究再次提供了一个具有启
发性、又非常相似的道理：她发现，人们经常使用相互矛盾的
爱情模式（例如，传奇式的和平凡无奇的爱情观）来解决不
同的需求，因为没有一个单一的模式能够满足他们所期望的所
有任务。[84]她写道，其研究对象对文化语汇的种种转换，起到
了"在不同的框架之间交替以把握实际情形"的作用。[85]那么，
我们可以说，孙绰诗歌中文化框架之间的各种转换，使诗人可
以结合其写作对象的生活经历，更为细致地表现出其中蕴含的
多重实际情形。在孙绰结合了其生平的刻画下，庾冰，这位故

① "徽猷"语出《小雅·角弓》（223），形容美善之道，因此也是在肯定庾
冰的辅佐之计。

事中的道德英雄，孜孜不倦于政务工作的同时，又能远离情感上的劳心苦思；他的种种行动不再是孤立的，而是在与他人的互动之中产生的，并且被放置在了不断变化的政治（与身体）景观之中。

虽然取材来源广泛，但诗与诗之间对材料的具体运用可能会存在很大区别，这取决于不同主题的需求。孙绰曾为以坚持辞官而著称的许询作《答许询诗》，其中所选取的文本和指涉的材料，相对而言范围就比较限定。虽然在这首诗中，孔子作为重要权威（诗中亲切地称其为"孔父"）不协调地出现过一次，但该诗最为主要的源文本仍然是《老子》与《庄子》。孙绰作此诗是为了回应许询的赠诗；对老庄价值观及相关概念的多处指涉，很大程度上构成了二人这段对话的框架。

133

答许询诗 九章

其一

仰观大造，	Upward we observe the Great Design;
俯览时物。	Downward we watch the seasons' things.
机过患生，	When opportunity passes, calamity arises,
吉凶相拂。	Good and ill fortune press upon one another.
智以利昏，[86]	Wisdom is dulled by profit;
识由情屈。[87]	Perspicacity is sapped by feelings.
野有寒枯，	In the wilds, there is withering from cold,
朝有炎郁。	While at court, there is flourishing with heat.

失则震惊，[88]　If with failure you tremble with fear,

得必充诎。[89]　With success, you'll surely succumb to

　　　　　　　fullness.

其二

峨峨高门，　Tall and towering may be the lofty gates,

鬼窥其庭。　Though ghosts can spy into those

　　　　　　courtyards.

弈弈华轮，　Sparkling and stunning may be the ornate

　　　　　　wheels,

路险则倾。　But perilous roads can overturn them.

前辀摧轴，　Up ahead, the carriage shaft has smashed

　　　　　　its axle;

后鸾振铃。　Behind, bird bells shake their grelots.

将队竞奔，　When a general leads his troops in a hasty

　　　　　　advance,

诲在临颈。　Regret comes only with an ax on one's

　　　　　　neck.

达人悟始，　Men of insight understand the causes;

外身遗荣。　Thus, set aside self, leave behind honor.

其三

遗荣荣在，　Leave behind honor, and honor remains

　　　　　　intact;

外身身全。[90]　Set aside self, and self stays whole.

卓哉先师，[91]　Peerless were our former teachers!

修德就闲。[92]　　They cultivated virtue and pursued leisure.

散以玄风，　　They relaxed in the wind of mystery

涤以清川。　　And washed themselves in the clear stream.

或步崇基，[93]　　One walks on elevated ground,

或恬蒙园。[94]　　And another is contented in the garden

　　　　　　　in Meng.

道足匈怀，　　If the Way is sufficient and held within,

神栖浩然。[95]　　Then one's spirit will settle in the

　　　　　　　boundless.

其四

咨余冲人，　　Alas! I am but an adolescent,

禀此散质。　　Endowed with mediocre qualities.

器不韬俗，　　My capabilities don't surpass the

　　　　　　　common,

才不兼出。　　Nor do my talents stand out from the crowd.　135

敛衽告诚，　　I pull together my lapels and state my

　　　　　　　sincerity—

敢谢短质。　　How dare I excuse myself because of my

　　　　　　　inadequate qualities?

冥运超感，　　May the unseen workings let me

　　　　　　　transcend feelings

遘我玄逸。　　And meet me with a mystic detachment.

宅心辽廓，　　I lodge my mind in infinite vastness

咀嚼妙一。[96]　　And savor the marvelous oneness.

其五

孔父有言，	Father Kong has a saying:
后生可畏。[97]	Those later born may be held in awe.
灼灼许子，	Bright and brilliant is Master Xu,
挺奇拔萃。	Outstandingly rare, strikingly singular.
方玉比莹，	Comparable to jade, likened to gemstone,
拟兰等蔚。	He is matched with thoroughwort, equaled by artemesia.
寄怀大匠，[98]	Entrusting his feelings to the Great Carpenter,
仰希遐致。	He gazes upward with remote intent.
将隆千仞，	If he were to raise up something to a thousand *ren*,
岂限一匮。[99]	How could he stop short of one basketful?

其六

自我提携，	Since I last clasped your hand,
倏忽四周。	Suddenly four years have passed.
契合一源，	We joined in agreement with a single source
好结回流。	And made a bond of friendship by the returning current.
泳必齐味，	In wading we were sure to harmonize our tastes;
翔必俱游。	In soaring we were sure to roam together.
欢与时积，	Our joys accumulated with time,
遂隆绸缪。	Hence we became deeply close-knit.

136

一日不见，　A single day without seeing you

情兼三秋。[100]　Felt to me the same as three autumns.

其七

翊乃路逴，　All the more now that your road leads

　　　　far away,

致兹乖违。　Here we have come to part ways.

尔托西隅，　You will consign yourself to the western

　　　　corner,

我滞斯巘。　While I shall remain in this domain.

寂寂委巷，　Quiet and still in a winding alley,

寥寥闲扉。　Desolate and deserted: I shut my door.

凄风夜激，　A bleak wind stirs at night;

皓雪晨霏。　Pale white snow whirls at dawn.

隐机独咏，　Leaning against my armrest, I sing

　　　　alone—

赏音者谁。　Who is there to appreciate the tune?

其八

贻我新诗，　You presented me with a new poem

韵灵旨清。　That is spiritual in resonance, pure in

　　　　meaning.

粲如挥锦，　Brilliant as a fluttering brocade;

琅若叩琼。　Sonorous as carnelian when struck.

既欣梦解，[101]　You are glad since you have understood

　　　　the dream,

独愧未冥。 But still feel ashamed for not yet reaching
the depths.

愠在有身，[102] Resentment lies in having a body;

乐在忘生。[103] Joy lies in forgetting life.

余则异矣， I am different from this—

无往不平。 There is no going that is not leveled
for me.

理苟皆是， If Truth were like this in every case,

何累于情。[104] Why should we become entangled by
feelings?

其九

□□□□，

戒以古人。 Admonitions come from the ancients.

邈彼巢皓， Remote are the Nest Dweller and White
Pates—

千载绝尘。 A thousand years past, cut off from the
dust.

山栖嘉遁，[105] Even when perched on a mountain in
exalted retreat,

亦有负薪。 There is still the shouldering of firewood.

量力守约，[106] Measure one's strength and keep to the
essential,

敢希先人。 We dare to aspire to the men of the past.

且戢谠言， Store up these honest counsels,

永以书绅。[107] Always to be written on one's belted sash.

实际上，这首诗主要是围绕一个问题进行回应的，那就是如何看待俗世之追求与隐逸之高洁二者间的关系，这种创作模式表明此问题是由许询诗先提出来的。虽然许诗已经失传，但我们可以从孙绰的回答，尤其是直接提到许诗的第八章，大致推断出它的内容（或者至少是部分内容）。第八章开篇非常传统，孙绰首先按照赠答诗的常见模式，从声韵和质感层面礼貌地赞扬了朋友的赠诗。接着，他总结了许诗的一个关键要点，或者也可能就是主要内容：许询对理解了自己的"梦"感到欣喜，但又为没能达到更为深刻的理解感到愧疚，换句话说，他没能实现彻底的觉悟；他仍然将"有身"看作怨恨之根源，把"忘生"视为乐趣之所在。这里的梦，并不是《庄子》第二篇《齐物论》中关于虚实与认识论问题的"梦蝶"之梦，而更像是指第十八篇《至乐》中的髑髅之梦，因为后者主要讨论生与死的相对价值，这与本诗第八章的其余内容更吻合。在这个故事中，庄子来到楚国，发现一具干枯的髑髅，于是问道："夫子贪生失理，而为此乎？（先生是因为贪求生命，失却其理，而变成这样的吗？）"到了半夜，髑髅出现在庄子的梦中，告诉庄子死后的喜悦至乐；他所描述的死后世界，超越了时间与职责的约束，呈现了一种绝对自由的境界。髑髅最后表示，自己不愿死而复生；在这段文字中，"生"，也就是人世间的一切，都被看作是一种"劳"。[108]根据孙绰对许诗的归纳来看，虽然许询可能已经明白了这个梦所要表达的含义，但他仍然感受到个体生存所要面对的种种需求（如荣誉、喜好、地位等），以及"重生轻死"思维所带来的沉重负担。

138

不论孙绰对许诗的这番解读是否公允，他还是通过《老子》《庄子》中的一系列典故，就许询的描述做了一番发挥，以此鲜明地主张了自己的态度：他和许询不一样（"余则异矣"），因为自己不会被生死愠乐影响（"无往不平"）；孙绰深知，既然世事如此，就不要为情所累（"何累于情"）。

139 王弼针对何晏关于圣人有情无情的问题有一段著名回应："圣人之情，应物而无累于物也。"在与许询的这段对话中，孙绰结合了王弼的回应，将自己代入"圣人"的角色，进而将这位年轻的朋友当作学生一样谆谆教诲。孙绰这几句诗的作用，与其说是在批评许询精神层面之未达，不如说是在为自己物质层面的选择展开一种间接的辩解。如果个体能够免于情的束缚，参与世俗事务又有何妨？孙绰向读者传达的信息很明确：在他看来，要想获得真正的彻悟，关键在于思想心态，而非外界物质。

确实，从诗的第三章和第四章也可以看到，诗人运用一系列超越物理空间、体现精神境界之宏大的词语，描述了他的真实抱负：

其三

或步崇基，或恬蒙园。
道足匈怀，神栖浩然。

其四

冥运超感，遘我玄逸。
宅心辽廓，咀嚼妙一。

有的人可以像隐士那样，信步于山路之上（"崇基"），有的人可以如庄子一般，傲然于官场之中（"蒙园"）。只要能够以内心之道优游处世，使自己的精神或思想进入无拘无束的逍遥之境，那么自身所处的地理位置与世俗地位，就不再重要了。

孙绰认为，通过"栖"其神、"宅"其心于广阔无垠的浩然境界，他已经超越了仕隐之间的有形界限。诗人通过引入一个更高的尺度，即人的精神境界，将出仕与归隐两种抉择齐而为一。前文讨论过，孙绰曾反对谢万的观点，认为"体玄识远者，出处同归"，这里的"齐一"与"同归"实际上是相通的。对孙绰那个时代的很多人来说，这样的立场肯定更为实际，因为这使得他们（尤其是热衷功名的玄学学者们）在享有为官好处的同时，也能够拥有隐逸的高洁情操。有趣之处正在于，孙绰通过阐明仕隐二者之间的灰色地带，调和了这两种极端，摆脱了前人非仕即隐的陈腐论调。

140

孙绰在诗的开头几章，就对进退两种抉择做了评价，虽然当时的文化话语更为推崇"退"的立场，但诗人避开了这种先入为主的成见。不出意外，孙绰在诗中适时地指出了身居庙堂经常会遇到的种种困境与危险：这种生活存在着意想不到的威胁（即第二章中"鬼窥其庭"与"路险则倾"的比喻），甚至还会面临死亡（"临颈"一词就直白地呈现了受刑的景象）。宫门高耸，行车华美，象征着朝廷生活，但危险往往也潜伏在这些看似宏大瑰丽、富有吸引力的事物之中。然而，孙绰也坦率地承认了退隐的弊端："野有寒枯"句，说明如果没有日照温度（喻指帝王）的支持，人终究会如同野草一般凋零荒芜。在六朝时期，推崇隐逸成为习气，诚如谢万所言"处者为优，出者为劣"，而孙绰挑战了这一观点，他指出问题的根源不在于出仕，而在于束缚于"情"、钻营于"欲"："智以利昏，识由情屈。""智""利""识""情"这四个词都在《老子》中有所出现。在《老子》的语境中，"智""识"被贬低，它们是同"利""情"一样的负面事物，都是用来描述道之衰败的术语。然而，在孙绰这里，"智"与"识"似乎仍然带有积极正面的蕴意，只要免于"利"与"情"的影响，它们就可以引导世人宠辱不惊地对待成败得失。

在第七章中，孙绰刻画了一种宁静的生活，有意模糊了出仕与退隐之间的界限：

> 尔托西隅，我滞斯畿。
> 寂寂委巷，寥寥闲扉。
> 凄风夜激，皓雪晨霏。
> 隐机独咏，赏音者谁。

141

虽然这首诗很可能是四世纪四十年代的作品，但由于无法断定更具体的创作时间，而且孙许二人的传记也多有阙漏，故"西隅"和"斯畿"具体所指的地理方位尚不能确定。孙绰与许询年轻时都生活在会稽（位于今浙江），由于"俱有高尚之志"而结识交游。[109]根据现存记载，许询曾被征召为官，但他并没有接受职务。[110]相较之下，孙绰却成功地攀上了官场的阶梯，一生中担任了一连串的官职。[111]据《世说新语》所载的轶事，以及檀道鸾《续晋阳秋》的记录，孙绰被认为品行不定，所以才受到同时代人的嘲笑和鄙薄。[112]有学者认为，"西隅"

指当时首都，而"斯畿"则是会稽，因此在诗中，许询可能
是去首都建康就职，而孙绰此时尚未入朝；但这些观点，考虑 142
到关于许询的记载极为稀少，只能说已经超出了史学研究的
范畴。[113]

不过可以肯定的是，第七章明确表达了诗人全诗始终坚持
的观点，即隐逸的本质在于思想心态，并不会受到官职地位或
者地理方位的约束。孙绰并没有将自己的隐逸生活安排在山林
之间，而是置于尘世文明（"委巷"）之中，从而强调了拥有
超脱心态的重要性。这一点，于一个世纪之后，在陶渊明著名
的《饮酒（其五）》中再一次得到了体现："结庐在人境，而
无车马喧。问君何能尔，心远地自偏。"[114]现实中的孙绰是否曾
经隐居，这首诗并没有为我们提供线索（根据现有史料，并
没有证据表明他有相当一段时间不承担任何官职）。但这并不
影响该诗所要表达的主旨：只要不为情所累，拥有一种超然的
心态，那么无论选择出仕还是归隐，并不会有什么不同。诗里
所描绘的图景，模糊了庙堂与江湖之间的意义边界，主张从精
神层面对二者的超越；对于那些选择官场道路的人而言，这无
疑是一种辩护之辞。

在对许询的回应里，相较于对著名隐士直白笼统的赞
美，诗人讨论隐逸时所呈现的一些细节，更能够彰显诗人的
旨趣。在最后一章中，诗人缅怀了"巢皓"，即象征着隐逸
的巢父与商山四皓，这些人物或许是孙绰和许询共同仰慕的
典范。

其九

戒以古人。 143

> 邈彼巢皓，千载绝尘。
> 山栖嘉遁，亦有负薪。
> 量力守约，敢希先人。
> 且戢谠言，永以书绅。

从这些诗句可以看出，孙绰并没有简单地、无条件地褒扬隐逸生活。他指出，即便是那些在山林之间享受"嘉遁"的人，也要背负起樵采维生的重担。诗人还从儒家正典的核心文本中汲取经验，呼吁隐逸要因人而异、因地制宜："量力"出自《左传》，教人量力而行；"守约"出自《孟子》，教人操守要义，进而修身。最后，在与晚辈的交流中，诗人请许询重视自己的这些"谠言"，就像子张把孔子的美善之言写在绅带上那样。综上所述，孙绰作此诗以忠告许询，官场生涯固然有其困难，但隐逸生活也有不利之处；他认为，超越的最高标准，不在于一个人处于怎样的物质地位（在朝为官或归隐山林），而在于他能够做到精神上的超脱，不会为情所累。

为了创作这首给许询的赠答诗，孙绰主要从《老子》和《庄子》等作品中选取了各种材料（名词术语、价值观念、奇闻掌故等）；在该诗第三章中，他就以"卓哉先师"称赞了老庄诸子。与孙绰的其他诗作，特别是与赠庾冰的那首相比，这首诗的文本来源都经过了特意挑选，范围也相对受限。考虑到这首诗的受赠者许询以其高洁之志在文人圈子里广受称赞，这种精心而有限的选择，可以说是恰如其分。孙绰在别处承认过许询的这一优点，如前文所述，在《世说新语》里与支遁的著名对谈中，孙绰就勉强服膺于许询的"高情远致"。而孙绰

在本诗中关于何为最高形式之超越的观点，让人不禁怀疑，在 144
一定程度上，他并没有放弃对更高精神境界的追求。我们还可
以得出一个同样重要的结论：孙绰之所以在诗中运用了更少的
文学文化及其资源，是因为考虑到这首诗的主题与预期读者，
他并不需要那么多材料，仅仅其中一个特定的子集就已
足够。[115]

佛与道：两类素材的交融

收录于《文选》的《游天台山赋》，是孙绰最为著名的作
品之一。这篇赋文将一系列错综复杂的玄学概念、老庄典故与
佛家教义融合在一起，使读者目眩神迷，为之赞叹。该赋所记
述的是作者游天台山（位于今浙江）的一场心灵之旅，他对
天台山的刻画，既有真实的描述，也结合了种种传说和想象。
作者以登顶的历程（他甚至不止一次"登临"："俛仰之间，
若已再升者也"），形象地刻画了其精神境界的不断提升：他
跋涉过悬崖与深渊之间的种种险途，最终得以抵达玄冥之境，
那既是长生的仙境，也是开悟的妙境。[116]这种提升需要以精神
境界的解放为铺垫：旅途伊始，诗人就哂笑了那些智识浅薄而
固守成见的"近知"之人——他们就像《庄子》中所知所见
（及生命）囿于夏天，不知冰雪为何物的小虫一样。作者以此
确立了起点，表明自己的见识是完全不受拘束的，必然可以抵
达超越得道的精神境界。[117]与所有值得去成就的事业一样，这 145
条道路毫无疑问也充满了艰难困阻：葱茏的树丛（"荒榛之蒙
茏"），陡峭的山崖（"峭崿之峥嵘"），万丈的深渊（"万丈
之绝冥"），乃至长满青苔的山石（"莓苔之滑石"）。不过，

这条道路上也有种种乐趣相伴：他追随着仙人（"仍羽人于丹丘"），看见了欢叫的鸾鸟（"觌翔鸾之裔裔"），听到了凤凰的和鸣（"听鸣凤之嗈嗈"）。渐渐，崎岖不平的山路变得通畅平坦，随之而来的是"心目之寥朗"。诗人在疏解了烦躁的心绪（"疏烦想于心胸"），洗净了身上的尘埃（"荡遗尘于旋流"），祛除了"五盖"的积郁（"发五盖之游蒙"）之后，终于抵达山顶的"仙都"，进入探寻的最后阶段：[118]

于是	And then
游览既周，	When my sightseeing completes its circuit,
体静心闲。	My body is calm, my heart is at ease.
害马已去，	What "harms the horses" has been expelled,
世事都捐。	Worldly affairs all are rejected.
投刃皆虚，	Wherever I cast my blade it is always hollow;
目牛无全。	I eye the ox but not as a whole.
凝思幽岩，	I focus my thoughts on secluded cliffs,
朗咏长川。	Clearly chant by long streams.
尔乃	Then,
羲和亭午，	When Xihe reaches the meridian,
游气高褰。	The coursing vapors are lifted high.
法鼓琅以振响，	Dharma drums, booming, spread their sounds;

众香馥以扬烟。	Various incenses fragrantly waft their fumes. 146
肆觐天宗，	Now we shall pay our respects to the Celestially-venerated,
爰集通仙。	And assemble the immortal hosts.
挹以玄玉之膏，	I ladle the black jade oil,
嗽以华池之泉。	Rinse my mouth in Floriate Pond Springs.
散以象外之说，	Inspired by the doctrine of beyond images,
畅以无生之篇。	Illumined by the texts on non-origination,
悟遣有之不尽，	I become aware that I have not completely dismissed Existence,
觉涉无之有间；	And realize that there are interruptions in passage to Non-existence.
泯色空以合迹，	I destroy Form and Emptiness, blending the them into one;
忽即有而得玄。	Suddenly I proceed to Existence where I attain the Mystery.
释二名之同出，	I release the two names that come from a common source,
消一无于三幡。[119]	Dissolve a single Non-existence into the Three Banners.
恣语乐以终日，	All day long giving oneself to conversation's delights,

等寂默于不言。　Is the same as the still silence of not
speaking.

浑万象以冥观，　I merge the myriad phenomena in
mystic contemplation,

兀同体于自然。　Unconsciously join my body with the
Naturally-so.

147　　　峰顶这场最终的盛会，伴随着法鼓的声声召唤，聚集了道
家众仙与佛门诸僧。诗人综合玄学与大乘佛教的核心思想，做
了一番总结。他点出了这番体悟的源头，即"象外之说"与
"无生之篇"。"象外"意为"道"无法通过"言"或"象"
来表达的矛盾，"象外之说"即指道家学说；"无生"指诸法
的无生无灭，"无生之篇"则是对佛教经文的称呼。"无生"
这一理念，在流行于晋代士人间的《维摩诘经》中就有论述：
"法本不生，今则无灭。得此无生法忍，是为入不二法门。"[120]
在大乘佛教思想中，"无生"意指诸法万物既不自生、亦不他
生的理念；由于无自性亦无独立性，所以万事万物皆是
"空"的。

接下来，这两种学说的重要术语一一轮流出场，最后融为
一体。首先出现的是"有"和"无"，这对术语及其关系是魏
晋玄学思想的核心。《老子》第一章以"有"和"无"指涉
"玄"或"道"："此两者，同出而异名，同谓之玄。玄之又
玄，众妙之门。"而王弼将"此两者"定义为"始与母也"，
分别对应第一章里的"无名"与"有名"。王弼进一步解释
道："凡有皆始于无，……言道以无形无名始成万物。"[121]这句
解释似乎直接启发了赋文开篇关于万物之源的观点——孙绰的

这些诗句就像是把王弼的注解以诗意的手法表现了出来：

> 太虚辽廓而无阂，　　The Grand Void, vast and wide,
> 　　　　　　　　　　　　unhindered,
> 运自然之妙有。　　　Propels sublime Existence, which　148
> 　　　　　　　　　　　　is naturally so.

山川河流等世间万有，都源出"太虚"之"空"，也就是"无"或"道"。"有"是"玄"的表现，这使得"有"更难以遣尽；"无"是"玄"的出处，这使得"无"更难以把握。故孙绰情不自禁地在赋文的最后一段承认道："悟遣有之不尽，觉涉无之有间。"然而，他接下来又称："忽即有而得玄。"孙绰这里的观点，还是以王弼的理论来看更为清楚：因为"无"为万有之始，所以"无"的运作是通过"有"来体现的；若要理解何为"无"，就需要先"即有"，以"有"为根据，方能"得玄"。

　　还有一对术语，"色"与"空"，出现在"泯色空以合迹"句中。大乘佛教认为"色即是空"，消除了"色"与"空"之间的绝对区别。孙绰的佛学导师沙门支遁，就对这个论题多有阐释；他的很多学说都提到了同样的基本思想，其中一些片段也得以流传至今。支遁现存的著述中，就有这样一段文字，同时也出现在《世说新语》的注引里："夫色之性也，不自有色。色不自有，虽色而空，故曰色即为空，色复异空。"[122]其中"色不自有"的思想，即指初期佛教教义中的缘起论，这一教义认为，世间万物皆是相依相待而存在，没有事物有绝对的独立性。魏晋时期盛行的大乘般若学说，将这一概念重新表述为"空"，即认为"诸法本无自性"。"色"之所　149

以"不自有"，是因为它并没有永恒不变的实体与法理：故而
形形色色、迁流不住的种种现象，都只能是"空"的。"有/
无"来自老庄，"色/空"来自佛教，孙绰将这两对概念融为
一体，消除了一切二元对立：它们都是无差别的、同一的、不
可分割的"同出"或"一无"。最后，孙绰与"万象"浑融
一体，进入了对玄远之道的"冥观"之中。

　　孙绰这种对老庄与佛教观念的融合，反映了当时文人学者
群体的普遍做法。大乘佛教在魏晋时期的传播，很大程度上依
赖于玄学。当时的译者和文人们运用玄学的术语来解释佛教的
概念，这些概念虽然一时之间是完全陌生的，但又带有一种奇
妙的熟悉感。例如，被翻译成"空"的 śūnyatā 一词，在他们
的理解中，就与玄学的"无"或"虚"有着共鸣之处。[123]由于
使用了相同的术语，各种思想在翻译或解释的过程中被融合在
一起。"佛玄"一词，指的就是这两种学问的合流交融。[124]

　　此外，在士人们以佛学题材进行创作的同时，僧人们也参
与到玄学话语之中。据《世说新语》所载，支遁对《庄子·
逍遥游》篇的见解就被称赞为"卓然标新理"，甚至胜过了向
秀（约 227～272）与郭象二家的注释。[125]郭象只是将"逍遥"
解释为"物任其性"，而支遁别具一格，将庄子的解放定义为
对一切束缚的超越："夫逍遥者，明至人之心也……游无穷于
放浪。"[126]孙绰也创作了一系列佛教题材的作品，其中的一些片
段就保存在《高僧传》的引文之中。孙绰作有《道贤论》，将
七位名僧比附为竹林七贤，其中就以支遁配向秀："支遁、向
秀，雅尚庄老，二子异时，风好玄同矣。"[127]

　　孙绰还作有一篇于学理意义上较为重要的《喻道论》，主
张从概念的界定中解放出来，打开话语的边界。[128]在这篇以玄

学术语调和佛教教义与儒家秩序的论述中，孙绰认为，"至德"并没有"穷于尧舜"，"至道"亦未见得"微言尽乎《老》《易》"；那些囿于原有世教体系的人，哪里会看到"方外之妙趣，寰中之玄照"呢。[129]孙绰从佛陀那里得到了根本的启发，他认为"夫佛也者，体道者也"。佛陀与王弼所表述的圣人有着相似之处，同样也"应感"着世间，顺通而无所挂碍："无为而无不为者也。无为，故虚寂自然；无不为，故神化万物。"正如许理和（Erik Zürcher）所言，"佛陀是无为而治的圣王，其'变现力'（transforming influence）无须主观的努力就能遍及任何地方，能不入俗世而应俗世之需"。[130]①最后，孙绰为了调和二教，戏剧性地把佛陀与周公、孔子等同起来（"周孔即佛，佛即周孔"），因为称呼上的不同只是"外内名之耳"。孙绰还改造了玄学中的经典说辞以调和二者，他将"无"及相关的价值理念作为"本"，将从天地万物到道德教化的"有"作为外在表现，也就是"末"。[131]孙绰认为，属于"外"的周孔之教，可"救极弊"，而于内则有"佛教明其本"。不过他也坚持，二者从根本上来说，"其旨一也"。

151

152

　　在魏晋时期，大乘佛教与老庄思想通过翻译、解释和互文等工作得以相互渗透，这种现象不仅促进了东晋玄学话语的融合过程，而且支撑了这样一种理念：那些至高、终极的事物，能够借助各种可相互置换的术语进行讨论。在《游天台山赋》中，孙绰就运用了来自玄学话语和佛教学说的各种概念，如"玄"、"无"和"无生"，以及"色空不二"等，去讨论何为

---

① 此处译文引自许理和《佛教征服中国：佛教在中国中古早期的传播与适应》，李四龙、裴勇等译，江苏人民出版社，2017 年。

"至道"。他似乎是在从不同的素材库中汲取灵感，并尽可能多地运用他所拥有的概念与语汇资源，去努力描述那些难以描述，或许也是不可能被描述的事物。这种尝试的重要之处，不仅在于他使用了他所掌握的一切话语工具去表达某种事物——表达那些已经被认为难以捉摸，乃至无法言喻的主题；还在于这种做法标志着一种有意识的利用，即作者为了完成手头的任务，从而挪用了各种新生的和旧有的、外来的和本土的文化意义。

来源与选择

作者可以从广泛多样的来源中挪用文学与文化材料，但这种选择过程会被后世的批评家以正统与异端为标准重新评价。在孙绰辞世约一个世纪之后，史学家檀道鸾就直斥孙绰与许询对佛老素材的运用：

153 　　询有才藻，善属文。自司马相如、王褒、扬雄诸贤，世尚赋颂，皆体则《诗》《骚》，旁综百家之言。及至建安，而诗章大盛。逮乎西朝之末，潘、陆之徒虽时有质文，而宗归不异也。正始中，王弼、何晏好《庄》、《老》玄胜之谈，而世遂贵焉。至江左李充尤盛。[132]故郭璞五言始会合道家之言而韵之。询及太原孙绰，转相祖尚，又加以三世之辞，而《诗》《骚》之体尽矣。询、绰并为一时文宗。自此作者悉体之。至义熙中，谢混始改。[133]

在檀道鸾的笔下，这是一段衰落的文学史：文学在发展的过程中，逐渐偏离了以《诗经》与《离骚》（亦《楚辞》）为

代表的正统文学传统。这种偏离，被檀道鸾归结到从佛道文本
中取用非正统素材的玄言诗上。他将之痛斥为对古典传统的破
坏：在孙绰与许询的作品中，"《诗》《骚》之体尽矣"。

在接下来不到一个世纪的时间里，文学批评家钟嵘，在其
《诗品》的第一篇序中，呼应了檀道鸾这番对"文学传统破坏
者"的痛斥：

> 永嘉时，贵黄、老，稍尚虚谈。于时篇什，理过其
> 辞，淡乎寡味。爰及江表，微波尚传，孙绰、许询、桓、
> 庾诸公诗，皆平典似《道德论》，建安风力尽矣。[134]

对钟嵘而言，比起玄言说理诗的平淡寡味，他更感叹孙绰等人
的诗歌破坏了他所知悉的文学传统。钟嵘对五言诗历史的论
述，以及对诗人"三品"的划分，皆是以源流、谱系与亲缘
作为主要标准的。他认为，所有列为上品的西晋诗人［如陆
机、潘岳（247～300）和张协（卒于307年）、左思（约
250～约305）等］，都源出同样列为上品的建安诗人［分别对
应曹植、王粲（177～217）、刘桢（卒于217年）等］；这些
建安诗人，可以进一步溯源到《诗经》中的"国风"或者一
些汉诗［如李陵（卒于前74年）的作品与《古诗十九首》
等］；而汉代诗歌的源头，还可以再继续追溯到《诗经》或
《楚辞》等正典文本。① 根据钟嵘的说法，一切诗歌都滥觞于

---

① 具体而言，作者所指源流承袭如下：《诗经·国风》—曹植—陆机；《楚
辞》—李陵—王粲—潘岳、张协；《诗经·国风》—古诗—刘桢—左思。可
参考胡大雷，《〈诗品〉的五言诗人谱系性质——一种新型诗歌批评形式》，
《上海师范大学学报》（哲学社会科学版）2018年第1期。

《诗经》和《楚辞》两大源头，但两晋之交新流行的说理诗风，却打破了这种源流传承。[135]这股风潮甚至延续到南迁之后，这是对建安诗风的最后一击，因为南迁在很大程度上代表着与北方生活的彻底决裂。钟嵘在接下来的篇幅中讨论了复兴诗歌传统的种种尝试，这些尝试最终在元嘉时期谢灵运的诗作中达到了顶峰。

这番控诉之所以提及孙绰等人，是因为在钟嵘的眼中，这些人延续了深受道家影响的作诗风气，并终结了发展到建安时期都未曾偏离的文学正统。在钟嵘的叙述以及檀道鸾的类似说法中，都隐含着对孙绰等人所做选择的指责：这些玄言诗人不再遵循正典化的文学传统（以《诗经》、《楚辞》、汉诗及建安诗风为代表），而是选择将道家与佛教的种种元素融合到他们的创作之中。这就产生了两大问题：玄言诗人们自身是否意识到他们的工作其实是在正统谱系与"异端"传统之间做选择？如果是，那这种选择又意味着什么呢？[136]

综合檀道鸾与钟嵘的主张，可以发现核心在于：郭璞、孙绰等人也都承认同样的正典谱系，这是一种价值观与运用方式都已经确定的传统，然而他们选择了拒绝这一传统。这里就必须考虑到两个关键之处。首先，孙绰是在试图打破概念的界限与话语的边界，否则，即便他努力去体悟某种思想，他理解和表达这种思想的才能仍然会受到限制。不断扩充的哲学术语组合，以及日新月异的文化意义领域，为孙绰提供了更为丰富多样的资源，使他能够对至高之"玄"进行思考与创作。

其次，在孙绰这一代人，以及百余年后的檀、钟一代人之间，诗歌的表达理念与创作实践发生了转变。檀道鸾谴责孙绰和许询，是因为他们效仿郭璞，把那些原本不属于诗歌范畴的事物，即佛教与道家的题材与语言，拿来创作诗歌（"韵之"）。钟嵘指责孙绰等人终结了建安之风（"建安风力尽矣"），是因为在钟嵘对诗人的品评标准中，"情性"，尤其是对感伤或怨悱之情的真挚表达，是排在首位的；这一点可以从大多数"上品"诗人那里得到印证。所以孙绰"淡乎寡味"的诗句，在钟嵘以"哀怨"与"滋味"为主导的诗学理念那里，就遭到了较低的评价：他与许询一并被置于"下品"。[137]笔者曾在其他著述中详细讨论过诗歌价值观与批评术语的转变，这些变化的过程必须被置于历史之中，并且要结合具体的语境来考虑，而不能理所当然地认为它们是绝对的、历代不变的。[138]此外，关于孙绰的目的，可以这么说，他探寻着"道"，或者至高之"玄"，他想要把这种体验所涉及的思想和情感创作成诗。而后世的文学史家和批评家们，有的以晚出的正统观念确定诗歌源流并严格划定界限，有的则追求"哀怨"的情感表达与浓厚深远的"滋味"，孙绰的做法当然就与他们的要求格格不入。作为一时文学风气的引领者，孙绰与许询等人被他们的追随者赋予了一定的权威性和正当性（legitimacy）。而钟嵘与檀道鸾，反过来对这种秩序提出了质疑，他们试图将孙绰的诗歌创作实践贬低为对规范性传统（normative tradition）的一种偏离，甚至是一种反常的异端。然而，如果我们换一个角度来看孙绰的选择，就会发现一个与众不同的叙述：在这个时期，文学与文化意义的网络在不断地扩张，诗歌创作的正典标准尚在成型，人们正在安排着日益增多的文化资产；在这种大背景下，自《诗经》直至建安文人的传统，并没有为孙绰所回避或者毁坏，更无论有意无意。相反，他不仅借鉴《诗经》，还从其他来源中汲取灵感，试图用更多的资源（佛教与

157

玄学的思想）与更多的语汇工具（佛教与道家的术语）来丰富和扩充一个已经被公认的诗歌传统，以期发展一个崭新的诗歌主题——比如，对玄理的探寻。

注释

1. 曹丕《典论·论文》讨论了八种文学体裁，陆机《文赋》则讨论了十种体裁。据邓国光统计，到挚虞（卒于 311 年）时，可确认的体裁有四十一种，见邓国光，《挚虞研究》，239-242。《文选》则分有三十七大类文学体裁。

2. 例如，西晋灭亡之时，其朝廷藏书也一并散失，见魏徵，《隋书·经籍志》，32.906。一个更惊人的例子是，在 554 年西魏攻陷江陵时，梁元帝萧绎（508~555）下令焚毁文德殿内十四万卷藏书。这两个事件的更多细节，参见李瑞良，《中国古代图书流通史》，154，157。

3. 详见笔者在 *Early Medieval China* 一著中的讨论。见田菱等，*Early Medieval China*，195-99。

4. 《隋书·经籍志》的作者就试图解释挚虞编纂《文章流别集》的原因，并指出汇编文集的合理性："总集者，以建安之后，辞赋转繁，众家之集，日以滋广，晋代挚虞苦览者之劳倦，于是采摘孔翠，芟剪繁芜。"魏徵，《隋书》，35.1089。还可见萧统在《文选》序中对其编纂文集之动机的解释。

5. Swidler, *Talk of Love*, 22, 6. 参见格尔茨的经典论文选集 *Interpretation of Cultures*。

6. Swidler, *Talk of Love*, 133.

7. Swidler, *Talk of Love*, 81.

8. 关于这一主题有一优秀的论文集：Ortner, *Fate of Culture*，尤其是 Lilia Abu-Lughod 的 "The Interpretation of Culture（s）after Television" 一文。

9. 关于素材库理论的有力阐释，可参见 Campany, "The Meanings of Cuisines of Transcendence"。

10. 出自檀道鸾，《续晋阳秋》，引自 *SSXY* 4/85。

11. 见房玄龄等，《晋书》，56. 1548。

12. 孙绰祖父为冯翊太守孙楚。

13. 见房玄龄等，《晋书·孙绰传》，56. 1544–1547。

14. *SSXY* 5/48，26/22；英译见 Mather，*Shih-shuo Hsin-yu*，182 – 83，472。

15. *SSXY* 26/9.

16. *SSXY* 9/54；英译见 Mather，*Shih-shuo Hsin-yu*，182–83，472。

17. 引自 *SSXY* 14/24。

18. 孙绰的这句话提出了"玄"在何处的问题：是在被感知的客体，还是在以心感知的主体，抑或是在主客之间的关系？详情参见杨儒宾对这个问题的简要讨论：杨儒宾，《"山水"是怎么发现的》，241。

19. 本章唯一没有讨论的现存赠答诗是赠温峤的诗，温峤在东晋初年因协助镇压王敦（266~324）、苏峻（卒于 328 年）之乱而成为英雄。曹道衡对孙绰这一作品的归属提出了令人信服的质疑：温峤死于 329 年，则孙绰将此诗赠予这位名将时最多只有 15 岁（以孙绰生于 314 年计），这是不太可能的。参见曹道衡，《中古文学史论文集》，311。雷之波（David Zebulon Raft）虽然承认这首诗的归属不能确定，但他仍然认为，孙绰少年时即富有才华，还是可以把这首诗看作是孙绰写给名将温峤的一首自荐诗。详见 Raft，*Four-Syllable Verse in Medieval China*，334–36。本章所译孙绰诗的中文原文详见 *XS*，2：898–901。

20. 例见：胡大雷，《玄言诗的魅力及魅力的失落》，59–68；张廷银，《魏晋玄言诗研究》，327；陈顺智，《东晋玄言诗派研究》，109。

21. 见 Swartz，*Reading Tao Yuanming*（中文版为《阅读陶渊明》，张月译，中华书局，2016。——译者注）。

22. 《世说新语》中即有非常丰富的"清谈"案例。

23. 纲（字面意义为"绳索"）同时意指"（宇宙的）支柱[（cosmic）mainstay]"，这里同时具有宇宙论和政治学的意义。古人认为，是古之圣人构建了法律规则架构以统治社会，而"纲"一词正与这种圣人之治下的文明起源叙事相契合，它比喻社会秩序就像用总绳捆绑起来一样，从而获得了稳定性。在这首诗中，"灵纲"不仅指政治层面的秩序纲纪以形成，也有着宇宙得以创生的意蕴。更多关于宇宙论层面的讨论，见 Schafer, *Pacing the Void*, 241。

24. 以本诗开篇的宇宙创生背景来看，这里的"二理"可能指阴阳。长谷川滋成（Hasegawa Shigenari）认为，这里的"二理"即"太素"和"灵纲"，详见其在《孙绰诗譯注》（*Son Shaku shi yakuchū*）中的注解。Hasegawa Shigenari, *Son Shaku shi yakuchū*, 67。

25. 这句话的意思不能确定。《淮南子》中有一段讨论，内容是关于"浇天下之淳"和"析天下之樸"带来的危害。参见刘安，《淮南子集释》，II. 822。

26. 改写自《诗经·衡门》（138）中的"泌之洋洋"句，这首诗蕴含着要甘于清贫、安贫乐道的道理。

27. "丘园"一词出自《易经》第二十二卦"贲"："六五：贲于丘园，束帛戋戋，吝，终吉。"王弼注比较了两种不同的"施饰"之用："施饰于物，其道害也。施饰丘园，盛莫大焉。"详见 *WBJJS*, 1：328。

28. 这里是《庄子》中"浑沌"的典故，本节后文将会讨论这一故事。

29. 《老子》第三十八章将"前识"定义为"道之华而愚之始"。王弼则认为"前识者，前人而识也"，这是用以描述"下德之伦"的，这样的人"竭其聪明以为前识，役其智力以营庶事"。故而王弼称，应当"守夫素朴"。见 *WBJJS*, 1：94-95。在此诗作者看来，这里的"默觉"要胜于"前识"。

30. 此处用《易经》第四十一卦"损"之典，此卦主要是讲"惩忿窒欲"的利处。

31. 在《老子》第一章中"妙"字的出现频率很高，用以描述从"道"所出的事物："玄之又玄，众妙之门。"

32. 此处化用了《诗经·白驹》（186）中白驹的感情意象，主人因爱慕骑马之人，想要把马儿拴住（絷之维之）以留下客人。《毛传》则以骑白驹之人喻指贤者。见《毛诗正义》，I, 11/166a/434。孙绰这里可能是在礼貌地表达不愿与好友分离的感情；同时也是在称赞谢安因其贤能入朝任职。

33. 年轻气盛的贾谊曾向文帝进谏，提议进行礼制改革，文帝只采纳了一部分。文帝就是否提拔贾谊一事与朝臣商议，却遭到了大臣的一致反对，他们认为贾谊是想独揽大权以乱朝政。之后文帝便不再听取贾谊的进谏并将其流放，贬为长沙王太傅。见班固，《汉书·贾谊传》，48.2222。

34. 黄宪有"当世颜回"之称。戴良很少佩服他人，但见到黄宪即承认其可为师。见 *SSXY* 1/2。

35. *ZZJS*, 2：336.

36. *ZZJS*, 2：309.

37. *SSXY* 4/91.

38. 曹道衡认为孙绰生于 314 年，如果按这一观点来计算，那么庾冰应该比孙绰大十八岁。见曹道衡，《中古文学史论文集》，309-312。

39. 此处指《易经》中的两个卦象：第十一卦"泰"与第十二卦"否"。《序卦》："'泰'者，通也。物不可以终通，故受之以'否'。"孙绰在诗中将顺序颠倒为"否泰"，因为他要阐述西晋灭亡之后东晋得以创立这一过程，以揭示随之而来的通顺和平之象。《易经》中同样也有"待时而动"的说法，这部作品通篇都在强调，事件与行动要合乎时机。

40. 即《易经》第二十八卦"大过"。《象传》："栋桡，本末弱也。"*WBJJS*, 1：356.

41. "乾"即《易经》第一卦，卦象为天。

42. 这里提到"惠怀"二帝，意指西晋在二帝之治下覆灭于匈奴大军。"凌"也可以指被凌辱或被胁迫，可能暗指皇权在朝中被他人篡夺。贾后（惠帝皇后）夺权之后，八王之乱发生，严重削弱了西晋国力。关于这段历史，参见 Graff, *Medieval Chinese Warfare*, 44-51。

43. 华夏是古代中国的一个称谓。

44. 出自《诗经·黍离》（65）的标题。对这首诗有一很好的简要讨论，见 Knechtges, "Ruin and Remembrance," 58-62。

45. 此句改编自《诗经·皇矣》（241）："乃眷西顾"。

46. 关于司马睿或元帝（庙号中宗，318~322 年在位）建立东晋的简要考察，可参见 Graff, *Medieval Chinese Warfare*, 79-82 及 Bielenstein, *Six Dynasties*, 1：51-57。

47. 这一联突出了一种覆灭与和平之间的对比：北方（河洛）虽然由于游牧民族举兵终结了晋朝之治，但在南方（淮海）地区，晋朝的统治又得以延续。

48. "业业"一词出自《诗经·采薇》（167），《毛传》："业业然，壮也。"见《毛诗正义》，I, 9/145c/413。

49. 对此句一种更为中立解读是，众多的人在路边彼此相望。

50. 此句引用了《诗经·白华》（229）的原句。

51. "蹇"为《易经》第三十九卦卦名。

52. 羯与匈奴、鲜卑、羌、氏并称为五胡，他们征服北方地区并建立了各自的政权。此处的"羯"当指石勒（卒于 333 年）建立的后赵政权，在四世纪二十年代时这一政权一直威胁着东晋边境。

53. "萧墙"语出《论语·季氏》（16/1），原指君臣之间作为屏障的矮墙，用以激发人臣临近行礼时的肃敬之心（萧，通"肃"）。

54. 在《诗经·鸱鸮》（155）中，诗人以鸟的口吻，祈求那只恶毒的猫头鹰不要夺其稚子、毁其房室。这里的"鸱鸮"指叛军领袖苏峻，庾冰在平定叛乱的过程中起到了重要作用。

55. "紫薇"亦名紫宫垣，指代天子居所。详见房玄龄等，《晋书·天文志》，11. 290。328 年初，苏峻攻陷首都建康。

56. 此句引用了《老子》第五章的原句。

57. "烝哉"一词见《诗经·文王有声》（244）。

58. "德音"一词见《诗经·狼跋》（160）"德音不瑕"。据《毛诗序》，该诗"美周公也"。见《毛诗正义》，I，8/183c/451。

59. 庾冰为成帝的母舅。

60. 据《晋书》载，311 年，庾冰因参与讨伐江州刺史华轶而封都乡侯。参见：房玄龄等，《晋书》，73. 1927；司马光，《资治通鉴》，87. 2766。

61. "徽猷"一词见《诗经·角弓》（223）："君子有徽猷，小人与属"。

62. 此句化用自《诗经·定之方中》（50）。

63. "休"可解释为"喜"，这一用法出自《诗经·菁菁者莪》（176）。郑笺注："休，虚虬反，美也。"见《毛诗正义》，I，10/154c/422。

64. 商宿又称心宿，是位于东方天空的星宿之一。

65. 《诗经·烝民》（260）："吉甫作诵，穆如清风。"

66. "弛""张"出自《礼记》：孔子教诲子贡，完美的治理要宽严有度，劳逸结合（"一张一弛，文武之道也"）。这对词语在这里用以表示一人勤于政务（指庾冰），另一人则赋闲逸乐（指孙绰）。原文见《礼记译解》，21. 621。

67. 庾亮于 334 年出镇武昌，都督江、荆、豫、益、梁、雍六州诸军事。孙绰当时任庾亮僚属，这期间很可能与庾冰也有密切交往。

68. "邂逅"一词见于《诗经·野有蔓草》（94），有"不期而会"之意。

69. "宅仁"呼应《论语·里仁》（4/1）中"里仁为美"句。

70. 此处的"侨"指身处南方的北方移民。

71. 逯钦立认为此处的"性"当作"往"，从之。

72. 此处用《左传·昭公二十年》"宽猛相济"典。见《春秋左传注》，4：1421。

73. 《庄子》第十二篇《天地》："天下之非誉，无益损焉，是谓全德之人哉！" ZZJS，2：436。

74. 《韩非子》第二十四篇《观行》："西门豹之性急，故佩韦以自缓；董安于之心缓，故佩弦以自急。"见《韩非子集解》，197。

75. "允塞"一词见于《诗经·常武》（263）。

76. 见王弼在《卦略》中对"大过"卦的注释。WBJJS，2：619。

77. 见该诗《毛诗序》题解，载于《毛诗正义》，I，4/62b/330。

78. 董仲舒对天人感应宇宙论的阐发，参见其主要著作《春秋繁露》。

79. 《老子》第五章此处全句为："天地不仁，以万物为刍狗。"

80. WBJJS，1：13.

81. 见《毛诗正义》，I，3/48c/316。

82. 见 ZZJS，1：28。

83. 见《左传·昭公二十年》，《春秋左传注》，4：1421。

84. Swidler, *Talk of Love*, 34-40, 116-18.

85. Swidler, *Talk of Love*, 117.

86. 在《老子》第十九章中，为了实现"见素抱朴"，返于原初之道，"智"和"利"都是需要被摒弃的事物。

87. "识"在《老子》中有着负面的蕴意。《老子》第二十章有"我独顽似鄙"句，王弼注在解释这句话时对"识"做出了否定："无所欲为，闷闷昏昏，若无所识，故曰，顽且鄙也。" WBJJS，1：48. 第三十八章认为"前识"是"道之华而愚之始"。王弼则将其定义为"前识者，前人而识也"，是用以描述那些"下德之伦"的人，他们"竭其聪明以为前识，役其智力以营庶事"。王弼认为应当"守夫素朴"。见 WBJJS，1：94-95。"情"同样不被《老子》认可。孙绰也可能知道《河上公老子

注》第五十七章的"我无情，民自清"句（王弼本作"我无
欲，人自朴"）；见毕沅在《老子道德经考异》中的注解，转
引自《老子校释》，233。

88. "震惊"出自《诗经·常武》（263），这是一首赞颂周宣王亲
征徐国（在淮海流域）的诗。

89. "充诎"出自《礼记·儒行》（41.894）："儒有不陨获于贫贱，
不充诎于富贵。"

90. 这种"摒弃某物，就得到某物"的悖论式说法，让人想起《老
子》中有一类似的论证方式，以表达对重视外物与干预活动的
反对。如第六十六章："以其不争，故天下莫能与之争。"

91. 此处指老子与庄子。

92. 此处原文引自《庄子》第十二篇《天地》："天下无道，（圣人）
则修德就闲。"ZZJS，2：421.

93. "崇基"可能为"高坛"或"高山"之意，所以此处笔者将其
英译为"elevated ground"（高处）。

94. 指庄子，据《史记》载，庄子曾任（梁国）蒙地漆园吏。见
《史记》，63.2143。

95. 此处出自《孟子·公孙丑上》（2A/2）一段著名的内容：孟子
提出，要"善养浩然之气"。这位哲学家认为，这种气"配义
与道"，"以直养而无害，则塞于天地之闲（间）"。

96. 这里的"一"即"道"，指其蕴万物于一体的性质。例见《老
子》第二十二章与第三十九章。

97. 此句原文引自《论语·子罕》（9/23），意指后辈总有一天可能
会超越前人。这一章的其余部分都在阐述这一观点，以称赞比
孙绰年轻许多的许询。

98. "大匠"出自《老子》第七十四章，是"道"的化身："夫代
大匠斫者，希有不伤其手矣。"其中的道理是，不应当试图取代
"道"（大匠）的工作，因为（人为的）干预活动是徒劳无功甚
至有害的。这里强调了《老子》崇尚"无为"的基本思想。

99. 《论语·子罕》（9/19）："子曰：'譬如为山，未成一篑，止，
吾止也；譬如平地，虽覆一篑，进，吾往也。'"意在教育人们
要在学习和得道的道路上不断努力。

100. 化用《诗经·采葛》（72）："一日不见，如三秋兮"。

101. 《庄子》第十八篇《至乐》讲述了一个关于髑髅之梦的故事，
见本节笔者针对这一内容的讨论。这里感谢台湾中研院刘苑

如、李丰椿对这一典故的见解。

102. 典故取自《老子》第十三章："吾所以有大患者，为吾有身，及吾无身，吾有何患？"见 *WBJJS*，1：29。

103. "忘生"一词使人联想到《庄子》第四篇《人间世》与第六篇《大宗师》中关于"忘其身"的相关内容，这些内容都告诉人们要等齐生死（"故善吾生者，乃所以善吾死也"），接纳"事之情"或"物之情"，理解人们无法干预这一过程的事实。见 *ZZJS*，1：155，241-244。

104. 这里指何晏与王弼关于圣人是否有情的著名辩论。何晏认为，圣人"无喜怒哀乐"；而王弼则认为圣人和普通人一样是有情的，"同于人者五情也"；不同之处在于圣人"茂于人者神明也"，故能"体冲和以通无"。所以王弼认为，圣人之情能够"应物而无累于物"。出自何劭《王弼传》，见陈寿《三国志》裴松之注所引，28.795。

105. "嘉遁"一词出自《易经》第三十三卦"遁"："九五：嘉遁，贞吉。"

106. 在《左传·隐公十一年》中，息侯伐郑，却"不度德，不量力"，导致"息师大败而还"。"守约"还见于《孟子·尽心下》（7B/32），指君子操持简约的美德："守约而施博者，善道也……君子之守，修其身而天下平。"

107. 典出《论语·卫灵公》（15/6），子张以孔子之言书于绅带，以便牢记。

108. *ZZJS*，2：617-619.

109. 见房玄龄等，《晋书·孙绰传》，56.1544。

110. 《世说新语》（2/69）刘孝标注引檀道鸾《续晋阳秋》："（许询）司徒掾辟，不就。"何法盛在《晋中兴书》中印证了此说；李善为江淹摹拟许询所作诗歌作注时，也引用了这一说法。见 *WX*，31.1469。在《世说新语》的若干记载中［如《文学》（4/40）］，许询也被称为"许掾"，这暗示许询可能曾经担任该职，但这就与他处所见许询生平相互矛盾（也有可能是缺失这一记载）。曹道衡认为，许询之所以被《世说新语》称为"许掾"仅仅是因为他曾被征召过，但并未就职。见曹道衡，《中古文学史论文集》，314。近年，顾农在其论文中也明确提出了类似的观点，见顾农，《"一时文宗"许询的兴衰》，89-92。

111. 见房玄龄等，《晋书》，56.1544。刘宋明帝时期（465~472年在位）所编纂的《文章志》将二人生平进行了鲜明的对比："绰博涉经史，长于属文，与许询俱有负俗之谈。询卒不降志，而绰婴纶世务焉。"转引自 SSXY 9/61；英译见 Mather, Shih-shuo Hsin-yu, 285。

112. 见 SSXY 9/61。

113. 见 Kroll, "Poetry on the Mysterious," 243。根据现有记载，许询曾两次前往首都，但都没有赴任。因此，即使"西隅"确指首都建康，许询也不一定是去任职。据《世说新语·赏誉》（8/144）载，许询离开会稽前往建康是为了见其姊（"曾出都迎姊"）。《赏誉》的另一条记载（8/95）则称其是到建康护送母亲回家，这一句可能有误（"许玄度送母，始出都"）。又，《世说新语·言语》（2/69）载，许询曾于永和三年（347）十二月在当时担任丹阳尹的刘惔家中（位于建康外）留宿（"刘真长为丹阳尹，许玄度出都就刘宿"），此事在许嵩编撰的《建康实录》（8.216）中也有提及。

114. TYMJJZ, 247.

115. 斯威德勒在她的爱情社会学研究讨论了这样一个现象：人们会根据自己的具体需求更少（或更多）地运用文化资源。其中有一个婚姻顺遂的研究对象，在经营她的这段关系时运用了较少的文化资源，因为她显然并不需要更多的资源。见 Swidler, Talk of Love, 50。

116. 见 WX, 11. 493-501。此处原文采用康达维的英译，Knechtges, Wen xuan, 2：243-53。

117. "夏虫"见于《庄子》第十七篇《秋水》，载于 ZZJS, 2：563。这种关于摆脱成见拘束，解放精神的论述，大体上与庄子的主要思想相合，尤其是与僧人支遁对《庄子》首篇《逍遥游》的解读相吻合。现存的文本表明，支遁对"逍遥"的解释与郭象的解读之间存在着明显的差别。郭象将"逍遥"解释为"物任其性"，但支遁则反对这种简单或狭隘的满足，认为这就像"饥者一饱，渴者一盈"一样。见《世说新语·文学》（4/32）刘孝标注所引支遁《逍遥论》片段。关于支遁与郭象见解的不同之处，有一很好的讨论，参见汤一介，《郭象与魏晋玄学》，83-84。

118. 康达维指出，据东方朔所著《海内十洲记》，"仙都"指位于北海沧海岛上的紫石宫室。详见 Knechtges, *Wen xuan*, 2：248, note to I. 62。所谓的"五盖"是指贪欲、嗔恚、睡眠、掉悔及怀疑。

119. 此处康达维英译为"Dissolve the Three Banners into a single Non-existence"，但笔者并未采用这一译法，而是按照这句诗的原来语序将之译为"Dissolve a single Non-existence into the Three Banners"。在笔者看来，孙绰这两句诗所要表达的观点是："有"和"无"有着共同的出处，"三幡"（据李善注色、色空、观）之间也无甚差别；故这些明显的对立之间有着共通性，或者是没有区分的。因此，这里是否认了部分与整体之分："有"与"无"实是同出于一源，而"一无"亦可消融于"三幡"之中。

120. 英译见 Watson, *Vimalakirti Sutra*, 104。

121. *WBJJS*, 1：1.

122. *SSXY* 4/35. 关于支遁最著名的作品《即色论》，有一些非常出色的讨论，可见：Zürcher, *Buddhist Conquest of China*, 123–30；汤一介，《郭象与魏晋玄学》，82–85。

123. 更多大乘佛教与玄学相融合的案例，可参见 Zürcher, *Buddhist Conquest of China*, 73。

124. 参见：Zürcher, *Buddhist Conquest of China*, 132；汤一介，《郭象与魏晋玄学》，75。

125. *SSXY* 4/32. 通行本《庄子注》虽标有郭象之名，但其作者问题向来争论不休。数百年来逐渐形成了两种主流解释：一种认为，郭象剽窃了向秀的作品，"窃以为己注"（见 *SSXY* 4/17）；另一种则认为，郭象是在向秀注的基础上"述而广之"（见《晋书·向秀传》，49.1374）。汤一介曾就这一问题对现有资料进行了回顾，他的观点令人信服。（1）郭象并非剽窃者，而是和当时的其他人一样受到了向秀思想的影响，因此他的注解与现存的向秀注片段有诸多相似之处。（2）自晋至唐，向秀与郭象《庄子注》都是两本并存的，其他作品的注释可印证两种本子同时存在（如张湛《列子注》、陆德明《经典释文》，以及李善《文选注》等），各书所引可看出二者之间存在一定的不同之处，并非完全如《世说新语》所说的"其义一也"。（3）自唐以后，郭象注比向秀注流行更广，至唐末向秀注已经失传。见汤一介，《郭象与魏晋玄学》，128–148。

126. 见 *ZZJS*，1：1，以及《世说新语·文学》（4/32）刘孝标注所引支遁《逍遥论》。

127. 见《全晋文》，62.1813a。王澍认为，"玄同"实为"玄通"的同义词。王澍列举了一些魏晋作品中对该词的运用（如郭象《庄子注》；郗超《答傅郎》诗等），认为玄同/玄通意为对"玄"的会通或洞悉。详见王澍，《魏晋玄学与玄言诗研究》，83-84。

128. 孙绰的《喻道论》一文，见《全晋文》，62.1811a-1812b。

129. 许理和认为，此处应理解为"环中"，出自《庄子》第二篇《大宗师》"枢始得其环中"句；这种解释比按字面将"寰中"理解为"域内"或"天下"更能说得通。详见 Zürcher, *Buddhist Conquest of China*，365 n. 264。郭象注将"环中"理解为"空"，更加印证了这一说法："环中，空矣；今以是非为环而得其中者，无是无非也。"按这样理解，"玄照"是从"环中"而出，也更为合理。参见 *ZZJS*，1：68。

130. Zürcher, *Buddhist Conquest of China*, 133.

131. 玄学中的"本末"问题非常复杂。王弼在《老子》第五十二章的注中认为："母，本也，子，末也。"在《周易注》中，王弼写道："夫无不可以无明，必因于有，故常于有物之极，而必明其所由之宗也。"见 *WBJJS*，2：548。汤用彤认为"本末者即犹谓体用"，将本末与体用联系在一起，并认为"体"即"无"。汤一介等不少当代著名魏晋玄学学者皆持类似观点。见汤用彤，《言意之辨》；及汤一介，《郭象与魏晋玄学》。陈金梁（Alan Chan）在王弼《老子注》的文本背景下针对"以无为体"的观点提出了一些合理的保留意见，见 Chan, *Two Visions of the Way*，65-68。针对王弼体、用、有、无如何相联系这一问题，周芳敏归纳了四种观点，并对各观点支持者的看法进行了讨论：（1）"体无用有"，即以"体"为本体（无、本），"用"为现象（有、末）；（2）"有用无体"，此说以"用"为道体之变化流行；（3）"体有用无"，此说认为"体"多指形体，故应是"以无为用，以有为体"；（4）"以无为体，以无为用"，此说将"无"同时视为"体"与"用"。参见周芳敏，《王弼"体用"义诠定》，161-201。

132. 余嘉锡版《世说新语》沿用《文选集注》文本，将"佛理"改为"李充"。笔者认为这一做法比较合理，因为李充是王、谢等名门团体的其中一员，他汲取《庄子》《老子》并作有《庄子论》。因此，他代表了东晋初期较为流行的趋势。见刘义庆，《世说新语笺疏》，262-264。

133. 引自 *SSXY* 4/85。

134. 钟嵘，《诗品集注》，24。另一个谴责玄言诗的例子，参见沈约，《宋书·谢灵运传论》，67.1778。

135. 值得注意的是，对老庄思想的兴趣，以及对空无的玄学讨论，在三世纪的文学、文化和思想史上就已经留下了浓墨重彩。但钟嵘却将这一兴趣的起点推迟至西晋衰亡的永嘉年间（307~313），他这么做也许是为了创造一个更为连贯、紧凑的叙事过程——因为他在谴责这种趋势时，还需要将太康年间（280~289）的诗人群体（如张协、陆机、潘岳、左思等人，他们都被《诗品》列为上品）排除在外。

136. 在提出这些问题的过程中，笔者从普鸣（Michael Puett）与康儒博的作品中获益良多，参见：Puett, *Ambivalence of Creation*；Campany, *Making Transcendents*。

137. 钟嵘，《诗品集注》，385-386。

138. 参见：笔者专著 *Reading Tao Yuanming*，13-15，189-198；笔者的论文 "Naturalness in Xie Lingyun's Poetic Works"。需要我们记住的是，"六朝"一词虽然粗略笼统，但实际上涵盖了持续近四百年的六个朝代，它绝不是指一个单一的时期。

第四章　兰亭之游与谈玄之诗

　　举办于公元 353 年（永和九年）的兰亭雅集，是中国文学史上最为著名的事件之一。[1]这场集会上诞生了《兰亭集》，其中包括大书法家王羲之的那篇著名序文、孙绰的另一篇序，以及当时最为活跃的知识分子所创作的四十一首①诗歌。[2]然而，对诗歌部分的研究相对较少，这首先是因为长期以来，它们的光芒一直被作为书法杰作的王氏序文掩盖；其次，这些诗歌被认为是玄言诗的典范之作，正如第三章所论，六朝时期的文学名家们以破坏古典传统为由对这种诗歌进行了抨击，此后，玄言诗在文学史上的命运受到了极大的影响。[3]六朝时期的史学家檀道鸾，将玄言诗的全面兴盛追究到孙绰和许询身上，认为他们延续了由郭璞肇始的、"会合道家之言"的诗风；檀道鸾更是抱怨孙、许还加入了"三世（过去、现在、未来）之辞"这些佛教语言，因而"《诗》《骚》之体尽矣"。[4]批评家钟嵘紧随其后，指责他们的作品缺乏吸引力。钟嵘的批评是严厉的：他认为这些人的作品都是永嘉时期（307~313）"淡乎寡味"之作的延续，皆"理过其辞"，"平典似《道德论》，建安风力尽矣"。[5]这些负面评价，一定程度上解释了大多数玄言诗为中国文学史所忽视，乃至湮灭无闻的原因。

---

① 一说三十七首，作者参照当代学界惯例，将王羲之兰亭诗计为六首（四言一首、五言五首，参见附录部分），故共四十一首。附录部分为中英对照形式，正文不再列出英译。

　　在过去的二十年里，学者们（主要是中国学者）开始重新审视玄言诗，旨在重新评估这类诗歌的工作也越来越多。然而，在这些新研究中，不少成果仍然对玄言诗抱有与前人一样的陈旧偏见，这种研究角度限制了玄言诗的学术价值。其中一种普遍的模式是，虽然承认这种诗歌类型在文学史上的重要性，却还是宣称其缺陷在于抒情性的缺乏。[6]另一种研究进路则认为，这些诗歌于本质而言都是抽象之作，意在超越物质世界，以体悟为老庄思想所暗示、为自然造化所体现的玄理。[7]笔者希望通过考察玄言诗中的一个特殊的子集——兰亭诗，以丰富我们对玄言诗的看法。兰亭诗不仅是玄言诗中最出色、最成熟的案例，而且也展现了一种具有实验性质的早期山水诗。我们在第二章讨论了嵇康的四言诗，并指出其在很多方面都可以看作是兰亭诗的先声：嵇康的诗歌，不仅将山水风景作为玄学体悟与审美欣赏的对象；还通过"散思"，自由地表达情感，实现与大自然的交流；更将自然万物看作亲密的朋友或者最终的归宿。相较嵇康的四言诗，兰亭诸诗表达得更加集中一致：　160
这个群体在共同探寻着蕴含于山水之中的玄理，抒发着对自然万物的沉醉之情。本章将考察兰亭诗所运用的诗歌表现手法与技巧，如意象、隐喻、超迈的语言风格等，以展示它们的作者是如何发展这种山水描写艺术的。在创作这些山水诗文的过程中，兰亭诗人们形成了一种共同的语言，以及一套主要出自玄学话语的概念。他们共用一套经过挑选的指涉与解释，这不仅表明了他们的群体友谊，也验证了参与者的文化储备。对于文人阶层的成员们来说，这还是展示文化资本的最佳场合，他们可以通过对文化产品与文化符号的解读、挪用和复制再生产，一展自己的才能。这场集体创作活动，使文人们证明了自己的文学才能，表达了自己的思想态度；不仅培养了父子、兄弟与朋友等社群之间的联系，而且还诱发了彼此之间的竞争。《兰亭集》怎样展现了自然之美？对集体身份的认同如何得以展现？早期中古时期的文化才能，又以何种方式呈现？对这些问题的探讨，还要从集会本身说起。

时间、地点、人物与事件

在公元 353 年的上巳节（或称三月三），在会稽山阴的兰亭，时任会稽内史的王羲之举办了一场春禊集会，并为这场活动做了最为翔实的记录。这场集会表面上是为了"修禊"，但从王羲之的序文中可以看到，除此之外他们还举行了其他活动：曲水流觞，吟诗作赋，俯仰沉思在宇宙与自然之中。四十一位参与者中，有十一位至少每人留有两首诗，一首四言、一首五言。[8] 在晋人赠答、游宴这类社交情境里，以四言、五言各一首的形式创作诗歌，已属其时风习。[9] 另有十五位与会者每人作有一首诗；至于作诗不成的余下十五位，每人被罚喝三斗酒，这是一种并不那么残酷的惯例。这种惩罚方式是有先例可循的：早在 296 年，石崇（249~300）就曾举办金谷园聚会并游宴赋诗，那些赋诗不成的宾客，就被"罚酒三斗"。[10]

从技巧和意趣层面而言，这四十一首兰亭诗存在着很大差异，但它们都有一个集体的印记：共同的主题、指涉与词汇，将这些诗歌联系在一起。有些诗歌运用了《论语》中曾晳（与孔子）想在暮春时期"浴乎沂，风乎舞雩"的典故；有些诗歌融汇了《庄子》里庄子于濠上"知鱼之乐"的名篇。[11] 其他来自《庄子》的思想与意象，也在这部诗集中有着重要的地位。例如，其中一首诗赞叹了"万籁"的神奇，这与《庄子》中"齐物"的哲学视角就有着共通之处。在兰亭诗中，还可以看到多处对玄远之道的体悟："道"通过大自然中的各种现象，以及可以感知的各种存在（"有"）得以体现。这些对"道"之运作的冥心遐想，不仅反映了聚会这一物理环境的力量，还反映了玄学重点问题对创作的主导性。实际上，这些诗歌中反复出现的哲学观点之一，就是"万"与"一"之间的关系：万物皆可以齐而为一，也就是齐于"道"。

最重要的是，在大部分诗作中，可以看到作者们的极度兴奋之情，他们都趁此机会，无拘无束地表达自己；兰亭诗人们最喜欢用的，正是"畅"和"散"这两个词。在这些自由的表达中，诗人们一直在赞美着"自然"（这里既指大自然的造化，也指远离官场的自由）。虽然说，群体创作环境赋予了兰亭诗人们共同的思想与情感，但多数诗人似乎还是以个人体悟的方式，直接与大自然进行了接触。若只看到他们因集体环境而呈现的独特身份，那就没有充分认识到他们在观点与态度层面的鲜明差异。

162

两篇序文

虽然后人大多重视王羲之《兰亭集序》的书法艺术价值，但其对兰亭之游的总结，也是我们探索这些诗人如何体验山水的重要信息来源。相较王羲之序，孙绰所撰写的序文鲜为人知。这两篇序文都描述了对大自然的沉思体悟，但它们无论在反应内容上，还是在表现模式上，都存在着很大的分歧。我们先从王羲之序开始。这篇序文为我们展现了整部诗集中最具诗情画意的山水描写："此地有崇山峻岭、茂林修竹，又有清流激湍、映带左右。"[12]高耸的山岭环绕着四周，两岸之间的水面浮动着波光，这幅生动的画面解释了随后一段文字所表达的惊奇感受："仰观宇宙之大，俯察品类之盛，所以游目骋怀，足以极视听之娱，信可乐也。"这种风景所带来的喜悦，作为一种连贯的体验，在这个团体中弥漫；然而，随着时间的流逝，它已变成过去的一部分："及其所之既倦，情随事迁，感慨系之矣。向之所欣，俯仰之间，已为陈迹，犹不能不以之兴怀。"

163

序文的最后一段思考了事物的短暂易逝与死亡的不可避免，为全文带来了一抹低沉的基调。作者将一种具有延续性的、充满希望的信念寄予那些志同道合之人，回答了这些永恒的忧思：

> 后之视今，亦犹今之视昔。悲夫！故列叙时人，录其所述，虽世殊事异，所以兴怀，其致一也。后之览者，亦将有感于斯文。

归根结底，王羲之在这篇序文里提出了如下主张：阅读与写作使人们能够超越那些转瞬即逝的事物，并将他们与过去及未来联结在一起。谈到死亡时，儒家式的反应往往会联系到文学上的不朽，这种反应由《左传》中的"三不朽"思想发展而来，即立德、立功与立言。[13]这一概念在曹丕的《典论·论文》中得到了更为深刻的重新诠释。他认为，文字的传承更胜于其他形式的遗产："盖文章，经国之大业，不朽之盛事。"[14]志同道合的人们形成了一个超越时空的精神共同体，而文学不朽的概念，在这一框架中得到了最为充分的展现。正如那些留下了兴感之作的前人，王羲之同样是在与未来的死亡一较高下，并给后世的读者们留下了个人的见证。

虽然文章在最后肯定精神共同体可以超越个体的死亡，但后世读者还是能清楚地看到王羲之对死亡本身极其消沉的思考。在倒数第二节中①，王羲之针对庄子"齐死生"的观念，做出了一段著名的批判。似乎正是作者与读者的共同体，让王羲之写下了这段大胆的批驳之言。他先是感慨，每当读到昔人兴感之作时，都会"未尝不临文嗟悼"，之后继续道："固知一死生为虚诞，齐彭殇为妄作。（我本就知道将生与死等同起来，是一种非常荒诞的看法；将彭祖的百年等同于婴孩的早夭，则是一种虚妄，一种强迫性的自欺欺人。）"[15]王羲之控诉庄子，认为他是在以巧妙的言辞误导读者。庄子在《齐物论》中质疑了人们的喜生恶死，认为这种趋向或许只是虚妄一场："予恶乎知夫死者不悔其始之蕲生乎？（谁知道那些已死之人，不会后悔当时他们对生的贪恋呢？）"[16]很多研究王序的学者，都据此讨论过王羲之是否悟"道"，或者说"道"之"达"与"未达"的问题。[17]实际上，王羲之在第二首五言诗里对庄子之论的看法（"万殊靡不均"）却有别于这番驳斥；这两处文本的差异，使得这一问题更加令人好奇。

我们纵然可以去评判王羲之对生死的讨论是否符合庄子的"齐物"哲学观，但是，如果从序中所叙述的、他本人在兰亭的这段体验出发去思考问题，或许还会得到更多启示。在王羲之看来，这种哲学上的思辨，似乎与现实中的事物并不相符；他对哲学问题的理解，仍然受到实际感受的塑造和感染。在序

① 此处作者使用的英译材料分段与中文通行版本有所不同。

文中，与内心情感有关的字词出现得非常频繁，这当然不是偶
然的：例如，文中有五处与"感怀"相关（如"兴感""兴
怀""感慨""感"等），有三处与"喜悦"相关（"乐"
"欣"），还有两处与"悲痛"相关（"痛""悲"）。他在兰
亭的体验是微妙而复杂的，我们应当结合他的这种反应，去理
解为什么在他看来，庄子之言是武断而极端的。这篇序文体现
了一种与大自然接触的体验，这次体验既带来了审美层面的欣
赏，也引发了对死亡的思索。文中不仅有节奏上的微妙转变：
从"游目骋怀"到"向之所欣，俯仰之间，已为陈迹，犹不
能不以之兴怀"；还有心绪上的剧烈变化：先是"快然自足，
不知老之将至"，转瞬间"及其所之既倦，情随事迁，感慨系
之矣"。这番叙述与其说是在论述哲学，不如说是在试图记录
自己的情感历程；作者体会到自然之壮美与人生之短暂，由此
感慨万千，思绪难平。

　　同样是对自然的体悟，孙绰序文所关注的重点就有所不
同。在开篇部分，孙序并没有像王序那样对大自然进行印象式
的刻画，而是层层递进地提及了水的象征意义：

> 　　古人以水喻性，有旨哉斯谈，非以停之则清，混之则
> 浊邪。情因所习而迁移，物触所遇而兴感。故振辔于朝
> 市，则充屈之心生。闲步于林野，则辽落之志兴。[18]

水在古代典籍中有着各种各样的形象。在《论语》中，水象
征着"动"的美德（与山之"静"相对）；在《老子》中，水
象征着顺应与柔弱的力量，既能适应，也能反映万物；[19]在《孟
子》中，水还对君子有着重要的启发，滚滚不息的源泉之水，

令人想到君子之道充沛盛大、充满动力而又遍及四海的品质；《荀子》也从很多方面将君子之道与水之特性相比拟。[20]在孙绰看来，水可以是清澈的，也可以是浑浊的，这取决于人对水做了什么。同样，人的心性可以是封闭郁结的，也可以是自由无羁的，这取决于外部的环境。比如，于朝市之中为官，其心境就与在林野之间隐居有所不同。

在孙绰的序文中，经过作者玄言说理式的刻画，自然景观主要是作为"道"的体现而登场的。孙绰曾在写给庾亮的碑诔中称赞庾亮"以玄对山水"。[21]这句话不仅恰如其分地表现了孙绰自己体悟大自然的方法，也暗示"玄"在孙绰这里起到了一种思维模式的作用。这表明，蕴含在大自然之中的"玄"，是可以用玄学词汇来揭示的，而玄学思想则是从认知层面与自然进行交流的切入点。在《世说新语》中还有一则相关的轶事：有一次，孙绰等人共游白石山，他见到卫永并没有在情感上亲近山水自然，于是对卫永的诗歌创作能力表达了质疑——"此子神情都不关山水，而能作文。"[22]可见孙绰认为，体悟山水的能力与创作诗歌的能力之间存在着本质的联系。将这两句话合在一起，我们可以看到孙绰眼中诗歌的意义：诗歌写作应当围绕着与自然的交融展开，而这种交融，又应当以玄学思维模式为基础。孙绰的序文接下来阐述了自己面对山水时的反应： 167

> 仰瞻羲唐，邈已远矣。近咏台阁，顾深增怀。为复于暧昧之中，[23]思莹拂之道，屡借山水，以化其郁结。[24]

此时的山水变成了一种载体，使得沉思其中的诗人回到了一种玄学层面的清明状态，这是一种有着清晰明了之视野、无拘无束之感知的境界。从自然山水中汲取的玄理，如同"莹拂"之喻一般，使观者能够一扫幻象，无比鲜明地看到事物的真理。

这段话从虚幻到真实，从拘束到自由，与后面的一段描述彼此呼应——接下来的文字，就描绘了一种由"齐物"之能力带来的、"决然兀矣"的深刻境界。从文中可见，这种"齐以达观"的能力是由丰盛的美酒"醇醪"相助而成的：

168

> 禊于南涧之滨，高岭千寻，长湖万顷，[25]隆屈澄汪之势，可为壮矣。乃席芳草，镜清流，览卉木，观鱼鸟，具物同荣，资生咸畅。于是和以醇醪，齐以达观，决然兀矣，焉复觉鹏鷃之二物哉。

大鹏与鷃雀的典故，出自《庄子·逍遥游》，代表着视角与理解层面存在的一种根本性差异，而在孙绰笔下，二者之间不再有区别。这让人联想到孙绰在另一篇作品中也将对立事物通融为一：第三章所讨论的《游天台山赋》一文，在结尾处就描述了"我"与"物"的浑然一体——"浑万象以冥观，兀同体于自然。"孙绰秉承了庄子的"齐物"观，消除了事物之间的区别与界限；这一点，实则与王羲之序所否定的"一死生"是相通的。同样是对自然万物的体悟欣赏，两位作者的反应却截然不同：孙绰感悟了从大自然中抽象而来的隐逸守静之美，发掘了形而上的玄理；而王羲之则深省了其中的变化无常，思考了阅读与写作所具有的超越性力量。[26]此外，孙绰对大自然的展现方式，可以说是一种哲学层面的象征主义；王羲之则不然，他似乎是以一种印象主义的笔触来直描大自然。接下来我们即将看到，虽然二人诗作之间的差异同这两篇序文一样明显，但它们却表现出了某种程度上的反转。

活用文字：山水描写的实验

玄言诗被认为是一种探究自然现象所蕴玄理的抽象话语，长期以来，兰亭诗被人们当作玄言诗来对待，并因此被忽视。然而，兰亭诗也是早期山水诗的典范之作，在文学史上有着至关重要的地位，只是这一地位没有得到充分重视。在讨论这些诗歌时，笔者将对其中体现的诗歌创作艺术给予应有的关注，尤其是它们对自然景物的呈现方式；在笔者看来，这些诗歌并不能被简单地归结为是在表达某种抽象观点。在兰亭诗人群体中，有两位撰写了序文的领袖人物——孙绰和王羲之，通过对二人诗作进行对比式的解读，我们可以划定这部诗集所见景观意象、诗歌技巧与表现手法的大致范畴。

孙绰所创作的兰亭诗与序文不同，他的诗歌中充满了对自然景物的巧妙描写。他的四言诗，按照前半部分双重设计、后半部分进行对比的原则，形成了一种精巧的结构：

> 春咏登台，亦有临流。
> 怀彼伐木，肃此良俦。[27]
> 修竹荫沼，旋濑萦丘。
> 穿池激湍，连滥觞舟。[28]

第一联体现了两层动作，而第二联则有着双层含义。"伐木"

是《诗经·小雅》一篇诗歌的名称，根据《毛诗序》，这是一首关于宴请庆贺的诗歌："《伐木》，燕朋友故旧也。"[29] 孙绰无疑是通过这段文字赞美他的这群良伴，这也是社交聚会中的礼节性惯例。同时，"良俦"很可能也指代现实中围绕在他身边的树木，从更宽泛的层面上来说，这也暗示了他将大自然作为同伴的想法——这像极了第二章所讨论的嵇康的"思友长林"。诗歌的后半部分，则通过创造性的对比，巧妙地形成了一种平衡感。在第三联中，山和水是通过相互的作用或关系表现出来的，二者并没有分列在两句中，而是每一句都体现着山水的身影（在第六章中我们可以看到，这种结构后来成了一种主流的创作惯例）。竹子为池沼遮阴，水流围绕着小丘盘旋，这些景色传达了一种亲近甚至是正在嬉戏的感觉。最后一联描写了流觞之景，一排排酒杯不断地顺流而下，流水虽然急湍，却又不会倾覆这些连绵的酒杯。

孙绰的五言诗也选择了类似的风景进行描写，但它们的作用却截然不同：

> 流风拂枉渚，停云荫九皋。
> 莺羽吟修竹，游鳞戏澜涛。[30]
> 携笔落云藻，微言剖纤毫。
> 时珍岂不甘，忘味在闻韶。

诗人见此春景，动情不已，落笔抒发了自己蕴含着玄思的"微言"。在最后一句中，诗人将这番"微言"比作圣王虞舜所作之"韶"乐（这里显得不那么"微"——显然有孙绰自抬身价的成分）：这里是说，自己的作品就像韶乐一样，二者都让听者忘记了由肉味与佳肴给予的、物质上的满足，从而沉浸于宏美之音带来的、精神上的愉悦。如同孔子被传送到另一个时代（舜所处的黄金时代）一样，孙绰也被传送到了另一个境界（形而上的玄妙之境）。玄学思想的主题，为孙绰的写作提供了素材，不过更有趣的地方在于，这首诗的结构似乎也工整地阐明了玄学思考的过程。此处采用的方法是王弼对《易经》"意、象、言"问题的庄子式解读："象者，出意者也。言者，明象者也"，"得意在忘象，得象在忘言"。[31]活跃于大自然中的万"象"，体现着诗人对玄远之道的思索；而当诗人把握了其中的"意"时，那么如最后一句所示，"言"就可以被忘记。一位研究玄言诗的现代学者认为，这种"得意忘言"的过程，还被更为广泛地应用在其他这类诗歌作品当中："玄言诗把玄学'立象尽意，得意忘言'的思想引入（了）诗艺创造。"[32]

　　孙绰的兰亭诗，以一种其序文中所没有的表现方式，展现了他描绘山水的艺术手法。同样，王羲之的诗作也与他的序文相反，并未呈现那番如画的描述。以下是王羲之所作五言诗的第二首：

> 三春启群品，寄畅在所因。[33]
> 仰望碧天际，俯磐绿水滨。
> 寥朗无厓观，寓目理自陈。
> 大矣造化功，万殊莫不均。
> 群籁虽参差，适我无非新。

作者在这首诗的结尾处也对大自然发出了感叹，但与我们在孙绰五言诗中所看到的不同，王羲之并未着重于自然景观蕴含的象征意义，他更多是在赞美大自然带来的无限乐趣。最后一联，可以说是整部诗集中最令人难忘的一句，因为该句捕捉到了作者对自然造化体现于无穷万物的惊叹之情。最后一个字"新"，部分记载又作"亲"，这甚至暗示了一种与大自然之间温馨的亲密关系。[34] 这种亲近感，也让人联想到嵇康四言诗所表达的、与大自然之间的种种交流。如果以"亲"来解读，那么王诗末尾所表达的正是对大自然的热爱，显然不同于孙诗所发展的抽象的、形而上的玄学思想。早在三世纪中叶，人与自然之间有着亲密关系的观念就已经广为流传；后来，清谈活动的重要支持者之一、晋简文帝司马昱（371~372 年在位）在其言行中充分地展现了这种思想态度：有一次，他在进入华林园时对左右随从说："会心处不必在远。翳然林水，便有濠、濮间想也，觉鸟、兽、禽、鱼，自来亲人。"[35]

王羲之这首诗，乃至《兰亭集》中其他诗歌对自然景物的呈现方式，向我们提出了一个重要的问题：我们应该怎样看待兰亭诗乃至玄言诗中的此类描写？胡大雷在近年的著作和一些论文中认为，玄言诗中的自然景物缺乏具体的特殊性，其文学目的是表达其中的玄理。此外，他还认为，兰亭诗对自然景物的描写并没有给我们留下一个以兰亭为地点的明确印象。这导致我们不得不凭借一些一般性的、概括性的词语来想象当地的自然景观，如王羲之序和王肃之诗中的"曲水"、孙绰诗中的"旋濑"和"枉渚"等。[36] 胡大雷此论的依据源自汤用彤对玄学的定义：汤用彤在其具有开创性的《言意之辨》一文中认为玄学是"略于具体事物而究心抽象原理"。[37] 在此基础上，胡大雷认为，玄言诗意在"脱略景物的具体性"，通过淡化对景物自身的观赏，强调对其中蕴意的把握，从而体悟到里面的玄理。[38]换言之，玄言诗对景观的描写具有一定的普遍性与象征性，所以其重心不会停留在自然景物的物质细节上，而是超越这些细节，进而表达大自然所体现的玄理。胡大雷在一篇论文中就以王羲之的第二首五言诗为例，特别是其中的"碧天际"与"绿水滨"等词语，阐述了玄言诗的景物描写具有普遍性的看法。[39]这些早期的诗歌带有实验的性质，而胡大雷对它们的评价，似乎是以后世山水诗人所确立的风格标准和修辞习惯为基准的。当然，如果不论这种解释中存在的时代错置问题，他的观点还是准确的。王羲之在这首五言诗中对自然景物的描写（这恰好也是他六首兰亭诗里唯一出现的景观描写），实际上也就是概括性的蓝天和绿水。而且这首诗中，的确充斥着玄学话语中常见的概念术语，如"理""造化""万殊""群籁"等。尽管如此，我们在诗的结尾处并没有进入形而上的玄思境界，笔者猜想，王羲之也没有。这首诗的结尾，呈现了这样的一幅画面：诗人沐浴在物质环境所带来的直接的愉悦之中，悦目的美景与动听的声音在他的内心深处唤醒了一种沁人心脾的惊喜之感，又或者，启发了一种眷恋自然的喜爱之情。

令人印象深刻的景观描写，既可以来自对现场事物的具体指涉，也可以来自对景物之间互动情形的详细描绘。如果简单地认为，玄言诗对自然景物的描写大都是一些普遍化的、概念化的指涉，那就没有看到场景中各个事物之间的关系。对这些事物的布局与安排，决定了兰亭诸诗的空间，并为诗中的风景赋予了轮廓。在这部诗集中，有不少作品展现了对动词的巧妙运用，不仅点出兰亭各景之间的相对关系，而且赋予物体以动感，使得场景变得生动起来。[40]被后世读者誉为山水诗鼻祖的

174

谢灵运，诗中就常见对动词的创造性运用，与这部诗集的表现手法有着诸多相似之处。[41] 而谢灵运本人，肯定也熟悉曾祖父谢安及其同僚们的诗作。在谢安的五言诗中就有一句"薄云罗阳景，微风翼轻航"，可以看到，其中的"翼"字使得整句诗变得生气灵动。"翼"体现了一种不同寻常的用法，其本义是名词，但在这里却用作动词，把春日泛舟的景象表现得富有动感。这让人想起石崇《还京诗》中的类似的用法："迅风翼华盖，飘飘若鸿飞。"[42] 然而，这一联并没有像谢安诗句那样形成整齐的对
175 偶。谢安诗中对"翼"字的精彩运用，给读者留下了一幅生动活泼的画面：柔风如鸟的翅膀，推动着轻盈的小船。前一句中的"薄云"如同捕鸟的网，轻轻地网罗并柔化了尖锐的阳光。这两句相映成趣，营造了一幅明媚春光中的水上美景。

　　谢万似乎不想被其兄超越，也在五言诗中以比拟的形式活用了词语，表现出自己的巧思："灵液被九区，光风扇鲜荣。""灵液"一词有着两层含义：它既可以指滋养大地（"九区"或"九州"）万物的水液（雨露），也可以指席上宾客所饮用的琼浆玉液。[43]"灵液"虽在方术书籍或其他道教典藏中多有记载，但此处只是长生仙药的一种统称，并不特指某种具体的制剂或物质。而"被"这个动词，不仅意指雨露赋生万物，还可以展示琼浆玉液在流觞过程中颠洒些许于水中的画面。作为长生仙药的"灵液"，暗合了兰亭与会者所表达的、对事物之短暂的忧思，仿佛美酒就是解决"死亡"这一问题的解药。晴日下的微风不仅吹在花朵上，而且还在花朵上扇动着，这体现了一种轻柔的触感，与春日的欣欣向荣极为相宜。

　　这些鲜活的动词也点缀在谢万的四言诗中，出现频率甚至更胜于其五言诗，它们为沉闷的四言节奏增添了出人意料的

亮点：

> 肆眺崇阿，寓目高林。
> 青萝翳岫，修竹冠岑。
> 谷流清响，条鼓鸣音。
> 玄崿吐润，霏雾成阴。

176

"翳"原指羽制的华盖，垂下的藤蔓就像华盖覆于马车那样遮住了洞口；修长的竹子也不是简单地立在山上，而像是为山头加了冠冕。不过，真正为此诗加冠冕的，是倒数第二联对动词的令人惊叹的运用：我们期望看到山谷间的流水，但这里的山谷间流出的却是"清响"；我们不会觉得树枝能像鼓槌一样敲击，但是这里的枝条却舞动出了"鸣音"。这些关键词（"翳""冠""流""鼓"），揭示着诗人运用了一种类比的手法来感知自然事物之间的关系，从而使得整个场景跃然纸上。

　　王蕴之的五言诗也是精确运用动词的范例，活泼地表现了文人们在兰亭的各种活动，比如吟诗作赋与赞叹自然。试看这极具表现力的一句："仰咏挹余芳，怡情味重渊。""挹"意指舀出液体，"味"则是品味美食，这两个动词都有着享受佳肴的含义。当它们被用于描述吟诗作赋与赞叹自然这类活动时，可以使人感受到甚至触摸到与之相应的情境：同伴们的出众诗才与高洁美名，以及集会中源源不断的灵感，就像可以闻到的悠长芬芳，令诗人沉醉其中。此外，自然界中的美感或玄意，也如同一种沁人的舒畅之味，邀请诗人品味他脚下如宇宙般深远的重渊。这句以身体享受自然的描写，同谢万诗的"灵液"

一样，也有着双重的指涉：它表明，对"道"的理解不仅与思想有关，更与亲身的接触有关。从这些诗句所体现的通感效果可见，诗人在体验自然的过程中，他们的感官知觉与抽象观念会非常复杂地结合在一起。

表演与竞争

177 　　对山水景物的实验性表达，展现了诗人们形式各异却又具有一致性的种种尝试，结合"兰亭诗人"这一集体身份的形成过程来看，这些尝试凸显了一种重要的动力：在这种共同体验的大背景中，诗人们似乎是在试图将自己与其他人做出区分。每个人都被期望以独特的体会来纪念这次郊游，或是延续古圣先贤之风采，或是畅叙当下集体之愉悦，或是抒发世事无常之感伤。在群体环境中创作诗歌，会鼓励成员们从一套共同、限定的文本典故和文化意义中汲取灵感，这从根本上确定了他们的集体身份。表演，由创作诗歌的能力来衡量：他们要依据群体对自然造化的兴趣，以及特定文本（《论语》《庄子》）中与生活、死亡相关的哲学来展开创作。竞争，则奠定了此类集体性活动的基础：它不仅对个人的表演水准提出了要求，还会施以集体认可的惩罚。因此，针对序文和诗歌中所呈现的不同之处，我们必须考虑到，在当时针对如何理解"道"的种种争论中，存在着具有竞争性的有意差异化现象（competitive differentiation）。广泛而言，正如整个《世说新语》所描述的那样，在"清谈"盛行的魏晋时期，社交情境中弥漫着一种对抗、竞赛的精神。清谈家们在观众面前，针对玄学话语中与形而上学、本体论、符号学相关的各种问题展开辩论，最终由观众来决定胜负。在这一时期，很大程度上是表演与名誉造就了人。这场兰亭雅集，或许是一场不错的集会，但其中的"赌注"也相当之重：人们在集会中的名声将会被载入史册。王羲之不仅把任务完成者的诗作记录了下来，还把那些未能当场成诗之人的姓名也记了下来。

兰亭诸诗起到了一种平台的作用：诗人们可以阐发自己对"道"的理解，也可以展示自己的机敏才智。比如说，下面这首诗，就显得作者谢安非常富有智慧：

> 相与欣佳节，率尔同褰裳。
> 薄云罗阳景，微风翼轻航。
> 醇醪陶丹府，兀若游羲唐。
> 万殊混一理，安复觉彭殇。

178

这首诗开篇就表达了作者的认同感，认同的对象既指当前的同伴，也指过去相似春游场景里的典范人物。在《论语》中，曾晳就表示希望在暮春时节与冠者、童子们一起"浴乎沂，风乎舞雩，咏而归"，孔子由衷地赞同了他的观点。[44]然而，诗首的群体意识到了诗末却变成了一种竞争精神。谢安最后的看法与王羲之截然相反，他表达了一种更为高明的理解，认为彭殇之间并无不同。"彭殇"语出《庄子》："莫寿乎殇子，而彭祖为夭。"这句悖论及其意义似乎在于以超然的态度对待死亡——如果一个人的生命不是用可计量的时间来考虑，而是以自然过程的完成来衡量，那么生命就没有长短之分。[45]王羲之在序文中感伤于人类的死亡，他坚决反对这种将长寿与早夭等量齐观的看法。而谢安则正好相反，他认为自己已经领悟至理，超越了年限长短的差别，因此不会悲叹于人生的短暂。我们无法确定王谢二人谁先表达了自己观点，也不能确定谁在试图胜于谁：虽然序文极有可能写于诸诗创作完毕之后，但文中的思想也可能于谢安作诗之前，在当时的场合中就已经被表达出来了。不过可以肯定的是，他们的友情中弥漫着竞争的精神。[46]

179 　　在这场集体性的诗歌创作活动中，除了要适当运用典故、以文字较量才智之外，诗人们的社交动力还涉及其他诸多难以阐明的方面。不过，一些参与者为了避免在众人面前颜面尽失，也展现了他们较为笨拙的尝试，我们可以据此推断，其中更存在着压力与焦虑。诗集中有两首字数较少但彼此非常相似的诗歌，分别来自王羲之的儿子和孙绰的儿子，可以作为前述情况的两个主要案例。王凝之不仅是王羲之的次子，还是才女谢道韫的丈夫——在一场诗词比赛中，其妻谢道韫曾将雪花比作"柳絮因风起"并胜过堂兄，因而得到叔叔谢安的赏识。[47]人们可能会对王凝之抱有更高期待，然而他的诗作却非常浅显：

> 庄浪濠津，巢步颍湄。
> 冥心真寄，千载同归。

王凝之的这首诗平平无奇，只是列举了隐逸思想中常见的两位圣人，一个是庄子，另一个则是在颍水边告诫许由何为真正归隐之举的高士巢父；他肯定是非常勉强地逃过了三斗酒的惩罚。孙绰的儿子孙嗣，似乎也是煞费苦心地为这个场景凑了一首诗：

　　望岩怀逸许，临流想奇庄。

　　谁云真风绝，千载扡余芳。　　　　　　　　　　　　　　180

　　这两首诗的结构模式几乎一模一样。虽说兰亭诸诗普遍倾向于
从规范性典故与词汇中衍生出共同的主题，但这种相似性并未
见于其余诗歌。这两首诗的前两句都是在向先贤们（庄子与
巢父/许由）致敬，而且都用了同样的、当下流行的词语：如
第三句中的"真"、第四句中的"千载"。这让人不禁好奇，
是不是出于影响的焦虑，其中一个儿子没有效仿自己更有才华
的父亲，而是很不幸地去模仿了另外一个。

　　虽然诗人的心境是一个值得我们去推敲的问题，但这种在
群体环境中模仿他人作品的类似行为，还可以由沈约（441～
513）所著《俗说》中的一个轶事来证明：孝武帝（372～396
年在位）的妻舅王恭（卒于 398 年）也主持过一次三月三雅
集，席间参军陶夔作了一首诗，不料被坐在后面的人抄了下
来，当陶夔用剩下的时间补缀自己的诗时，抄袭者却抢先把诗
呈上；等到陶夔最后呈诗时，王恭惊讶地发现陶夔居然"复
写人诗"。这位作者非常羞愧惊愕，却百思不得其解。后来真
相大白，王恭就将抄袭者革职了。[48]抄袭他人作品有着严重的
后果，有人却甘愿冒险，这表明，在这样一个具有表演性的社
交情境中，当时文人所下的"赌注"（如利益恩惠、声望名誉
等）也非常高。

　　兰亭雅集中的竞争，甚至延伸到了古代先贤曾皙、孔子、
庄子等人，这些人的故事成了春游集会的"标准"，并被拿来
衡量后世的种种出游活动。可以肯定的是，大多数提及这些前　　181
贤的诗作，都会强调前人之游与当下体验的一致性。但兰亭诗

人中也有少数作者，试图将这次的郊游与过去的典范们区分开来。例如王羲之四子王肃之，就将"我们"的精神之旅，同前贤们的身体之旅进行了对比。这两种旅行，一种超越了物质空间，是精神上的享受，而另一种受限于物质景观，是感官上的愉悦；其中的价值倾向就不言而喻了：

> 在昔暇日，味存林岭。
> 今我斯游，神怡心静。

这种超越历史时空的竞争还有一例：诗人王彬之在他的作品中重现了《庄子》濠梁之游的场景，不过新的演员（诗人自己）已经胜过了原先的哲学家，因为他体会到了超越鱼本身的满足感：

> 鲜葩映林薄，游鳞戏清渠。
> 临川欣投钓，得意岂在鱼。

庄子的"得意"来自他在濠梁之上所感受到的快乐，而王彬之认为，他自己的"得意"并不在于鱼，也不在于是否钓到了鱼。悠然地投下一根鱼竿，就是他的乐趣所在。这首诗不仅改写了濠梁之游的情境，还融合《庄子》中另一个与鱼有关的寓意，创造了一个巧妙的转折：一旦掌握其中真意，我们就可以忘掉语言工具，就像"得鱼忘筌"一样。[49]在诗人看来，即便没有鱼，他也抵达了更高的境界，"忘筌"之典就是有力的印证。

182

小结

关于早期中古时期的阅读与写作实践，存在一系列议题，包括文化才能，对不同典籍材料的重新运用，以及为这种挪用过程所证明的、流动而复杂的互文性，等等；《兰亭集》提供了一个丰富的资料来源，让我们得以探讨这些议题。晋朝的群体性创作实践，实则是这一时期赠答（交换）诗歌行为的扩展性变体；而诗歌的赠答交换，本身又是清谈活动的延伸。"清谈"作为一种对话体裁，自魏末以来盛行于知识分子与社会精英之间，它要求对同一文化话语的掌握，并且规定了群体情境中的团体身份、表演表现与竞争意识。这种兼具社交性与互动性的特征，对晋朝玄言诗的蓬勃发展至关重要：现存的玄言诗，绝大多数是在群体活动中创作的，或是以赠答交流形式写就的。诗人们共同熟悉一套特定的文本与典故，这不仅证明了他们的集体身份，也证实了每个成员的文化素养；而文化素养的衡量标准，则是他们在特定环境下识别、解释和挪用某些资源的能力。在早期中古时期的中国，"文化货币"很大程度上基于对玄学话语的流畅运用——这是一套典故、论点、概念和价值观的素材库。如有需要，这套话语就会在书写文本的过程中，产生一种自如穿梭于不同资源之间（如儒家文本《论语》与道家文本《庄子》）的流动性。我们已经在第二章和第三章中看到了这种现象，并且会在接下来的第五章里进一步探讨。

此外，这两篇序文以及兰亭诸诗，还见证了早期中古时期思想争论中的分歧之处：既有对"道"之理解的差异，也有不同生死观念之间的较量。然而，这本诗集所呈现的，又不止对"玄"及其含义的哲学论述。以诗意品鉴为前提，去探索其中的哲学观点，这样的研究进路，能让我们更为细致地了解

183 这部诗集。诗人们对兰亭风景与集会体验的描写，通过他们对动词的选择、对比拟性动词的频繁运用，变得生动真实；这些描写彰显了一种类比式的感知模式，让我们看到了事物之间的彼此关联与贯通一体。诗中具有比拟性的各种动词，不仅写出了感官知觉对兰亭之游的影响力（视觉和听觉、嗅觉和味觉），还呈现了它们的复杂性：多重蕴意，通感现象，种种隐喻，等等。这些复杂之处，更将集会带来的感官体验与抽象体验联结在一起。兰亭诗是早期山水诗的典范之作，在这些诗中，对大自然的欣赏不再拘泥于其象征意义，美学欣赏的范畴得以延伸，自然景观成了诗人审美的对象。正如一位兰亭诗人简洁的诗句所言："归目寄欢，心冥二奇"。[50]这些诗人，在大自然的"二奇"，即山与水之间，探寻着真与美。[51]

注释

1. 兰亭，英译为"Lan Commune"或"Lan Precinct House"，有时直译为"Orchid Pavilion"。据康达维《金谷和兰亭》，"兰"出自"兰渚"，为当地（今浙江）一条溪流或水中小块陆地的名称；"亭"意为"行政公署"（administrative office），是当地精英阶层郊游所用的"消遣小屋"（pleasure lodge）。见 Knechtges, "Jingu and Lanting," 399–403。

2. 《兰亭集》诗歌英译见附录。

3. 在笔者的《雅集重游：兰亭集研究》（"Revisiting the Scene of the Party: A Study of the Lanting Collection," 2012）一文发表之前，

英文界针对这些诗歌最具广度的研究来自比肖夫（一译毕少夫，Friedrich Alexander Bischoff），他认为兰亭集会是一场"同性恋者的狂欢会"，并从这个角度解读这些诗歌，但笔者并不这么认为。见 Bischoff, *Songs of the Orchis Tower*。

4. *SSXY* 4/85.

5. 钟嵘，《诗品集注》，24。

6. 例见：胡大雷，《玄言诗的魅力及魅力的失落》；张廷银，《魏晋玄言诗研究》，327。即便是试图为玄言诗辩护、认为它们并非"缺乏抒情性"的研究，也只是称这是一种"被误解"的抒情：也就是说，它们并非无情，只是抒发了一种淡然平和之情。见陈顺智，《东晋玄言诗派研究》，109。

7. 例见：罗宗强，《魏晋南北朝文学思想史》，141–145；胡大雷，《怎样读玄言诗》，12–19。

8. 《世说新语·企羡》（16/3）刘孝标注所引的王羲之《临河序》称有四十一人参与了这次集会；但根据若干宋人资料，参与者总数则为四十二人。对宋人资料的简要总结，见孙明君，《两晋士族文学研究》，147–149。

9. 见逯钦立注，*XS*，1：570。

10. 石崇的金谷园集会肯定是王羲之这场集会的一个重要先例，而且根据《世说新语·企羡》（16/3）所载，当王羲之知道有人将《兰亭集序》和《金谷诗序》相比时，他"甚有欣色"；但值得注意的是，《兰亭集》中并未提及金谷园集会这一事件。

11. 见《论语·先进》（11/26）；及《庄子》第十七篇《秋水》，见 *ZZJS*，2：606。

12. 王羲之《三月三日兰亭诗序》引自《全晋文》，26.1609a–b，英译见 Owen, *Anthology of Chinese Literature*，283–84。

13. 见《左传·襄公二十四年》。

14. 《全三国文》，8.1098a。

15. 原英译为："*Thus I know* that the belief that life and death are the same is a grand deception; to say that Ancestor Peng's centuries are no more than the lifespan of an infant who died untimely—this is delusion, a forced conceit." 斜体部分为笔者所加，在宇文所安译文的基础上稍做改动。见 Owen, *Anthology of Chinese Literature*。

16. *ZZJS*，1：103.

17. 古人的例子，可见晁迥（951~1034）的评论，引于韦居安

（1260~1264 年进士）所著《梅磵诗话》，见丁福保，《续历代诗话》，1：642；还可见葛立方（卒于 1164 年）的评论（有人认为王羲之是"未达"，而葛立方反驳了这一观点），引于桑世昌，《兰亭考》，8.71。有学者认为，王羲之修神仙、求长寿，信奉道教，实是识见不"高"，难以接受老庄这种清净的死亡观。见钱钟书，《管锥编》，3：1115。近年侯思孟在其论文中也表达了这一观点，见 Donald Holzman, "On the Authenticity of the 'Preface'," 306-11. 针对这一问题的各个回答，见：郑毓瑜，《试由修禊事论兰亭诗、兰亭序"达"与"未达"的意义》，251-273；孙明君，《两晋士族文学研究》，160-168。

18. 孙绰，《三月三日兰亭诗序》，均引自《全晋文》，61.1808a-b。

19. 《论语·雍也》（6/23）："子曰：'知者乐水，仁者乐山；知者动，仁者静；知者乐，仁者寿。'"《老子》第七十八章："天下莫柔弱于水，而攻坚强者莫之能胜，其无以易之。"

20. 见《孟子·离娄下》（4B/18）和《荀子·宥坐》（28）。

21. 引自 SSXY 14/24. 值得注意的是，孙绰这里是赞美庾亮在经纶世务的同时，也能"方寸湛然"，以不拘之心探究蕴含在大自然之中的玄妙之道。这个问题与孙绰在序文开篇处所讨论的"动"（进）与"静"（退）是有关联的。

22. SSXY 8/107.

23. 作者此处"暧昧"的英译不按字面翻译成"obscurity and unawareness"，而作"mystical alertness"，意在传达该词所蕴含的积极意义。

24. 这里从《兰亭考》（1.7），将"萦拂"改为"莹拂"。

25. 一寻约等于八英尺。一顷等于 100 亩。六朝时的一顷约为 12.5 英亩。

26. 孙序的结尾也涉及了光阴易逝这一主题："耀灵纵辔，急景西迈，乐与时去，悲亦系之。往复推移，新故相换，今日之迹，明复陈矣。原诗人之致兴，谅歌咏之有由。"但孙绰的叙述与王序不同，并没有将这个主题置于主导地位。

27. 从《兰亭考》（1.3），改"宿"作"肃"。

28. 《兰亭诗》中文文本见 XS, 2：895-917。

29. 《毛诗正义》，I, 9.3/142c/410。

30. 从《兰亭考》（1.3），改"语"作"羽"。

31. WBJJS, 2：609.

32. 陈顺智，《东晋玄言诗派研究》，114–115。

33. 《兰亭考》（1.2）及《汉魏六朝百三家集》（3：180）均无第一联二句。

34. 见于《兰亭考》（1.2）、《汉魏六朝百三家集》（3：180）及冯惟讷《古诗纪》，引自 *XS*，2：895。

35. *SSXY* 2/61；英译见 Mather, *Shih-shuo Hsin-yü*, 63。

36. 胡大雷，《玄言诗研究》，146。

37. 汤用彤，《言意之辨》，23。

38. 胡大雷，《论东晋玄言诗的类型与改造玄言诗的契机》，31。

39. 胡大雷，《怎样读玄言诗》，13。

40. 宋人将这类构思精巧、表意传神的关键之处称为"诗眼"（通常是动词，但也有其他情形）。黄庭坚（1045~1105）曾如此评论唐代伟大诗人杜甫（712~770）诗中之妙处："拾遗句中有眼。"黄庭坚，《山谷内集》，见《山谷诗集注》，16.4a。

41. 如谢灵运《登池上楼》最广为人知的"池塘生春草，园柳变鸣禽"句，诸多诗论即是集中在他对动词的巧妙运用上。

42. *XS*，1：645.

43. 李善注郭璞《游仙诗》（其七）："灵液，谓玉膏之属也。""玉膏"据称是一种食之不老的仙药。见 *WX*, 21.1024。由此可推，"灵液"也有着"琼浆玉液"的含义。

44. 见《论语·先进》（11/26）。

45. 笔者的解释参考了郭象的注释，谢安和王羲之肯定知晓郭象的看法。见 *ZZJS*, 1：81（庄子并未明确提出"一死生"的说法，该说法见于郭象注："谓无终始而一死生。"因此，作者称此处诠释源于郭象之意。——译者注）。

46. 王羲之与谢安之间的竞争，还可由《世说新语·言行》所载的一则著名轶事看出：王谢二人共登冶城，王羲之谈到"虚谈废务，浮文妨要，恐非当今所宜"，指责清谈是国家衰落的原因之一；而谢安更胜一筹地答道："秦任商鞅，二世而亡，岂清言致患邪？"在这场对话中，谢安同样体现了一种不受时务所拘，超然物外的态度；他能在这次言语的交锋中胜出，还要得益于魏晋以来对机智言行与高远之志的推崇。见 *SSXY* 2/70。

47. *SSXY* 2/71.

48. 见李昉等编，《太平御览》，249.1179。在文渊阁四库全书本的《太平御览》（这一版本不如中华书局影印的宋本可靠）中，这个故事被归在题为《世说》的作品名下，文本为："王**大**怪，**笑**陶参军乃复写人诗（249.16）。"文中的粗体字表明了临场表演失败所带有的羞辱性色彩。

49. 见《庄子》第二十六篇《外物》，*ZZJS*，3：944。

50. 出自王羲之第五子王徽之所作兰亭诗。

51. "二奇"是一个并不常见的合成词，在孙绰的《游天台山赋》中也有出现，在这里是指山与水，是《兰亭集》中主要的欣赏对象。在孙绰的赋文中，"二奇"特指赤城山（天台山诸山之一）和瀑布（很可能是从赤城山中流出的瀑布）。见 *WX*, 11.495-496。

第五章　作为互文性文本的
"自然"诗人陶渊明

不要重复——你的灵魂如此丰富——

所以不要重复别人早已说过的事物，

然而，也许诗歌本身

就是一句庞大的引文。*

————安娜·阿赫玛托娃，《诗艺的秘诀》

　　二十世纪初的文学批评家朱自清，曾敏锐地指出了陶渊明诗作读者们所存在的一大解释障碍；但朱自清在提出解决这一问题的答案时，无意间造成了另一种形式的干扰：

　　有些人看诗文，反对找出处；特别像陶诗，似乎那样平易，给找了出处倒损了它的天然。……从读者的了解或欣赏方面说，找出作品字句篇章的来历，却一面教人觉得作品意味丰富些，一面也教人可以看出那些才是作者的独创。[1]

---

* 题记摘自 Anna Akhmatova，"Secrets of the Trade，"由雷纳特·拉赫曼译为英文。见 Lachmann, *Memory and Literature*, 249。——作者注

185   自宋朝以来，许多陶渊明诗作的读者坚持认为，陶诗的天才之处在于它们读起来自然天成，不事雕琢。在这一解释传统的早期阶段，宋人叶梦得（1077~1148）就以权威的口吻宣称道："（陶渊明）直是倾倒所有，借书于手，初不自知为语言文字也，此其所不可及。"[2]也有一些并不认同陶渊明是完全"无意为诗"的批评家，但即便是他们，也会认为陶渊明是将一切想要表达的事物，以一种自然而然的方式写成了诗文。如明代批评家许学夷（1563~1633）就认为："靖节诗直写己怀，自然成文。"[3]考虑到这种传统观点的延续时间之久，流传范围之广，难免会有一些陶渊明的读者反对寻找其诗文的来源出处，以免损害了他们所认为的"自然"。

朱自清的观点是正确的，他认为结合出处阅读陶渊明的作品，非但不会贬低其作品中的一切天然特质，而且可以丰富对其的解读。然而他又提出，要将陶渊明借鉴与独创的内容进行区分，以此量化陶渊明的原创性，这种做法无异于又误入歧途。[4]前面几章已经阐明：语言总是起着中介的作用；每一个文本都是其他文本的交汇；由于改写了源文本并重构了它的语境，每一处引文都是一个新的创造；一切文本都是"原创"的，因为它是对现有文本与文化资源的一种特殊的运用。文学是否存在绝对意义上的发明？豪尔赫·路易斯·博尔赫斯曾经这样思考过其中的（不）可能性："或许文学一直在重复同样的事物，只是语气稍有不同罢了。"[5]以这种角度来看，其实并不存在纯粹的原创作者。实际上，是否为"独有发明"是无

186   法推定的，与其寻求陶渊明的原创性，我们更应该探究，陶渊明是如何精心地选取并且创造性地运用了他所拥有的各种文化形式，以此生产出蕴含着自己独特设计与构思的文本。

　　无论是传统还是当下，一般都会认为，陶渊明是以"任真"为主旨，"自然"地创作了那些充满深情的作品，而本章的讨论将挑战这一观点。在一部关于陶渊明作品之早期版本的研究中，田晓菲反对将他塑造成一个"超越了时间和变化，也不受时代风气习俗之制约"的人物，并且认为"与他被大众所接受的形象相比，……陶渊明实际上更能体现他那个时代的文学和哲学兴趣"。[6]与此类似，笔者在其他论著中也认为，陶渊明所塑造和呈现出的隐逸生活，与晋朝对隐逸的主流定义及实践密切相关。[7]陶渊明"自然"的天才之处，并不是凭空创造出来的，他本人就是一个互文性文本，是许多文本织成的精巧之作。尤其是《庄子》这部典籍，无论是它的原文还是注释，都在陶渊明的作品中占有很大比重。

　　只要对陶渊明作品作一粗略考察，就会发现他的作品不仅非常普遍地运用了这部哲学经典，而且还存在着一系列不同类型的挪用方式。例如：与《庄子》进行深层次的对话；将《庄子》中的文本元素（如概念、短语）嵌入诗歌的表层；运用《庄子》的词汇起到表达上的修饰效果，或者作为某种指代；等等。此外，虽然陶渊明在同一作品中多次指涉这部经典，但这些不同的用法并没有彼此排斥。这些观点必须在一开始就加以说明，以使读者对这种复杂的互文性关系有一个宏观上的认识。笔者的目的并不是就陶诗对《庄子》的引文与用典进行分类研究，也不是要清点每一类指涉的出现次数并举例说明，更不在于统计和比较陶诗对《庄子》及其他源文本的指涉次数——已经有不少现代学者做过这样的工作，并且已经得出《庄子》是陶渊明作品之主要出处的结论。[8]笔者的兴趣，在于对几个具有启发性的互文性案例进行深入的解读，以揭示

187

陶渊明与这部前人经典之间长期的对话，进而揭示陶氏诗学中由死（与生）、隐逸、伦理道德等主题所形塑的核心。一个文本，通过引用、追和或反驳的方式，不断地被后世的读者重新改写，使得这个文本在其阶层或社群的文化记忆里焕发新生。对前人文本的引用，既是一种回忆行为，也是一种创造活动。雷纳特·拉赫曼以安娜·阿赫玛托娃和她的阿克梅派诗友们为例，探讨了创作、文化记忆以及与前人的对话三者之间的联系，她将这种联系晓畅动人地表述为："创造力就是记忆，而回忆就是识别和重新识别文化符号的能力。记忆构成了写作的生成原理：它为与前人的对话提供了场所。"[9]本章将会探讨，陶渊明的诗歌是怎样通过改写《庄子》这部经典文本，获取、保存和重塑了《庄子》传统，从而达到了新的目的。

死亡的哲学

我们的探索从最为核心的话题开始。近一个世纪以来，学者们针对陶渊明的一组诗歌展开了一系列争论，这些争论集中凸显了陶渊明与《庄子》传统的关系。这组诗歌正是直面死亡这一主题的《形影神三首（并序）》，全文如下：

序

　　贵贱贤愚，莫不营营以惜生，斯甚惑焉；故极陈形影之苦，言神辨自然以释之。好事君子，共取其心焉。

　　The noble and base, the sagacious or foolish—there is none that does not work tirelessly to hold onto dear life. This is such a great delusion! Therefore, I have presented all of the grievances of Body and Shadow, and have articulated Spirit's argument for naturalness, so as to resolve them. Interested gentlemen will all get the heart of the matter.

形赠影 188

天地长不没，	Heaven and earth endure without end;
山川无改时。	Mountains and rivers never change.
草木得常理，	Grass and trees follow a constant principle:
霜露荣悴之。	With frost or dew, they flourish or wither.
谓人最灵智，	It's said that man is the most sentient and wise,
独复不如兹。	Yet he alone does not measure up to them.
适见在世中，	He happens to appear in the world,
奄去靡归期。	Then suddenly he leaves, without a time of return.
奚觉无一人，	How would anyone notice the absence of one man,
亲识岂相思。	Would family and friends even think of him?
但余平生物，	The only remnants are his quotidian things,
举目情凄洏。	The sight of which brings grief and tears.

我无腾化术，	I possess no method to ascend or transform,
必尔不复疑。	And so be it, there is nothing further to doubt.
愿君取吾言，	I hope you will take my word—
得酒莫苟辞。	When you get hold of wine, do not mindlessly refuse it.

影答形

存生不可言，	How to preserve life—there's no use in discussing it;
卫生每苦拙。	How to safeguard life—something I've always been clumsy at.
诚愿游昆华，	I truly wish to roam Mounts Kunlun and Hua,
邈然兹道绝。	But they are distant and the way there is cut off.
与子相遇来，	Since the time you and I came together,
未尝异悲悦。	We've never differed in sadness or joy.
憩荫若暂乖，	When resting in the shade, we seem temporarily separated;
止日终不别。	When standing still in the sun, we are never apart.
此同既难常，	This togetherness can hardly last;
黯尔俱时灭。	Into darkness, in time we'll both be extinguished.

189

身没名亦尽，　　When the body perishes, one's name

also ends—

念之五情热。　　Thinking about this, my feelings get

inflamed.

立善有遗爱，[10]　If you do good, then affection for you

will remain;

胡为不自竭？　　Why not, then, exert your effort on

this?

酒云能消忧，　　Though wine is said to dispel one's

cares,

方此讵不劣！　　But compared with this, how is it not

inferior?

神释

大钧无私力，　　The force of the Great Wheel has no

partiality;

万理自森著。　　The myriad things abound on their own.

人为三才中，[11]　Man ranks among the Three Powers,

岂不以我故。　　How can it not be because of me?

与君虽异物，　　Though we are different in kind,

生而相依附。　　In living, we are joined to one another.

结托既喜同，　　Since we are bound together, sharing in

joy or woe,

安得不相语。　　How can I not tell you this?

三皇大圣人，　　The Three August Ones were great

sages—

今复在何处？	Where do they reside now?
彭祖爱永年，	Ancestor Peng coveted everlasting years,
欲留不得住。	And wished to stay, but could not remain.
老少同一死，	Old or young both share in one death;
贤愚无复数。	Between the sagacious or foolish, there is no difference.
日醉或能忘，	Getting drunk daily you may be able to forget,
将非促龄具？	But won't that shorten your years?
立善常所欣，	Doing good is constantly a joy,
谁当为汝誉？	But who will utter your praises?
甚念伤吾生，	Too much fretting will injure our life,
正宜委运去。	Best to entrust yourself to the cycle of things.
纵浪大化中，	Let yourself go in the waves of the Great Transformation,
不喜亦不惧。	With neither joy nor fear.
应尽便须尽，	When it should come to an end, then it must end,
无复独多虑。[12]	And never again worry much about that.

190 (立善常所欣 line)

古代对这些诗的解读大多集中在陶渊明对待饮酒、死亡与身后之名的态度上；然而，一些有影响力的现代解释则认为这些作品揭示了诗人真正的哲学倾向，并将之引入了争议之中。

陈寅恪曾针对陶渊明之思想与清谈的关系撰写了一篇具有开创意义的文章，这篇文章所激起的重申、阐发与反驳之声不计其数。[13]在陈寅恪看来，"清谈"的主要内容是"自然"与"名教"的关系（对立或调和），通过对这一内容的探讨，他认为陶渊明的作品体现了魏晋思想史演变的结果。在这种研究模式中，以嵇康和阮籍为代表的"自然"，就意味着对老庄价值观的拥护，具体行为包括：任其本性、清净避世、不遵从与"名教"相关的礼法德行（特别是入世求仕）等。接着，陈寅恪勾勒了这两个阵营与魏晋政局变迁的关联，如下图所示：

自然	名教
老子、庄子	周公、孔子
忠于曹魏	附于司马氏

根据陈寅恪的说法，陶渊明的创解是一种"新自然说"哲学，与原先嵇康、阮籍所体现的"旧自然说"相区别。陶渊明的"自然"哲学，仍然代表着拒绝与新政权（这里指刘宋王朝，该政权推翻了陶渊明所出生的晋朝）合作；然其更新之处在于，陶渊明并没有像阮籍那样"沉湎任诞"，也没有像嵇康那样"服食求长生"，《神释》里的总结尤其凸显这一点。在陈寅恪看来，陶渊明的嗜酒表明了对当时政权的一种温和的抵抗；诗人将死亡视为自然循环之一部分，这种温和的态度也标志着对自然的新见解。陈寅恪将陶渊明之哲学倾向总结为："渊明之为人，实外儒而内道。"[14]在中国史学界，这是一个老生常谈式的、公式化的综合性说法。

这是一篇落脚于陶渊明诗歌的魏晋思想与政治简史，其论证极具雄心，影响深远，同时也系统有序，划分谨严。虽然有许多读者都认同陈寅恪的这一定论，但可以想象，同时也有大量读者提出了强烈的反对意见。其中一个突出的例子就是朱光潜。他批评陈氏将陶渊明的哲学或宗教思想视为一种系统井然的建构，错误地理解了这位不拘所学、以自然随性著称的诗人，好像其"求甚解"一般。[15]朱光潜准确地指出，陶渊明读过各家的书，并与各种不同立场的人物有所接触，所以在他的作品中可以发现儒家的成分，也可以发现道家的成分。虽然朱光潜否定了陈氏"外儒内道"式的二分互补之说，但他最后的评价还是落入了同样的窠臼，陶渊明仍然被安排在一个整齐划一的类别中："假如说他有意要做某一家，我相信他的儒家倾向比较大。"[16]

192

逯钦立的解读与陈寅恪的论点更为一致，不过，他的论述仍然是将陶渊明的诗歌局限在同时代佛教"报应说"与"神不灭说"的话语体系中。[17]在逯钦立看来，老庄的"自然"概念为陶渊明之见解宗旨奠定了基础，陶渊明由此出发，反对了高僧慧远（334~416）的"明报应论"与"形尽神不灭论"等学说。逯钦立认为，陶渊明的诗还驳斥了道教的长生不老之术。他总结道，陶渊明"本谓形神俱化"，因此，是对佛教之重"神"与道教之重"形"的一种否定。

现代以来，在"儒"和"道"之间判断陶渊明作品的哲学取向已成主流趋势，针对这种情形，丁永忠撰写了《陶诗佛音辨》一著，这是第一部全面探讨魏晋佛教对陶渊明作品之影响的长篇研究。他在这部专著的开头表达了歉意，承认采取这一边缘立场的探索极为艰难（"虽然书中所论，多有不尽人意之处，但毕竟为陶诗研究开拓了一方新的领域"）。虽然他的表述很谦虚，但最终还是提到，这一论点有着古老的渊源，并且在现代陶渊明研究中多有回响。[18]丁永忠注意到，存在少数的相关评价，如宋人葛立方（卒于 1164 年）称陶渊明为"第一达摩"，以及现代学者刘大杰、朱光潜等人对陶渊明著作之佛教痕迹的观察等；从这些评价出发，陈寅恪之陶渊明思想中没有佛教因素的说法，以及逯钦立之陶渊明意在反驳慧远法论乃至反对整个佛教的论点，都被丁永忠予以坚决否定。丁氏认为，慧远针对在家居士的教义，如"顺化"与"履顺游性"等，实际上与陶渊明《神释》中安时处顺、委运任化的结语有关联。[19]他还认为，陶渊明对那些"惜生"之人的批判，也与佛门所主张的"无生"观念有着相通之处。[20]

　　这些针对《形影神》的主要现代解读，都指向陶渊明研究中一些比较重大而又长期存在的问题；要想以新的视角考察其诗歌并有所收获，就必须先解决这些问题。这些现代阅读者以及认同他们观点的人，一般都只是选择陶渊明作品中的一小部分来概括诗人的整个哲学观。然而，陶渊明一生的著述丰富而多变，很容易就可以找到支持某种立场的作品，更何况把诗歌当作短篇哲学论述的做法本身就存在问题。[21]这种研究进路似乎是一种有意的选取，同时也是一种不恰当的归纳；因为这种做法是在其作品中分离出一种占主导的哲学传统，或者一套思想观念的特定组合，它不仅忽视了早期中古文学及文学文化中的异质性和互文性，而且还错误地将陶渊明神圣化了。陶渊明从一个具有具体生活经验的人，变成了一个代表着某种事物的偶像，被出于信仰的目的简化为一个单一的维度；然而，人在现实中的本性永远是复杂的，不可能是一成不变的。从讨论术语（儒家、道家、佛教）的选择之中，我们可以看到这一问题的根源所在。玄学作为早期中古中国主流的知识与学术传统之一，其模糊朦胧的定义，就说明了这一时期学术、文学和思想的复杂性、综合性和层累性。玄学涉及对道家《老》《庄》的重新关注，对儒家经典（如《易经》《论语》等）的新解释，还从佛教中引入了新的观念。即便是这一时期的儒家正统学术（经学），也带有"玄"的色彩。[22]最重要的是，玄学体现了概念界限的解放和话语边界的打开，这种描写方式在支遁对《庄子》之《逍遥游》的见解，以及孙绰的作品中都有所呈现；我们在第三章中就以《喻道论》和《游天台山赋》为例讨论过后者。

陶渊明的文本，在借用玄学的同时也在阐释着玄学：他对各种资源的挪用，说明了早期中古诗歌与思想中的互文性和流动性构造。陶诗所涉及的文本和思想，通常并不能整齐划一地归入某个传统。比如，在陶诗中出现的"空无"一词，虽然学者们对其出处各执一词，但始终无法从正面证明该词属于佛教思想而非老庄思想。[23]同样，陶渊明还在一首颂扬孔子事迹的诗里毫无顾忌地使用了"真"和"淳"这两个并不见于《论语》，但在《庄子》和《老子》中非常重要的概念；他以此在诗中感叹道，在这个没有"真"与"淳"的世代，不复有能够继承圣人遗志的人。[24]罗秉恕提出的警告恰如其分："当我们试图描述陶渊明时代的思想文化史时，需要小心那些站在后世'正统'角度发言的历史学者，不要被他们带有倾向性的判定所蒙蔽。"[25]在分析陶渊明对《论语》的运用时，罗秉恕就采用了这种研究思路，不去将其归为"儒"或"道"这样的"容器式范畴"（container-categories）。罗秉恕的研究，是对侯思孟基本论点的重新阐述和改进；侯思孟认为，陶渊明对

《论语》的审视，是其伦理推理（ethical reasoning）的关键所在，而诗人的这种伦理推理，在很大程度上形成了其诗歌的核心；而罗秉恕的目的，即"拓展和稳固《论语》在陶渊明整个诗歌创作生涯里的中心地位"。[26]笔者完全同意罗秉恕的研究思路，方法也同他一致，只是论证集中在他所绘图景的反面：笔者认为，在陶渊明的文本中，有着许多重要而又反复出现的概念与主题，如"化""真""独"等；诗人持续不断地在其所有诗歌作品中挪用《庄子》，从而为这些概念与主题的展开提供了支撑。笔者这里并不是说陶渊明相较儒家更偏向道家，或者说他受老庄思想的影响更甚于儒家思想；亦不认同朱自清纯粹以次数为基准的论证方式——他只是因为陶诗引《庄子》最多，就得出了"所以陶诗里主要思想实在还是道家"的结论。[27]确切而言，笔者的观点是，如果不理解陶诗与《庄子》之间的互文性关系，陶诗所要表达的含义就无法得到最为全面的解读。我们将考察开篇所提到的《形影神》组诗，以探索陶渊明如何运用《庄子》，并将之纳入了与其他来源一起构成的、互文性关系的星丛。

《形影神》呈现了一组关于生与死的内部对话，这段对话的与谈者，从早期中古时期的思想来看，正是构成个体生命的不同部分。在中国传统中，形与神的关系一直以来都是人们所论述的主题。《太史公自序》是最早讨论这一问题的作品之一，文中这样定义："凡人所生者神也，所托者形也。神大用则竭，形大劳则敝，形神离则死。……神者生之本也，形者生之具也。"[28]而陶渊明把第三个概念，一个流行于他那个时代的佛教舶来品——"影"，引入了构成生命的这两个部分之中。释迦牟尼佛曾在古印度那揭罗曷国（梵文名 Nagarahūra，又作

196

那干诃罗、那伽罗阿，位于今阿富汗）的石窟中留下了佛影，此即"石室留影"；而这个故事，于四五世纪之交在中国传播开来。慧远可能从佛教学者佛陀跋陀罗（梵文名 Buddhabhadra，又称佛驮跋陀罗、觉贤，359~429）那里了解到佛影石窟的原始样貌与细节知识，于是仿照这一故事，在庐山营筑了一座佛影台，并在龛室的内壁上置以绘有佛陀形象的丝绢。[29]为了纪念这一事业，慧远还创作了《佛影铭》，在开篇处就提到了形影神这三个关键词："廓矣大象，理玄无名。体神入化，落影离形。"[30]考虑到陶渊明故里距离这座新立的佛影台很近，加之当时大张旗鼓地举行过纪念活动，陶渊明很可能知道"佛影"形象颇受当地的信奉。虽然陶渊明可能是从当时的佛教话语中借用了"影"这一词语，但他似乎并没有将其概念语境一同移植过来。"佛影"从视觉层面体现了佛陀不可见但真实存在的性质，建构了一种使信仰者能够感知佛陀的物质媒介。然而，陶诗中的"影"，所指代的只是身体消失之后留下的事物，也就是人的名誉。如果将为慧远所发扬的"影"之理论，移植到陶渊明对这一词语的运用上，从诠释层面来看是很牵强的。尽管这首诗的标题和结构中都出现了"影"，而且佛教视角的缺失对一些解读者而言可能不同寻常；但实际上，从这一词语宽松随意的运用方式来看，可以这样理解：诗人从来就没有打算用这些诗去表达一种正式的、有条理的哲学论述。

如果一味将这三个部分进行区分，以代表三个哲学阵营（自然、名教、新自然），就会忽略整首诗所要强调的、各部分之间的统一性。这三个部分针对如何对待死亡进行了讨论，并各自给出了建议，但任何一个建议都没有遭到其他部分的绝对驳斥。如"影"认为，被后世认可的功绩（"立善"）要

胜于当下的"得酒",但它也和古人东方朔一样,并没有否认
饮酒带来的舒适感:"酒云能消忧。"[31]所以,诗中的"影"似
乎是认可了酒对"形"的吸引力,把饮酒当作一种暂时的解
脱办法。同样,"神"指出,"形"与"影"的两种做法各有
优点:它既说"日醉或能忘"(形),也说"立善常所欣"
(影)。"神"并没有断然否定其他做法的有效性,继而提出了
一种它所认为的更高境界:"死"必然伴随着"生",所以要
去接受万物的这种自然循环,并且以不喜不惧的心态,顺应于
大化之中。尽管存在观点上的差异,但三个部分之间仍然保持
了一种有机的统一。在诗中,"影"告诉"形":

> 与子相遇来,未尝异悲悦。
>
> 憩荫若暂乖,止日终不别。

"神"也对二者说道:

> 与君虽异物,生而相依附。
>
> 结托既喜同,安得不相语。

由此可见,在这个内部对话里,尽管从不同角度得出的不同做
法各有优劣,但各部分在结构上是统一的,不能轻率地将之归
结为三种各自独立的哲学立场。而且,也无法证明这首诗的最
终立场就是陶渊明本人真正的哲学观;因为在其他著作中,陶
渊明也表达了对后世之认可的关注,并继续选择沉湎于
饮酒。[32]

　　如何与死亡和解,是这篇作品的核心问题,这自然就会涉

198

及如何对待生命的问题。从文本来看，陶渊明评价了几种不同的人生态度。首先，他在序言里认为。"营营以惜生"的人都是虚妄糊涂的。他用以批评这一态度的语言和道理，来自《列子》与《庄子》，这两部作品都广泛地讨论了死亡这一主题。在《列子》里，林类年近百岁、死期将至，却行歌拾穗，感到非常快乐；子贡不解，于是林类以反问的方式解释道："吾又安知营营而求生非惑乎？"[33]《庄子》也以同样的逻辑与类似的措辞，暗示"死"可能和"生"一样，反而是令人向往的："予恶乎知说生之非惑邪？"[34]《列子》与《庄子》都将生与死等齐起来，把二者看作事物自然循环的两个相对的阶段，因而人们应该从容面对这二者；陶渊明看中并借用了这些修辞，运用它们构建了对"营营惜生"者的批判。

接下来，诗中一口气提出并驳斥了另外两种人生态度。《影答形》的第一句写道："存生不可言，卫生每苦拙。"诗人首先否认了通过保养形体以获长生的可能性；同时他也承认，自己并不善于卫护生命。《庄子》对"存生""卫生"这些主题都有着很详细的讨论，《达生》篇就认为，仅仅通过保养形体的手段就能获得长生，这种观点是根本不可信的："悲夫！世之人以为养形足以存生。"[35]在早期中古时期，关于养生的知识与文献，包括与药物、饮食和呼吸有关的方术在内，都呈现了指数级的迅猛增长。[36]陶渊明借用了《庄子》的权威性，表达了他对"存生"这种人生态度的拒绝："我无腾化术"，所以，关于怎么长生不老，是"不可言"的，就没有必要再讨论了。

怎样做才是卫护生命最好的方案呢？陶渊明再次转向《庄子》以寻求答案。在《庚桑楚》篇中，老子教诲道："与物委蛇，而同其波。是卫生之经已。"³⁷陶渊明的许多作品都呼应了这个道理，这里所讨论的诗作也是如此。《庄子》这段话接下来的内容，可以让我们看出陶渊明并不那么赞同"卫生"的原因；老子认为，卫护生命的最高境界，应当就如同生命最初的婴孩阶段一样：

> 儿子动不知所为，行不知所之，身若槁木之枝而心若死灰。若是者，祸亦不至，福亦不来。祸福无有，恶有人灾也？①³⁸

结合陶渊明所指涉的这段文本来看，"卫生"一句至少可以这么理解：他是在承认自己未能成功地避免生活中的不幸——他更可能是在承认自己的心境。最高的境界，也是人生最初的阶段，是不需要情感与欲望的（"心若死灰"）；没有了感情欲望，人就不会陷入祸福无常的命运之中。在陶渊明的整个作品中，有许多内容都在反复肯定作者辞官归田的人生抉择是正确的，从字面上看，它们似乎都意在消除作者做出选择后所残存的一切疑虑。然而正是这些内容说明，作者并没有真正"心若死灰"。

这组诗评价了各种人生态度，但只有一种得到了认可。陶 200
渊明在否定了三种对待生命的方式（"惜生""存生""卫生"）之后，提出了最后一种行动方案："神"对其他部分建议道，不要因为过分忧虑死亡而"伤吾生"，因为那是一切生

---

① 意思是，婴孩举动没有意识，行走不知去向。他的身体就像枯树的枝条，心灵就像熄灭的灰烬。这样一来，祸患就不会降临到他身上。既然不再有祸福之分，又怎么会有人类的痛苦呢？

命唯一的、不可避免的共性。

> 彭祖爱永年，欲留不得住。
> 老少同一死，贤愚无复数。
> [……]
> 甚念伤吾生，正宜委运去。

诗中对彭祖的提及，立刻在我们的脑海中唤起《齐物论》中的那句名言——庄子反常识地将彭祖的高寿与殇子的短命等量齐观："莫寿乎殇子，而彭祖为夭。"郭象连同原文中的泰山①一起，针对这段彭祖悖论作有一番注评，他的见解不仅有助于这里的讨论，并且能够启发我们去思考，早期中古时期的读者们是怎样理解这句话的：

> 苟各足于其性，则秋毫不独小其小，而太山不独大其大矣。……无小无大，无寿无夭，是以蟪蛄不羡大椿而欣然自得。39

郭象如此解读《庄子》这段关键内容：如果一个人的生命不是以可计算的时间来衡量，而是以自然过程与各自之性的实现来衡量，那么就没有早夭与高寿之分，也就没有担忧的必要了。陶渊明的诗，可以理解为这一解释的逻辑延伸，不仅告诫我们不要去"伤吾生"，而且也含蓄地告诉我们，要允许自己

---

① 此处所指原文为："天下莫大于秋毫之末，而太山为小；莫寿乎殇子，而彭祖为夭。"

活在自然的寿命里。

关于生死的讨论，不难想象，都会涉及这样一个问题：人死之后到底还剩下什么（如果有的话）。每一首诗，都或明或暗地提到了这个问题，而它们对此的答案，显然是以一种层层递进的方式来呈现的。在第一首诗中"形"告诉"影"，留下的只有那些生前的庸常之物，每次看到它们都会悲伤流泪（"但余平生物，举目情凄洏"）。第二首诗里，"影"回答说，只要做了好事，那么对你的情感就会遗留下来（"立善有遗爱"）。而最后一首诗，则提出要融入"大化"，这么做就意味着，无论是物质遗产还是美谥芳名，一切都不会留下。这种一切痕迹的最终消失，实则是迈向了"化"的境界，这也是《庄子》论述死亡时提到的一个核心概念。

"神"给出的方案是与死亡和解，而《庄子·大宗师》对"化"的多处讨论，奠定了这一理念的基础。《大宗师》里的"真人"，同时也是《庄子》里最为完美的存在；这种"真人"，不会对生死感到欢欣或恐惧："古之真人，不知说生，不知恶死；其出不欣，其入不距。"[40]这与陶诗中"神"的态度如出一辙。关于《庄子》这段文字，郭象注有"与化为体者"一句，其中蕴意尤其值得注意：郭象并没有选择"一"或"合"，而是用了"体"这个词，这似乎是在说，死亡这件事，不过是离开人的身体，融入一种更为宏大的形体之中，这就是"化"。[41]在《大宗师》里，庄子还借孔子之口告诫颜回，要"安排而去化"；[42]这与"神"对"形""影"的告诫，即"纵浪大化中"，也有着相似之处。《庄子》之论的魅力，必定会吸引陶渊明，而陶渊明也采纳了它的理念。这种魅力，来自一个基本的、无可辩驳的事实："化"就是一切生命得以决定的

202

力量——"若人之形者，万化而未始有极也"。[43]郭象为同段落里的前一句话①作注时，解释了"化"的这种无与伦比的力量，他写道："夫无力之力，莫大于变化者也；……故不暂停，忽已涉新，则天地万物无时而不移也。"[44]《庄子》关于"化"与死亡的论述，连同早期中古时期郭象的注解一起，使我们更为集中和深刻地理解了陶诗所给出的解决方案，那就是，要去顺应和接受事物（包括死亡在内）的自然大化。陶渊明从《庄子》里，并且较为次要地从《列子》里挪用了多种道理、逻辑与修辞，这使他在生死问题上形成了一种强有力的、令人信服的立场——死与生是等齐的，死亡不再是一种终结，而是众"化"的其中一个。这是一场与死亡的无畏较量，在这场对抗中，人生最后的阶段不再是孤独的，在陶渊明笔下，它归入了一种更为宏大的事物之中——那就是万物皆拥有、又作用于万物的道之大化。

忘却之力与抱独之道

> 思维是忘却差异，是归纳，是抽象化。
>
> ——豪尔赫·路易斯·博尔赫斯，《博闻强记的
> 富内斯》（"Funes, the Memorious"）②

陶渊明还有一些作品，采用了一些相同的、出自《庄子》

---

① 即"若夫藏天下于天下，而不得所遁，是恒物之大情也"句。
② 中译引自王永年所译博尔赫斯作品系列之《虚构集》，浙江文艺出版社，2008。

的观念，以不同的组合方式刻画了与死亡的对抗。例如，在
《连雨独饮》中，饮酒就完全被诗人当作一种实现超越、得以
成仙的媒介，甚至成了一种引导人们理解何为"化""真"
"独"的蹊径：

运生会归尽，	The cycle of life must return to its end,	203
终古谓之然。	Since ancient times, men have spoken of it so.	
世间有松乔，[45]	Song and Qiao once lived in this world,	
于今定何间。	Yet today, where are they to be found?	
故老赠余酒，	An old fellow sent me some wine,	
乃言饮得仙。	And said drinking it will make one immortal.	
试酌百情远，	I try a pour, and all cares become remote;	
重觞忽忘天。	After a second cup, I suddenly forget Heaven.	
天岂去此哉，	How can Heaven be far from here?	
任真无所先。	So long as nothing comes before following authenticity.	
云鹤有奇翼，	The cloud-gliding crane with its marvelous wings	
八表须臾还。	Reaches the Eight Extremities and returns in an instant.	
自我抱兹独，	Ever since I embraced this solitariness,	
倛倦四十年。	I have exerted much effort for forty years.	

形骸久已化，　　My body had long ago transformed,

心在复何言。[46]　Yet my heart remains—what more is there to say?

　　在诗中，酒被描述成能让人长生不老的灵丹妙药，这与嵇康于百余年前所提出的养生之方恰好相反。嵇康在《答向子期难养生论》一文中非常明确地指出："酒色乃身之雠也。"[47]这篇文章认为，那些在宴会上沉溺于美酒佳肴的人，无疑"不知皆淖溺筋腋，易糜速腐"：他们不知道酒会消融肌体，从而加速身体的腐朽。[48]嵇康认为酒和五谷是对身体有害的，而向秀则试图以儒家经典（和神明）的权威反驳嵇康，认为肉身的需要是正当而自然的，满足这种需要可以带来积极的成效。向秀引用了《诗经》中关于"和羹""春酒"能够延年益寿的记载，以及《左传》和《礼记》中神灵对黍稷等祭品的赞许。[49]这仿佛是在对他的朋友说："如果这么做对古人和神灵是有益的，那么对你来说也应该是有益的。"陶渊明同样不赞同嵇康"饮酒妨害长生"的看法，但他并没有按照向秀的思路来反驳，更没有借鉴向秀引用的那些经典，而是以"重觞忽忘天"句，将饮酒与"忘"联系在一起。"忘"这个词，正是《庄子·大宗师》中修行得道的最高层次。

　　不同类型的"忘"，串联成了《大宗师》篇的主旨。田晓菲论述这首诗时，非常准确地指出，《大宗师》整个章节蕴含着丰富的诗歌意象，为《连雨独饮》整首诗起到了至关重要的潜台词作用。[50]她仔细地考察了其中一段关于"忘"的内容，在这段文字中，颜回逐渐地忘记了越来越多的人为建构（如仁义、礼乐等），最后达到了全然忘却的境地，只是简单地说

"回坐忘矣"。[51]田晓菲据此认为,一个人只有达到身体("肢体")与心灵("聪明")都全然忘却、"同于大通"的境界,才能够"遇物无间,参与自然的无穷变化"。[52]笔者完全赞同她的解读,并希望通过考察《大宗师》里其他与"忘"有关的重要内容进一步深化讨论。此外,这篇考察还会勾勒出一个概念的星丛,而它们正是形成陶渊明隐逸诗学的关键之处。

陶诗里的"忘天"一词,让人不禁想起《庄子》另一篇中的一段话,我们在研究《大宗师》里反复出现的各种"忘"之前,应该先思考这段内容。在《天地》篇中,老聃教诲孔子说:"忘乎物,忘乎天,其名为忘己。忘己之人,是之谓入于天。"[53]结合郭象对这段话的注解,我们更能看出陶渊明在诗中所要探索的、涉及"己""忘""天""自然"等概念的复杂思想。郭象称:"人之所不能忘者,己也。己犹忘之,又奚识哉?斯乃不识不知而冥于自然。"这种"忘乎物,忘乎天"的能力,抹除了自我与外物的一切区别,从而达到了"忘己"的超然境界。正是因为没有了"己"的意识,才能够"冥于自然",实现与"自然"的共融,或者说实现"自生独化"(self-so)的状态。在陶渊明的词库中,"自然"也意味着对"真"的体认。在诗中,实现了"忘天",说明"天"与"己"之间的距离也全然忘却,那么最为原初的浑朴真性就会随之得以彰显:"天岂去此哉,任真无所先。"郭象注对"真"的定义很明确:"夫真者,不假于物而自然也。"[54]"不假于物"即"独","真"与"独"之间的联系,同样对陶渊明的隐逸诗风有着深远的影响,本章将稍后做一探讨。此处的重点在于,要意识到《庄子》文本及郭象注嵌入陶渊明诗歌的深度。

205

在《大宗师》中，"真人"最为重要的特点之一就是忘却的能力："凄然似秋，暖然似春，喜怒通四时，与物有宜，而莫知其极。"[55] 郭象将之解释为"体道合变者"，这样的人能够"未尝有心"地顺应四季变化，"无心于物，故不夺物宜"。[56] 我们从《大宗师》中可以看到，"真人"正是在这种无心无识的至高境界中，"恍乎忘其言"。[57]

206

陶渊明在另一首诗《饮酒（其五）》中，写下了著名的"忘言"。讽刺的是，这句诗却是其作品中最常为人所引用的名言：

此中有真意，	In these things there is true meaning—
欲辨已忘言。[58]	I wish to explain, but have forgotten the words.

这是一种庄子式的反转：这句掐断话语的笔触，反而变成了一种认知边界的打开。这行诗所指的，正是《庄子》里诸多关于语言的内容。在《庄子》中，语言或者只是意义的载体，或者只是具有局限性、随意性及不稳定性的媒介，从而无法完整地传达一切事物。[59] 语言在建构的过程中必然会划定边界，做出区分，而庄子思想里的"道"却是纯粹统一、朴初浑然的，所以对语言的运用，反而会使人背离"道"。因此，"忘言"就成了一种感知"道"，甚至体现"道"的必要条件。"忘言"一词，特指《庄子·外物》中关于捕兔之蹄与捕鱼之筌的著名寓言：这些工具在发挥了作用之后就可以被丢弃，同样的道理，"言者所以在意，得意而忘言"。[60] 我们在第一章里讨论过，"意"的优先性是早期中古时期玄学的一个基本问

题。值得注意的是，陶渊明还以归纳读书方法的方式，表述了
这种对"意"的重视。他虚构了一个自传式的人物五柳先生，
并在传记中写道："好读书，不求甚解。"[61]这可以看作是对汉
朝解经之学的一个简洁的注脚。章句训诂之学，多以语言文字
为主导，往往冗长烦琐；为了纠正这一问题，魏晋玄学试图重
新关注其中的意义与意图。

　　子桑户、孟子反、子琴张三人结交为友的寓言，提出了一
个可以说是更高层次，当然也更为全面的"忘"："孰能相与
于无相与，相为于无相为？孰能登天游雾，挠挑无极，相忘以
生，无所终穷？三人相视而笑，莫逆于心，遂相与为友。"[62]这
里"忘"了什么，并没有说得很清楚。郭象将"忘"的对象
解释为"生"："忘其生，则无不忘矣，故能随变任化，无所
穷竟。"郭象对《庄子》的这段推论，在陶渊明的诗中也得到
了共鸣；诗中写道，"忘"的结果就是顺应变化："形骸久已
化，心在复何言。"尽管醉酒的诗人坚持认为自己的初心仍
在，但他还是清醒而矛盾地接受了自己肉身已经经历的变化
（衰老、腐朽），这又像极了《庄子·知北游》里描述的"古
之人"："古之人，外化而内不化。"[63]另一篇《齐物论》也提
出，要在身体腐朽的过程中卫护"心"的纯净如初："其形
化，其心与之然，可不谓大哀乎？"[64]陶渊明与这段文本进行了
对话，并从中汲取了多处词语；他以积极的心态宣称，自己已
经避免了"大哀"之苦，所以"心在复何言"，此心既在，那
就不再需要语言的表述了。

　　郭象认为，"自足"是"忘"这一能力的基础。《大宗
师》中另有两处关于"忘"的段落，郭象根据这些内容建构
了"自足"与"忘"之间的联系。第一处是："鱼相忘乎江

湖，人相忘乎道术。"[65]《庄子》这段话虽然并没有提到"自足"，但郭象却推演出了这一概念，并将"自足"作为"忘"的前提条件："各自足而相忘者，天下莫不然也。"另一处则是："泉涸，鱼相与处于陆，相呴以湿，相濡以沫，不如相忘于江湖。"[66]郭象对这段《庄子》原文也做了同样的推演："与其不足而相爱，岂若有余而相忘！"在郭象看来，解释的关键又落在了"自足"上。《庄子》这段话接下来的内容又提出，那些最为显著的差别，乃至圣人与暴君之间的区别，也是要"忘"的："与其誉尧而非桀，不如两忘而化其道。"此处郭象注的推断仍然是一样的："夫非誉皆生于不足，故至足者忘善恶，遗死生，与变化为一，旷然无不适矣，又安知尧桀之所在邪？""自足"使人忘记所谓对立双方之间的差别，因此也就忘记了双方被赋予的价值——正是这种价值约束了思想或者行动，使人做出选择。在忘却的过程中，人与自然最伟大的力量，即"化"，融为了一体；这番表述，标志着思想的解放与认知边界的扩展，万物皆可容适在这旷然无际的浩瀚境界里。郭象针对这两处《庄子》内容所表达的倾向，在陶渊明的很多作品中，包括现在讨论的这首诗里，都能找到呼应之处，并体现为以"自足"与"独"为核心价值的隐逸之风。

"独"当然是《连雨独饮》最首要的主题，它不仅指诗人饮酒的处境，而且是诗人用以指导人生的宗旨。"独"同样是出自《庄子》的一个重要概念，稍后将论述陶渊明在阐释过程中对其文本出处的运用。相较之下，"足"在这首诗中却是以暗示的方式来表达的。然而，在陶渊明其他众多作品里，"足"这一品质普遍居于很突出的地位，甚至可以看作是其隐逸生活的基石，或者至少是其构建并呈现之生活形象的基石。陶渊明在诗中声称，自己一生都在"抱兹独"；结合对"足"这一价值理念的考察，我们将会更加全面地理解这种"独"的境界。例如，在《和郭主簿（其一）》中，陶渊明写道：

> 营己良有极， In providing for oneself, there are indeed limits;
> 过足非所钦。[67] Going beyond sufficiency is not my desire.

又如《移居（其一）》：

> 敝庐何必广， My tattered hut, what need for it to be spacious?
> 取足蔽床席。[68] Only that it suffices to cover my bed and mat.

以及在《劝农》一诗中，陶渊明认为，"自足"和他所推崇的另一种价值理念——"真"，正是生活在上古黄金时代之生民的特征：

> 悠悠上古， Far off in high antiquity,
> 厥初生民。[69] In the beginning, she bore the folk.
> 傲然自足， Content and sufficient in themselves,
> 抱朴含真。[70] They embraced the uncarved block and harbored authenticity.

"自足"（或者说"不足"），甚至在他的"临终遗言"中也有出现。在《拟挽歌辞》一诗中，他回顾了自己的一生，并210 描写了自己的葬礼：

但恨在世时，　　My only regret is that when alive,
饮酒不得足。[71]　I didn't drink enough wine.

读者们可能会期待诗人在自己的挽歌中对生死做出更为清醒的评价，但这句话像是对他们开了个玩笑。尽管如此，我们必须从中看到，对陶渊明而言，"足"是评价和展现其生活方式的一个衡量标准。

陶渊明反思了自己的平生原则，在《连雨独饮》里写下了"自我抱兹独，僶俛四十年"，这是他关于隐逸最为重要的言论之一。对一个早期中古时期的中国隐士而言，宣称自己"抱独"，并不是在赘述一件明显的事情。实际上，与同时代的许多知名隐士一样，陶渊明也与各种群体（家人、朋友、邻居、地方官员）保持着社会关系。[72] 他的"独"也不仅仅是一种精神上的内在安宁；相反，这种被他视为核心价值的"独"，是一种全然不同的安排。《庄子》非常强调"独"的意义，并认为这种状态对"道"的探寻起着关键的作用，所以这首诗的许多观点都出自《庄子》。《大宗师》里就有一处整段都值得引用的文字。南伯子葵问女偊为何容颜不老，"色若孺子"，女偊回答说"吾闻道矣"，并进一步解释说，"道"是无法向南伯子葵传授的。[73] 然而，女偊却讲述了向卜梁倚传授圣人之道的经过：

211　　　以圣人之道告圣人之才，亦易矣。吾犹守而告之，参日而后能外天下；已外天下矣，吾又守之，七日而后能外物；已外物矣，吾又守之，九日而后能外生；已外生矣，而后能朝彻；朝彻，而后能见独；见独，而后能无古今；无古今，而后能入于不死不生。[74]

　　女偊所说的"独"，正是能够领悟"道"的条件，是一种没有对立区别的、浑然一体的状态。要达到这种"见独"的、浑沌的境界，就需要善于摒弃（"外"，或者用《庄子》的另一个术语表述，就是"忘"）一切外在的束缚与界限（天下、物、生），然后才有可能洞察透彻，并忘却所有的差异分别（古今、生死）。那些外在的事物，从本质上而言，只会施加种种限制、约束与评判；当一个人不再依赖或参照这些事物时，他就获得了全然的自由，从而领悟了"道"。我们在理解陶诗时，郭象的注解也同样重要：他将这种对外在事物的不依赖性，理解为"真"与"自然"的标志——"夫真者，不假于物而自然也"。[75]

　　不难想象，"独"及其哲学意义，对一个在诗歌中建构隐逸哲学的隐士而言，或者对一个思考死亡近乎痴迷的诗人而言，是非常具有吸引力的。摒弃使人做出选择的、外部的因素（如规则、惯例、期望等），笃定属于自己的"独"之蹊径，就能通往"道"的境界，生与死也就不再重要。因此，"独"代表了一种能够抵抗外力与流变的内心恒定。陶渊明的另一首诗《戊申岁六月中遇火》也指出了这一点（有意思的是，这首诗的主题是突然"遇火"，与《连雨独饮》的"连雨"是相反的），诗中写道："形迹凭化往，灵府长独闲。"[76]陶渊明不仅采用了《庄子》中"独"的含义，而且他显然改造了郭象

212

"自生独化"的本体论哲学——这一哲学观很大程度上构成了郭象解读《庄子》的核心理念。王弼主张将"无"作为万物的本源，即"以无为本"；但郭象不同，郭象在整个《庄子注》中，都在强调"自然""自足"的存在状态，以及一种不依赖外物的无待之"独"。这种强调体现了他的基本观点，即一切存在，或者说"有"，都是自生的，所谓"自然生我，我自然生"。[77]郭象纯粹彻底的"自生""自足"之论，为其"独"的概念蒙上了一层神秘主义色彩，他的"独"并不能被简单地归纳为肉体乃至精神上的独立性。但陶渊明在其关于隐逸的书写中，把这种概念重塑为一种人格上的绝对独立，他尤其喜欢用这种"自我塑造"（self-fashioning）[①] 式的观点去打动他的读者们。比如，他这样描述自己卸任归田之后的性格："质性自然，非矫励所得。"[78]在另一部关于归隐的作品中，他解释道："少无适俗韵，性本爱丘山。"[79]这种"抱独"的信仰，或者说这种不妥协的独立性，需要诗人在生活中付出相当大的努力，难怪他在《连雨独饮》中，会自在甚至自豪地承认这一点。陶渊明不再顾虑外界事物及其影响，开拓了属于**自己**的道路；这种举动，与他的"任真""任自然"密不可分，一并体现在他的隐逸诗学中。

文本借用的矛盾性

213　　陶渊明指涉《庄子》或郭象注的诗作，并不是所有，甚

---

① "自我塑造"这一概念由斯蒂芬·格林布拉特（Stephen Greenblatt）提出，用于描述根据一套社会公认之标准来构建个人身份和公众形象的过程。

至可以说大部分都不是，如同《连雨独饮》或《形影神》那样，与源文本全面地、复杂地交织在一起。探讨显文本（新文本）与源文本（旧文本）之间的符号学交集，不仅要考虑挪用的性质，而且还要考虑到挪用的程度。如果说，意义是由文本之间的交集产生的，那么我们该如何判断有多少意义是出自源文本的？或者换句话说，我们该如何判断，所引源文本的内容及其含义，多大程度上关系到读者对显文本的某种理解？

《饮酒（其六）》这首诗就是这样一个耐人寻味的案例，它体现了一种对《庄子》文本的矛盾运用：

行止千万端，	Moving or stopping have a myriad beginnings and ends,
谁知非与是。	Who knows which is wrong and which is right?
是非苟相形，	Right and wrong assume form only by contrast to each other,
雷同共誉毁。	Like thunderclaps, all echo praise or blame.
三季多此事，	During the waning of the Three Dynasties, such affairs were many,
达士似不尔。	But men of understanding are not like that.
咄咄俗中愚，[80]	In astonishment, they exclaim at the vulgar idiots,
且当从黄绮。[81]	Choosing instead to follow Huang and Qi.

这首诗的开篇明显召唤了《庄子·齐物论》的内容，第一联就出现了两个典故。"行止"一词，指以"罔两"和"景"为主人公的一个有趣寓言，其中"罔两"问"景"道："曩子行，今子止，曩子坐，今子起，何其无特操与？（先前你在行走，现在你停下来。以往你是坐着的，现在你又站了起来。为什么你会出现这种没有独立操守的情况呢？）""景"回答说："吾有待而然者邪？吾所待又有待而然者邪？吾待蛇蚹、蜩翼邪？恶识所以然？恶识所以不然？（难道我是必须要有所依附才会这样吗？我所依附的事物，也是因为要依附别的事物，才会这样吗？我是依附在蛇蜕的鳞皮上，还是蝉脱的壳翼上？我怎么确知为什么会是这样呢？我又怎么确知为什么不会是这样呢？）"[82]这篇寓言让影子边缘的微阴（"罔两"）去质询其所依附的影子（"景"）为何"缺乏独立性"，这是一种典型的、庄子式的反讽幽默：在普通的观察者看来，影子的运动本来就是依赖于身体的，就好像蛇的运动依赖于它的鳞皮，蝉的运动依赖于它的翅膀一样。影子借一连串的反问对此发出了根本上的质疑，认为假设并不能被理所当然地认为是真理，自己"有所待"的想法也是有待商榷的。而郭象注对这番反驳的解释，体现了郭象用以解读《庄子》的"自生独化"之宗旨："言天机自尔，坐起无待。无待而独得者，孰知其故，而责其所以哉？"郭象注所强调的"自然（自尔）"、"无待"、绝对的独立性等，被陶渊明用在其他诗作里，重新阐释为其隐逸诗学的核心内容。然而，令人讶异的是，在这首诗中，却没有出现前述的那些延伸。这首诗的展开，并没有用到郭象注所提供的全部含义，接下来我们还会看到这一点。

　　"是非"则是开篇的第二处典故，凸显了《齐物论》里的

214

一个主要观点:事物的"是非"是无法明确区分的。《齐物论》用一整段话重点讨论了何为"是非"的问题:

> 既使我与若辩矣,……其或是也,其或非也邪?其俱 215
> 是也,其俱非也邪?我与若不能相知也,则人固受其黮
> 暗。吾谁使正之?使同乎若者正之,既与若同矣,恶能正
> 之?使同乎我者正之,既同乎我矣,恶能正之?使异乎我
> 与若者正之……然则我与若与人俱不能相知也,而待彼
> 也邪?[83]

《庄子》中还有一处与此类似的关于儒墨是非之争的著名段落,两处内容都有着深远的影响。这种批判试图从认识论层面去破坏整个价值体系及其得以建立的基础——语言的确定性。对事物做出高下之分,对价值进行排序,都是因为人们给事物贴上标签而产生的。但是,如果语言实际上是主观随意的,就像《庄子》所提出的那样,那么以语言为基础的一切建构又怎么可能稳定呢?《庄子》认为,无论是一刀切式的高下之别,还是区分万物的各种界限,它们不仅是武断随意的体现,而且还是"道"之衰落的必然迹象:"是非之彰也,道之所以亏也。"相较之下,"古之人"则是相反的,他们甚至只知"有物",不加区分:"至矣尽矣,不可以加矣。"[84]人为的区别,既是有所偏私的,也是武断随意的,这与"道"的浑然统一相违背。因此,对《齐物论》"是非"问题的用典,可以开启一个蕴含着认识论、形而上学与符号学意义的广泛网络。此外,郭象在《齐物论》开篇处的注释中还认为"任自然而忘是非者,其体中独任天真而已",他重新诠释了忘却"是非"

之二分的能力，将之与"任自然""任天真"关联起来；而"是非""自然""真"这三个概念，又被陶渊明以不同的组合方式运用在很多作品中。[85]然而，在《饮酒（其六）》这个案例中，上述由引用行为产生的、出自源文本的含义，再次与当前的文本没有关系。

216   第二联延续了庄子式的逻辑，认为"是非"并不是天生就有的，只有在相互的比较中，事物才会被下定论并被贴上标签："是非苟相形，雷同共誉毁。（对与错只有在相互对比中才会形成，而且就像雷之发声，万物附和一样，只会回应赞美或诋毁。）"接着，这首诗的内容突然发生转折，并以一种全然不同的语域展开：从原先抽象的、哲学层面的问题转为针对当下的、政治层面的评判。开篇的两联读起来与庄子对武断随意的批判非常契合，几乎是把《齐物论》所要表达的重要道理重述了一遍；然而，这种一致性是有限的，在接下来的句子里甚至只是浮于表面的。陶渊明不仅没有做到忽略其中的差异，而且还坚持做出高下之分。这首诗提出了这样的区别：真正的"达士"，无论身处哪个时代——即便在最动荡不安的朝代里——也始终坚持着不变的伦理价值，如秦朝末年的隐士夏黄公与绮里季一样。根据传统说法，此二人与另外两位坚持大义的同伴（东园公与角里先生）一起隐居于商山，以抗议秦朝暴政，后来合称为"商山四皓"。[86]陶渊明认为，与四皓形成鲜明对比的是那些"俗中愚"，这些愚人不能区分什么是真正的是非，他们所依据的只是一个相对而言的、随着政治潮流左右摇摆的道德风向标。这些人不过是在附和着那些居于主导地位的声音，面对主流势力他们没有自己的道德立场。多数注家都认为此处存在一种类比，陶渊明将晋末比作"三季"（即夏商周三代之末），把自己比作"四皓"这样怀有大义、政见不同的隐士。陶渊明认为自己是"达士"，这一点很明确；但"俗中愚"指代什么人，仍然不甚清晰。这里是泛指所有追随腐败政权的愚人吗？还是说，特指追随刘裕（363~422）甚至支持刘裕政治野心的那些人？（刘裕原为晋室将军，他在晋末逐渐掌握东晋朝政，最终于420年推翻朝廷，建立了刘宋王朝。）

217

虽然《饮酒（其六）》这首诗无法确定具体的创作时期，但是，另一首基调相近、部分指涉内容相同的诗，可以确定是于417~418年所作。我们可以简单地看一下这首相似的《赠羊长史》。这首诗是陶渊明写给羊松龄的赠别诗。在当时，刘裕在对后秦的军事行动中收复了西晋旧都长安，随后不久，羊松龄就被派往北方旧都地区，奉命入关称贺。这是陶渊明首次亲历中华文明的核心地区被重新收复并归于晋朝控制的情形，但奇怪的是，这个在当时极为重大的事件，却不是他向羊松龄传达的主要内容。甚至在这首诗的开头部分里，北方之所以重要，也只是因为此处有陶渊明在"古人书"里读到的"贤圣余迹"：

得知千载外，	To learn about an age beyond a thousand years,
正赖古人书。	We can only rely on books the ancients wrote.
贤圣留余迹，	The remaining traces of sages and worthies
事事在中都。	Are of each event around the central capitals.

到了诗的中间部分，诗人不再讨论羊松龄的使命、作为目的地的秦川腹地，以及与使命相关的征伐活动和雄心壮志，他反而将注意力从这些内容转移到与旧都相去甚远的商山，以及曾经隐栖在此的"四皓"上：

路若经商山，	If your journey should have you pass Mount Shang,
为我少踌躇。	There do linger a while for me.
多谢绮与角，	Send my great respects to Qi and Lu,
精爽今何如。	How do their spirits fare today, I wonder?
紫芝谁复采。	Who still picks the purple mushrooms?
深谷久应芜。	The deep valley must long be overgrown with weeds.
驷马无贳患，	Even with a coach-and-four, there is no escaping suffering,
贫贱有交娱。	But in poverty and low estate, one can meet with happiness.
清谣结心曲，	Their pure song is bound to the depths of my heart,
人乖运见疏。	Though their persons are distant, and fate's cycles kept us apart.
拥怀累代下，	I clutch my feelings within, so many generations later,
言尽意不舒。[87]	Though my words have all been said, my intent has not been expressed.

218

虽然诗人十分隐约含蓄，并未袒露自己的真实想法，但他还是在诗中表达了很多内容。羊长史此去是准备向刘裕传达左将军檀韶的恭贺之辞，诗人却请求他沿途向四位隐士的英灵致以自己的问候。[88]这首赠别诗非常奇特，它的主旨并不在于对北方的收复，也不在于对羊松龄的送别，反而在于对四皓遗风的继承——这四个人为了坚守原则、反抗他们所认为的腐败政权，放弃了为官的富裕优渥，选择了隐居的贫穷潦倒。相传，他们采集紫芝为食，作有《紫芝歌》，以表达他们的生活处境与志向原则。这首歌曲被皇甫谧记载于《高士传》，陶渊明在给羊松龄的诗里就引述和挪用了歌中的不少内容。[89]为了了解古圣先贤，陶渊明知道自己可以阅读他们留下的书籍，但他仍然意识到，自己和那些圣贤始终存在着时空的鸿沟（诗的第一句即"愚生三季后"）。尽管与四位隐士疏隔久远，陶渊明对他们的歌曲依旧了然于心；这好像是在宣称：与其说是自己读过他们的故事，不如说是因为自己与他们有着共同的生活体验，所以才会有着这样的亲近感。

将《赠羊长史》与《饮酒（其六）》两个文本相对照，可以从中发现，后者其实也隐含着对时事政治的评判。把这两首诗放在一起解读，我们会看到，在这两首诗中，陶渊明都把自己塑造成了一个与"四皓"一样的隐士：他们都坚持己志，刚正不阿，都在一个朝代的衰败之世选择了贫贱但高洁的隐逸生活。著名隐士留下的道德与文化权威，确定了陶渊明对谁是（避世隐居之"达士"）谁非（趋炎附势之"俗中愚"）的判断。陶渊明通过重述这四位隐士的故事，复苏了文化记忆，并在这一过程中将自己也写进了这一传统。还有一点也很重要：我们必须注意到，陶渊明在《饮酒（其六）》中，并没有从他所指涉的《庄子》内容中充分调动全部的意指作用（包括在别的作品中用以形成隐逸诗风的那些概念）。在这首诗中，"行止"的意思就只是不同的行为，"是非"的意思就只是彼此对立的道德判断。庄子关于区别的相对性以及相应的齐物之论，此时就成了一种思辨活动；当需要应用于实际时，其中的局限性就暴露出来了。这就像王羲之在《兰亭集序》中发现的那样，庄子关于"齐彭殇"的哲学思索，与自己面对"终期于尽"时的实际感受，实则是无法相称的。同王羲之一样，陶渊明很可能也认为，庄子所谓的"齐是非"是一种道德上的中立，然而，在动荡不安的时代里暴行横生，这种不做区分的道德中立是不可能成立的。陶渊明对庄子"齐是非"的反驳，实际上是在主张一种正确的选择；这与认识论的层面无关，而是基于经验论的理由去考虑的。他从始至终都在论证着自己的道德立场，以反对同时代人随波逐流、变化不定的品行标准。

小结

220　　陶渊明与《庄子》传统（包括居于主导地位的郭象注）之间的对话，揭示了他与经典文本之间深入、复杂、多变的关系。我们已经看到，陶渊明在调动每一处指涉时，其意蕴的范畴都会发生变化，并且从每一处指涉中汲取潜在含义的程度也会有所不同。陶渊明显然是要把《庄子》编织进他的作品之中，但并不是把整块"布料"都拿来运用。相反，他根据自己的目的，对材料进行了挑选和修剪。陶渊明对《庄子》传统进行了改造，这一工作的核心内容就是其诗歌中反复出现的一系列主题，如"真""独""自足""化"等。陶渊明随时都在准备讲述自己的故事，他以《庄子》中的"真人"为底本，将自己描述成一个自足、自然的存在——他忘却了生死的天壤之别，进入了"独"的境界，融入了"大化"之中，从而成为"道"之运作的一部分。陶渊明从《庄子》中找到了一个概念与联系的丰富宝库，以展开他对死亡与隐逸的论述，这也是他大部分作品里所体现的两个主题。在讨论陶渊明对这两个主题的主张时，我们必须考虑《庄子》这个关键的指涉文本及其注释，否则就无法全面地理解其中含义。

此外，对陶诗与《庄子》传统之互文性关系的考察，更揭示了诗人重新改写某些概念以讲述自己隐逸故事的过程。其中最为显著的概念就是"独"。"独"在《庄子》文本中代表着认知乃至得道的最高境界，在这种境界中，一切使人做出选择的因素与万物之间的种种差异，都被一一摒弃，对外部事物的依赖和参照从而不复存在。这种绝对自由的境界，就是得道的标志。郭象的注解，将这种独立于外物的状态，重铸为他的"自生独化"本体论哲学，认为"万物自生"，主张万物之本并非单一的终极本源（如"无"）。陶渊明则从这种复合而成的传统中提炼出了丰富的概念，如"自然"、"无待"于外物、"自足"等，他重新阐释了庄子"独"的思想，并将之描绘成一种与众不同的，根植于绝对独立之思想意志、价值判断与具体行动的隐逸实践。他以注释为中介，对前人文献进行引用，221
将数层意义合并为一个单一的文本事件。正是这种文本的交集，决定了我们如何理解显文本。

如果想要从陶渊明的诗歌中解读出它们最为全面的意指能力，就需要我们在各种指涉文献共同形成的思想星丛中游刃有余，尤其是《庄子》及其注释。陶渊明的文本，通过某种方式——引用或改编、夸大或缩减，维持了原先的出处，并参与到一个永远在形成的集体文化传承之中。一个传统，通过被反复不断地写作（与改写），得以存续下去；一场与前人的对话，通过这些互文式的回忆与修改，得以进行下去。

注释

1. 朱自清，《陶诗的深度》，567-568。
2. 叶梦得，《玉涧杂书》，4b。
3. 许学夷，《诗源辨体》，101。
4. 至少，针对自己所提出的任务，朱自清似乎很清楚其难度："固然所能找到的来历，即使切合，也还未必是作者有意引用。"朱自清此处设想了这样一种情况：一个作者会在研习的过程中饱读诗书，吸收大量文本，以至于在不知不觉之中就引用了前人。朱自清，《陶诗的深度》，568。
5. Borges and Ferrari, *Conversations*, 1：2.
6. Tian, *Tao Yuanming & Manuscript Culture*, 18，14（前一句可见中文版《尘几录：陶渊明与手抄本文化研究》，中华书局，2007；后一句中文版未录。——译者注）。
7. Swartz, *Reading Tao Yuanming*, 135.
8. 朱自清以古直《陶靖节诗笺定本》为例进行了统计，其中用《庄子》四十九次、《论语》三十七次、《列子》二十一次。见其《陶诗的深度》，568页。近年据李剑锋的统计，陶渊明诗文中至少有五十五处用《庄子》、二十四处用《老子》，共七十九处留有《老子》与《庄子》的明确印记。他还发现，陶渊明诗文中至少有三十三题共六十八处明显打上了《论语》的印记。见李剑锋，《陶渊明及其诗文渊源研究》，87，134。一些古代学者有不同看法，如沈德潜（1673~1769）称："陶公专用《论语》。"沈德潜，《古诗源》，9/204。
9. Lachmann, *Memory and Literature*, 249.
10. "立善"的字面意思是"以善立身"或"树立善行"。这句诗使人联想到《左传·襄公二十四年》中著名的"三不朽":立德、立功、立言。见《春秋左传注》,3:1088。

11. 《系辞传》以"天、地、人"为"三才"。见 *WBJJS*,2:572。

12. *TYMJJZ*,59-71.

13. 见陈寅恪,《陶渊明之思想与清谈之关系》。

14. 陈寅恪,《陶渊明之思想与清谈之关系》,2:205。

15. 朱光潜,《诗论》,240-241。被认为是陶渊明自传的《五柳先生传》,称五柳先生"好读书,不求甚解"。见 *TYMJJZ*,502。

16. 朱光潜,《诗论》,240-241。

17. 逯钦立,《〈形影神〉诗与东晋之佛道思想》,218-246。

18. 丁永忠,《陶诗佛音辨》,1-7。

19. 丁永忠,《陶诗佛音辨》,34-39。慧远的"顺化"之说见于其《沙门不敬王者论》的《在家第一》,是针对在家奉佛居士而言的;"履顺游性"之说见于慧远给司徒王谧(360~407)的回复,见慧皎,《高僧传·慧远传》,215。丁永忠对慧远之论的阐释是否合理,不在本文的讨论范围之内;不过值得注意的是,丁氏对慧远论述中的某些内容进行了重新表述,表明他的一些解释并没有明确的原文支持。例如,"待命顺动"在丁永忠的解读中意指"安于命运,待时而动",如此解读则可能与"化"的过程相合;但在慧远的文本中,"命"似乎是指欲出家之人在"变俗投簪"前所必须考虑的君亲之命。

20. 丁永忠,《陶诗佛音辨》,38。

21. 古人对陶渊明的解读就存在着这一问题,对这一点的讨论,见 Swartz, *Reading Tao Yuanming*,142-43。

22. 见罗秉恕对这一问题的讨论,他将之称为"*xuan*-inflected classicism"(玄化经学)。见 Ashmore, *Transport of Reading*,43。

23. "空无"一词见于陶渊明《归园田居》(其四)。见龚斌注,陶渊明,《陶渊明集校笺》,82。

24. 见《饮酒》(其二十),载 *TYMJJZ*,282。这两个词不见于《论语》,但在《老子》与《庄子》中却很重要;朱自清根据陶渊明对这两个词的运用(这一依据较弱),以及比较了陶诗用《庄子》与用其他资料的次数之后,认为陶渊明"主要思想实在还是道家"。见朱自清,《陶诗的深度》,569。

25. Ashmore, *Transport of Reading*, 104.

26. Ashmore, *Transport of Reading*, 104.

27. 朱自清，《陶诗的深度》，569。

28. 司马迁，《史记》，130. 3292。

29. 关于"石室留影"及与之相关的作品，汪悦进有一更为全面的讨论，见 Eugene Wang, "The Shadow Image in the Cave," 405–27。

30. *Taishō shinshū daizōkyō*（《大正新修大藏经》），52：197c。

31. 东方朔曾言："销忧者莫若酒。"见班固，《汉书·东方朔传》，65. 2852。

32. 在《有会而作》诗序中，陶渊明承认："今我不述，后生何闻哉！"*TYMJJZ*, 306。又：从他现存作品中可以看到，他喜爱饮酒这一点是无处不在的。

33. 《列子集释》，1. 25。

34. 《庄子》第二篇《齐物论》，*ZZJS*, 1：103。

35. 《庄子》第十九篇，*ZZJS*, 2：630。

36. 关于早期中古中国修仙者及其文化素材库的研究，见 Campany, *Making Transcendents*。

37. 《庄子》第二十三篇，*ZZJS*, 3：785。

38. 《庄子》第二十三篇，*ZZJS*, 3：790。

39. 见《庄子》第二篇，*ZZJS*, 1：81。其英译以陈荣捷译本为基础，见 Wing-Tsit Chan, *Source Book in Chinese Philosophy*, 329–30。

40. 《庄子》第六篇，*ZZJS*, 1：229。

41. 这与孙绰《游天台山赋》的最后一句"兀同体于自然"异曲同工。如第三章所论述的那样，这句话描述了悟道的最高境界。

42. 《庄子》第六篇，*ZZJS*, 1：275。

43. 《庄子》第六篇，*ZZJS*, 1：244。

44. 《庄子》第六篇，*ZZJS*, 1：244。

45. "松乔"指赤松子、王子乔，是传说中的仙人。

46. *TYMJJZ*, 125.

47. 嵇康，《答难养生论》，*XKJJZ*, 176。

48. 嵇康，《答难养生论》，*XKJJZ*, 184。

49. 向秀所引诗句出处为《诗经·烈祖》（302）（"亦有和羹""黄耇无疆"）及《诗经·七月》（154）（"为此春酒，以介眉寿"）。他还从《左传》和《礼记》关于"礼"的讨论中摘取多处语汇并将之整合成句，以证实他的观点。见其《难养生论》，载 *XKJJZ*, 163–164。

50. Tian, *Tao Yuanming & Manuscript Culture*, 137.

51. 《庄子》第六篇, *ZZJS*, 1：284。

52. Tian, *Tao Yuanming & Manuscript Culture*, 138.

53. 《庄子》第十二篇, *ZZJS*, 2：428。

54. 《庄子》第六篇, *ZZJS*, 1：242。

55. 《庄子》第六篇, *ZZJS*, 1：230-231。

56. 《庄子》第六篇, *ZZJS*, 1：231-232。

57. 《庄子》第六篇, *ZZJS*, 1：234。

58. *TYMJJZ*, 247.

59. 例见《庄子》第二篇《齐物论》, 这一篇全篇都体现着庄子的
语言观。

60. *ZZJS*, 3：944.

61. *TYMJJZ*, 502.

62. 《庄子》第六篇, *ZZJS*, 1：264；英译以葛瑞汉译本为基础, 见
Graham, *Chuang-Tzu*, 89。

63. 《庄子》第二十二篇, *ZZJS*, 3：765。

64. 《庄子》第二篇, *ZZJS*, 1：56。

65. 《庄子》第六篇, *ZZJS*, 1：272。

66. 《庄子》第六篇, *ZZJS*, 1：242。

67. *TYMJJZ*, 144.

68. *TYMJJZ*, 130.

69. 原句引自《诗经·生民》(245)。

70. *TYMJJZ*, 34.

71. 在陶渊明的时代, 已经出现了自挽之习, 且不一定是临终所作。
针对这一传统与陶渊明此诗之关系的简要讨论, 见袁行霈,
TYMJJZ, 421-422。

72. 关于早期中古时期隐逸之社交层面的进一步讨论, 可见 Swartz,
Reading Tao Yuanming, 23 - 26, 及 Berkowitz, *Patterns of
Disengagement*。

73. "俨"一名有着双关的含义, "俨"有"曲躬貌"之意, 而
"俨俨"又有"独行貌"之意。

74. 《庄子》第六篇, *ZZJS*, 1：252-253。

75. 《庄子》第六篇, *ZZJS*, 1：242。

76. *TYMJJZ*, 219. 这场火灾发生在 408 年。"灵府"一词见《庄子》
第五篇《德充符》, 郭象注："灵府者, 精神之宅也。"*ZZJS*,
1：213.

77. 《庄子》第二篇，*ZZJS*，1：56。

78. 出自《归去来兮辞》，*TYMJJZ*，460。

79. 出自《归园田居》（其一），*TYMJJZ*，76。

80. 原作"恶"，一作"愚"，亦通；此处改为"愚"。

81. *TYMJJZ*，250.

82. *ZZJS*，1：110-111.

83. *ZZJS*，1：107.

84. *ZZJS*，1：74.

85. *ZZJS*，1：44.

86. 在《高士传》中，皇甫谧将四人塑造成坚决不愿卷入政局的隐士。然而，《史记》和《汉书》却详细描述了商山四皓在汉初皇位之争中所扮演的角色：刘邦本欲贬太子刘盈另立戚夫人之子，张良帮助吕后，请四人出山辅佐太子，最终打消了刘邦的念头。张良请四皓的理由是，刘邦曾多次召请四人入朝但未能成功，如果他们能够响应太子，就可以向刘邦证明太子的贤能。见司马迁，《史记》，55.2044 - 2047；班固，《汉书》，40.2033-2036。关于四皓传说各种版本的讨论，见 Berkowitz，*Patterns of Disengagement*，64-80。

87. *TYMJJZ*，161-162.

88. 关于"左（将）军"的讨论，见袁行霈，*TYMJJZ*，163-164。

89. 关于陶诗对四皓此曲的挪用，详见 Ashmore，*Transport of Reading*，199-207。

第六章　解读山水，游于风景：
谢灵运诗赋中的《易经》

　　前面的章节以几个具有启发性的案例探讨了早期中古时期 222
的互文性，这些案例说明了主流的哲学文本，尤其是《老子》
与《庄子》，是通过怎样的方式被运用在诗歌之中，又是怎样
融入一个日益增长的、由文化意义和文本联系组成的网络之
中。"三玄"的另一部作品《易经》，在谢灵运具有开创意义
的山水诗里也起到了特殊的作用，本章将对此做一探讨。谢灵
运对《易经》文本的运用非常重要，但在谢灵运研究中，专
门集中于这一主题的成果并不多；[1]针对这一主题的仔细考察，
将有助于从概念与结构的角度揭示谢灵运表现模式的框架，也
有助于厘清他对眼中世界的安排方式。虽然谢诗引《易经》
的次数并没有引《庄子》和《诗经》多，但从这些引用中，
可以非常清楚地看到他的人生观，以及他解读山水风景的模
式。仅从数量上来看，他对《易经》的引用并不少：在谢氏
现存的 102 首诗中（以标题计 93 首），有 25 首至少一处或多
处出自《易经》，据笔者统计，这些指涉共计 42 处。他的不
朽巨著《山居赋》（作于 424~426 年），展现了他对这部经典
持久的兴趣；更重要的是，他以此为基础，在作品中表达和构
筑了自己的主要观点。谢灵运对《易经》的运用，大多只是借
用其中的词语（如用"肥遁"表示"退隐"）、经典短句（如 223

"君子道消"）与象征符号（如用"潜龙"表达君子韬光待时，用"丘园"表达退隐之意），与其说它们讲述了什么深意，不如说这些运用更像是出于方便，或者说是为了修饰而使用的。但是，也有一些更具有决定意义的引用，其中所体现的互文性关系，对准确理解其诗歌的结构原则与意指功能而言至关重要，这些内容值得我们密切关注。实际上，只有寥寥几首诗体现了谢灵运对《易经》最为充分的引用；虽然数量不多，但这些诗都创作于其山水诗风的形成阶段，并且都在其作品中享有代表作的地位。因此，这些诗歌尤其有助于我们理解谢灵运日后创作山水诗时所采取的组织形式。

在谢灵运的山水诗中，他经常使用《诗经》和《楚辞》中的词语来描述身边的山水风景；然而，当需要命名他所面临的特定情境时，他就会挪用《易经》中的术语。另外，他还从《诗经》中寻找恰当的句子，并通过《诗经》本身带有的诠释学传统来发表对政治时务的评论。谢灵运不会将这些具有应用意义的政治批评直接表述在作品中，而是聪明地通过互文性间接地传达出来。[2]与此类似，《楚辞》也是为其所用的一套完善的替代性语言。[3]相较之下，对《易经》的运用则有所不同，他不仅从《易经》中汲取了自然造化的知识，而且还会将《易经》的内容作为指示建议，直接嫁接到自身的境遇当中。在谢灵运看来，《易经》以文本的形式复制并呈现了天地万物；[4]所以，对于宏观宇宙中运作不息的各种过程而言，它是一部指南之书；对这部指南的研习，可以帮助使用者决定自己的行事动向。天地万物与人间社会的对应关系，以及《易经》在这两者间发挥的中介作用，被谢灵运复现为其山水诗的结构顺序，先是自然景观，再是《易经》引文，最后是诗人焕然

224

一新的进退抉择。因此，引用《易经》，实则是谢灵运早期山水诗结构中不可或缺的一环。一些批评者认为，从抒情层面而言，这些引文破坏了其诗歌情感的自然流露；然而，我们一旦理解了它们的作用，就会发现，这些引文不应当被贬作其创作风格上的缺陷；这种运用，还需要一种更为全面、综合的批评加以解释。

在这一章里，我们将以谢灵运的几首山水诗代表作为例，探讨他对《易经》的解释和挪用怎样塑造了这些诗歌。《易经》呈现了一种将天、自然与人类连接在一起，对世界做出安排的诠释体系；谢灵运的思路如出一辙，他通过对《易经》的引用来呈现他所看到的世界，并以此安排他的诗歌创作。而且，从《易经》诠释学的角度来看，我们也很容易理解，为什么多数谢诗的结构模式会受到读者的诟病：谢灵运常常在描写自然景物时附会一些哲理性的玄思，这种做法被批评家们贬斥为"玄言尾巴"；[5]但实际上，这种做法是符合《易经》之规定的，即"言"应当附之于"象"，以充分阐明"象"之"意"。把谢诗放在这样的背景中来看，其诗歌各部分的安排就可能会显得非常自然。本章还会探究谢灵运山水名篇《山居赋》的组织结构，对《易经》的引用在这篇赋文的创作过程中同样扮演了重要的角色。谢灵运在其早期山水作品中对这部经典的突出引用，从整体上说明了他的诗学理念。对谢灵运山水作品中指涉《易经》之处的讨论，向我们提出了一个更为根本的问题，那就是：在他表现山水的过程中，乃至在他体验山水的历程中，文本究竟起到了什么作用？我们就以这个问题为起点展开探索。

写实主义者还是文本主义者？

225 　　现代批评家对谢氏诗风一致的看法是，他是以"客观"和"写实"的方式，对自然景观进行了全面的观察。[6]这种解读有其传统根源，如王夫之（1619～1692）就称谢诗"把定一题一人一事一物，于其上求形模，求比似"。[7]这种观点还可以进一步地追溯到刘勰对当时文学趋势的著名评论，我们很容易就会据此联想到谢灵运：

> 自近代以来，文贵形似，窥情风景之上，钻貌草木之中。吟咏所发，志惟深远，体物为妙，功在密附。故巧言切状，如印之印泥，不加雕削，而曲写毫芥。故能瞻言而见貌，即字而知时也。[8]

刘勰的这段评价，阐明了逼真程度与艺术技巧二者之间的关系，他认为，衡量诗歌成功与否的标准，取决于诗歌形式对自 226 然形式的模仿程度。就好像印章能够印出准确的印记一样，精巧的语言能够通过直接的表达来复现自然景物的形貌，它不需要更多的雕琢，就能抓住所有最细微的细节。按照刘勰的说法，这种艺术技巧只是作者传达事物状貌的工具。"巧言"在他看来并不是诗歌创作工作取得的成果，而是一种本身就已经存在的事物，自然而然地就起到了描摹毫芥的作用。

　　南朝的另一位批评家钟嵘，明确称赞谢灵运能以各种富有艺术性的手法，生动地描述出自然景物的状貌，并在《诗品》中称谢灵运"尚巧似"。钟嵘对谢诗兼具形貌逼真性与技巧艺

术性的评价，实则反应了他本人关于自然表达与文本中介更为
宽泛而微妙的讨论。以下是《诗品》中谢灵运相关条目的关
键内容：

> 其源出于陈思，杂有景阳之体。故尚巧似，而逸荡过
> 之，颇以繁芜为累。嵘谓：若人学多才博，寓目辄书，内
> 无乏思，外无遗物，其繁富，宜哉。[9]

钟嵘的看法为我们提供了一个语境：谢灵运诗歌的"繁芜"
或"繁富"——这取决于人们如何看待它——正是他作诗方
法的合理结果。钟嵘的这番论证融入了两种不同的想法：他既
表达了对谢灵运博学与巧思的钦佩，也对谢灵运描写自然景物
的方式做了评价。特别是结合他对同时代诗歌的看法，就能看
出"寓目辄书"实则是一句非常高的评价：当时的诗歌创作
实践过度依赖对典籍与史料的指涉，钟嵘对这种现象深表忧
虑。[10]于是他转而提倡诗歌的直接性；他认为，诗歌应当摆脱
用事用典的干扰，以"直寻"为作诗的根本，这才是体现文
学自然性的做法。[11]在第二篇序中，钟嵘感叹当时的作品"句
无虚语，语无虚字，拘挛补衲，蠹文已甚，但自然英旨，罕值
其人"。[12]钟嵘还在之前的一段话里引用了谢灵运的"明月照积
雪"句，作为"古今胜语"的例子之一，认为这些诗句"多
非补假"，而是"皆由直寻"。[13]如果按照钟嵘的说法，谢灵运
无论看到什么景物都会立即直接抒写成诗，那么理所当然地，
他对山水的诗意观察就会"外无遗物"。从谢灵运对山川河湖
之特征的种种描写里可以看到，丰富的形容与全面的表达相辅
相成，诗文常常详尽到几乎像是在作赋一样。[14]

227

虽然钟嵘如此强调谢灵运描写手法的直接性，但他肯定会意识到，谢灵运作品中也有着大量对经典典籍、哲学思想以及古代诗歌的引用与指涉，钟嵘又是怎样协调这两者之间的关系呢？谢灵运同《诗品》中收录的大多数诗人一样，也在很大程度上借鉴了文本传统。但钟嵘却将谢灵运列为"上品"，使他成为晋朝之后唯一获得这一殊荣的诗人。钟嵘非常欣赏谢灵运在典故玄思之外对事物不加雕饰、平铺直叙的描写，这一观点与后世的许多读者是一样的。然而，我们还要考虑到一种可能性：钟嵘可能是想表达一种更加复杂细微的观点。他肯定了谢灵运的渊博学识，但所谓的博学，只有通过对其他文本的指涉才能体现出来。这说明，钟嵘认为，用典在一定条件下还是可以接受的。如果书本上的学问很好地得以内化，能够自然而然地，甚至非常出色地被表达出来，那么它们就能升华诗中真实自然的艺术美感；反之，就如同虚情假意之人在卖弄才学，"殆同书抄"。[15]

通过上述讨论，我们可以清楚地看到，谢灵运山水诗中的表达方式并不是单一的，当然也就不能被简单地归纳为客观写实主义（objective realism）。针对谢灵运山水诗中的文本典故，弗朗西斯·韦斯特布鲁克（Francis Westbrook）在一篇开创性的文章里如此认为："来自《诗经》和《楚辞》的虚幻意象拼凑在一起，与诗人眼前的实际风景融为一体。"[16] 在稍近的一篇论文里，宇文所安（Stephen Owen）也讨论了谢诗对前人文本的运用，他提醒读者，谢灵运曾两次在朝中担任掌管文籍等事的官职（第一次于413年，第二次于426年），并请读者们关注谢灵运作品中"书本知识与书外体验之关系"这一问题。[17] 他更进一步将谢灵运概括为一个"坚定的文本主义者"，认为他是"从文本知识的角度"来解读大自然。尽管谢灵运并不是在所有的景物描写中都借用了前人文本，或者说大部分作品并非如此，但在他的山水诗中，他本人却总是体现为一个高度文学化的观察者，因为他对自然的表述总是存在着文学层面的协商过程。因此对我们来说，更重要的问题是：前人文本的影响，与赏景的亲身体验之间，如何才能达到一种相对的平衡？如果站在当代话语的角度来重新构建这个问题，如莫里斯·梅洛-庞蒂（Maurice Merleau-Ponty）所力证的那样，体验从根本上而言是"具身的"（embodied）①，因此无法还原为语言或表达，那么可以这样问：谢灵运在物理景观中移动时所持有的"具身"视角，与他对该景观的文本化解读之间，又是如何做到彼此匹配的呢？[18]这个文本知识、经验观察和具身体验之间的认识论问题，正是谢灵运本人在其作品所中提出的。我们将在本章的最后一节里，再次回顾谢灵运怎样在其文本中展现了这些问题，又是怎样建立起了从自然世界到书籍之间（或者反过来）的联系。

通过《易经》绘风景

对《易经》的引用在《登永嘉绿嶂山》一诗中有着举足轻重的地位。这首诗作于谢灵运出任永嘉（位于今浙江）太守的 422 年至 423 年。在当时，刘裕次子、庐陵王刘义真（407~424）争夺皇位失败，谢灵运卷入其中，被流放至此。

---

① 这里根据现象学中文译法译为"具身的"，或译为"涉身的"，后文根据语境会略做调整。

后来，刘义真和他的哥哥少帝刘义符（422～424 年在位）在424 年被权臣徐羡之（364～426）派人诛杀。谢灵运在贬居永嘉的这段时间，展现了惊人的创作才华，发展出自己的艺术倾向与创作手法，其标志性的山水诗风逐渐形成，这首诗即为这一时期的代表之作。谢灵运的风格有着诸多特点，比如，对山与水的描述总是反复成对出现，对自然景物有着精准的观察；而且，诗中还会表达出对探险永不满足的渴望，以及对欲访之地的穷尽之意。对我们当下的主题而言，最关键的特点在于，他总能在诗中以引经据典的方式做出恰当的总结，并为先前所描述的风景加上一段发散性的玄思。

登永嘉绿嶂山

裹粮杖轻策，	I packed some provisions and grabbed a light staff;
怀迟上幽室。	Following the winding path, I climbed to my hidden abode.
行源径转远，	As I walked toward the river's source, the path winds further away,
距陆情未毕。	Upon reaching the peak, my feelings were not yet exhausted.
澹潋结寒姿，	Plashing waters take on a frigid appearance;
团栾润霜质。	Clustered bamboos are nourished by a frosty essence.
涧委水屡迷，	The stream wound about, its water often lost from view;

230

林迥岩逾密。	The forest stretched far, crags ever more dense.
眷西谓初月，	I looked westward, taking it to be the rising moon,
顾东疑落日。	And gazed eastward, thinking it might be the setting sun.
践夕奄昏曙，	I walked until evening, having stayed from dawn to dusk,
蔽翳皆周悉。	Even the most secluded spots have been thoroughly explored.
蛊上贵不事，	"Harm" at the top: one values not serving;
履二美贞吉。	"Treading" in second place: one extols good fortune.
幽人常坦步，	A recluse always walks a level path,
高尚邈难匹。	With lofty aims, so remote, that are hard to match.
颐阿竟何端，[19]	A yes and a no—how far apart are they?
寂寂寄抱一。	In quietude, I entrust myself to embracing the one unity.
恬知既已交，	As tranquility and knowledge conjoin,
缮性自此出。[20]	The mending of one's nature emerges from here.

现代学者一般将谢灵运山水诗的结构划分为三个或四个不　231

同的部分：旅途叙事，描写景物，或许有情绪的浮动，最后是谈玄说理。[21] 虽然这些学者都承认谢灵运的一些诗中有引用《易经》的现象，但他们并没有将这些引文作为诗歌结构中至关重要的组成部分来对待。[22] 在笔者看来，这些引文常常意味着诗歌在文势或叙事上即将出现重大的转折。比如第十三句"蛊上贵不事"，暗指"蛊"卦上九："不事王侯，高尚其事。"[23] 而第十四句"履二美贞吉"，则取自"履"卦九二："履道坦坦，幽人贞吉。"[24] 这几句出自《易经》的爻辞合在一起，宣告了一个崭新的人生方向：坎坷的朝廷仕途已经过去，取而代之的是平坦的隐逸遁世之道——这里既指玄理之"道"，也指免于艰难困阻的现实之道。结合诗人的生平来看，这两句诗暗示着，诗人在继位政争之后离开京畿，过着平静的流放生活，获得了全身而退、免于伤害之大幸。这几句诗也可以结合个中寓意解读为一种政治批评：新临位的少帝昏庸无道，政权不稳，加上背后以徐羡之为首的拥立集团，他们代表了有害的"王侯之事"；而诗人看似遭到流放，实则是选择了一条不以做官为贵的"坦步"之道，正是"贞吉"之"幽人"。

如果我们考虑到《易经》引文在结构上的作用，就会发现，这首诗并不是由四个部分组成，而是一个五段式的架构。第一句到第四句详述了登山的过程：从准备到攀登，最终到达山顶。第五句到第八句描述了山顶上的冬日景致。第九句到第十二句体现了一种迷茫晦暗的感受，这可能是诗人深入山林探险的体验。第十三句到第十六句以一种交错呼应的形式，呈现了两处对易经的引用及相应的解释：第十六句（"高尚"）是对第十三句（"不事"）的阐发，而第十五句（"坦步"）解释了第十四句的占问结果（"贞吉"）。最后的第十七句到第

232

二十句，则用充满老庄蕴意的词语描述了诗人新的行动意向："抱一"是《老子》反复出现的理念，象征着人与"道"的融合无离；[25]而"缮性"则指《庄子》第十六篇的题目，这一篇认为，若要涵养原初本性，应当"知与恬交相养"，而不是向外追求"俗学"。[26]诗人在流放期间还面对着长期的病痛与失意，他之所以在这里借用《庄子》的名言，显然是在《庄子》自我保全、清静无欲的价值观里找到了慰藉与指导，这在他的作品中屡见不鲜。[27]值得注意的是，他虽然挪用《庄子》，但未必是要以《庄子》为载体，参与到更为广泛的思想争论之中；这一点不同于第四章王谢之间的"齐彭殇"之争，以及第五章陶渊明所思考的"言意之辨"。第十七句源自《老子》的第二十章，原文以道家特有的方式，模糊了称赞与批评、夸耀与责难的界限："唯之与阿，相去几何？美之与恶，相去何若？"[28]确实，如果能够打破固有之对立，等齐阶层之价值，在这样的视角下，人们就不会意识到入朝与流放、成功与失败的区别。这首诗的结尾表明，诗人意在与自己新的命运和解，并寻求一种根植于内在价值的、精神层面的超越。

233

　　而这种全新的动向，正源于对《易经》内容的细读。《易经》引文起到了一种联结枢纽的作用：全诗的前三部分描述诗人对自然景观的观察和接触，最后一部分转而阐明精神层面的变化。构成第四部分的两处引文还点明了另一种变化：第三部分的四句诗描绘了一种晦涩不明的氛围，而到了第五部分，这种氛围变成了一种豁然开朗的状态。最关键的是，对《易经》的引用还标志着行文叙事上发生的重大转变：诗中描绘的景致，从外在转向内在，这意味着，诗人感知到了自然世界与自身境遇之间的意指关系，或者更宽泛地说，他感受到的是天地万物与人间事务之间的对应关系。

对《易经》的用典，在《于南山往北山经湖中瞻眺》一诗中同样象征着重大的变化过程；但在这首诗中，指涉的作用并不在于转向内在以引发哲学层面的自省，而是为了引出诗人对山水风景的新感受。当然，这首诗的结尾处也有诗人特有的哲理思考，但说理部分出场得太晚，诗人在大自然中的行为与《易经》义理之间的对应关系，反而成了诗的中心内容。

于南山往北山经湖中瞻眺

朝旦发阳崖，	At daybreak I set out from the sunny cliffs;
景落憩阴峰。	At sunset I rest on the shady peaks.
舍舟眺回渚，	Leaving my boat behind, I gaze at the distant isles,
停策倚茂松。	Planting my staff, I lean against a luxuriant pine.
侧径既窈窕，	The side paths are dark and secluded,
环洲亦玲珑。	While the round island gleams bright.
俛视乔木杪，	Looking down, I espy the tips of towering trees;
仰聆大壑灇。	Looking up, I hear the roar of the grand ravines.
石横水分流，	The rocks are arrayed horizontally, dividing the water's flow;
林密蹊绝踪。	The woods are dense, obliterating the traces of paths.

234

解作竟何感，	Releasing and creating: to what do they give rise?
升长皆丰容。	Climbing and growing: richly manifested everywhere.
初篁苞绿箨，	Early bamboo shoots, enwrapped by green sheaths;
新蒲含紫茸。	New rushes, enfolded in purple buds.
海鸥戏春岸，	Seagulls sport on the vernal shores,
天鸡弄和风。	While golden pheasants play with the gentle wind.
抚化心无厌，	Embracing change, my heart never tires—
览物眷弥重。	Observing these things, I cherish them even more.
不惜去人远，	I do not regret that I am far from other men,
但恨莫与同。	I only lament that there is none to join me.
孤游非情叹，	Wandering alone, I sigh not out of personal sentiment,
赏废理谁通。[29]	Rather because, if appreciation is lost, who else will understand these principles?

这首诗记述了诗人在始宁的一段行旅，他从新居所在地南山出发，一路前往祖居所在地北山。[30]这一日游虽然简单，却

235

激发了诗人对自然造物与生命本身非凡的洞察与领悟。在诗歌的中间部分，谢灵运引用了两处来自《易经》的概念，即"解""升"二卦，不仅强化了他对自然风光的敏锐观察，而且也重新奠定了诗歌的发展走向。第十一句和第十二句的这两处用典意指宇宙运作的方式：从字义上来看，这说的是天气现象所呈现的"天道"，与大地生生不息的过程——"地道"产生了感应。[31]第十一句问道，雷雨大作这样的自然过程，最终与什么有所感应呢？接下来几行对春日万物生长活动的描述，不仅回答了这一问题，也体现了诗人对《易经》这一义理的把握。

第十三句至第十六句对春日风光的描绘手法说明，谢灵运真正地融入了大自然之中：诗的前半部分是环顾一切、漫游式的远观，而到了这一部分，就变成了一种细致入微、沉浸式的近察。诗人巧妙地使用了一系列动词，捕捉了景物的状貌和精神，使得诗句充满盎然的生机。借助精心挑选、成对出现的动词，诗人得到了想要达到的效果："苞"与"含"，体现了对新生命精心纤巧的呵护；"戏"和"弄"，则使鸟儿飞动时充满了自发奔放的活力。在诗人的笔下，海鸥随着潮汐拍岸觅食、天鸡凭着和风振翅飞翔，场景不再机械呆板，变得富有生趣。

随着《易经》之典的引入，这首诗在视角和风格上都发生了更大的转变。我们注意到，用典之前是广阔的山水意象，之后则是对动植物细致入微的观察，二者之间形成鲜明的对比。转折之前的前十句，所写之景皆是看不出季节影响的高山与流水；转折之后，才随着引文内容，巧妙地点出了绿色的春竹与紫色的新蒲。而且，这些对《易经》的指涉还标志着诗中的对偶句，从对比式的风格，如"朝旦"与"景落"、"侧径"与"环洲"、"俛视乔木"与"仰聆大壑"等，转向了互补式的风格，如"绿篠"与"紫茸"、"春岸"与"和风"等。[32]这种从对立到互补的变化，隐喻着大自然与诗人之间的关系愈发亲密；对《易经》的引用（第十一、十二句），此时便起到了中介作用，恰当而充分地揭示了这种天人关系。这两句不仅标志着亲密关系的开端，而且也预示着，诗人最终深刻地领悟了造化之理（第十七、十八句），并与之达到了合一的境界。这样的安排表明，《易经》既是使诗人与自然彼此唱和的催化剂，也是使其作品圆满终结的尾音。

诗人与大自然的交往，在诗的最后四句得到了进一步的阐述。这几句诗的所指和内涵并不明确，多数学者从李善说，认为第十九句中的"去人"指的是古人，但也有学者认为这可能是表达诗人与城市相隔之意。[33]关于"赏"字，有学者理解为"玩赏"，也有学者认为是对知己"赏心"（"以心相赏"）之意。[34]顾绍柏认为，此处"以心相赏"的朋友指当时被杀的庐陵王刘义真，诗人感叹与其交游已经不复可能，故云"赏废"。[35]在笔者看来，这里的"去人"理解为"远离人境"较好，因为第二十一句中出现了"孤游"一词，从逻辑上来看，诗中的表现更像是离群索居（当下现状），而不是与已逝前人的永隔（永久性的情境）。诗人似乎并不在意与人世的隔绝，而是遗憾没有一个志同道合的知己（庐陵王或其他朋友），可和他一起探究大自然的奥秘。然而，在诗人看来，为《易经》等文本所记载、为大自然所体现的这种造化之理，可能无法为人所赏（这里有"不被欣赏"和"无人知晓"两层含义），这是一种更甚于个人之情的担忧。在这首诗中，诗人不仅游赏

237

了自然，而且还将探究自然造化之理作为自己的任务。对谢灵运而言，大自然既是物质享乐的源泉，也是"道"的具体呈现。

在另一首山水诗中，诗人也明确阐述了自然山水与悟道之间的直接关联，这首诗的模式，同样是描写自然风景、喟叹缺少（或失去）志同道合之友，并将对自然的深察与对"道"的体悟合为一体。从流放地永嘉回到始宁庄园之后，谢灵运写下了《从斤竹涧越岭溪行》。诗的前半部分，皆是以谢灵运特有风格描述的山水风景：黎明的猿鸣（声）与幽暗的山谷（景）相伴，崖下的云朵（高处）与花上的露珠（低处）并现，沿河的弯路（水）通向陡峭的山脉（山），幽深水面的浮萍与清浅滩涂的菰蒲形成对比。[36]诗人游于其中，汲饮清泉，采摘枝叶，感叹知己不在身边："情用赏为美，事昧竟谁辨？"这句诗的下一句，也是最末一句，则体现了诗人在消除外物烦恼之后的开悟，这也是深刻观察自然的直接所得："观此遗物虑，一悟得所遣。"诗中的"一悟"，暗合了同时代人竺道生（355~434）所提出的佛家"顿悟"之说，谢灵运的名篇《辨宗论》对此亦有讨论。以"遣"达到证悟的境界，这种理念在玄学思想中非常重要。郭象在其对《齐物论》的注释中，就讨论了这种"无心"之妙："既遣是非，又遣其遣，遣之又遣之，以至于无遣，然后无遣无不遣，而是非自去矣。"[37]佛教理论在谢灵运山水诗中所扮演的角色，并不属于本章所要讨论的范畴；虽然如此，但我们必须认识到，这句诗，以及其他很多强调了"理"（佛教机理或《易经》义理）的诗文，都说明谢灵运的"悟"有着多元而混杂的思想来源。如前文已经讨论过的那样，这一点正是早期中古文学与文学文化所普遍具有的互文性特征。[38]

在下面的例子中，《易经》引文在结构上的作用，就不仅仅是叙事即将发生重大转变的标志，而是要更加复杂。422 年秋，谢灵运在前往永嘉的旅途中，创作了《富春渚》一诗。在这首诗中，对山川风景的描写与诗人进退之间的自省结合起来，形成了谢灵运永嘉时期的诗歌风格。

富春渚

宵济渔浦潭，	At night we sailed across the Yupu Deep;
旦及富春郭。	By dawn we arrived at edge of Fuchun town.
定山缅云雾，	Mount Ding stands far off in clouds and mists,
赤亭无淹薄。	While Crimson Pavilion offered no anchorage.
溯流触惊急，	Going upstream we went against the violent current,
临圻阻参错。	Approaching the shore, we were hindered by rocky shallows.
亮乏伯昏分，	Indeed I lacked the determination of Bohun,
险过吕梁壑。	The dangers here surpassing those of Lüliang Gorge.
洊至宜便习，	This flowing water teaches one to face danger;

239

兼山贵止托。	These linked mountains show the value of keeping still.
平生协幽期，	All my life I longed to live in reclusion,
沦踬困微弱。	But fallen I was, entrapped by my own weakness.
久露干禄请，	Long had I revealed myself through an official career;
始果远游诺。	At last I am able to fulfill my plans for distant journeys.
宿心渐申写，	As my constant wish is realized,
万事俱零落。	The myriad things in this world all wither away.
怀抱既昭旷，	My heart grows bright and expansive—
外物徒龙蠖。[39]	External things are to me merely a dragon, an inchworm.

该诗以中间部分对《易经》的两处引用为界，从主题和基调层面划分为前后两个部分。诗人首先从地理环境入手，着重描写地势的险峻。他化用了《庄子》中的两个故事，一是将富春江比作"鼋鼍鱼鳖之所不能游"的吕梁之水展现溯溪之险急，二是坦言自己没有伯昏无人那样的勇气，能够在百仞之渊上"背逡巡，足二分垂在外"。[40]接下来对《易经》的引用，为后文诗人心境上的变化做了铺垫。诗的第九句引用《象传》对第二十九卦"坎"的解释："水洊至，习坎"。[41]第十句则引用第五十二卦"艮"的解释："兼山，艮"。[42]诗的后半部分与前半部分形成鲜明的对比，不再对外在景观进行描

述，而是侧重于诗人内心的转变；也是因为产生了这样的变化，诗人能够在险境中继续他的旅程。

对这两处《易经》典故的选择，及其各自位置的安排，彰显了诗人对该诗结构的严密组织。这两处用典在中间部分成对出现，不仅交替着指代山与水，还呼应着全诗的主题和形式结构。第一句至第八句描绘的皆是岸石嶙峋、水势汹涌的惊人绝景，到了第九句，则以"习坎"来总结前面的意象，此卦主题正是面对险阻。第十一句到第十八句，转而强调对自己人生定位的衡量和据守，正是第十句所用"艮"之主题，即"休止"，这也奠定了后半部分平稳和缓的基调。

清代批评家吴淇对谢诗用《易经》有一独到的观察。针对诗人将两种卦象之主题融入诗歌结构的这种做法，吴淇评论道：

> 人知灵运用《易》语篹诗词，不知灵运用《易》义立诗格。如此诗借"未济"，富春以前，喻冒险而行，须重"坎"之义，曰"洊至宜便习"，截住前半；"既济"，富春以后，喻于止知止，又须重"艮"之义，曰"兼山贵止托"，截住后半。……此最善于易者。[43]

吴淇仔细区分了两种用法：一种是将《易经》的语言化入诗中；一种是将特定卦象之含义应用于实际情境，从而将卦象与诗歌结构相融合。在这首诗里，谢灵运就非常巧妙地运用了同一卦象的不同层面——既有该卦本身的形象，也有该卦整体所要表达的主题。这种对《易经》内容的透彻运用，还鼓励着读者不断深化自己的解释。例如，结合"坎"（☵）、"艮"

（☰）二卦的构造，我们或许可以这么解读："坎"卦中间为一阳爻，表示诗人正在渡河而行，而到了"艮"卦，阳爻居于顶端，暗示诗人渡河完毕，到达了一个位于顶端的休止之处，根据该卦与"山"的联系，此处是否也意指"山顶"呢？全诗的中心事件，是诗人冒险溯溪，最终抵达一个沉思自省的停靠点；而诗的中间这一联，结合卦辞来分析，即是通过"坎""艮"二卦的主题与结构，将前述整个事件浓缩其中。显然，这一联可以看作是一幅展现了"考验与解决"之情节的缩略图。

针对本诗所描述的这种"考验与解决"场景，我们对它的解释不能只局限于文字表面。前半部分所描述的险境，还可以象征性地解读为在朝为官所面临的危险。[44] 谢灵运所引用两个卦象，不仅创造了乘舟渡河、历经艰险，继而止于山顶、转危为安的意象，而且也隐喻了官场的险恶和退隐的好处。谢灵运以《易经》为中介，对这片带有意指色彩的景观进行了思考，并得出了具有实际意义的道理——不久之前，他卷入了京畿继位斗争的旋涡；而现在，他终于领悟到化险为夷、退以自保的智慧。[45]

最后一句"外物徒龙蠖"，更强调了诗人远离尘世纷争的决心，这句话暗指《系辞传》中的"尺蠖之屈，以求信也；龙蛇之蛰，以存身也"句。[46] 所谓的"龙蠖"，对于受利益驱使、追求目标的人而言，有着蛰伏待动的蕴意，然而，决心退出政治舞台的诗人对这种追求不再有什么兴趣；更何况，对彻悟之人而言，身外之物对自己不会产生任何影响。[47]

在谢灵运的另一些作品中，诗人对自己的退隐之道时有怀疑。最广为人知的《登池上楼》一诗，就借用"乾"卦中的

"潜龙"与"渐"卦中的"鸿雁"这两个意象，讨论诗人进退之间的疑虑。

登池上楼

潜虬媚幽姿，	A submerged dragon entices with mysterious charms;
飞鸿响远音。	The flying goose echoes its far-off cries.
薄霄愧云浮，	Reaching toward the sky, I am humbled by the floater in the clouds;
栖川怍渊沉。	Resting by the river, I am shamed by the dweller in the depths.
进德智所拙，	My stupidity made me unfit to advance in virtue;
退耕力不任。	My weakness made me unable to retire to the plow.
徇禄及穷海，[48]	In pursuing a salary, I came to this ocean frontier—
卧疴对空林。	Now ill, I lie facing the empty forest.
衾枕昧节候，	With quilt and pillow, I had been blind to the season's signs,
褰开暂窥临。	Now I raise my curtain, and peer out for a while.
倾耳聆波澜，	I tilt my ears to listen to the billowing waves,
举目眺岖嵚。	And lift my eyes to gaze at the steep mountains.

243

初景革绪风，　　Early spring transforms the lingering
　　　　　　　　　　winds；

新阳改故阴。　　New sunlight transfigures the shadows
　　　　　　　　　　of old.

池塘生春草，　　The pond's banks grow spring grasses；

园柳变鸣禽。　　Garden willows have changed the
　　　　　　　　　　singing birds.

祁祁伤豳歌，　　So dense! I am grieved by the song
　　　　　　　　　　of Bin；

萋萋感楚吟。　　So luxuriant! I am stirred by the tune
　　　　　　　　　　of Chu.

索居易永久，　　In living apart，one easily feels the
　　　　　　　　　　length of time；

离群难处心。　　Away from the crowd，it is hard to settle
　　　　　　　　　　the mind.

持操岂独古，　　It is not only the ancients who could
　　　　　　　　　　hold onto principle：

无闷征在今。[49]　There is proof today that one can be
　　　　　　　　　　without melancholy.

　　这首诗蕴含了两种不同的风景：第一句到第六句是象征性的景观，第十一句到第十六句则是眼下感知的景观。在诗的前半部分，诗人反思了为宦与退隐二者之间的关系，但明显没有找到解决方案。这段自我省思，很快就被诗人对早春景象的外在观察取代。诗人与大自然的接触，又引发了新的思考，从而得到了另一种解答。第十七句到第二十句透露了诗人被流放于

朝廷之外的不安。"豳歌"［《诗经·豳风·七月》（154）］
表达了女子思慕良人、欲嫁同归之志，诗人触动于此，同样希
冀避祸归乡；"楚吟"意在招致山谷潜隐之士，使诗人愈发伤
感。[50]虽然诗人承认"离群难处心"，但他最终还是选择"持
操"，坚持操守而退隐世外。

　　这首诗有三处与《易经》相关的典故，它们提出并回答
了关乎进退的两难之问。首联的两处典故筑起了全诗前六句的
结构；并与最后一句的第三处典故一起，形成了全诗的整体架
构。诗的首句取自"乾"卦初九爻"潜龙，勿用"。[51]人们通常
将这句话理解为君子尚未显露才德。第二句可以联系到"渐"
卦，该卦以六爻爻辞勾勒出鸿雁从水崖到陆地、再到高山的渐
进过程，与君子的循序渐进之道相呼应。这两句并举了退隐与
为官的情形，奠定了接下来四句的二元对立模式。第三句和第
五句，诗人指涉鸿雁，对照自己朝廷生活的失败；第四句和第
六句，又回到潜龙的意象，坦诚自己在退耕之际也不甚得意。
这两处用典与全诗前六句彼此呼应，三联得以形成了一个微观
结构：第一联的两句是意象，第二联是与意象相关的蕴意，第
三联则是意象在诗人自身处境中的相应情形。

　　第一联还与全诗最后一句相互配合，首尾用典形成了一个
闭环结构。根据《文言传》的解释，二者之间存在着这样的
呼应："初九曰：'潜龙勿用。'何谓也？子曰：'龙德而隐者
也。不易乎世，不成乎名；遁世无闷，不见是而无闷。'"[52]诗
人将自己的困境比作潜龙不为世所容之际的"德而隐"，这既
是一种最终的安慰，也是对自己退隐决心的肯定——哪怕只是
暂时的。从第一句到第六句，关于进退的思考依次呈现，营造
了一种完美的、贯穿全诗的平衡感：第十一句至第十六句是退

244

隐遁世时对春景的观览，第十七句至第二十句是灰心丧志时对处境的哀叹；而最后一句，通过对第一句的再次强调，打破了这种平衡，并点明了诗人最终的退意。

245　　这首诗表明，诗人的内心产生了多次激烈的拉锯：他既直接承认自己无论进退都非常失败，也坦然陈述流放生活带来的乏味和不安。他意识到，自己既不像一个如"潜龙"般韬光养晦的君子，也不似一个如"鸿雁"般循序渐进的能士。[53]有人指责谢灵运的诗歌"缺少真诚"。[54]他被认为与陶渊明截然相反，不像陶渊明那样，从最初的接受起，人格与诗文就因"真"而备受推崇。笔者认为，谢灵运的诗歌，是通过进退之间的对立情境，将自己的不安与自身处境中的内在矛盾暴露了出来；陶渊明的诗歌反而要更"隐蔽"——陶渊明并没有告诉读者自己所"希望"的状态，而是反复不断地在诗里强调自己已经自足于当下的选择。谢灵运对其山水诗的精心组织，
246　　不仅使得读者能够跟随诗人的身体在不同时空里移动变换，而且还让读者感受到他那一波三折、反复纠结的精神风景。

借助《易经》筑《山居》

与前述案例相比，谢灵运在其不朽鸿篇《山居赋》中对《易经》引文的运用程度要更为深入。他运用这部经典中的各种主题，组织了赋里的一系列论证。这篇作品的序文尤其值得我们注意①，因为序文里也非常集中地出现了对《易经》的

---

①　作者参考了弗朗西斯·韦斯特布鲁克英译《山居赋》（"Landscape Description"）的分段（包括后文中的"小节"也是由此而出），与中文通行版本略有不同。

指涉。谢灵运通过三处对《易经》的引用，引出了整篇赋文的一些主要线索。

序文开篇如下：

> 古巢居穴处曰岩栖，栋宇居山曰山居，在林野曰丘园，在郊郭曰城傍。[55]

谢灵运一开始就援引《易经》为自己选择山居的行为增添说服力。《系辞传》里提到，这是取象于第三十四卦"大壮"：

> 上古穴居而野处，后世圣人易之以宫室，上栋下宇，以待风雨，盖取诸大壮。[56]

谢灵运从《易经》中引出筑屋这一主题，巧妙地预先解答了赋文展开后难免会遇到的问题。当我们看到"生何待于多资，理取足于满腹"一句时，自然会产生这样的疑问：一个自称无欲无求的隐士，为什么要开发山中庄园呢？但谢灵运序文中所提到的这处《易经》内容已经说明，在圣人的指导下，人类的居所有一个必然的演变过程。他似乎是在暗示，同样的道理，从古至今，隐士的居所也已经发生了变化：隐士不必在岩洞峭壁处栖居，而是可以住在山居、丘园，乃至郊郭城傍之中。

在序文中，谢灵运以另一种形式参与了关于隐逸实践的讨论。言及"心""事"之二分时，他提到了魏晋以来模糊"仕""隐"之界限的风尚。四世纪时人王康琚将这种倾向恰如其分地描述为"小隐隐陵薮，大隐隐朝市"。[57]这种说法显然

247

与汉人东方朔的"朝隐"思想相呼应，对此东方朔有一段著名的自我辩解："宫殿中可以避世全身，何必深山之中，蒿庐之下？"[58]后来的陶渊明也一再强调，相较外部环境，隐逸的关键更在于心境。陶渊明本人，就将自己描述成一个参与乡土生活之方方面面的隐士：

结庐在人境，	I built my hut in the midst of men,
而无车马喧。	Yet hear no clamor of horse and carriage.
问君何能尔？	You ask how it can be done?
心远地自偏。[59]	With the mind detached, place becomes remote.

248　　　谢灵运当然不会否认心境的重要性。他在序文里解释道："言心也，黄屋实不殊于汾阳；即事也，山居良有异乎市廛。"有了良好的心境，无论是在朝廷之上积极为官（黄屋为宫廷所用黄缯车盖，指在朝为官），还是在汾水之阳归隐避世（《庄子·逍遥游》称尧于姑射之山、汾水之阳拜访四位隐士，却在那里怅然忘却了自己的天下），二者之间并没有实质性的区别。[60]然而，谢灵运却将心境从这个直接的等式中抽离，以"即事良有异"改变了这番话语：可见对谢灵运来说，真正定义了其隐逸生活的根据，以及居于山中而非他处的原因，都在于现象——具体而言，特指其山居中的所有现象，这是与别处相异的。的确，在《山居赋》中，他就特意用近万字的篇幅描绘了整个山庄的地形地貌，并将庄园中的众多动植物一一分门别类。[61]

谢灵运的山庄不仅壮观宏大（尤以"琁堂"为代表），而且他并未对其进行简化，反而有所扩建和修饰。所以，他对山居的一些论证需要他合理地解释这个问题。他通过两处对《易经》的指涉，将第一小节的筑居主题过渡至第二小节的修饰主题："若夫巢穴以风露贻患，则'大壮'以栋宇祛弊；宫室以瑶琁致美，则白贲以丘园殊世。"[62]谢灵运在注释中解释道："琁堂自是素，故曰白贲最是上爻也。"这段行文及其注释，源自第二十二卦"贲"的两段爻辞：

> 六五：贲于丘园，束帛戋戋，吝，终吉。[①]
> 上九：白贲，无咎。[63]

249

谢灵运自己的注释告诉我们，玉石修饰的琁堂自身实则简约朴素，他从中看到了一种从朴素到修饰的发展过程。谢灵运肯定知道王弼对贲卦上九爻的注解："处饰之终，饰终反素。……以白为饰，而无患忧，得志者也。"[64]这段话是在说，朴素本真是文饰浮华的必然归宿。在《易经》的诠释学世界里，朴素与文饰被理解为运作于同一个连续过程的双方：一方的损耗必然伴随着另一方的积累。对谢灵运的目的而言，王弼所提出的"以白为饰"概念最为关键，因为这句诠释，谢灵运得以巧妙地将白色的琁堂表现为"白贲"这一概念的具体化实例。

这座建筑的另一特点是"以丘园殊世"，而"丘园"的意象又常与高远的隐逸之风联系在一起，这样的表达就削弱了被

---

① 作者在英译中将"戋戋"理解为堆积之貌，故有"增添"之意。

解释为刻意卖弄的可能性。正如"大壮"卦喻示要以"栋宇"祛除风露之患，"贲"卦亦以"白贲"的蕴意，提出了除修建雕梁画栋之外的另一种方案，即将之塑造为与"丘园"相关的朴素厅堂。这座被具体化为琁堂的"白贲"，虽然实际位于山间，但在文本中却写为"丘园"，这说明，谢灵运试图以这种说法体现一种理想中的平衡：这处居所一方面避免了"穴居野处"的极端情境，另一方面也远离了市井尘嚣；它既不是富丽堂皇之地，但也绝非荒芜贫寒之所。虽然谢灵运随后在第二小节的注释中承认"岩壑道深于丘园"，但他还是在正文中保留了这段与"丘园"相关的、积极的文本联系，毕竟这种说法推进了他的论证。

250　　　谢灵运之所以探究"白贲"这一主题，不仅仅是为了论证筑造白色琁堂的合理性，还在于铺垫他对山川而非园林的拥护之情。在第三小节中，他列举了楚国云梦、齐国青丘等御用狩猎园林，旋即写道："虽千乘之珍苑，孰嘉遁之所游？且山川之未备，亦何议于兼求？"谢灵运在自注里解释说："且山川亦不能兼茂，随地势所遇耳。"在谢灵运看来，园林经过设计修建，追求完美——实际上就是过度修饰的人为造物，它们对隐逸之人无甚裨益。山川则与之相反，在谢灵运的笔下，山川自然天成、不加修饰，也不尽完美；这样的场所才是"幽人憩止之乡"，能够带给游者无限的惊喜。

　　　谢灵运还在序文中谈到了赋文创作，"文饰"这一主题同样扮演了突出角色。扬雄曾批评赋文创作中浮夸靡丽的一面，因为过度的藻饰最终会使赋文失去道德劝喻的意义；谢灵运于是提到了扬雄的名言"诗人之赋丽以则"，并认为理想的创作应当达到形式与内容之间的平衡："文体宜兼，以成其美。"[65]

几句之后，他又采用了王弼在"贲"卦注中关于"饰/素"之
分的内容，认为关键在表达自己的目的："去饰取素，傥值其
心耳。"谢灵运认为，前人张衡（78~139）、左思皆是以"艳
辞"书写京畿的繁华，而自己的这篇赋，跟他们的作品是不
一样的。从这个角度来看，《山居赋》也可以解读为一篇"元
作品"（metawork）——这部作品刻意将自身跳脱于已知的一
切赋文之外，在有别于传统的同时，也对传统加以评论。谢灵
运还以一种文献学者的态度严谨地对待自己的注释，他在注释
里补充了从地理环境到动植物名称读音的种种细节，这些注释
也是该赋能够有别于传统的原因之一。可以这么说，他的这篇
赋文既与汉代以来所有的知名大赋一样，延续了华丽恢宏、百
科全书式的风格；但同时，这篇赋文也以实际经验代替了单纯
的书本知识和纯粹的架空想象。

　　除筑居与修饰的主题外，谢灵运还引入了《易经》对
"言意"关系的讨论。表现方式是魏晋玄学讨论中的核心主
题，它也与赋文创作息息相关。谢灵运化用了《系辞传》的
内容，在序文将要结束之处写道："意实言表，而书不尽。"
《系辞传》以反问的形式提出了"言"能否充分表达"意"
的问题："子曰：'书不尽言，言不尽意。然圣人之意，其不
可见乎？'"孔子主张"意""象""言"这一层次结构有其
各自的功能充分性（functional adequacy），回答道："圣人立
象以尽意，设卦以尽情伪，系辞焉以尽其言。"[66]谢灵运借鉴
这句名言，为表达得不详尽而表示歉意（这是一种在溢美之
赋中惯用的夸张手法，本赋中亦有反复出现）。有趣之处在
于，虽然王弼《周易略例》的相关解读颇具影响力，但谢灵
运显然没有采用王弼的说法。王弼认为"夫象者，出意者

251

也。言者，明象者也。尽意莫若象，尽象莫若言"；[67]并以《庄子》鱼筌兔蹄的典故喻示前述《系辞传》的内容："得意在忘象，得象在忘言。"[68]在王弼的图式中，不仅语言被简化为一种单纯的意义载体，而且为了领悟思想，最终还要忘却、摒弃这一载体。

252　　　然而，在谢灵运看来，传递也是信息的组成部分，他自然无法从根本上接受这种对语言的态度。文字作为一种痕迹或标记，或许不能涵盖思想和事物的全部，但仍然是一个兼具独特权力与魅力的门径，引领人们通往这些思想与事物。因此，在序言的最后几句里，谢灵运仍然表达了对未来之"赏"的期许，正如他所坚信的那样："遗迹索意，托之有赏。"谢灵运通过取自《易经》的种种主题，组织和呈现了一连串重要的"迹"与"意"。在接下来的文本中，作者描写了修筑庄园的过程，对动植物进行了令人目眩、详尽无遗的统计列举，并且多次表达了无法述尽山居万象的歉意；这些文字都与开篇处出自《易经》的筑居、修饰、表现方式等主题，一一形成了呼应。

书中所得与寓目身观

　　　前面针对谢灵运山水作品的一个基本构成要素展开了讨论，那就是在诗人表现大自然的过程中，文本所起到的中介作用。《易经》与《诗经》《楚辞》《庄子》《老子》一起，为中国中古早期的精英解读者和旅行者提供了（或者说，强加给他们了）一套解读自然万物的强大诠释体系。这些文本形成了一种强有力的"镜头"，人们可以透过它感知、解释大自然的表现形式及其意义。然而，对谢灵运现存所有山水作品进行全面考察后就会发现，他并不是一个纯粹的文本主义者。虽然说谢灵运很显然在诗赋创作过程中广泛而持续地依赖着文本内容，但他这么做是为了理解自然万物与人类行为之间的关系；这种关系实际上是源于经验世界的，因而其本身就不止于文本。更何况，他的一些诗作似乎透露着一种对探索与发现永不止息的渴望之情，如果不曾在山水风景中移动，没有体验过山水的高远与广阔，他很难描述出这种渴望。[69] 还有一些诗歌，体现了迷恋自然风光的另一面：不断的观览可能会带来倦游之意。谢灵运曾在旅途中写道："周览倦瀛壖，况乃陵穷发！"[70] 即便是极度热爱旅行的人，也会因为观遍风景而感到疲倦。但是，头脑中去远方之地（"穷发"语出《庄子》，指"极北不毛之地"）泛海的念头仍然吸引着他，因为更为刺激的旅行能使这位疲倦的旅人再次兴奋起来。

　　读书所得与经验知识之间，呈现着怎样的关系？这个问题是由谢灵运本人提出来的。他试图在实际的山水体验中核对前人的文本，却未能成功——宇文所安以此为例进行过讨论。[71] 本文不会专门讨论某种特定的体验，而是把注意力放在谢灵运对体验本身的看法上。试看下面这首诗：

初往新安至桐庐口

缔绤虽凄其，	Though it is already too cold for fine or coarse hemp,
授衣尚未至。	The time for handing out winter clothes has not yet come.
感节良已深，	My awareness of the season is indeed already deep;

怀古徒役思。 My meditation on the ancients is but futile thought.

不有千里棹， If I don't have an oar that has traveled a thousand leagues,

孰申百代意。 How could I speak of the ancients' intent over the hundred eras?

远协尚子心， From afar, I commune with Master Shang's mind;

254 遥得许生计。 At a distance, I understand Mister Xu's plan.

既及泠风善， Now I've met with the benefit of a gentle breeze,

又即秋水驶。 And the rising autumn tides fit for sailing.

江山共开旷， Rivers and mountains both open into the broad expanse;

云日相照媚。 The sun and clouds set off each other's beauty.

景夕群物清， At sunset, when the myriad things are fresher still,

对玩咸可喜。[72] I face them in enjoyment: they are all to be delighted in.

按照谢灵运的论点，如果不曾亲眼见证，亲耳听闻，那么所有理解古人的尝试都是徒劳的：如果没有走遍天下，就不可能讨论古人的意图，所谓"不有千里棹，孰申百代意"。

从书本中得到知识还远远不够，出自《庄子》的典故（如
"泠风善"出自《逍遥游》篇"列子御风而行，泠然善也"，
"秋水"暗指《秋水》篇的相对性思想）就以反讽的形式强
调了这一观点。仅仅读到著名隐士与他们对山水的喜爱之情，
并不能使谢灵运满意，因为这些（以"协""得"相通得到
的）知识还不够亲切。只有对大自然的实际体验，才能使他
跨越历史时空的浩渺距离（"远""遥"），与前人心意相
通。东汉尚长、东晋许询皆好山水，谢灵运能与两位前人产
生共鸣，正是源于他观览自然而得到的具身体验。[73]在这首诗
的最后一联里，诗人再次强调了这种身体层面的体验：自然
万物千姿百态的乐趣，必须面对面地、当即且亲自去品味
赏玩。

《山居赋》可以说是谢灵运对空间最重要的论述，在这篇 255
赋文里，他仍然坚持把实际体验放在第一位，以之作为真实知
识的基础。有一处便写道：

若乃南北两居，	As for my two dwellings, south and north,
水通陆阻。	They are accessible by water, blocked by land.
观风瞻云，	Observe the winds, gaze at the clouds,
方知厥所。	Only then could one know this place.

在谢灵运准备介绍庄园动植物的另一小节里，他发表了这样的
看法："谓种类既繁，不可根源，但观其貌状，相其音声，则
知山川之好。"在谢灵运看来，对某一特定空间的知识，只能

来源于身体层面（通过视觉与听觉）对它们的体验。当代学者郑毓瑜认为，谢灵运的这篇赋文体现了一种"由寓目身观、经处亲历所营造出的新的地理类别"。①[74]她的论述指向了梅洛－庞蒂的著名观点。梅洛－庞蒂认为，体验是一种不能还原为话语或语言的、在于身体的过程：知觉是身体层面的体验，观察的视角从根本上而言是具身的。[75]根据郑毓瑜的看法，谢灵运的这篇赋文标志着先秦以来"山川"论述话语的转化：自先秦以来，在与"山川"有关的话语中，对名物的记述主要与理地治国相关；而到了六朝时期的"山水"文学，对名物的描述更多是以身体参与体验为基础的、对风景的一种欣赏。[76]

　　虽然谢灵运在《山居赋》中非常强调直接体验的重要性，但也可以从中看到一种倾向：他坚持将自己对庄园诸物的种种体验用文本化的方式表达出来。在"水草"一节中，他不仅评论了生长在庄园里的各式水草，还列举了一些以水草为主题的名曲，如《蒹葭》［出自《诗经》（129）］、《江南》（出自汉乐府诗，作者佚名）等，并在结尾写道："鱼藻苹蘩荇亦有诗人之咏，不复具叙。"在为鸟兽虫鱼分门别类时，他还附上了一些与其庄园之物种有关的引文，如出自《左传》的"六鹢退飞"，出自《论语》的"山梁雌雉，时哉时哉"，等等。[77]那么，在谢灵运的诗赋作品中，来自前人文本的影响，与当即的体验之间，存在着怎样的关系？一种综合性的观点这样认

256

---

① 作者原文引郑文英文版"Bodily Movement and Geographic Categories"，这里引用郑文繁体中文版《身体行动与地理种类——谢灵运〈山居赋〉与晋宋时期的"山川"、"山水"论述》相对应的表述方式，英文版的"embodied"对应中文版的"寓目身观"（本书一般译为"具身的"）一词。

为：从书本中得到的内容与实际的经验知识彼此牵涉，二者之间相互支持、阐明、验证与否定——这是目前最令人满意的观点。可以肯定的是，谢灵运亲身与大自然进行接触，并就这些体验写下了大量的描述，他的文字证明，体验从根本上而言是具身的。但是，对于这种亲身体验的认知和表达，总是受到文化条件的制约——既源于诗人头脑中的文本库（毕竟，谢灵运曾掌管过朝中文籍），也来自一种已经积淀了文化、知识和文学传承的书面语言。对文本的学习，帮助谢灵运理解他所看到的一切，使他能够以一种强大的、充满意义的方式与自然万物产生关系。前述《易经》案例亦是如此：出自这部经典的引文指导着人们去感知自然与人类之间的关系，而谢灵运创作诗赋描绘自然，同样也是为了揭示或者阐明这种关系。

尾声

《易经》诠释学是作为一套习惯体系而运作的，借助这套体系，人们可以解码世界万象，可以将这些现象构筑为一种意义结构，还可以在天人之间勾勒出一种基本的对应关系。在谢灵运诗赋创作实践中起到构成性作用的多种要素，正是脱胎于这套解释体系。《易经》的世界包含着一种兼具表现性、结构性与诠释性的秩序，从形貌上看，其模式源于人们对自然秩序的理解：以层层的意象与附加的解释为基础，六十四个卦象分别展现了生活中的六十四种主要情境。对谢灵运而言，这套理解自然世界的体系可谓极具魅力。谢灵运同他那个时代的人一样，都把大自然的玄妙万象看作人生真理的具体体现；只有体悟、明辨蕴含在自然现象中的种种模式，才能掌握这种玄理。

257

谢灵运引用《易经》，既阐明了作品的结构，也展现了诗人组织想法的方式，这在他的早期山水诗，以及《山居赋》中都有所体现。谢灵运将《易经》的诠释体系移植到他的诗赋作品中，这意味着对自然秩序的一种特定的理解。所以，在评鉴谢灵运作品中文学化的"自然"时，我们要格外细致且敏感，因为它不同于寻常抒情诗所直接表达的哲理。

谢灵运的山水诗通常先是描写山水景物，然后抒发内省玄思，这种结构模式被一些批评家认为是"公式化的""呆板僵硬的""机械相加的"；还有一些批评家指出他喜用玄理来阐释自己的情感，这导致他的诗往往有着过于"冗长"的结构。[78]顾绍柏在对谢灵运的评价中就提到，这些明显的缺陷影响了其诗歌的自然流畅性。一位著名学者更是直指谢灵运没能做到"情景交融"（这种要求明显受到唐代诗歌创作思想的启发，属于一种时代错置），她认为，这种"截分两橛的毛病"，在于"他世界观本身的自私与腐朽"，所以即便表现了真情实感，仍然会让读者感到矫情虚饰。[79]但是，如果我们把这种结构看作是对《系辞传》模式的模仿——在这种模式中，为了确保做出准确的解释，由"言"描绘出卦爻符号所表示的"象"，再由"象"表达其中的"意"——我们就可以体会到，谢诗后半部分看似松散的总结，实则是为了加深和增强前半部分山水形象的蕴意。再者，如果我们将这些《易经》引文看作天地与人类之间的一种中介，因而也是景观描述与个体省思之间的中介，那么谢灵运多首山水诗所采用的这种结构模式，就显得极其恰当，甚至非常高妙。虽然在他后来的诗作中，对《易经》的引用不再具有结构上的功能，但这种早期由《易经》所确立的、自然观赏与玄理思考之间的重要关联，仍然是谢灵运山水作品所体现的共同特征。最后，如果我们把这种结构顺序理解为一种从身体旅行过渡到精神发现的衔接方式，那么先有景观后有玄理的叙述顺序，就谈不上是诗歌创作的缺陷，反而成了体验的证明。

谢灵运在书写与自然世界的关系时，提出了文本知识与体验理解之间的认识论问题。在他所处的时代，几乎没有一个作者能比他读到更多的文本（作为掌管文籍的职官，他接触到的藏书可能是南方最好的），也没有一个旅行者比他更富有经验（他极度痴迷于游山玩水，甚至产生了倦意），或者比他有更好的装备（他设计了登山木屐，还雇了数百名侍从伐木开径）。然而，他所追求的事物，并没有停留在文本之上。在《石室山》一诗中，他写道：

> 灵域久韬隐，　This numinous realm has long been
> 　　　　　　　hidden，
> 如与心赏交。　Now it's as though it has met a
> 　　　　　　　like-minded friend.
> 合欢不容言，　The joy we share cannot be put into
> 　　　　　　　words；
> 摘芳弄寒条。[80]　I pluck a fragrant blossom and play
> 　　　　　　　with its cool branch.

诗人将自己视为群山的知己，并在大自然的相伴中感受到一种难以言喻的欢乐，这正是一种超越了文本的体验。

注释

1. 一个例外是弗朗西斯·韦斯特布鲁克的"Landscape Transformation in the Poetry of Hsieh Ling-yün"（《谢灵运诗歌中的景观转换》）一文。该文讨论了出自《易经》《诗经》《楚辞》的各种典故，如何在谢灵运的诗歌中起到了转换景观的根本性作用。韦斯特布鲁克认为，谢诗中的《易经》之典，标志着外界环境与内心情境之间的转换，以及诗人与自然景观在玄理层面的交流互动。

2. 例如，在《过白岸亭》一诗中，谢灵运化用了《诗经·黄鸟》（131）开头的"交交黄鸟，止于棘"句，以及《诗经·鹿鸣》（161）的"呦呦鹿鸣，食野之苹"句，以充满政治蕴意的自然意象来塑造景观："交交止栩黄，呦呦食苹鹿。"接下来的一行，接着指涉《黄鸟》哀三贤之死的"如可赎兮，人百其身"句，并召唤《鹿鸣》表达君臣宴中同欢的"承筐是将"句："伤彼人百哀，嘉尔承筐乐。"谢灵运的这四句诗合在一起，体现了奸臣受宠与忠良被害（就谢灵运而言是被流放）之间的鲜明对比。见《毛诗正义》，I，6.4/105/373 及 9.2/137/405。

3. 例见《登上戍石鼓山》，化用了《九章·哀郢》。

4. 关于这部经典与天地万物的关系，可见 Peterson，"Making Connections"。

5. "玄言尾巴"这个带有贬义色彩的词在谢灵运研究中随处可见。例见：许芳红，《谢灵运山水诗"玄言尾巴"之再探讨》；胡大雷，《〈辨宗论〉与谢灵运对玄言诗的改制》，36；钱志熙，《谢灵运〈辨宗论〉和山水诗》，42。

6. 例见：胡大雷，《〈辨宗论〉与谢灵运对玄言诗的改制》，35；钱志熙，《谢灵运〈辨宗论〉和山水诗》，45。钱志熙的观点更为细致：他既承认谢灵运山水诗重视客观性，也注意到其中有一种主观的审美观，并将之与玄学的得意忘象及佛教的顿悟入照联系起来。此外，他还认为谢诗"尽管描写比较质实，但有时又有空灵的意境出现"。

7. 王夫之，《夕堂永日绪论内编》，2.1b。

8. 刘勰，《文心雕龙注释》，494。

9. 钟嵘，《诗品集注》，160-161。

10. 钟嵘，《诗品集注》，174，180-181。

11. 钟嵘，《诗品集注》，174。

12. 钟嵘，《诗品集注》，180-181。

13. 钟嵘，《诗品集注》，17。此句出自谢灵运《岁暮》一诗，该诗有阙文。

14. 张伯伟认为，谢诗这种反复罗列山水特征的特点，与谢灵运本人喜用赋体为诗有关。见张伯伟，《钟嵘诗品研究》，369。这种全面性似乎也是谢灵运观景的目标之一，我们将会在后文的《登永嘉绿嶂山》中看到这么一句："践夕奄昏曙，蔽翳皆周悉。"他常常会游览到一种（景观、兴致与天色）"穷尽"的状态，这既体现了他的好奇心与求知欲，但同时也表达了其带有强迫色彩的不安心理。

15. 此处为钟嵘对刘宋时期大明（457~465）、泰始（465~471）年间诗文的批评："大明、泰始中，文章殆同书钞。"钟嵘，《诗品集注》，180。

16. Westbrook, "Landscape Transformation," 237.

17. Owen, "Librarian in Exile," 205, 210, 225.

18. 参见 Merleau-Ponty, *Phenomenology of Perception*。关于梅洛-庞蒂的工作，有一部以此为基础的优秀论文集：Weiss and Haber, *Perspectives on Embodiment*。还有一篇文章从当代"具身性"的话语中借鉴了术语，是近年关于谢灵运山水作品最有意思的论述之一，参见郑毓瑜，"Bodily Movement and Geographic Categories," 193-219。

19. 此处从顾绍柏注，笔者也认为这里的"阿"为"诃"或"呵"之误，意为斥责或责备。顾绍柏的这一解读是受了刘师培的启发：《老子》有"唯之与阿，相去几何"句，刘师培认为"阿"为"诃"或"呵"之误；马王堆汉墓帛书《老子》甲本作"诃"，乙本作"呵"，证实刘氏的判断是正确的。见 XLYJJZ，57-58 n. 18。另有一种解释认为，"颐阿"为"在山顶自我颐养"之意，见田晓菲，*Visionary Journeys*，138-39（中文版为《神游：早期中古时代与十九世纪中国的行旅写作》，生活·读书·新知三联书店，2022。——译者注）。

20. *XLYJJZ*, 56.

21. 主张三段式结构（不含情绪浮动）的著作，有：游国恩，《中国文学史》，1：270；李雁，《谢灵运研究》，227。主张包含情感层面在内之四段式结构的著作，有：林文月，《山水与古典》，53；邝龑子，*Tao Qian and the Chinese Poetic Tradition*（《陶渊明与中国诗学传统》），128-29。

22. 例见：邝龑子，*Tao Qian and the Chinese Poetic Tradition*，130；林文月，《谢灵运》，63；李雁，《谢灵运研究》，244-245，285-287。林文月在《谢灵运》，68-70 中分析《登永嘉绿嶂山》时并未提及该诗对《易经》的引用，但她在分析《富春渚》一诗时，将《易经》引文解释为谢灵运抚慰心灵的重要源泉。本章后文将会详细讨论《富春渚》一诗。

23. *WBJJS*，1：310.

24. *WBJJS*，1：273；英译引自 Lynn，*Classic of Changes*，201。

25. 例见第十章及第二十二章。

26. 见 *ZZJS*，2：547。

27. 在谢灵运现存的 102 首诗中，有 37 首诗含有一处或两处对《庄子》的指涉，共计 57 处。谢灵运通过挪用《庄子》的词语及其相关道理，不断地从中学习人生哲学。谢灵运借用的重要术语还包括"天籁""静""寂寞""养身""卫生"等。虽然谢灵运非常推崇庄子哲学（他在《山居赋》的注释中称《庄子》《老子》二书"最有理"，其余之书皆是"独往者所弃"），但他偶尔也会质疑其有效性。在其最沉郁的一首诗《晚出西射堂》中，诗人就以最后一联抱怨道："安排徒空言，幽独赖鸣琴。"见 *XLYJJZ*，54；*ZZJS*，1：275。

28. *WBJJS*，1：46.

29. *XLYJJZ*，118. 笔者将此处的"理"字译为"principles"，这个字有自然造化之理、宇宙世界之理，以及它们于人之道理等诸多蕴意。这个字在谢灵运的作品中有着丰富的语义：有时"理"只是"原因"或"缘故"的意思；但有时"理"也指《易经》等文献传达的事物之理。在一些用例中，它还可以指佛教所说的至精真理，如在谢灵运的《辨宗论》中，即指究极唯一的"顿悟"之理。这些含义在某些情况下彼此并不互斥。

30. 顾绍柏认为此诗作于 425 年春（*XLYJJZ*，118），而林文月则认为此诗作于 428 年后，谢灵运第二次归隐始宁墅时（《谢灵运》，121-123）。

31. 第十一句出自《象传》对第四十卦"解"卦的解释："天地解，而雷雨作；雷雨作，而百果草木皆甲坼。"第十二句出自《象传》第四十六卦"升"卦的解释："地中生木，升。"见 *WBJJS*，2：415，450。

32. 弗朗西斯·韦斯特布鲁克也指出了这种从对立到互补的变化。见 "Landscape Transformation," 240。

33. 见 *WX*，22.1047。现代解释可见：*XLYJJZ*，120 n. 21；林文月，《谢灵运》，123；以及 Frodsham, *Murmuring Stream*，2：167。顾绍柏和傅乐山都注意到"与城市相隔"之说；这一说法见萧统辑，张凤翼（1527~1613）纂注，《文选纂注评林》，5.39a。

34. 见 *XLYJJZ*，120 n. 21。还可参见马晓坤对"赏心"一词的详细讨论。该词词义并不明确，在谢灵运作品中共出现七次，但表达的概念都有所不同，解读也因人而异。参见马晓坤，《趣闲而思远——文化视野中的陶渊明、谢灵运诗境研究》，215-225。

35. 见 *XLYJJZ*，120 n. 21。

36. 见 *XLYJJZ*，121。

37. *ZZJS*，1：79.

38. 关于谢灵运诗歌中的佛教概念，特别是从《辨宗论》的角度解读其诗歌的研究，可参见：Timothy Wai Keung Chan（陈伟强），*Considering the End*，127-58；胡大雷，《〈辨宗论〉与谢灵运对玄言诗的改制》，34-38；钱志熙，《谢灵运〈辨宗论〉和山水诗》，39-46。

39. *XLYJJZ*，45.

40. 分别出自《庄子》第十九篇《达生》、二十一篇《田子方》，见 *ZZJS*，2：656；2：725。弗朗西斯·韦斯特布鲁克称，前八句诗（至"吕梁壑"句）是一种"错误的开始"（false start）。之后的两句对《易经》的指涉，则标志着一种与先前不同的新开始，此时的诗人"习于坎，犹若水之洊至"，可以像水那样"不以险为难"，安稳经过险处。Westbrook, "Landscape Transformation," 241.

41. *WBJJS*，1：363. 笔者将"习坎"理解为"习惯水中低洼与坑穴（即险境）"。

42. *WBJJS*，2：480.

43. 转引自谢灵运，《谢康乐诗注》，72。

44. 可见林文月，《谢灵运》，63，以及 Frodsham, *Murmuring Stream*，2：119 n. 10。

45. 见沈约，《宋书》，43.1332。

46. *WBJJS*，2：562.

47. "龙蟠"在原语境中所指代的含义其实是积极的，表示对事物的通透理解，以及相时而动的应用方式。《易经》中有多处内容都认识到，问题的根本在于时机是否恰当，对时机的理解可能带来正确的、有利的决策，最终得以把握特定的情境。谢灵运这里似乎是在说，他已经获得了超越，不再斤斤计较、关注优劣与得失。

48. 笔者从宋本《三谢诗》，将"反"改为"及"。见 *XLYJJZ*，65。谢灵运身为会稽人，此诗的创作地点是永嘉郡，故作"及"更为合适。

49. *XLYJJZ*，63-64.

50. 见《招隐士》，《楚辞补注》，232-234。

51. *WBJJS*，1：211.

52. *WBJJS*，1：214.

53. 关于谢灵运的官场失意，近代史学家和文学家提出的原因都很有意思。有人认为，军事家刘裕（刘宋王朝武帝）崛起后，多选寒门为辅佐，压抑了门阀士族的影响力。而顾绍柏则反驳此说，因为武帝、文帝的腹心之臣都有谢氏、王氏和殷氏等名门望族的人。顾绍柏认为，谢灵运仕途不顺的真正原因是他最初支持了刘裕的对手刘毅（卒于412年）。见 *XLYJJZ*，5-6。这些解释把所有已知的历史事件"范式化"了：如果一个著名的文人未能成为朝中之臣，那么一定是制度问题（这里是刘宋初年对世家大族的普遍压制）或者派系问题（谢灵运支持错了人）导致的。如果这两种情况都不是，那么就会出现"生不逢时、怀才不遇之君子"这种老掉牙的形象。在不完全反驳这些解释的前提下，我们还应该考虑到谢灵运糟糕的工作表现（他毫不掩饰自己不理政务、四处行游的事实），及其据称孤傲偏激的性格。著名政治家、历史学家沈约狡黠地暗示了妨碍谢灵运成功的另一个因素："自谓才能宜参权要。"也许沈约感觉到此人与其所向往的"要职"并不匹配，所以把谢灵运的自我评价保留了下来。见沈约，《宋书》，67.1753。

54. 见葛晓音，《八代诗史》，197-198；及李雁，《谢灵运研究》，243。李雁补充道，谢灵运"不敢直面自己的内心世界，极力掩饰真情实感"，以至于呈现出一种既融入又疏离的"分裂人格"。在笔者看来，我们自己都不可能有着一致的创作动机与简单的个体性格，与其如此要求谢灵运，不如去欣赏他身上所具有的紧张感、冲突感，以及令这个迷人人物更具人格魅力的种种细微之处，这样会更有收获。

55. 《山居赋》原文均引自 *XLYJJZ*，318–334。

56. *WBJJS*，2：560.

57. *XS*，2：953.

58. 司马迁，《史记》，126.3205。

59. *TYMJJZ*，247.

60. *ZZJS*，1：28.

61. 关于谢灵运赋文中名物分类的修辞学意义，可参见笔者文章，"There's No Place Like Home"。

62. 此处从韦斯特布鲁克对《山居赋》的分段。见 Westbrook，"Landscape Description," 177–337。

63. *WBJJS*，1：328.

64. *WBJJS*，1：328.

65. 扬雄在《法言》中将"丽"与"则"视为赋文创作的两种理想要素。见扬雄，《法言注》，27。

66. *WBJJS*，2：554.

67. *WBJJS*，2：609.

68. *WBJJS*，2：609.

69. 郑毓瑜认为，谢灵运对空间亲历身观的体验使他产生了一种新的论述模式，见 "Bodily Movement and Geographic Categories" 一文。她还注意到，"地方与物类所构成的关系图是因为人身的登、临、经、见或其他拔取、摘除、砍伐等动作而显豁出来"（英文版见 210 页，中文版引自 60 页。——译者注）。

70. 出自《游赤石进帆海》，见 *XLYJJZ*，78。

71. 见 Owen，"Librarian in Exile"。

72. *XLYJJZ*，47–48.

73. 尚长（向长）在王莽统治时期被举荐为官，他坚决辞让，隐避不仕。关于其生平，见范晔，《后汉书》，83.2758–2759。关于许询的生平，详见第三章。

74. 郑毓瑜，"Bodily Movement and Geographic Categories," 213（中文版见 63 页。——译者注）。

75. 见 Merleau-Ponty，*Phenomenology of Perception*。

76. 郑毓瑜，"Bodily Movement and Geographic Categories," 193–219（中文版为 37–70 页。——译者注）。

77. 见《论语·乡党》（10/27）；《左传·僖公十六年》。"六鹢退飞"句，《左传》实际作"鹢"，而《穀梁传》作"鹝"；原文称"六鹢退飞过宋都"为不祥之兆。

78. 见：邝龑子，*Tao Qian and the Chinese Poetic Tradition*，128–32；及李雁，《谢灵运研究》，243。

79. 见葛晓音，《八代诗史》，197–198。李雁也同意这一解读，见《谢灵运研究》，243–244。

80. *XLYJJZ*，72.

结　语

法国现代诗人、哲学家保罗·瓦莱里（Paul Valéry）尤其
喜欢使用格言警句，他曾用这样一个引人深思的比喻来描述文
学中的挪用现象："没有哪种行为比从别人身上汲取营养更具
有独创性、更有自己的特色了。"[1]这个观点消除了原创与借用
之间一切绝对的区别，前人的作品被视为哺育创作行为的营养
之源。本书的各个章节也探讨了同样的关系：早期中古中国的
诗人们，从"三玄"，即《老子》《庄子》《易经》中汲取了
大量的材料，以用于自己的创作。本研究所要探讨的更大议题
在于：诗人如何理解和运用他们所掌握的文本与文化资源；早
期中古诗歌复合而成的互文性结构；诗歌与哲学之间、不同文
本传统之间彼此流动、相互渗透的种种边界。

这些中国诗人从异质多样的，甚至是杂糅融合的大量资源
中选择并挪用材料，以与特定的与谈者对话，或者表达特定的
兴趣。在某些情况下，这些兴趣新生且复杂，涉及多个知识领
域或价值理念，这就要求诗人在标准的诗歌传承之外，再去寻
求新的资源。嵇康从一系列混杂的资源中提取材料，包括
《诗经》的自然意象、《楚辞》的游仙题材与道德譬喻、建安
诗歌的军旅氛围以及《庄子》的精神超脱之道，叙述了他与
兄长之间令人困扰的关系，以及自己对超越成仙的追求。孙绰
则运用了一切可利用的话语，从老庄术语到佛教语言，探索至
高玄理（或"道"）如何得以生发；在这一主题难以讨论的

情况下，孙绰常常借助"无"与"空"来进行表达。谢灵运在描绘自然风景时多倚赖《诗经》与《楚辞》，但在解读山水、刻画体验时，他转向从《易经》中寻求指导。这些诗人所引用的文本类型，与其说体现了他们的某种哲学倾向，或者从属于某种思想派别，不如说体现了一种对现有材料从实际出发的、有选择性的运用，以完成他们手头的特定任务。陶渊明发现，在表达自己对隐逸与死亡的看法时，《庄子》及郭象注要比另一个他最常用的资源《论语》更有帮助；他重铸了出自《庄子》传统的某些观念，并修裁了其他的一些术语，以服务于自己的目的。而兰亭诗人群体在创作时所采用的两个主要典故，分别出自两个不同传统下的文本（儒家之《论语》和道家之《庄子》），这是因为，二者都提供了关于河边出游的经典故事。

当时的诗歌普遍存在着对"三玄"的自由引用，以至于它们可以被解读为以诗歌形式对玄远之道的论述，或者说，它们是诗化了的老庄思想。然而，这类诗歌在南朝之后逐渐衰微，到了唐朝就没有了实质性的延续。这种写作模式之所以衰落，最重要的因素在于，与玄言诗同步发展的清谈风尚在逐渐减退，支持玄言诗在晋朝走向鼎盛的权力结构、社交网络与风俗习惯也发生了变化。四世纪时的统治阶层，即由官僚特权、文化资本、婚姻友谊联结起来的门阀士族，正是当时清谈活动最重要的参与者。虽然这种特殊的写作模式后来没有延续下去，但它还是留下了深刻持久的印记，开启了关于哪些事物可以乃至应当被用以诗歌创作的争论。本研究提供了来自诗人们的各种答案，它们表明，这并不是一个用"理所当然"就能回答的问题。从整体来看，本研究提及的这些作品，在当时的既有传统中，融入了外来的或者说非传统的种种材料，并引入了新的主题、手法和语言，它们使得中国早期诗歌史更为丰富多彩。

我们对早期中古中国阅读与写作进行了考察。在探讨典型案例的过程中，我们发现，两种实践之间，或者说意义的生产与消费之间，经典的分界已经被打破了。正如博尔赫斯虚构的作者皮埃尔·梅纳尔大胆而认真地创作了一部《吉诃德》那样，作者在重复，而读者在发明。睿智的博尔赫斯解读者米歇尔·德·塞尔托，就把阅读当作一种有独创性的生产形式，他在阐释这一概念时写道："（读者）在文本中发明了一些作者'意图'之外的事物。"[2] 在另一个令人难忘的比喻中，博尔赫斯认为，阅读在吸收的过程中剖析了文本，并将文本的片段作为引文储存在读者的记忆中："（我的记忆）就是一本精选集"，充满了来自各种不同阅读活动的引文。[3] 从这个角度来看，我们是否可以说，如果阅读是解剖，那么写作就是反过来，即对现有材料的重组或装配？塞尔托在改写和重铸列维-斯特劳斯的"拼装"概念时[1]，如此描述阅读："（阅读）是用'手头的材料'做出的一种安排，是一种'与项目计划无关'的

261

---

① 为方便读者理解，此处附上列维-斯特劳斯的相关论述："'修补匠'（本书译作'拼装匠'）善于完成大批的、各种各样的工作，但是与工程师不同，他并不使每种工作都依赖于获得按设计方案去设想和提供的原料与工具：他的工具世界是封闭的，他的操作规则总是就手边现有之物来进行的，这就是在每一有限时刻里的一套层次不齐的工具和材料，因为这套东西所包含的内容与眼前的计划无关，另外与任何特殊的计划都没有关系，但它是以往出现的一切情况的偶然结果，这些情况连同先前的构造与分解过程的剩余内容，更新或丰富着工具的储备，或使其维持不变。"见克洛德·列维-斯特劳斯，《野性的思维》，李幼蒸译，商务印书馆，1997。

生产过程，它将'先前构造与分解的剩余内容'进行了重新调整。"[4]阅读和写作，就是以这样一个不断解构、又不断重新建构的过程，错综复杂地彼此牵涉着。

这个过程是互文性的，从头到尾，由始至终。写作是对其他写作过程的阅读，阅读是对其他文本的改写。而且，互文性使得意指与解释的关系由单向变为对等。正如理查德·舒尔茨所言："引用行为引起了一种诠释层面的动力，被引用的文本与引用它的文本通过这种动力相互解释。"[5]从更广泛的角度来看，没有哪个文本是独立于其他文本而运作的。珍尼娜·帕里西耶·普洛特尔（Jeanine Parisier Plottel）的表述令人印象深刻，她说："每一个文本都在与另一个文本遥相呼应，无穷无尽，正是在它们的编织下，文化文本自身的结构得以形成。"[6]

意义总是在互文性关系中诞生。米哈伊尔·巴赫金提出，"文本的每一个字（每一个符号）都超越了它的边界"，与此类似，所有的文本都超越了它们的边界，并且相互牵涉。[7]就像巴赫金所阐述的那样："任何理解都是一个特定文本与其他文本的关联。"我们可以在文本网络与符号星丛之中，看到每一个文本所要表达的全部可能性。雷纳特·拉赫曼精辟地指出了互文性的关键所在："这个问题的核心就是语义的爆炸——在审美与语义剩余的生产过程中，文本得以碰撞或交融，从而引发了语义的爆炸。"[8]意义既不是单向作用的（monovalent），也不是完全闭环的，它的生成会超出每一个作用其中的文本。每一个引用的实例，都是由多重的、层累的阅读与写作行为合并而成的一个单一的文本事件；这些行为包括：原作者的意图，源文本，注疏评论、编纂取向与前人解释的中介作用，以及现作者的阅读与改写，等等。决定意义的因素多种多样，要理解被引文本及其引用过程，就要梳理这些因素之间的协商关系。

最后，我们用认知人类学家布拉德·肖尔（Bradd Shore）根据神经哲学和古典哲学思想创作的一个富有启发性的隐喻来总结："回忆是……关于意义建构的一个很有用的隐喻，这是因为，新的事物变得有意义，与回想起早已遗忘但又重回记忆的事物，两种过程的体验是类似的。"[9]在柏拉图的《美诺篇》中，苏格拉底认为："探索也好、学习也罢，实际上不过就是回忆。"[10]苏格拉底的话，在肖尔的论述中得到了响应："意义的建构关系到概念的形成，我们可以将之理解为对模式的识别与处理。"[11]这一概念，放在强大书写文化的背景下，有其特殊的意义：在这种文化中，语言总是有先例可循，文本嵌在其他文本之中，传承与记忆可以不断地被再次获取、重新解释并得到加强——这正是因为，这一文化的成员可以在不断扩张的意义生产领域中识别和处理各种符号与模式。在早期中古中国，一些伟大的诗人与诸多前人文本（尤其是"三玄"及其注释）进行了长久且深刻的接触。他们在逐渐扩大的文本网络中，出于个人创作目的，理解并使用了这些文本；我们只有结合意指作用探究这个过程，才能最为全面而深入地欣赏他们的作品。

注释

1. Valéry, *Tel quel*, 478.
2. De Certeau, *L'invention du quotidien*, 1：245.
3. Borges and Ferarri, *Conversations*, 1：269.
4. De Certeau, *Practice of Everyday Life*, 174.
5. Schultz, *Search for Quotation*, 198.

6. 出自普洛特尔所撰引言，Plottel and Charney, *Intertextuality*, xv。

7. Bakhtin, "Toward a Methodology for the Human Sciences," 161.

8. Lachmann, "Mnemonic and Intertextual Aspects of Literature," 309.

9. Shore, *Culture in Mind*, 326.

10. Plato, *Meno*, 364.

11. Shore, *Culture in Mind*, 338.

附录　兰亭诗英译之一种

　　永和九年（353）三月初三，四十一位社会名流与知识精
英聚集在兰亭水边，举行春季修禊活动。这次春游被后世称为
"兰亭集会"，并传颂为中国历史上最著名的文人集会之一。
集会的成果，即《兰亭集》，收录了二十六位参与者在这次活
动中所创作的四十一首诗，其中有十一位诗人每人至少贡献了
两首。[1]其余的集会成员没有留下当天的记录。[2]标有星号（*）
的诗歌是第四章所讨论的案例。

王羲之（六首[3]）

代谢鳞次，	Renewal happens on an orderly scale;
忽焉以周。	Suddenly another year has gone by.
欣此暮春，	I delight in this late spring,
和气载柔。	The mild air feels tender.
咏彼舞雩，[4]	I sing of that Rain Altar,
异世同流。	A different era now, but the same fellowship.
乃携齐契，	I shall clasp the hands of my like-minded companions,
散怀一丘。	And release our feelings across the hill.

| 悠悠大象运，[5] | Ever onward continue the workings of the Great Image, |

轮转无停际。	The wheel turns without a stopping point.
陶化非吾因，	The molding and shaping do not originate with me;
去来非吾制。⁶	The coming and going are not what I can regulate.
宗统竟安在，⁷	Where, at last, is the Primal Source?
即顺理自泰。⁸	Through acquiescence, the patterns naturally unfurl.
有心未能悟，	Though one has consciousness, one cannot comprehend,
适足缠利害。	Just when one is sated, one becomes entangled by profit and harm.
未若任所遇，	Better to take what one encounters,
逍遥良辰会。	And be carefree at the gathering on this fine day.

265

*三春启群品，	As spring months give rise to myriad varieties,
寄畅在所因。	I lodge my feelings in their cause.
仰望碧天际，	Above I gaze at the edges of the azure sky;
俯磐绿水滨。	Below I look upon the shores of the verdant stream.
寥朗无厓观，	Across the vast expanse, my gaze knows no limits—

寓目理自陈。 Whatever my eyes meet, its inherent
pattern manifests itself.

大矣造化功, Great indeed is the work of creation!

万殊莫不均。 Ten thousand differences are all on
a level.

群籁虽参差, In the myriad pipings, though not
uniform,

适我无非新。 There is nothing that is not refreshing
to me.

猗与二三子,[9] Ah! Together along with two or three
of us,

莫匪齐所托。 We all share in the same sentiment.

造真探玄根, I pursue truth in probing the root of
the mystery;

涉世若过客。 We enter the world like passing guests.

前识非所期,[10] Foreknowledge is not what I wish for,

虚室是我宅。 An empty chamber is my dwelling.

远想千载外, I think afar to beyond a thousand years,

何必谢曩昔。 Why should we feel shamed by those in
the past?

相与无相与, Whether together with friends or not,

形骸自脱落。 Form and body shed on their own.

鉴明去尘垢, A mirror polished can dispel dust
and dirt,

止则鄙吝生。	If one ceases, then vulgar desires are born.
体之固未易，	Realizing this is not easy;
三觞解天刑。[11]	Three goblets of wine remit divine punishment.
方寸无停主，	My mind never stops trying to dominate,
矜伐将自平。	This arrogance shall abate in time.
虽无丝与竹，	Though there are no strings and pipes,
玄泉有清声。	In the dark pool there are pure sounds.
虽无啸与歌，	Though there is neither whistling nor song,
咏言有余馨。	In words intoned there is a lingering fragrance.
取乐在一朝，	We seize pleasure in this one day,
寄之齐千龄。	What we impart to it is shared across a thousand years.
合散固有常，[12]	Gathering and dispersing certainly have a constant pattern;
修短定无始。	Longevity and brevity surely are not set at the beginning.
造新不暂停，	Generation of the new goes on without pause,
一往不再起。	Once something is gone, it never rises again.
于今为神奇，	Today what is unearthly and marvelous,

266

信宿同尘滓。[13]　After a few days indeed becomes dirt and filth.

谁能无此慨，　Who is able to escape this melancholy?

散之在推理。　Releasing it lies in probing and understanding.

言立同不朽，　Words said shall not decay,

河清非所俟。[14]　For the River to clear is not what I wait for.

孙绰（二首）

*春咏登台，　In spring we sing as we climb the terrace,

亦有临流。　As we also look down upon the water's flow.

怀彼伐木，　I think of those "Hewn Trees",

肃此良俦。　How I revere these fine companions.

修竹荫沼，　Tall bamboos shade the pool;

旋濑萦丘。　Swirling currents coil around the hills.

穿池激湍，　From a dug pond rapidly flows a stream:　267

连滥觞舟。　On it one after another float vessels of wine.

*流风拂枉渚，　Long winds brush against the curving isle;

停云荫九皋。　Hovering clouds cast a shade over the nine marshes.

莺语吟修竹，	Oriole feathers sing among tall bamboo,
游鳞戏澜涛。	While fish scales sport with the billowing waves.
携笔落云藻，	With a brush in hand, I let fall the pattern of the clouds;
微言剖纤毫。	Subtle words dissect the smallest matters.
时珍岂不甘，	Seasonal delicacies—how are they not sweet?
忘味在闻韶。	But one forgets flavor when listening to the Shao.

谢安（二首）

伊昔先子，	Long ago a past worthy
有怀春游。	Had a longing for a spring outing.
契兹言执，	In agreement, I seize the occasion
寄傲林丘。	To impart my lofty feelings to the wooded hills.
森森连岭。	Tall are the linked mountains,
茫茫原畴，	Vast the leveled fields.
迥霄垂雾，	In the distant skies mists hang;
凝泉散流。	A frozen spring dissolves into a flow.
*相与欣佳节，	Together we take joy in fine occasion,
率尔同褰裳。	Casually we hike up our skirts.

薄云罗阳景，　Thin clouds veil the sunlight,

微风翼轻航。　While gentle winds lend wings to the
　　　　　　　　light boat.

醇醪陶丹府，　This rich wine delights my pure heart;

兀若游羲唐。　Mindlessly we roam with Fu Xi and
　　　　　　　　King Yao.

万殊混一理，　Ten thousand differences blend into
　　　　　　　　one truth—

安复觉彭殇。　How can one still distinguish between
　　　　　　　　Ancestor Peng and the dead child?

谢万（二首）

*肆眺崇阿，　I let my gaze wander across the lofty
　　　　　　　　slope,

寓目高林。　My eyes dwelling on the tall woods.

青萝翳岫，　Verdant vines cover the cave mouth;　　268

修竹冠岑。　Lofty bamboos crown the mountain.

谷流清响，　From the valley flow pure sounds,

条鼓鸣音。　While the branches drum forth chiming
　　　　　　　　tones.

玄崿吐润，　The black cliffs spew forth moisture;

霏雾成阴。　Mists and vapors form a shade.

*司冥卷阴旗，　The guardian of the shades rolls up
　　　　　　　　the dark banners;

句芒舒阳旌。	The guardian of plants rolls out the bright flags.
灵液被九区，	Numinous liquids cover the Nine Regions;
光风扇鲜荣。	Sunlit winds fan the fresh flowers.
碧林辉英翠，	Verdant woods shine in brilliant blue-green;
红葩擢新茎。	Crimson flowers pull upon the new stalk.
翔禽抚翰游，	Soaring birds, flapping their wings, roam about;
腾鳞跃清泠。	Leaping scales jump into the crisp chill.

孙统（二首）

茫茫大造，	Vast are the Great Designs;
万化齐轨。	The myriad transformations share the same track.
罔悟玄同，	Men who do not grasp the unity of the Mysterious,
竞异摽旨。	Vie to be different in showing their purpose.
平勃运谋，[15]	Chen Ping and Zhou Bo used strategy;
黄绮隐几。[16]	Master Huang of Xia and Qili Ji leaned against an armrest.
凡我仰希，	All my desires and longings,
期山期水。	Are in these mountains and these rivers.

地主观山水，	The host, observing the mountains and rivers,	269
仰寻幽人踪。	Looks up in search of the secluded ones.	
回沼激中逵，	Whirling eddies splash at midway;	
疏竹间修桐。	Sparse bamboos interspersed with lofty paulownias.	
因流转轻觞，	Following the flow, the light goblets turn;	
冷风飘落松。	Chilly winds blow upon the shedding pines.	
时禽吟长涧，	Seasonal creatures call out by the long ravine;	
万籁吹连峰。	Ten thousand pipings are blown across the linked peaks.	

孙嗣

*望岩怀逸许，	Gazing at the cliffs, I feel for the detached Xu You;
临流想奇庄。	Looking down onto this flow, I think of the rare Zhuang Zhou.
谁云真风绝，	Who says that the aura of purity is of no more?
千载挹余芳。	After a thousand years, we ladle out their lingering fragrance.

郗昙

温风起东谷，	Warm winds rise from the eastern valley;
和气振柔条。	A mild air shakes the tender branches.
端坐兴远想，	Sitting in stillness, stirred to remote thoughts,
薄言游近郊。	Which swiftly roam across the city's outskirts.

庾友

驰心域表，	My mind races beyond the boundaries of the realm,
寥寥远迈。	Journeying into the distant empty vastness.
理感则一，	Reason and feeling, in principle, are one;
冥然玄会。	In profound dimness—an encounter with the mysterious.

270

庾蕴

仰想虚舟说，[17]	Looking up I think of the story of the empty boat;
俯叹世上宾。	Looking down I sigh over being a guest in this world.
朝荣虽云乐，	Flourishing in the morning—though one can say it's happiness;
夕弊理自因。	Withering in the evening—this principle is self-so.

曹茂之

时来谁不怀,　At the coming of seasons, who does not
have feelings?

寄散山林间。　I give expression to them in the
mountains and groves.

尚想方外宾,　I think reverently of the guests beyond
the realm,

迢迢有余闲。　Detached and remote, they have leisure
to spare.

华茂

林荣其郁,　The grove shows its splendor with its
lushness;

浪激其湜。　Waves splash against the river bend.

泛泛轻觞,　Floating and drifting these light goblets—

载欣载怀。　There is joy, there is full feeling.

桓伟

271

主人虽无怀,　Although the host has no longings,

应物贵有尚。[18]　In responding to things, he still prizes
having aspirations.

宣尼遨沂津,　Confucius rambled along the ford of the
Yi River;

萧然心神王。[19]　In a detached state, his spirit soared.

数子各言志,　His various disciples each told his intent,

曾生发清唱。　Zeng Xi letting out a lofty song.

今我欣斯游，	Today I delight in this outing,
愠情亦暂畅。	My troubled feelings finding relief for a while.

袁峤之（二首）

人亦有言，	There is a saying among men:
意得则欢。	When you attain your intent, you rejoice.
嘉宾既臻，	Once the fine guests have all arrived,
相与游盘。	Together we roam in merriment.
微音迭咏，	Subtle sounds come forth in alternating songs,
馥焉若兰。	Emitting a fragrance like thoroughwort.
苟齐一致，	Should we share the same inclination,
遐想揭竿。[20]	Our remote thoughts drift upon a life in reclusion.

四眺华林茂，	Glancing all around, I see a lush grove in bloom;
俯仰晴川涣。	In a moment's time, the sunny stream grows full.
激水流芳醪，	Along the swift current floats aromatic, murky wine,
豁尔累心散。	Opening freely, my entangled heart feels release.
遐想逸民轨，	My remote thoughts dwell on the tracks of the untrammeled ones,

272

遗音良可玩。　Their lingering sounds indeed can be
　　　　　　savored.

古人咏舞雩，　The ancients sang of the Rain Altar,

今也同斯叹。　Today we share in his sigh of
　　　　　　admiration.

王玄之

松竹挺岩崖，　Pine and bamboo stand tall on the crags
　　　　　　and cliffs;

幽涧激清流。　From a shaded stream splashes forth a
　　　　　　clear flow.

消散肆情志，　We freely release our feeling and intent,

酣畅豁滞忧。　Drinking amply to clear away obstacles
　　　　　　and woes.

王凝之 （二首）

＊庄浪濠津，　Zhuang Zhou ambled by the Hao
　　　　　　River ford;

巢步颍湄。　Chaofu walked along the Ying River
　　　　　　shores.

冥心真寄，　Still the mind and entrust it to the true,

千载同归。　Though a thousand years apart, we share
　　　　　　the same orientation.

烟煴柔风扇，　Like the primal air, the gentle breeze fans;

熙怡和气淳。　The pleasing, harmonious vapor purifies.

驾言兴时游，　We take the carriage when in the mood

　　　　　　　for a seasonal outing,

逍遥映通津。　Feeling carefree, we flash across the

　　　　　　　boundless ford.

王肃之（二首）

* 在昔暇日，　In times of old, on days of leisure,

味存林岭。　The pleasure one savored remained in the

　　　　　　wooded hills.

今我斯游，　Today on this outing of ours,

神怡心静。　Our spirits are at ease, our minds at

　　　　　　peace.

嘉会欣时游，　At this fine gathering, we delight in the

　　　　　　　seasonal outing;

豁尔畅心神。　Opening freely, our minds and spirits

　　　　　　　know no bounds.

吟咏曲水濑，　We chant poems by the bending river's

　　　　　　　currents,

渌波转素鳞。　Under the clear waves, white fish twist

　　　　　　　and turn.

王徽之（二首）

* 散怀山水，　I release my feelings among these

　　　　　　hills and streams;

萧然忘羁。	Carefree and detached, I forget all constraints.
秀薄粲颖,	Pretty foliage brightens the tender shoots;
疏松笼崖。	Sparse pines encircle the cliffs.
游羽扇霄,	Roaming wings fan against the empyrean;
鳞跃清池。	Scales leap from the clear pool.
归目寄欢,	I lodge my joy in what my eyes dwell on;
心冥二奇。	My mind tacitly accords with the two marvels.

先师有冥藏,[21]	Our former teachers possessed a profound treasure,
安用羁世罗。	What use is there for constraints of the worldly net?
未若保冲真,	Better to preserve the pure and perfect—
齐契箕山阿。[22]	Let us join in a pact and retire to Mount Ji.

274

王涣之

去来悠悠子,	Carefree in his comings and goings,
披褐良足钦。	Clad in coarse cloth, the Master is truly reverend.
超迹修独往,	He walked a solitary path, leaving lofty traces;

真契齐古今。　　True agreement equalizes the past
　　　　　　　　　and present.

王彬之（二首）

丹崖竦立，　　Vermilion cliffs stand towering;

葩藻映林。　　Magnificent flowers brighten the grove.

渌水扬波，　　Clear water stirs up waves;

载浮载沉。　　Our cups now float, now sink.

*鲜葩映林薄，　　Fresh flowers shine in the grove;

游鳞戏清渠。　　Swimming scales sport in the clear
　　　　　　　　channel.

临川欣投钓，　　Looking down onto the river, I happily
　　　　　　　　cast my fishing rod—

得意岂在鱼。　　How could it be that satisfaction consists
　　　　　　　　in the fish?

王蕴之

*散豁情志畅，　　In wide release, our feelings flow
　　　　　　　　freely,

尘缨忽已捐。　　Suddenly the dusty hat strings are gone.

仰咏挹余芳，　　Looking up, I sing a verse, ladling out
　　　　　　　　the lingering fragrance;

怡情味重渊。　　With joyous feelings, I savor the layered
　　　　　　　　depths.

王丰之

肆盼岩岫， I let free my gaze across the cliffs and
                  peaks;

临泉濯趾。[23] At the spring's edge, I wash my feet.

感兴鱼鸟， I feel moved by the fish and birds   275

安居幽峙。 To dwell peacefully in the secluded hills.

魏滂

三春陶和气， We delight in the agreeable air of spring
                  months,

万物齐一欢。 When myriad things share in one joy.

明后欣时丰， Our enlightened leader is pleased by the
                  season's bounty;

驾言映清澜。 We ride our carriage—its reflection on
                  the clear waves.

亹亹德音畅， Perpetually his virtue sounds far and
                  wide;

萧萧遗世难。 Desolate and quiet: the difficulties of
                  leaving behind the world.

望岩愧脱屣， I gaze at the cliffs, embarrassed by
                  those who cast off their shoes;

临川谢揭竿。 I look onto the stream, shamed by those
                  who cast their rods.

虞说

神散宇宙内， My spirit is released within the universe;

形浪濠梁津。	My body is freed at the bridge of the Hao River.
寄畅须臾欢，	I impart my feelings to momentary pleasures;
尚想味古人。	With reverent thoughts, I savor the way of the ancients.

谢绎

纵觞任所适，	We let our wine cups flow wherever they will;
回波萦游鳞。	Swimming scales coil in the ebbing waves.
千载同一朝，	Across a thousand years, we share in one day,
沐浴陶清尘。	We bathe and happily wash away the worldly dust.

276

徐丰之（二首）

俯挥素波，	Looking down, I brush the white waves,
仰摄芳兰。	And upward, I pluck the fragrant thoroughwort.
尚想嘉客，	I hold the fine guests in honor,
希风永叹。	And sing in praise of their admirable manner.

| 清响拟丝竹， | Pure sounds mimic strings and pipes, |

班荆对绮疏。[24] Spreading a mat is no different than
sitting indoors,

零觞飞曲津， Descending cups fly along the river
bend,

欢然朱颜舒。 Happily our flushed faces relax with
ease.

曹华

愿与达人游， I longed for an outing with enlightened
men

解结遨濠梁。 To undo my fetters and roam at the
bridge of the Hao River.

狂吟任所适， I sing wildly and let myself do what
pleases—

浪流无何乡。[25] Waves flow to the Village of Not
Anything.

注释

1. 《兰亭诗》原文见 *XS*, 2：895–917。
2. 王羲之在《临河序》中称，未能成诗的与会者有十五人，但南宋桑世昌却录十六人：谢瑰、卞迪、丘髦、王献之、羊模、孔炽、刘谧、虞谷、劳夷、后绵、华耆、谢滕、任儗、吕系、吕本、曹礼。见桑世昌，《兰亭考》第七卷。
3. 逯钦立从《诗纪》，题为《兰亭诗二首》，但实际列举了六首诗（一首四言、五首五言）。*XS*, 2：895。现代学者一般认为这六首诗都是王羲之所作。

4. "舞雩"之典出自《论语·先进》（11/26），见第四章的讨论。

5. 《老子》第四十一章："大象无形"，指无形无体之道。

6. 此言生死。

7. "宗统"一词指"道"，出自庾敳（262~311）的《意赋》："宗统竟初不别兮，大德亡其情愿。"转引自房玄龄等，《晋书》，50.1395。

8. 笔者认为此处"泰"是"通"之意，见《易经·序卦》对第十一卦"泰"卦的解释。

9. 此句呼应了曾皙之志：曾皙愿与"冠者五六人，童子六七人，浴乎沂"，体现了一种闲适的随意性。见《论语·先进》（11/26）。

10. 关于"前识"一词的含义，见第三章《赠谢安诗》的注释。

11. 在兰亭之会上，诗不成之人各罚酒三斗。

12. 此处从《法书要录》，改"其"作"有"。见张彦远，《法书要录》，286。

13. 见《庄子》第二十二篇《知北游》。该篇认为"万物一也"，故"臭腐复化为神奇，神奇复化为臭腐"。ZZJS, 2：733。

14. 自古有"黄河千年一清"的说法。

15. 陈平与周勃均是辅佐刘邦建汉的功臣；后来二人平定诸吕之乱，匡扶汉室。

16. 此处指秦末避乱之"商山四皓"的其中两位隐士。"隐几"见于《庄子》第二篇《齐物论》中南郭子綦"隐几而坐，仰天而嘘，嗒焉似丧其耦"，思索"吹万不同"之"天籁"的故事。

17. 典出《庄子》第二十篇《山木》："方舟而济于河，有虚船来触舟，虽有偏心之人不怒；有一人在其上，则呼张歙之；一呼而不闻，再呼而不闻，于是三呼邪，则必以恶声随之。向也不怒而今也怒，向也虚而今也实。人能虚己以游世，其孰能害之！"这一寓言告诉我们，人如"虚船（舟）"般"虚己以游世"，就可以游刃有余，避免伤害。ZZJS, 2：675。

18. 出自第二十九卦"坎"的卦辞："习坎，有孚，维心亨，行有尚。"表示以诚意行事必受嘉尚。

19. "神王"一词见于《庄子》第三篇《养生主》："泽雉十步一啄，百步一饮，不蕲畜乎樊中。神虽王，不善也。"意在点明养生之道：无忧无虑地生活要胜于在樊笼中生存。

20. 此处"揭竿"指代隐逸生活。

21. 似指仙道之书。

22. 箕山是传说中的隐士许由隐居之地。

23. 此处出自《楚辞》之《渔父》，渔父告诉屈原："沧浪之水清兮，可以濯吾缨。沧浪之水浊兮，可以濯吾足。""濯吾缨"意指在朝为官，"濯吾足"意指隐逸不仕。

24. "班荆"典出《左传·襄公二十六年》：有两个朋友，伍举（一作椒举）和声子，皆为楚人，在逃亡晋国时，"遇之于郑郊，班荆相与食"，一起布荆坐地，吃饭谈心。"绮疏"意为窗上的雕饰花纹，指代奢华的室内空间。徐丰之此句描述的是享受大自然之"清响"，并与朋友们席地谈心所带来的简单的快乐。

25. 这里指《庄子》首篇《逍遥游》中的一个故事：惠子抱怨庄子之言如同自己的大樗树一样"大而无用"，于是庄子建议道，既然它没有用处，不如将它种在"无何有之乡"，躺在树下睡个好觉——因为没有人会用斧头砍这棵"无用"的树，也就不会有麻烦与痛苦。（"今子有大树，患其无用，何不树之于无何有之乡，广莫之野，彷徨乎无为其侧，逍遥乎寝卧其下？不夭斤斧，物无害者，无所可用，安所困苦哉！"）

参考文献

古籍

Ban Gu 班固, comp. *Han shu* 漢書. With commentary by Yan Shigu 顏師古. Beijing: Zhonghua shuju, 1962.

Cao Cao 曹操. *Wei Wudi shizhu* 魏武帝詩注. In *Wei Jin wujia shizhu* 魏晉五家詩注. Annotated by Huang Jie 黃節. Taipei: Shijie shuju, 1973.

Cao Pi 曹丕. *Wei Wendi shizhu* 魏文帝詩注. In *Wei Jin wujia shizhu* 魏晉五家詩注. Annotated by Huang Jie 黃節. Taipei: Shijie shuju, 1973.

Cao Zhi 曹植. *Cao Zhi ji jiaozhu* 曹植集校注. Annotated by Zhao Youwen 趙幼文. Beijing: Renmin wenxue chubanshe, 1998.

Chen Shou 陳壽, comp. *Sanguo zhi* 三國志. With commentary by Pei Songzhi 裴松之. Beijing: Zhonghua shuju, 1982.

Chuci buzhu 楚辭補注. Annotated by Hong Xingzu 洪興祖. Beijing: Zhonghua shuju, 1983.

Chuci jinzhu 楚辭今注. Annotated by Tang Bingzheng 湯炳正 et al. Shanghai: Shanghai guji chubanshe, 1996.

Chunqiu Zuozhuan zhu 春秋左傳注. Annotated by Yang Bojun 楊伯峻. Beijing: Zhonghua shuju, 1990.

Congshu jicheng xinbian 叢書集成新編. 120 vols. Taipei: Xin wenfeng chuban gongsi, 1985.

Congshu jicheng xubian 叢書集成續編. 180 vols. Shanghai: Shanghai shudian, 1994.

Ding Fubao 丁福寶, comp. *Xu lidai shihua* 續歷代詩話. Taipei: Yiwen yinshuguan, 1983.

Dong Zhongshu 董仲舒. *Chunqiu fanlu yizheng* 春秋繁露義證. Annotated by Su Yu 蘇輿. Beijing: Zhonghua shuju, 1992.

Fan Ye 范曄, comp. *Hou Han shu* 後漢書. Beijing: Zhonghua shuju, 1965.

Fang Xuanling 房玄齡 et al., comps. *Jin shu* 晉書. Beijing: Zhonghua shuju, 1974.

Han Feizi jijie 韓非子集解. Annotated by Wang Xianshen 王先慎. Beijing: Zhonghua shuju, 1998.

Huang Tingjian 黃庭堅. *Shangu neiji* 山谷內集. In *Shangu shiji zhu* 山谷詩集注. In *SBBY*.

Huangfu Mi 皇甫謐. *Gaoshi zhuan* 高士傳. In *SBBY*.

Huijiao 慧皎. *Gaoseng zhuan* 高僧傳. Annotated by Tang Yongtong 湯用彤. Beijing: Zhonghua shuju, 1992.

Laozi Dao de jing 老子道德經. Commentary by Heshang Gong 河上公. In *SBCK*.

Laozi jiaoshi 老子校釋. Annotated by Zhu Qianzhi 朱謙之. Beijing: Zhonghua shuju, 1984.

Li Fang 李昉 et al., comps. *Taiping yulan* 太平御覽. Beijing: Zhonghua shuju, 1960.

Liexian zhuan jiaojian 列仙傳校箋. Annotated by Wang Shumin 王叔岷. Taipei: Zhongyanyuan wenzhesuo, 1995.

Liezi jishi 列子集釋. Annotated by Yang Bojun 楊伯峻. Beijing: Zhonghua shuju, 1979.

Liji yijie 禮記譯解. Annotated by Wang Wenjin 王文錦. Beijing: Zhonghua shuju, 2001.

Liu An 劉安. *Huainanzi jishi* 淮南子集釋. Annotated by He Ning 何寧. Beijing: Zhonghua shuju, 1998.

Liu Xiang 劉向. *Lienü zhuan* 烈女傳. In *SBBY*.

———. *Shuoyuan jiaozheng* 說苑校證. Collated by Xiang Zonglu 向宗魯. Beijing: Zhonghua shuju, 1987.

Liu Xie 劉勰. *Wenxin diaolong yizheng* 文心雕龍義證. Annotated by Zhan Ying 詹鍈. Shanghai: Shanghai guji chubanshe, 1989.

———. *Wenxin diaolong zhushi* 文心雕龍注釋. Annotated by Zhou Zhenfu 周振甫. Beijing: Renmin wenxue chubanshe, 1998.

Liu Yiqing 劉義慶, comp. *Shishuo xinyu jianshu* 世說新語箋疏. With commentary by Liu Xiaobiao 劉孝標 and annotated by Yu Jiaxi 余嘉錫. Shanghai: Shanghai guji chubanshe, 1993.

Lu Qinli 逯欽立, ed. *Xian Qin Han Wei Jin Nanbeichao shi* 先秦漢魏晉南北朝詩. Beijing: Zhonghua shuju, 1983.

Lüshi chunqiu jishi 呂氏春秋集釋. Annotated by Xu Weiju 許維遹. Beijing: Zhonghua shuju, 2009.

Maoshi zhengyi 毛詩正義. In *Shisanjing zhushu* 十三經注疏, edited by Ruan Yuan. Beijing: Zhonghua shuju, 1980.

Mengzi zhengyi 孟子正義. Annotated by Jiao Xun 焦循. Beijing: Zhonghua shuju, 1987.

Mengzi zhushu 孟子注疏. In *Shisanjing zhushu* 十三經注疏, edited by Ruan Yuan. Beijing: Zhonghua shuju, 1980.

Ouyang Xun 歐陽詢 et al., comps. *Yiwen leiju* 藝文類聚. Shanghai: Shanghai guji chubanshe, 1999.

Peiwen yunfu 佩文韻府. Shanghai: Tongwen shuju, 1886.

Quan Jin wen 全晉文. In *Quan Shanggu Sandai Qin Han Sanguo Liuchao wen*, compiled by Yan Kejun.

Quan Sanguo wen 全三國文. In *Quan Shanggu Sandai Qin Han Sanguo Liuchao wen*, compiled by Yan Kejun.

Sang Shichang 桑世昌. *Lanting kao* 蘭亭考. In *Congshu jicheng xinbian*.

Shanhai jing jiaozhu 山海經校注. Annotated by Yuan Ke 袁珂. Shanghai: Shanghai guji chubanshe, 1980.

Shen Deqian 沈德潛. *Gushi yuan* 古詩源. Beijing: Zhonghua shuju, 1963.

Shen Yue 沈約, comp. *Song shu* 宋書. Beijing: Zhonghua shuju, 1974.

Shijing yizhu 詩經譯注. Annotated by Zhou Zhenfu 周振甫. Beijing: Zhonghua shuju, 2002.

Shisanjing zhushu 十三經注疏. Edited by Ruan Yuan 阮元. Beijing: Zhonghua shuju, 1980.

Sibu beiyao [*SBBY*] 四部備要. 2,500 vols. Shanghai: Zhonghua shuju, 1920–36.

Sibu congkan chubian [*SBCK*] 四部叢刊初編. 2,100 vols. Shanghai: Shangwu yinshuguan, 1919–22.

Sima Guang 司馬光. *Zizhi tongjian* 資治通鑑. Beijing: Zhonghua shuju, 1956.

Sima Qian 司馬遷, comp. *Shiji* 史記. Beijing: Zhonghua shuju, 1982.

Sun Chuo 孫綽. *Son Shaku bun yakuchū* 孫綽文譯注. Annotated by Hasegawa Shigenari 長谷川滋成. Higashihiroshima: Hiroshima daigaku kyōikugakubu kokugo kyōiku kenkyūshitsu, 1996.

———. *Son Shaku shi yakuchū* 孫綽詩譯注. Annotated by Hasegawa Shigenari 長谷川滋成. Hyōgo-ken Katō-gun Yashiro-chō, 1990.

Taishō shinshū daizōkyō 大正新脩大藏經. Edited by Takakusu Junjirō 高楠順次郎 and Watanabe Kaigyoku 渡邊海旭. Tokyo: Taishō issaikyō kankōkai, 1924–32.

Tao Yuanming 陶淵明. *Tao Yuanming ji jianzhu* 陶淵明集箋注. Annotated by Yuan Xingpei 袁行霈. Beijing: Zhonghua shuju, 2003.

———. *Tao Yuanming ji jiaojian* 陶淵明集校箋. Annotated by Gong Bin 龔斌. Shanghai: Shanghai guji chubanshe, 1999.

Wang Bi 王弼. *Wang Bi ji jiaoshi* 王弼集校釋. Annotated by Lou Yulie 樓宇烈. Beijing: Zhonghua shuju, 1999.

Wang Fuzhi 王夫之. *Xitang yongri xulun neibian* 夕堂永日緒論內編. 1865.

Wei Zheng 魏徵, comp. *Sui shu* 隋書. Beijing: Zhonghua shuju, 1973.

Wu Yun 吳云, ed. *Jian'an qizi ji jiaozhu* 建安七子集校注. Tianjin: Tianjin guji chubanshe, 2005.

Xi Kang 嵇康. *Xi Kang ji* 嵇康集. Edited by Lu Xun 魯迅. Hong Kong: Xinyi chubanshe, 1967.

———. *Xi Kang ji jiaozhu* 嵇康集校注. Annotated by Dai Mingyang 戴明揚. Beijing: Renmin wenxue chubanshe, 1962.

———. *Xi Kang jizhu* 嵇康集注. Annotated by Yin Xiang 殷翔 and Guo Quanzhi 郭全芝. Hefei shi: Huang shan shushe, 1986.

Xiao Tong 蕭統, ed. *Wen xuan* 文選. With commentary by Li Shan 李善. Shanghai: Shanghai guji chubanshe, 1986.

———. *Wenxuan zuanzhu pinglin* 文選纂註評林. Commentary by Zhang Fengyi 張鳳翼. Ming edition.

Xiao Zixian 蕭子顯, comp. *Nan Qi shu* 南齊書. Beijing: Zhonghua shuju, 1972.

Xie Lingyun 謝靈運. *Xie Kangle shi zhu* 謝康樂詩註. Annotated by Huang Jie 黃節. Taipei: Yiwen yinshuguan, 1987.

———. *Xie Lingyun Bao Zhao shi xuan* 謝靈運、鮑照詩選. Annotated by Hu Dalei 胡大雷. Beijing: Zhonghua shuju, 2005.

———. *Xie Lingyun ji* 謝靈運集. Annotated by Li Yunfu 李運富. Changsha: Yuelu shushe, 1999.

———. *Xie Lingyun ji jiaozhu* 謝靈運集校注. Annotated by Gu Shaobo 顧紹柏. Zhongzhou: Zhongzhou guji chubanshe, 1987.

Xu Song 許嵩. *Jiankang shilu* 建康實錄. Beijing: Zhonghua shuju, 1986.

Xu Xueyi 許學夷. *Shiyuan bianti* 詩源辯體. Beijing: Renmin wenxue chubanshe, 1987.

Yan Kejun 嚴可均, comp. *Quan Shanggu Sandai Qin Han Sanguo Liuchao wen* 全上古三代秦漢三國六朝文. Beijing: Zhonghua shuju, 1958.

Yang Xiong 揚雄. *Fa yan zhu* 法言注. Annotated by Han Jing 韓敬. Beijing: Zhonghua shuju, 1992.

Ye Mengde 葉夢得. *Yujian zashu* 玉澗雜書. In *Xiyuan xiansheng quanshu* 郎国先生全書. In *Congshu jicheng xubian.*

Zhang Pu 張溥, comp. *Han Wei Liuchao baisan jia ji* 漢魏六朝百三家集. Yangzhou: Jiangsu Guangling guji keyinshe, 1990.

Zhang Yanyuan 張彥遠. *Fashu yaolu* 法書要錄. Shanghai: Shanghai shuhua chubanshe, 1986.

Zhong Rong 鍾嶸. *Shipin jizhu* 詩品集注. Annotated by Cao Xu 曹旭. Shanghai: Shanghai guji chubanshe, 1994.

Zhong Xing 鐘惺 and Tan Yuanchun 譚元春. *Gushi gui* 古詩歸. 1617.

Zhouyi yizhu 周易譯注. Annotated by Zhou Zhenfu 周振甫. Hong Kong: Zhonghua shuju, 2006.

Zhuangzi jijie 莊子集解. Annotated by Wang Xianqian 王先謙. Beijing: Zhonghua shuju, 1987.

Zhuangzi jishi 莊子集釋. Annotated by Guo Qingfan 郭慶藩. Beijing: Zhonghua shuju, 2004.

Zhulin qixian shiwen quanji yizhu 竹林七賢詩文全集譯注. Annotated by Han Geping 韓格平. Jilin: Jilin wenshi chubanshe, 1997.

近现代文献

Abu-Lughod, Lila. "The Interpretation of Culture(s) after Television." In *The Fate of Culture: Geertz and Beyond,* edited by Sherry B. Ortner. Berkeley: University of California Press, 1999.

Allen, Graham. *Intertextuality*. London: Routledge, 2000.

Ashmore, Robert. "The Art of Discourse." In *Early Medieval China: A Sourcebook*, edited by Wendy Swartz et al. New York: Columbia University Press, 2014.

———. *The Transport of Reading: Text and Understanding in the World of Tao Qian (365–427)*. Cambridge, MA: Harvard University Asia Center, 2010.

Assmann, Aleida. "Canon and Archive." In *A Companion to Cultural Memory Studies*, edited by Astrid Erll and Ansgar Nünning. Berlin: De Gruyter, 2010.

Assmann, Jan. "Collective and Cultural Identity." Translated by John Czaplicka. *New German Critique* 65 (Spring–Summer 1995): 125–33.

———. "Communicative and Cultural Memory." In *A Companion to Cultural Memory Studies*, edited by Astrid Erll and Ansgar Nünning. Berlin: De Gruyter, 2010.

———. *Religion and Cultural Memory*. Translated by Rodney Livingstone. Stanford, CA: Stanford University Press, 2006.

Bakhtin, Mikhail. *The Dialogic Imagination*. Translated by Caryl Emerson and Michael Holquist. Austin: University of Texas Press, 1981.

———. "Toward a Methodology for the Human Sciences." In *Speech Genres and Other Late Essays*, translated by Vern W. McGee and edited by Caryl Emerson and Michael Holquist. Austin: University of Texas Press, 1986.

Barthes, Roland. "From Work to Text." In *Image-Music-Text*. Translated by Stephen Heath. New York: Hill and Wang, 1977.

———. "Texte (théorie du)." In *OEuvres completes*. 3 vols. Paris: Seuil, 1993–95.

Berkowitz, Alan. *Patterns of Disengagement: The Practice and Portrayal of Reclusion in Early Medieval China*. Stanford, CA: Stanford University Press, 2000.

Bielenstein, Hans. *The Six Dynasties*. 2 vols. Stockholm: Museum of Far Eastern Antiquities, 1996–97.

Bischoff, Friedrich Alexander. *The Songs of the Orchis Tower*. Wiesbaden: Otto Harrassowitz, 1985.

Bloom, Harold. *The Anxiety of Influence: A Theory of Poetry*, 2nd ed. New York: Oxford University Press, 1997.

———. *A Map of Misreading*. Oxford: Oxford University Press, 2003.

Borges, Jorge Luis. "Funes, the Memorious." Translated by Anthony Kerrigan. In *Ficciones*, edited by Anthony Kerrigan. New York: Grove Press, 1962.

———. "Pierre Menard, Author of Don Quixote." Translated by Anthony Bonner. In *Ficciones*, edited by Anthony Kerrigan. New York: Grove Press, 1962.

———. "William Shakespeare: Macbeth." In *Prólogos con un prólogo de prólogos*. Madrid: Alianza Editorial, 1998.

Borges, Jorge Luis, and Osvaldo Ferrari. *Conversations*. Vol. 1. Translated by Jason Wilson. New York: Seagull Books, 2014.

Bourdieu, Pierre. *Distinction: A Social Critique of the Judgement of Taste*. Translated by Richard Nice. Cambridge, MA: Harvard University Press, 1984.

———. *The Field of Cultural Production*. Translated by Randal Johnson. New York: Columbia University Press, 1993.

Bouza, Fernando. *Communication, Knowledge, and Memory in Early Modern Spain*. Translated by Sonia López and Michael Agnew. Philadelphia: University of Pennsylvania Press, 1999.

Bruner, Jerome. *Actual Minds, Possible Worlds*. Cambridge, MA: Harvard University Press, 1986.

Campany, Robert Ford. *Making Transcendents: Ascetics and Social Memory in Early Medieval China*. Honolulu: University of Hawai'i Press, 2009.

———. "The Meanings of Cuisines of Transcendence in Late Classical and Early Medieval China." *T'oung Pao* 91, no. 1–3 (2005): 1–57.

———. "Two Religious Thinkers of the Early Eastern Jin: Gan Bao and Ge Hong in Multiple Contexts." *Asia Major*, 3rd ser., 18, no. 1 (2005): 175–224.

Cai Yanfeng 蔡彥峰. *Xuanxue yu Wei Jin Nanchao shixue yanjiu* 玄學與魏晉南朝詩學研究. Beijing: Renmin wenxue chubanshe, 2013.

Cai Yu 蔡瑜. *Tao Yuanming de renjing shixue* 陶淵明的人境詩學. Taipei: Lianjing, 2012.

Cao Daoheng 曹道衡. *Zhonggu wenxueshi lunwen ji* 中古文學史論文集. Beijing: Zhonghua shuju, 2002.

Cavallo, Guglielmo, and Roger Chartier, eds. *A History of Reading in the West*. Amherst: University of Massachusetts Press, 1999.

Chan, Alan. *Two Visions of the Way: A Study of the Wang Pi and the Ho-shang Kung Commentaries on the* Lao-Tzu. Albany: State University of New York Press, 1991.

Chan, Timothy Wai Keung. *Considering the End: Mortality in Early Medieval Chinese Poetic Representation*. Leiden: Brill, 2012.

Chan, Wing-Tsit. *A Source Book in Chinese Philosophy*. Princeton, NJ: Princeton University Press, 1963.

Chang, Kang-i Sun 孫康宜. *Six Dynasties Poetry*. Princeton, NJ: Princeton University Press, 1986.

Chartier, Roger. *Forms and Meanings: Texts, Performances, and Audiences from Codex to Computer*. Philadelphia: University of Pennsylvania Press, 1995.

————. *Inscription and Erasure: Literature and Written Culture from the Eleventh to the Eighteenth Century*. Translated by Arthur Goldhammer. Philadelphia: University of Pennsylvania Press, 2007.

————. "Intellectual History or Sociocultural History? The French Trajectories." In *Modern European Intellectual History*, edited by Dominick LaCapra and Steve Kaplan. Ithaca, NY: Cornell University Press, 1982.

————. *The Order of Books: Readers, Authors, and Libraries in Europe between the Fourteenth and Eighteenth Centuries*. Translated by Lydia G. Cochrane. Stanford, CA: Stanford University Press, 1994.

Chen Helin 陳合林. *Xuanyanshi yanjiu* 玄言詩研究. Shanghai: Shanghai guji chubanshe, 2011.

Chen, Jack W. "On the Act and Representation of Reading in Medieval China." *Journal of the American Oriental Society* 129, no. 1 (2009): 57–71.

Chen Qiren 陳啟仁. "Caiyao yu fushi: Cong shenghuo shijian lun Xi Kang ziran hexie zhi yangsheng huodong" 採藥與服食：從生活實踐論嵇康自然和諧之養生活動. In *Tixian ziran: Yixiang yu wenhua shijian* 體現自然：意象與文化實踐, edited by Liu Yuanju 劉苑如. Taipei: Zhongyanyuan wenzhesuo, 2012.

Chen Shunzhi 陳順智. *Dong Jin xuanyan shipai yanjiu* 東晉玄言詩派研究. Wuhan: Wuhan daxue chubanshe, 2003.

Chen Yinke 陳寅恪. "Tao Yuanming zhi sixiang yu qingtan zhi guanxi" 陶淵明之思想與清談之關係. In *Chen Yinke wenji* 陳寅恪文集. Vol. 2. *Jinmingguan conggao chu bian* 金明館叢稿初編. Shanghai: Shanghai guji chubanshe, 1980.

Cheng, Yu-yu. "Bodily Movement and Geographic Categories: Xie Lingyun's 'Rhapsody on Mountain Dwelling' and the Jin-Song Discourse on Mountains and Rivers." *American Journal of Semiotics* 23 (2007): 193–219.

————. "You xiuxi shi lun Lanting shi, Lanting xu 'da' yu 'wei da' de yiyi" 由修褉事論蘭亭詩、蘭亭序「達」與「未達」的意義. *Hanxue yanjiu* 12, no. 1 (June 1994): 251–73.

Culler, Jonathan. *The Literary in Theory*. Stanford, CA: Stanford University Press, 2007.

————. *The Pursuit of Signs: Semiotics, Literature, Deconstruction*. Ithaca, NY: Cornell University Press, 2001.

————. *Structuralist Poetics: Structuralism, Linguistics, and the Study of Literature*. Ithaca, NY: Cornell University Press, 1975.

Darnton, Robert. "First Step toward a History of Reading." *Australian Journal of French Studies* 23 (1986): 5–30.

————. *The Forbidden Best-Sellers of Pre-Revolutionary France*. New York: W. W. Norton, 1996.

De Certeau, Michel. *L'invention du quotidien*. 2 vols. Paris: Gallimard, 1990.

————. *The Practice of Everyday Life*. Translated by Steven Randall. Berkeley: University of California Press, 1984.

De Man, Paul. "Review of Harold Bloom's *Anxiety of Influence*." In *Blindness and Insight: Essays in the Rhetoric of Contemporary Criticism*. Minneapolis: University of Minnesota, 1983.

Deleuze, Gilles, and Félix Guattari. *A Thousand Plateaus: Capitalism and Schizophrenia*. Translated by Brian Massumi. Minneapolis: University of Minnesota Press, 1987.

Deng Guoguang 鄧國光. *Zhi Yu yanjiu* 摯虞研究. Hong Kong: Xueheng chubanshe, 1990.

Derrida, Jacques. *Writing and Difference*. Translated by Alan Bass. Chicago: University of Chicago Press, 1978.

Ding Yongzhong 丁永忠. *Tao shi Fo yin bian* 陶詩佛音辯. Chengdu: Sichuan daxue chubanshe, 1997.

Donne, John. *John Donne's Poetry*. Edited by Arthur L. Clements. New York: W. W. Norton, 1992.

Drège, Jean-Pierre. "La lecture et l'écriture en Chine et la xylographie." *Études Chinoises* 10, no. 1–2 (1991): 77–111.

Eco, Umberto. *The Limits of Interpretation*. Bloomington: Indiana University Press, 1990.

Eco, Umberto, Richard Rorty, Jonathan Culler, and Christine Brooke-Rose. *Interpretation and Overinterpretation*. Cambridge: Cambridge University Press, 1992.

Elvin, Mark. *The Retreat of the Elephants: An Environmental History of China*. New Haven, CT: Yale University Press, 2004.

Emerson, Ralph Waldo. *The Journals and Miscellaneous Notebooks of Ralph Waldo Emerson*. 16 vols. Cambridge, MA: Belknap Press of Harvard University Press, 1960–82.

————. "Quotation and Originality." In *Letters and Social Aims*. Boston: Houghton Mifflin, 1904.

Erll, Astrid, and Ansgar Nünning, eds. *A Companion to Cultural Memory Studies*. Berlin: De Gruyter, 2010.

Fan Ziye 范子燁. *Chuncan yu zhijiu: Huwen xing shiyu xia de Tao Yuanming shi* 春蠶與止酒：互文性視域下的陶淵明詩. Beijing: Shehui kexue wenxian chubanshe, 2012.

Fischer, Steven Roger. *A History of Reading*. London: Reaktion Books, 2003.

————. *A History of Writing*. London: Reaktion Books, 2001.

Frodsham, J. D. *The Murmuring Stream: The Life and Works of the Chinese Nature Poet Hsieh Ling-yün (385–433), Duke of K'ang-Lo*. Kuala Lumpur: University of Malaya Press, 1967.

————. "The Origins of Chinese Nature Poetry." *Asia Major* 8, no. 1 (1960): 68–104.

Gadamer, Hans-Georg. *Philosophical Hermeneutics*. Translated by David Linge. Berkeley: University of California Press, 1976.

————. *Truth and Method*. Revisions translated by Joel Weinsheimer and Donald G. Marshall. New York: Continuum, 1989.

Ge Xiaoyin 葛曉音. *Badai shi shi* 八代詩史. Xi'an: Shaanxi renmin chubanshe, 1989.

————. *Shanshui tianyuan shipai yanjiu* 山水田園詩派研究. Shenyang: Liaoning daxue chubanshe, 1997.

Geertz, Clifford. *The Interpretation of Cultures*. New York: Basic Books, 1973.

Genette, Gérard. *Palimpsests: Literature in the Second Degree.* Translated by Channa Newman and Claude Doubinsky. Lincoln: University of Nebraska Press, 1997.

Gong Kechang 龔克昌. "Dongfang Shuo" 東方朔. Translated by Su Jui-lung. In *Studies on the Han Fu,* edited by David R. Knechtges. New Haven, CT: American Oriental Society, 1997.

Graff, David A. *Medieval Chinese Warfare, 300–900.* New York: Routledge, 2002.

Grafton, Anthony. *Bring Out Your Dead: The Past as Revelation.* Cambridge, MA: Harvard University Press, 2001.

———. "The Humanist as Reader." In *A History of Reading in the West,* edited by Guglielmo Cavallo and Roger Chartier, and translated by Lydia Cochrane. Amherst: University of Massachusetts Press, 1999. Originally published as *Histoire de la lecture dans le monde occidental* (Paris: Seuil, 1997).

———. *Worlds Made by Words: Scholarship and Community in the Modern West.* Cambridge, MA: Harvard University Press, 2009.

Graham, A. C., trans. *The Book of Lieh-tzu: A Classic of Tao.* New York: Columbia University Press, 1960.

———. *Chuang-Tzu: The Inner Chapters.* Indianapolis: Hackett Publishing, 1989.

———. *Disputers of the Tao: Philosophical Argument in Ancient China.* La Salle: Open Court, 1989.

Gu Nong 顧農. "Dong Jin xuanyan shanshui shifu de qishou—Sun Chuo" 東晉玄言山水詩賦的旗手—孫綽. *Jimei daxue xuebao* (Zhexue shehui kexue ban) 5, no. 2 (2002): 57–59.

———. "'Yi shi wenzong': Xu Xun de xingshuai" 「一時文宗」：許詢的興衰. *Gudian wenxue zhishi* 5 (2007): 89–92.

Hasegawa Shigenari 長谷川滋成. "Son Shaku shōden" 孫綽小傳. *Chūgoku chūsei bungaku kenkyū* 20 (1991): 74–91.

He Changqun 賀昌群. *Wei Jin qingtan sixiang chulun* 魏晉清談思想初論. Beijing: Shangwu yinshuguan, 1999.

Henderson, John. *Scripture, Canon, and Commentary: A Comparison of Confucian and Western Exegesis.* Princeton, NJ: Princeton University Press, 1991.

Henricks, Robert G. "Hsi K'ang (223–262): His Life, Literature, and Thought." Ph.D. diss., University of Wisconsin–Madison, 1976.

———. *Philosophy and Argumentation in Third-Century China: The Essays of Hsi K'ang.* Princeton, NJ: Princeton University Press, 1983.

Hightower, James Robert, trans. *The Poetry of T'ao Ch'ien.* Oxford: Oxford University Press, 1970.

Hinds, Stephen. *Allusion and Intertext: Dynamics of Appropriation in Roman Poetry.* Cambridge: Cambridge University Press, 1998.

Hobsbawm, Eric, and Terence Ranger. *The Invention of Tradition.* Cambridge: Cambridge University Press, 1983.

Holzman, Donald. "Confucius and Ancient Chinese Literary Criticism." In *Chinese Approaches to Literature from Confucius to Liang Ch'i-ch'ao,* edited by Adele Austin Rickett. Princeton, NJ: Princeton University Press, 1978.

———. "On the Authenticity of the 'Preface' to the Collection of Poetry Written at the Orchid Pavilion." *Journal of the American Oriental Society* 117, no. 2 (1997): 306–11.

———. "La poésie de Ji Kang." In *Immortals, Festivals and Poetry in Medieval China*. Aldershot/Brookfield: Ashgate, 1998.

———. *La vie et la pensée de Hsi K'ang*. Leiden: E. J. Brill, 1957.

Hu Dalei 胡大雷. "'Bian zong lun' yu Xie Lingyun dui xuanyanshi de gaizhi"《辨宗論》與謝靈運對玄言詩的改制. *Wenzhou Shifan xueyuan xuebao* (Zhexue shehui kexue ban) 25, no. 1 (Feb. 2004): 34–38.

———. "Lun Dong Jin xuanyanshi de leixing yu gaizao xuanyanshi de qi ji" 論東晉玄言詩的類型與改造玄言詩的契機. *Ningxia daxue xuebao* (Renwen shehui kexue ban) 29, no. 2 (2007): 27–37.

———. "Xuanyan shi de meili ji meili de shiluo" 玄言詩的魅力及魅力的失落. *Wenxue yichan*, no. 2 (1997): 59–68.

———. *Xuanyanshi yanjiu* 玄言詩研究. Beijing: Zhonghua shuju, 2007.

———. "Zenyang du xuanyanshi" 怎樣讀玄言詩. *Gudian wenxue zhishi*, no. 6 (1998): 12–19.

Hucker, Charles O. *A Dictionary of Official Titles in Imperial China*. Stanford, CA: Stanford University Press, 1985.

Iser, Wolfgang. *The Act of Reading: A Theory of Aesthetic Response*. Baltimore: Johns Hopkins University Press, 1978.

———. *The Implied Reader: Patterns of Communication in Prose Fiction from Bunyan to Beckett*. Baltimore: Johns Hopkins University Press, 1974.

———. *The Range of Interpretation*. New York: Columbia University Press, 2000.

Jou, Fang-Ming 周芳敏. "Wang Bi 'ti-yong' yi quan ding" 王弼「體用」義詮定. *Taiwan Dongya wenming yanjiu xuekan* 6, no. 1 (2009): 161–201.

Kern, Martin. "Beyond the *Mao Odes*: *Shijing* Reception in Early Medieval China." *Journal of the American Oriental Society* 127, no. 2 (2007): 131–42.

Kirkova, Zornica. "Distant Roaming and Visionary Ascent: Sun Chuo's 'You Tiantai shan fu' Reconsidered." *Oriens-Extremus* 47 (2008): 192–214.

Knechtges, David R. *The Han Shu Biography of Yang Xiong (53 B.C.–A.D. 18)*. Tempe: Center for Asian Studies, Arizona State University, 1982.

———. "How to View a Mountain in Medieval China." Hsiang Lectures on Chinese Poetry, Centre for East Asian Research, McGill University, 2012.

———. "Jingu and Lanting: Two (or Three?) Jin Dynasty Gardens." In *Studies in Chinese Language and Culture: Festschrift in Honor of Christoph Harbsmeier on the Occasion of His 60th Birthday*. Oslo: Hermes Academic Publishing, 2006.

———. "Ruin and Remembrance in Classical Chinese Literature: The 'Fu on the Ruined City' by Bao Zhao." In *Reading Medieval Chinese Poetry: Text, Context, and Culture*, edited by Paul W. Kroll. Leiden: Brill, 2014.

———, trans. *Wen xuan, or Selections of Refined Literature*. 3 vols. Princeton, NJ: Princeton University Press, 1982–96.

Knoblock, John, trans. *Xunzi: A Translation and Study of the Complete Works*. Stanford, CA: Stanford University Press, 1994.

Kong Fan 孔繁. *Wei Jin xuantan* 魏晉玄談. Taipei: Hongye wenhua, 1993.

Kristeva, Julia. *Desire in Language: A Semiotic Approach to Literature and Art*. Translated by Thomas Gora, Alice Jardine, and Leon S. Roudiez. New York: Columbia University Press, 1980.

————. "Le mot, le dialogue et le roman." In *Semeiotiké: Recherches pour une sémanalyse*. Collection "Tel Quel" Edition. Paris: Seuil, 1969.

————. *Revolution in Poetic Language*. Translated by Leon Roudiez. New York: Columbia University Press, 1984.

————. "Le texte clos." In *Semeiotiké: Recherches pour une sémanalyse*. Collection "Tel Quel" Edition. Paris: Seuil, 1969.

Kroll, Paul W. "Between Something and Nothing." *Journal of the American Oriental Society* 127, no. 4 (2007): 403–13.

————. "Poetry on the Mysterious: The Writings of Sun Chuo." In *Early Medieval China: A Sourcebook*, edited by Wendy Swartz et al. New York: Columbia University Press, 2014.

Kwong, Charles Yim-tze. *Tao Qian and the Chinese Poetic Tradition: The Quest for Cultural Identity*. Ann Arbor: Center for Chinese Studies, University of Michigan, 1994.

LaCapra, Dominick. *History and Reading: Tocqueville, Foucault, French Studies*. Toronto: University of Toronto Press, 2000.

————. *History, Literature, Critical Theory*. Ithaca, NY: Cornell University Press, 2013.

————. "Rethinking Intellectual History and Reading Texts." In *Rethinking Intellectual History: Texts, Contexts, Language*. Ithaca, NY: Cornell University Press, 1983.

Lachmann, Renate. *Memory and Literature: Intertextuality in Russian Literature*. Translated by Roy Sellars and Anthony Wall. Minneapolis: University of Minnesota Press, 1997.

————. "Mnemonic and Intertextual Aspects of Literature." In *A Companion to Cultural Memory Studies*, edited by Astrid Erll and Ansgar Nünning. Berlin: De Gruyter, 2010.

Lakoff, George, and Mark Johnson. *Metaphors We Live By*. Chicago: University of Chicago Press, 1980.

Lau, D. C., trans. *The Analects*. New York: Penguin Books, 1979.

————, trans. *Mencius*. New York: Penguin Books, 1970.

————, trans. *Tao Te Ching*. New York: Penguin Books, 1963.

Lee Fong-mao 李豐楙. *Liuchao Sui Tang xiandao lei xiaoshuo yanjiu* 六朝隋唐仙道類小說研究. Taipei: Xuesheng shuju, 1986.

————. "Xi Kang yangsheng sixiang zhi yanjiu" 嵇康養生思想之研究. *Jingyi nüzi wenli xueyuan xuebao* 2 (1979): 37–66.

————. *You yu you: Liuchao Sui Tang youxianshi lun ji* 憂與遊：六朝隋唐遊仙詩論集. Taipei: Taiwan Xuesheng shuju, 1996.

Lévi-Strauss, Claude. *Myth and Meaning: Cracking the Code of Culture*. New York: Schocken Books, 1979.

————. *The Savage Mind*. Chicago: University of Chicago Press, 1966.

Lewis, Mark. *Writing and Authority in Early China*. Albany: State University of New York Press, 1999.

Li Jianfeng 李劍鋒. *Tao Yuanming ji qi shiwen yuanyuan yanjiu* 陶淵明及其詩文淵源研究. Ji'nan: Shandong daxue chubanshe, 2005.

Li Ruiliang 李瑞良. *Zhongguo gudai tushu liutongshi* 中國古代圖書流通史. Shanghai: Shanghai renmin wenxue chubanshe, 2000.

Li Xiuhua 李秀花. "Sun Chuo de wenxue sixiang" 孫綽的文學思想. *Jining shizhuan xuebao* 22, no. 2 (2001): 48–51.

———. "Sun Chuo de xuanyanshi ji qi lishi diwei" 孫綽的玄言詩及其歷史地位. *Fudan xuebao* (Shehui kexue ban), no. 3 (2001): 122–26.

Li Yan 李雁. *Xie Lingyun yanjiu* 謝靈運研究. Beijing: Renmin wenxue chubanshe, 2005.

Lin Wen-yueh 林文月. *Shanshui yu gudian* 山水與古典. Taipei: Sanmin shuju, 1986.

———. *Xie Lingyun* 謝靈運. Taipei: Guojia chubanshe, 1998.

Link, Arthur E., and Tim Lee. "Sun Ch'o's 'Yü-tao-lun': A Clarification of the Way." *Monumenta Serica* 25 (1966): 169–96.

Liu Dajie 劉大杰. *Wei Jin sixiang lun* 魏晉思想論. Shanghai: Shanghai guji chubanshe, 1998.

Liu, James T. C. *Ou-Yang Hsiu: An Eleventh Century Neo-Confucianist*. Stanford, CA: Stanford University Press, 1967.

Lu Qinli 逯欽立. "'Xing ying shen' shi yu Dong Jin zhi Fo Dao sixiang" 「形影神」詩與東晉之佛道思想. In *Han Wei Liuchao wenxue lunji* 漢魏六朝文學論集. Xi'an: Shaanxi renmin chubanshe, 1984.

Lu Xun 魯迅. "Wei Jin fengdu ji wenzhang yu yao ji jiu zhi guanxi" 魏晉風度及文章與藥及酒之關係. In *Wei Jin sixiang* 魏晉思想. Taipei: Liren, 1995.

Luo Zongqiang 羅宗強. *Wei Jin Nanbeichao wenxue sixiangshi* 魏晉南北朝文學思想史. Beijing: Zhonghua shuju, 1996.

Lynn, Richard John, trans. *The Classic of Changes: A New Translation of the* I Ching *as Interpreted by Wang Bi*. New York: Columbia University Press, 1994.

———, trans. *The Classic of the Way and Virtue: A New Translation of the* Tao-te Ching *of Laozi as Interpreted by Wang Bi*. New York: Columbia University Press, 1999.

Ma Xiaokun 馬曉坤. *Quxian er si yuan: Wenhua shiye zhong de Tao Yuanming, Xie Lingyun shijing yanjiu* 趣閒而思遠：文化視野中的陶淵明、謝靈運詩境研究. Hangzhou: Zhejiang daxue chubanshe, 2005.

Makeham, John. *Transmitters and Creators: Chinese Commentators and Commentaries on the Analects*. Cambridge, MA: Harvard University Asia Center, 2003.

Manguel, Alberto. *A History of Reading*. New York: Viking, 1996.

Mather, Richard B. "The Mystical Ascent of the T'ient'ai Mountains: Sun Ch'o's *Yu-T'ien-t'ai-shan fu*." *Monumenta Serica* 20 (1961): 226–45.

———, trans. *Shih-shuo Hsin-yü: A New Account of Tales of the World*. 2nd ed. Ann Arbor: Center for Chinese Studies, University of Michigan, 2002.

Mauss, Marcel. *The Gift: The Form and Reason for Exchange in Archaic Societies*. Translated by W. D. Halls. New York: W. W. Norton, 1990. Originally published as *Essai sur le Don: Forme et raison de l'échange dans les sociétés archaïques* (*L'Année sociologique*, 1923).

Merleau-Ponty, Maurice. *Phenomenology of Perception*. Translated by Colin Smith. New York: Routledge Classics, 1958.

Miner, Earl, and Jennifer Brady, eds. *Literary Transmission and Authority: Dryden and Other Writers*. Cambridge: Cambridge University Press, 1993.

Olick, Jeffrey K., Vered Vinitzky-Seroussi, and Daniel Levy, eds. *The Collective Memory Reader*. Oxford: Oxford University Press, 2011.

Orr, Mary. *Intertextuality: Debates and Contexts*. Cambridge: Polity Press, 2003.

Ortner, Sherry B., ed. *The Fate of Culture: Geertz and Beyond*. Berkeley: University of California Press, 1999.

Owen, Stephen. *An Anthology of Chinese Literature: Beginnings to 1911.* New York: W. W. Norton, 1996.

———. "The Librarian in Exile: Xie Lingyun's Bookish Landscapes." *Early Medieval China* 10–11, no. 1 (2004): 203–26.

———. *Readings in Chinese Literary Thought.* Cambridge, MA: Council on East Asian Studies, Harvard University, 1992.

Pelikan, Jaroslav. *The Vindication of Tradition.* New Haven, CT: Yale University Press, 1984.

Peterson, Willard. "Making Connections: 'Commentary on the Attached Verbalizations' of the *Book of Change.*" *Harvard Journal of Asiatic Studies* 42, no. 1 (1982): 67–116.

Pi Yuanzhen 皮元珍. *Xuanxue yu Wei Jin wenxue* 玄學與魏晉文學. Changsha: Hunan renmin chubanshe, 2004.

Plato. *Meno.* In *The Collected Dialogues of Plato,* edited by Edith Hamilton and Huntington Cairns. Bollinger Series 71. Princeton, NJ: Princeton University Press, 1989.

———. *Phaedrus.* In *The Collected Dialogues of Plato,* edited by Edith Hamilton and Huntington Cairns. Bollinger Series 71. Princeton, NJ: Princeton University Press, 1989.

Plottel, Jeanine Parisier, and Hanna Charney, eds. *Intertextuality: New Perspectives in Criticism.* New York: New York Literary Forum, 1978.

Pokora, Timoteus, trans. *Hsin-Lun (New Treatise) and Other Writings by Huan T'an (43 B.C.–28 A.D.): An Annotated Translation with Index.* Ann Arbor: Center for Chinese Studies, University of Michigan, 1975.

Poulet, Georges. "Phenomenology of Reading." *New Literary History* 1, no. 1 (October 1969): 53–68.

Puett, Michael. *The Ambivalence of Creation: Debates Concerning Innovation and Artifice.* Stanford, CA: Stanford University Press, 2001.

———. *To Become a God: Cosmology, Sacrifice, and Self-Divinization in Early China.* Cambridge, MA: Harvard University Asia Center, 2002.

Qian Zhixi 錢志熙. "Xie Lingyun 'Bian zong lun' he shanshuishi" 謝靈運《辨宗論》和山水詩. *Beijing daxue xuebao* (Zhexue shehui kexue ban) 5 (1989): 39–46.

Qian Zhongshu 錢鐘書. *Guanzhui bian* 管錐編. Beijing: Zhonghua shuju, 1986.

Radstone, Susannah, and Bill Schwarz, eds. *Memory: Histories, Theories, Debates.* New York: Fordham University Press, 2010.

Raft, David Zebulon. "Four-Syllable Verse in Medieval China." Ph.D. diss., Harvard University, 2007.

Rand, Christopher C. "Chuang Tzu: Text and Substance." *Journal of Chinese Religions,* no. 11 (Fall 1983): 5–58.

Riffaterre, Michael. *Semiotics of Poetry.* Bloomington: Indiana University Press, 1978.

Rong Zhaozu 容肇祖. *Wei Jin de ziran zhuyi* 魏晉的自然主義. In *Wei Jin sixiang* 魏晉思想. Taipei: Liren, 1995.

Rushton, Peter. "An Interpretation of Hsi K'ang's Eighteen Poems Presented to Hsi Hsi on His Entry into the Army." *Journal of the American Oriental Society* 99, no. 2 (1979): 175–90.

Sang Shichang 桑世昌. *Lanting kao* 蘭亭考. In *Congshu jicheng.* Beijing: Zhonghua shuju, 1985.

Saussy, Haun. *The Problem of a Chinese Aesthetic.* Stanford, CA: Stanford University Press, 1993.

Schaberg, David. *A Patterned Past: Form and Thought in Early Chinese Historiography.* Cambridge, MA: Harvard University Asia Center, 2001.

Schafer, Edward H. *Pacing the Void: T'ang Approaches to the Stars.* Warren, CT: Floating World Editions, 2005.

Schultz, Richard L. *The Search for Quotation: Verbal Parallels in the Prophets.* Sheffield, UK: Sheffield Academic Press, 1999.

Shih, Vincent. *The Literary Mind and the Carving of Dragons: A Study of Thought and Pattern in Chinese Literature.* New York: Columbia University Press, 1959.

Shore, Bradd. *Culture in Mind: Cognition, Culture, and the Problem of Meaning.* New York: Oxford University Press, 1996.

Sun Mingjun 孫明君. *Liang Jin shizu wenxue yanjiu* 兩晉士族文學研究. Beijing: Zhonghua shuju, 2010.

Swartz, Wendy. "Naturalness in Xie Lingyun's Poetic Works." *Harvard Journal of Asiatic Studies* 70, no. 2 (December 2010): 355–86.

———. *Reading Tao Yuanming: Shifting Paradigms of Historical Reception (427–1900).* Cambridge, MA: Harvard University Asia Center, 2008.

———. "Revisiting the Scene of the Party: A Study of the Lanting Collection." *Journal of the American Oriental Society* 132, no. 2 (2012): 275–300.

———. "There's No Place Like Home: Xie Lingyun's Representation of His Estate in 'Rhapsody on Dwelling in the Mountains.'" *Early Medieval China* 21 (Fall 2015): 21–37.

Swartz, Wendy, Robert Ford Campany, Yang Lu, and Jessey J. C. Choo, eds. *Early Medieval China: A Sourcebook.* New York: Columbia University Press, 2014.

Swidler, Ann. *Talk of Love: How Culture Matters.* Chicago: University of Chicago Press, 2001.

Tang Yijie 湯一介. *Guo Xiang yu Wei Jin xuanxue* 郭象與魏晉玄學. Beijing: Beijing daxue chubanshe, 2000.

Tang Yijie and Hu Zhongping 胡仲平, eds. *Wei Jin xuanxue yanjiu* 魏晉玄學研究. Wuhan: Hubei jiaoyu chubanshe, 2008.

Tang Yongtong 湯用彤. "Wang Bi zhi *Zhouyi, Lunyu* xin yi" 王弼之周易論語新義. In *Wei Jin xuanxue lungao* 魏晉玄學論稿. Shanghai: Shanghai guji chubanshe, 2001.

———. "Wei Jin xuanxue liubie luelun" 魏晉玄學流別略論. In *Wei Jin xuanxue lungao* 魏晉玄學論稿. Shanghai: Shanghai guji chubanshe, 2001.

———. *Wei Jin xuanxue lungao* 魏晉玄學論稿. Shanghai: Shanghai guji chubanshe, 2001.

———. "Yan yi zhi bian" 言意之辨. In *Wei Jin xuanxue lungao* 魏晉玄學論稿. Shanghai: Shanghai guji chubanshe, 2001.

Tang Zhangru 唐長孺. "Nanchao de tun di bieshu ji shanze zhanling" 南朝的屯、邸、別墅及山澤占領. In *Shanju cungao* 山居存稿. Beijing: Zhonghua shuju, 2011.

———. "San zhi liu shiji Jiangnan datudi suoyouzhi de fazhan" 三至六世紀江南大土地所有制的發展. In *Shanju cungao* 山居存稿. Beijing: Zhonghua shuju, 2011.

Tao Wenpeng 陶文鵬 and Wei Fengjuan 韋鳳娟. *Lingjing shixin: Zhongguo gudai shanshuishi shi* 靈境詩心：中國古代山水詩史. Nanjing: Fenghuang chubanshe, 2004.

Tian, Xiaofei. *Beacon Fire and Shooting Star: The Literary Culture of the Liang (502–557)*. Cambridge, MA: Harvard University Asia Center, 2007.

———. "Six Poems from a Liang Dynasty Princely Court." In *Early Medieval China: A Sourcebook*, edited by Wendy Swartz et al. New York: Columbia University Press, 2014.

———. *Tao Yuanming & Manuscript Culture: The Record of a Dusty Table*. Seattle: University of Washington Press, 2005.

———. *Visionary Journeys: Travel Writings from Early Medieval and Nineteenth-Century China*. Cambridge, MA: Harvard University Asia Center, 2011.

Toews, John. "Intellectual History after the Linguistic Turn: The Autonomy of Meaning and the Irreducibility of Experience." *American Historical Review* 92, no. 4 (1987): 879–907.

Valéry, Paul. *Tel quel*. In *Oeuvres II*, edited by Jean Hytier. Paris: Gallimard, 1960.

Van Zoeren, Steven. *Poetry and Personality: Reading, Exegesis, and Hermeneutics in Traditional China*. Stanford, CA: Stanford University Press, 1991.

Wang, Eugene. "The Shadow Image in the Cave: Discourse on Icons." In *Early Medieval China: A Sourcebook*, edited by Wendy Swartz et al. New York: Columbia University Press, 2014.

Wang Jianguo 王建國. "Lun Sun Chuo de wenxue gongxian" 論孫綽的文學貢獻. *Shandong shifan daxue xuebao* (Renwen shehui kexue ban) 51, no. 5 (2006): 50–54.

Wang Kuo-ying 王國瓔. *Zhongguo shanshuishi yanjiu* 中國山水詩研究. Taipei: Lianjing, 1986.

Wang Shu 王澍. *Wei Jin xuanxue yu xuanyanshi yanjiu* 魏晉玄學與玄言詩研究. Beijing: Zhongguo shehui kexue chubanshe, 2007.

———. *Wei Jin xuanyanshi zhuxi* 魏晉玄言詩注析. Beijing: Qunyan chubanshe, 2010.

Wang Yao 王瑤. "Nigu yu zuowei" 擬古與作偽. In *Zhonggu wenxueshi lun* 中古文學史論. Beijing: Beijing daxue chubanshe, 1998.

Watson, Burton, trans. *The Complete Works of Chuang Tzu*. New York: Columbia University Press, 1968.

———. *Courtier and Commoner in Ancient China: Selections from the History of the Former Han by Pan Ku*. New York: Columbia University Press, 1974.

———, trans. *The Vimalakirti Sutra*. New York: Columbia University Press, 1997.

Weiss, Gail, and Honi Fern Haber, eds. *Perspectives on Embodiment: The Intersections of Nature and Culture*. New York: Routledge Classics, 1999.

Westbrook, Francis. "Landscape Description in the Lyric Poetry and 'Fuh on Dwelling in the Mountains' of Shieh Ling-yunn." Ph.D. diss., Yale University, 1973.

———. "Landscape Transformation in the Poetry of Hsieh Ling-yün." *Journal of the American Oriental Society* 100, no. 3 (July–Oct. 1980): 237–54.

Williams, Nicholas Morrow. "The Metaphysical Lyric of the Six Dynasties." *T'oung Pao* 98, no. 1–3 (2012): 65–112.

Wixted, John Timothy. "A Translation of *The Classification of Poets* (Shih-p'in) by Chung Hung." Ph.D. diss., University of Oxford, 1976.

Worton, Michael, and Judith Still, eds. *Intertextuality: Theories and Practices*. Manchester, UK: Manchester University Press, 1990.

Xu Fanghong 許芳紅. "Xie Lingyun shanshuishi 'xuanyan weiba' zai tantao" 謝靈運山水詩玄言尾巴再探討. *Hebei xuekan*, no. 3 (2008): 116–19.

Xu Gongchi 徐公持. *Wei Jin wenxueshi* 魏晋文學史. Beijing: Renmin wenxue chuban-she, 1999.

Xu Guorong 許國榮. *Xuanxue he shixue* 玄學和詩學. Beijing: Zhongguo shehui kexue chubanshe, 2004.

Yang Helin 楊合林. *Xuanyanshi yanjiu* 玄言詩研究. Shanghai: Shanghai guji chuban-she, 2011.

Yang Rubin 楊儒賓. "'Shanshui' shi zenme faxian de—'Xuanhua shanshui' xilun" 「山水」是怎麼發現的—「玄化山水」析論. *Taida Zhongwen xuebao* 30 (2009): 209–54.

Yang Tong 楊彤. "Cai gao wei bei de wenren—Cong *Shishuo xinyu* kan Sun Chuo xingxiang" 才高位卑的文人—從《世說新語》看孫綽形象. *Anhui wenxue*, no. 10 (2008): 179–81.

You Guoen 游國恩. *Zhongguo wenxueshi* 中國文學史. Beijing: Renmin wenxue chuban-she, 1963.

Zhang Bowei 張伯偉. *Zhong Rong* Shipin *yanjiu* 鍾嶸詩品研究. Nanjing: Nanjing daxue chubanshe, 1999.

Zhang Hong 張宏. *Qin Han Wei Jin youxianshi de yuanyuan liubian lun lue* 秦漢魏晉遊仙詩的淵源流變論略. Beijing: Zongjiao wenhua chubanshe, 2009.

Zhang Tingyin 張廷銀. *Wei Jin xuanyanshi yanjiu* 魏晉玄言詩研究. Beijing: Shangwu yinshuguan, 2008.

Zhang Yihe 章義和. "Cong Xie Lingyun 'Shanju fu' lun Liuchao zhuangyuan de jing-ying xingshi" 從謝靈運「山居賦」論六朝莊園的經營形式. *Xuchang shizhuan xuebao* (Shehui kexue ban) 12, no. 1 (1993): 10–16.

Zhao Wei 趙偉. "Lu Xun ji yi *Sushuo* bianyi" 魯迅輯佚《俗說》辨疑. *Lu Xun yanjiu yuekan*, no. 4 (2010): 77–79.

Zhu Guangqian 朱光潛. *Shi lun* 詩論. Taipei: Hanjing wenhua shiye youxian gongsi, 1982.

Zhu Ziqing 朱自清. "Tao Yuanming de shendu—Ping Gu Zhi *Tao Jingjie shi jian dingben*" 陶淵明的深度—評古直陶靖節詩箋定本. In *Zhu Ziqing gudian wenxue lunwen ji* 朱自清古典文學論文集. Shanghai: Shanghai guji chubanshe, 1981.

Zürcher, Erik. *The Buddhist Conquest of China: The Spread and Adaptation of Buddhism in Early Medieval China*. 3rd ed. Leiden: Brill, 2007.

索 引

图书在版编目（CIP）数据

何以成诗：六朝诗赋中的思想传承与意义生成／
（美）田菱（Wendy Swartz）著；郭鼎玮译．--北京：
社会科学文献出版社，2024.6
书名原文：Reading Philosophy，Writing Poetry：
Intertextual Modes of Making Meaning in Early
Medieval China
ISBN 978-7-5228-1112-3

Ⅰ.①何… Ⅱ.①田… ②郭… Ⅲ.①古典诗歌-诗
歌研究-中国-六朝时代 Ⅳ.①I207.22

中国版本图书馆 CIP 数据核字（2022）第 221502 号

何以成诗：六朝诗赋中的思想传承与意义生成

著　　者／〔美〕田菱（Wendy Swartz）
译　　者／郭鼎玮

出 版 人／冀祥德
组稿编辑／董风云
责任编辑／张金勇
责任印制／王京美

出　　版／社会科学文献出版社·甲骨文工作室（分社）（010）59366527
　　　　　地址：北京市北三环中路甲 29 号院华龙大厦　邮编：100029
　　　　　网址：www.ssap.com.cn
发　　行／社会科学文献出版社（010）59367028
印　　装／三河市东方印刷有限公司

规　　格／开本：889mm×1194mm　1/32
　　　　　印张：11.875　字数：274 千字
版　　次／2024 年 6 月第 1 版　2024 年 6 月第 1 次印刷
书　　号／ISBN 978-7-5228-1112-3
著作权合同
登 记 号／图字 01-2019-2591 号
定　　价／79.00 元

读者服务电话：4008918866